# 日本漢文学の射程

## ——その方法、達成と可能性

王　小林
町　泉寿郎　編

# まえがき

日本漢文学は、東アジアだけでなく、世界の文明史においても極めて独特な文化現象といえる。古代東アジアにおける中国文明の圧倒的な影響の中で、いくたの民族が自らの言語の中に漢字漢文を取り込みながらその書記体系を形成させることによって文化の存続をはかっていたものの、いずれも消滅する運命をたどらざるをえなかった。それらに比べて、日本では漢文学が長きにわたって持続発展し、その中から訓読などの方法まで育まれ、現在では日本文化を特徴づけるだけでなく、その基底を構成する重要な部分ともなっている。

では、かつて東アジアの民族や国々で一度は盛んになっていた漢字による書記文化が消滅してしまった中で、なぜ日本だけが近代まで漢文学の伝統を持続し、現在もなおその生命力を保ち続けられているのだろうか。

この問題は、古代東アジアの複雑な歴史、国際関係及び地理的な原因に大きく関連していよう。しかし、外部環境にのみ原因を求めるだけではやはり不十分であり、何より必要なのはそれ自身の歴史に光をあて、具体的な事例に即して精査することであろう。この点、とりわけ中国文明と接触した当初から育まれていた日本人の強い主体性が重要な鍵となろう。ここにいう主体性とは、異文化に対処する時に、自らのアイデンティティを失うまいとして積極的に取捨選択する精神と姿勢を指す。日本漢文学は、まさに漢字文明を柱とする中国文化との格闘の中から生まれた主体性の強い伝統であるが故に、世界でも類を見ない、自国の文学、宗教、思想を記録する伝統として保たれてきた。

日本漢文学を研究する重要性は、すでに多くの研究者に強調されているところである。例えば、親鸞が漢訳仏典を自由に訓読し、解釈することによって独特の思想を樹立したこと、伊藤仁斎が『論語』の原文を訓読による自由な解釈を通して、仁斎らしい日常生活肯定の思想を打ち出したことなどがそれである。このような、日本的な立場から渡来思想に新たな要素を注入し、元来の意味をあえて改変してしまう親鸞と仁斎の姿勢には、漢文によって象徴される渡来文明に対する日本人の主体性なるものが鮮明に現れている。また、明治維新が始まって間もなく、日本政府によって派遣された岩倉使節団の海外見学の詳細を記録した『米欧回覧実記』も注目された。西洋文明を吸収しようとして、訪問する先々での見聞を詳らかに記録したこの膨大な歴史資料は、ほかならぬ熟達した漢文訓読調で記されている。初めて目にする文明を、時には新しい漢語を案出しながら記録するこの文献が、漢文学の伝統が日本の近代化にとって不可欠のものだったという興味深い課題をおのずから提起している。換言すれば、明治維新を成功裡に導いた数々の原因の中で、それまで中国文明を積極的に受け入れながら、自国の文明との融合をはかり、独自の文体や思想体系を形成させてきた日本漢文学が決定的な役割を果たしたことが、その一つと言えよう。

上記諸例は、いずれも日本漢文学の本質を考える上で示唆に富むものである。ところが、日本漢文学が過去の歴史の中で、具体的にどのような方法や思想を生みだし、どのような創造や達成を成し遂げ、さらにそれらが今後の国際交流に対してどのような発信力を持っているかについては、残念ながら従来必ずしも系統的かつ多角的に検討されなかったようである。少なくとも、これらの問題を、国際的な場において議論したことは皆無と言ってよい。

近年になって、英語を中心とする西洋文化が主導するグローバル化が進み、本来文化の多様性に寛容であるべき我々の世界では、英語力で文化の優劣を判断するという覇権的な思想が蔓延っており、それに迎合する気風も、東アジアの大学に生まれつつある。しかし、考えてみれば、主体性の喪失は、隷従への第一歩ともいえる。さきに述べたように、日本漢文学は、強大な中国文明に対峙しながら生まれた、主体性の強い、無尽蔵の知恵を孕む文化現象である。それだけに、文化の存続とあり方を思考し、文化の多様性とは何かという問いに直面している我々にとって、その豊かな伝統をより多角的な分析を行い、その方法、達成と可能性を議論することは極めて有意義であり、また喫緊の課題でもあろう。

このような事情を踏まえ、我々は、日本国際交流基金（JAPAN FOUNDATION）の助成を得て、香港城市大学と二松学舎大学共催の形で、日本、香港、中国、ヨーロッパ、北米の関連分野の専門家に呼びかけ、二〇一八年九月十四日から十六日まで、香港城市大学において「日本漢文学の射程―その方法、達成と可能性」というテーマを掲げた国際ワークショップを開催した。二松学舎大学は近年文部科学省によって日本漢文学の研究教育の拠点に指定されているように、この分野の研究者を数多く擁している大学であり、日本漢文学の根拠地である。また、香港城市大学は、東西の比較文化・哲学など人文学の研究が盛んに行われている研究機関である。香港城市大学という場でこのようなワークショップを開催する目的は、日本漢文学の存在、意義と価値を世界に広く発信し、当該分野への学者たちの関心を呼び寄せる狙いである。

強い台風「山竹」に見舞われたこのワークショップは、当初の予定より日程がやや短縮されたにもかかわらず、十三名の参加者は、二日間にわたって表題をめぐる論文を発表し、しばしば白熱した議論を交わした。その様子は地元の新聞にも特集記事として大きく報道された。いま、編集作業を終えて、論文のタイトルから、改めて日本漢文学の範囲の広さと、あり方の豊富さを思い知らされ、各論文に示されるその多彩な方法にも印象づけられた。合計四章からなる本書の内容を、（一）**日本漢文―文献研究とその方法**、（二）**近代教育と漢学・儒教**、（三）**近代漢学と思想・宗教**、（四）**日本漢文学の可能性**、に分けてみたが、おそらく日本漢文学の研究が進展すれば、その範囲は一層拡大するものだろうと推測される。

ここに国際ワークショップの結実として、本書を世に送り出すが、我々は今後も、日本漢文学の「学」としての意義を探求し、世界文化史におけるその確たる地位を獲得するために、弛まぬ努力を継続していくつもりである。本書が、そのために踏み出した第一歩となることを願っている。

編　者　識

# 目　次

# Ⅰ

# 日本漢文――文献研究とその方法

# 「聖徳」の転落
## ――日本における緯書の享受と変容

王　小林

### 一

緯書という特殊な漢籍の一群が日本にも伝来されていたことが、『日本国見在書目録』に確認されるところである。しかし、数々の漢籍のなかで、緯書が古代日本人によってどのように読解され、応用されていたかについては、従来あまり関心を寄せられなかったようである。これには、緯書そのものに対する研究の立ち遅れという原因もあるが、その状況が少しずつ改善されたため、現在、様々なアプローチが可能となりつつある。筆者はこれまで『古事記』と『日本書紀』などの上代文献をてがかりに、古代日本の歴史記述における緯書の利用状況を調査し、その受容の仕方について注目してきた(1)。本稿は、そうした調査研究の一端を披露するとともに、緯書が、中国から日本へ受け容れられていく過程でどのように変容し、とくに日本特有の歴史的風土がいかにその受容に影響していたかについて略述したい。

# 二

上代日本の文献に讖緯思想の影響が見られること、それが予想よりも深く『古事記』や『日本書紀』などの撰述と関わっていることは、神武東征伝承、建内宿禰伝承、更に反正天皇などの事例によって知られる。中でも、讖緯思想を構成する重要な一要素である「図讖」の役割が目立つ。図讖とは、未来を予示、予言する図と書物を指し、その内容には、「感生帝説」、「異常風貌説」、「星宿予徴説」、「受図受命説」など多くの要素が含まれている。図讖のひとつとなる「異常風貌説」は、人並みはずれた身体特徴でもって生まれた者に見られるものであり、その意義は、安居香山氏がいう、ある特定の対象を「神秘化、特殊化、権威化、絶対化」させ、その統治者または聖人たる資格を正統化させるためにあるが(2)、そうした手法の根底をなすのは、エリアーデの神話学用語でいう、一種の「宇宙的聖体示現」の思想である。このため、いわゆる「聖徳」ある者には、必ずこれといった尋常ならぬ身体特徴が認められ、それは天から与えられた「使命＝命」としての「しるし＝符」と理解されていた。その理論づけは既に漢代の政治論著『白虎通』によって次のようになされている。

○帝王は何ぞや。号なり。号は、功の表れなり。功を表し徳を明らかにし、臣下に号令する所以の者なり。徳の天地に合する者を帝と称し、仁義合する者を王と称し、優劣を別つなり。『礼記』謚法編に曰く、「徳は天地を象りて帝と称し、仁義の生ずるところ王と称す。」（号）

○又た、聖人に皆異表あり。……黄帝は龍顔なり……顓頊は干を戴く……帝嚳は駢歯なり……堯の眉八采あり。（異表）

ここに「帝」なる者の資格として、「功」と「徳」が必須の条件であると述べているが、ここで注目しなければならないのは、「徳は天地を象りて帝と称す」という言葉である。讖緯思想では、身体特徴がそのまま「徳」の具象として見なされ、ここの「象」は、あくまでも目に見える、具体的な特徴を指している。

「徳」にはまた様々な形も伴っているようである。例えば、中国人学者賈晋華氏は、「徳」の字義をめぐって、古文字、考古学、思想史などの一元論的な立場から広汎な考察を行った上で、その字義を次のように論じたことがある。

徳には文と武の両面があるが、いずれも人王が天から与えられた重要な政治的な人格、権威と方略である。周の文王と武王が天によって美徳と天命を付与されたと自称したが、伝統上における両者もやはり完全な文徳と武徳の代表として崇められてきたのである。(3)

このような思想が背景にあったからこそ、『白虎通』を始め、諸々の漢籍に見える帝王の風貌をめぐる描写も、多くは文と武のどちらかの「徳」を具えたものとなっている。そうした個々の具体化された「徳」が、図讖として歴史叙述においてその機能を発揮している例が、左記の緯書に見られる。

○蒼帝姫昌、日角鳥鼻、身長八尺二寸、聖者慈理也。（『洛書霊準聴』）

○瑤光如蜺貫月、正白、感女樞於幽房之宮、生顓頊、首戴干戈、有徳文也。（『河図』）

このように、人並みはずれた顔立ちと身長を持つことを「聖者」たる「理＝あや」と、「徳」のある「文＝あや」として見なされている。また、漢籍においては、天子や聖人の「駢歯」を記すと同時に、そのような特徴を有する意味も必ず付け加えられている。

武王駢歯、是謂剛強。（『春秋演孔図』、『春秋元命包』）

武王の場合、かの極悪無道の紂王を討伐した武勇ぶりと同様に、「駢歯」がその「徳」の表象として強調されている。

同じく、帝嚳が「駢歯」を持つのも、これに似た「聖徳」がその決定的な条件でなければならない。むろん、「徳」は文と武に集中しているとは限らなかったようである。『春秋元命包』に、

倉帝史皇氏、名頡姓侯剛、龍顔侈哆、四目霊光、実有睿徳。

とあるように、目四つを持った倉帝は、「睿徳」――物事をよく見通す徳の持ち主とされていたのである。また、『今本竹書紀年』帝禹篇に、大禹のことを、

長有聖徳、長九尺九寸。

と描いているのも、身長そのものが「聖徳」の現れとして見なされていたことを明示している。さらに、『列子』にも、

神農氏、夏后氏、蛇身人面、牛首虎鼻、此有非人之状、而有大聖之徳。（黄帝第二）

という一文が見られる。

かくして古代中国人の観念では、「徳」とは、人間界を統治する「帝」または「聖」という者に限って見られるものであり、それも抽象的な理念と具体的なイメージを併せ持ったものでなければならなかったのである。かかる人間の身体に様々な図讖的な要素を持たせることも、やはり古代の讖緯思想の流れを汲んだ、エリアーデがいう「宇宙的な人間のあり方」または「宇宙的責任を引き受ける」人間ということであろう。

さて、このような視点から見れば、『古事記』反正天皇条に見られる次の内容についても、新たな解釈が可能である。

弟、水歯別命、坐多治比之柴垣宮、治天下也。此天皇御身之長、九尺二寸半。御歯長一寸広二分、上下等斉、既如貫珠。天皇、娶丸邇之許碁登臣之女、都起郎女、生御子、甲斐郎女。次、都夫良郎女。二柱。又、娶同臣之女、

弟比売、生御子、財王。次、多訶弁郎女。並四王也。天皇之御年、陸拾歳。丁丑年七月崩。御陵在毛受野也。

文中の身長や歯をめぐる表現は、反正天皇もまた、武王に近いような「剛強」なる武勇という「徳」を持っていることを示唆しているようである。事実、反正記に先立って、履中天皇条に見える墨江中王の反逆記事においても、既に水歯別命の智略に関する描写が見られ、さらに下手人の隼人を酒宴にて斬り倒す武勇ぶりも記されている。

図讖のこうした機能を示す好例として、『芸文類聚』帝王部に見える帝堯の記事も挙げられる。

帝堯陶唐氏、伊祁姓也。母曰慶都。……身長十尺、嘗夢攀天而上之、故二十而登帝位。（第二）

このように帝堯は、その特別な出身に加えて、「身長十尺」なるが故に、二十歳でもって帝位に即いたと記されている。この一文から、図讖がそのまま天子たる正統性の証明になっていることが分る。この帝堯の記事が、次の垂仁記に見える大帯日子淤斯呂和氣命の記事の冒頭に飾る「故」の意味を理解する重要なヒントになる。

伊久米伊理毘古伊佐知命、坐師木玉垣宮、治天下也。此天皇、娶沙本毘古命之妹、佐波遅比賣命、生御子、品牟都和氣命。一柱又娶旦波比古多多須美知宇斯王之女、氷羽州比賣命、生御子印色入日子命。次大帯日子淤斯呂和氣命。次大中津日子命。次倭比賣命。次若木入日子命。五柱又娶其氷羽州比賣命之弟、沼羽田之入毘賣命、生御子、沼帯別命。（中略）故、大帯日子淤斯呂和気命者、治天下也。御身長、一丈二寸。御脛長、四尺一寸也。

この記事で注目すべきところは、数多くの嗣子が並べられている中で、大帯日子淤斯呂和氣命（後に景行天皇）の名前の後にのみ、小文字で、「御身長、一丈二寸。御脛長、四尺一寸也」と書かれている。この小文字の部分は、反正記の図讖と違って、後から挿入された可能性が高い。その意図は、讖緯色でもって天皇記事を潤色するだけでなく、次男なる大帯日子淤斯呂和氣命の天子たる正統性を強調する点にあろう。

「大帯日子淤斯呂和氣命者、治天下也」一文の冒頭に見える「故」という接続詞は、通常の漢文なら、条件句を踏まえなければならないが、ここではいきなり「故」でもって始まるのはいかにも不自然である。恐らく、この記事が完成した後に、撰者自身も、この「故」の不自然さに気付いたものであろう。そこで考えたのは、「故」の条件として、小文字でもって書き入れられた「御身長、一丈二寸。御脛長、四尺一寸也」ではないだろうか。

身長に関する図讖のような記述は、『日本書紀』にも見られる。

○是小碓尊、亦名日本童男。亦曰日本武尊。幼有雄略之気、及壮容貌魁偉。身長一丈、力能扛鼎。（景行天皇）

○天皇容姿端正、身長十尺。（仲哀天皇）

「一丈」にしても「十尺」にしても、むろん事実ではなく、前記反正記の「九尺二寸」や垂仁記の「一丈二寸」と同様、天皇の「徳」を身長でもって表現し、強調する表現である。

このほか、顕宗記の御歯に関する記事もまた、同じような視点から見なければならない。何故なら、『日本書紀』顕宗天皇元年二月是月条の当該記事は左記のように、図讖の要素など見られない、歯の欠落状況による判断という、極めて合理的な記述内容である。

二月戊戌朔壬寅、詔曰、先王遭離多難、殞命荒郊。朕在幼年、亡逃自匿。猥遇求迎、升纂大業。広求御骨、莫能知者。詔畢、与皇太子億計、泣哭憤惋、不能自勝。是月、召聚耆宿、天皇親歴問。有一老嫗進曰、置目知御骨埋処。請、以奉示。於是、天皇与皇太子億計、将老嫗帰、幸于近江国来田絮蚊屋野中、掘出而見、果如婦語。臨穴哀号、言深更慟。自古以来、莫如斯酷。仲子之屍、交横御骨、莫能別者。爰有磐阪皇子之乳母、奏曰、仲子者上歯堕落。以斯可別。於是、雖由乳母、相別髑髏、而竟難別四支諸骨。由是、仍於蚊屋野中、造起双陵、相似如一。葬儀無異。（顕宗元年正月）

これに対して、顕宗記の記事は垂仁記に同じく、小文字で書きこまれている「御歯者、如三枝押歯坐也」という表現であり、後からの追加記録として、撰者の意図が込められていると推測される。天皇になれなかった市辺押歯王について このように記述された理由について、日本思想大系『古事記』と、日本古典文学大系『日本書紀』では、持統紀に草壁皇子を「草壁皇子尊」と記し、常陸風土記に倭建命を「倭武天皇」というように、皇位に即かなかった皇位継承候補を追尊する例を踏まえて、皇位争いに失敗した者に対するいわゆる「追尊」目的と見なしている。このような推測が成り立つとすれば、市辺押歯王の歯を「如三枝押歯坐也」と描くところが、まさに「駢歯」でもってその帝王たる資格を追加承認する「追尊」のためである。ここでは「押歯」も、無論「徳」のある象徴と見なされてよい。「駢歯」という表現を直接用いず、反正、市辺王の歯について特筆するだけで、そのような効果を収められたところに、図識をめぐる認識が当時において既にある程度広まっていたことを示しているのであろう。

## 三

ところで、興味深いことに、天の命脈を引き継いだ象徴としての図讖が、日本に受容される過程で、帝王関連の記事とは別のところでもその機能を発揮している。記紀などに頻繁に現れる「土蜘蛛」を例に掲げたい。土蜘蛛の名が見られる最も古い文献は『古事記』である。神武天皇東征のおり、忍坂にて穴倉に住む尾の生えた種族「土雲」を討ったという記事は、

自其地幸行、到忍坂大室之時、生尾土雲八十建、在其室、待伊那流。

というような記述に始まり、天皇の行く手を阻む地方の抵抗勢力としての土蜘蛛を、巧みな戦術によって殲滅するが、類似記事が『日本書紀』と『風土記』の方により多く記録されている。

例えば、神武紀には新城戸畔、居勢祝、猪祝という三者が登場し、それぞれ大和国の各所を本拠地としていたが、神武天皇に従わなかったために退治された。同じく大和の高尾張邑にも土蜘蛛がいたと記されている。

己未年春二月壬辰朔辛亥、命諸将練士卒。是時、層富懸波多丘岬、有新城戸畔者。又和珥坂下、有居勢祝者。臍見長柄丘岬、有猪祝者。此三処土蜘蛛、並恃其勇力、不肯来庭。天皇乃分遣偏師、皆誅之。又高尾張邑、有土蜘蛛。其為人也、身短而手足長。与侏儒相類。皇軍結葛網、而掩襲殺之。因改号其邑曰葛城。（神武即位前紀己未年二月条）

さて、土蜘蛛について、馬場アキ子氏が、日本における鬼文化の発生と展開を考察するにあたり、その性質に触れて次のように論じたことがある。

土蜘蛛とは、先住土着民の力の強大なものをさしていったことばである。『風土記』のなかにはことに多く記録されているが、一般に今日知られている土蜘蛛は、歌舞伎や能のそれであり、塚にこもる妖怪のイメージが強い。折口氏は、オニとは大人（おおひと）のことであり、征服された先住民のことではないかと述べておられるが、そういう意味ではもっとも古代的なオニの一種として土蜘蛛をみることもできよう。(4)

このように、馬場氏は土蜘蛛を「先住土着民」としながらも、近世以降に発達した歌舞伎と能において妖怪とされていることにも注目し、その性質について「古代的なオニの一種」という判断を下している。

ところが、従来の研究では土蜘蛛が「妖怪」または「オニ」へ変身する理由について、さほどの関心を寄せられなかったようである。土蜘蛛について『古事記』では「生尾」、『日本書紀』では「其為人也、身短而手足長」と記されるように、最初から特異な身体特徴が強調されている点が注目に値する。何故なら、こうした身体特徴をめぐる表現が、そもそも土蜘蛛を「異形異類」として規定づける決定な条件であるだけに、その由来について考察する必要があると思う。

いわゆる土蜘蛛の具体的様相が左記のようになっている。

①すべて、この倭建の命、国を平らげ廻り行きし時に、久米の直が祖、名は七拳脛、恒に膳夫として従ひ仕へまつりき。（『古事記』景行天皇条）

②天皇、則ち吉備武彦と大伴武日連とに命じて、日本武尊に従はしめ、亦七掬脛を以ちて膳夫としたまふ。（『日本書紀』景行天皇四十年七月条）

③羽白熊鷲といふ者あり、其の為人、強く健し。亦身に翼有りて、能く飛びて高く翔る。（『日本書紀』神功皇后摂政前紀）

④古老の曰へらく、昔、国巣、俗都知久母。又夜都賀波岐と云ふ。山の佐伯、野の佐伯に在り。（『常陸国風土記』茨城郡）

⑤この川上に荒ぶる神あり、往来の人の半ばを生かし半ばを殺しき。ここに、県主等の祖大荒田、占問ひき。時に土蜘蛛大山田女・狭山田女あり。（『肥前国風土記』佐嘉郡）

⑥大家嶋。この村に土蜘蛛あり。名を大身と曰ふ。（同右松浦郡）

⑦値嘉郷。第一の嶋の名は小近、土蜘蛛大耳居あり。第二の嶋の名は大近、土蜘蛛垂耳居あり。（同右松浦郡）

⑧美麻紀の天皇の御世に、越の国に人あり。名をば八掬脛といふ。（その脛の長さ八掬なり。力多り太強し。こは出雲の後なり。）その属類多し。（『釈日本紀』巻十所引『越後国風土記』）

このように、王権に対立する「まつろわぬ」存在であった者たちが、それぞれ「羽白熊鷲」、「荒ぶる神」、あるいは「土蜘蛛」と称せられていたが、その形姿容貌も、「翼を持ち翔る」、「八束脛」、「大身」、「大耳」、「垂耳」のように、尋常ならぬ特徴を帯びていた。この中で、「翼を持ち翔る」は龍の性質を思わせ、また「八束脛」、「大身」、「大耳」、「垂耳」も、緯書に記される聖者の特徴に通じる要素であるが、とりわけ「八束脛」の描写で想起されるのが、前掲『古事記』垂仁記大帯日子淤斯呂和氣命の記事の、

故、大帯日子淤斯呂和氣命者、治天下也……。御身長、一丈二寸。御脛長、四尺一寸也。

という内容である。前述のように、身長に関する文中の「一丈二寸」は実際の身長ではなく、緯書から借りた表現である。「四尺一寸」という尋常ならぬ「脛」の長さも、事実ではなく、漢籍に影響を受けた表現と見られよう。緯書と関連の深い『山海経』大荒西経に次のような内容が見られる。

西北海之外、赤水之東、有長脛之国。

郭璞の注は、「脚長三丈」としている。一方、清の学者郝懿行の解釈は次のようになっている。

長脛即長股也、見海外西経。郭云脚長三丈、正与彼注同。

ところが、ここで興味深く思われるのは、同じ『古事記』の中で、大帯日子淤斯呂和氣命の身体をめぐって「御脛長、四尺一寸也」と記す一方、王権に反抗する久米の直が祖や「土雲＝土蜘蛛」についても、「七拳脛」「八束脛」「八掬脛」という表現を用いている点である。こうした異常に長い「脛」またはその他の土蜘蛛の身体特徴は、緯書との関連を強く示唆している。例えば、緯書には、

○怪目勇敢、重瞳大耳。（『河図稽命徴』）

○禹身長九尺……耳三漏。（『洛書霊準聴』）

○湯有四肘。（『洛書霊準聴』）

○黒帝子湯、長八尺一寸、或曰、七尺、連珠庭、臂二肘。（『洛書霊準聴』）

○湯臂四肘、是謂神剛。（『春秋元命包』）

というような例が多く見られ、文中の「大耳」は、『肥前国風土記』松浦郡の土蜘蛛の描写と一致し、その他の本来聖人や神仙の身体特徴に使われる表現も、土蜘蛛の特徴と相似ているのである。例えば「四肘」「二肘」は腕の長さを間接的にいう表現であり、それは土蜘蛛の足の長さをいう「七拳脛」、「七掬脛」、「夜都賀波岐」「八掬脛」と基本的に同じ意味のものと捉えてよいだろう。無論、「肘」と「脛」を同義とするのは少し乱暴かもしれないが、それが人間の体形から「蜘蛛」の体形へ置きかえられた以上、「肘」と「脛」はイメージ上かなり接近したものであろう。

かくして「土蜘蛛」をめぐる描写が、『山海経』や緯書の内容に通じるということは、実に注目すべき興味深い現象である。漢籍において本来「聖」なる者の身体特徴をめぐる描写が、上代の歴史記述の中で突如として王権に「まつろわぬ」異形異類の形容となってしまったことに、やはり強い違和感を覚えるものである。しかも、これが一時的な現象や傾向ではなく、後世になっていよいよ強まり、いわゆる「聖徳」の象徴が、完全に異形異類を特徴づける要素となってしまったようである。

## 四

時代が下り、一度上代文献に現われた土蜘蛛が、中世になってかの酒呑童子と一体化されたこともまた興味深い現象である。

数多くの中世説話の中でとりわけ名高い酒呑童子の話は、そのあまたある異本の存在からも、中世日本における流布の範囲、影響の深さが窺え、その詳細については、豊富な資料によって裏付けられた佐竹昭広氏の『酒呑童子異聞』

がよく知られている。ところが、佐竹氏によって示された諸本の内容を読んでいると、おのずから目を引き付けられるのが、いわゆる「捨て子童子」の基本構造と緯書に見える貴種流離譚的伝承の類似、さらに酒呑童子によって象徴される中世説話のヒーローたちの形姿容貌に及ぶ緯書の影響である。例えば、佐竹氏はその著において、

不思議な誕生をした子どもが深山に捨てられ、山の動物に守護されつつたくましく成人し、威力を世に振るうというモチーフは、中世口承文芸の典型的な一類型であった。この類型を山中異常誕生譚「捨て童子」型と命名することができよう。伊吹童子、役行者、武蔵坊弁慶、平井保昌、かれらはおしなべて山中の「捨て童子」だったと言える。(5)

のように述べているが、『春秋元命包』の次の記事について見よう、

姜源（嫄）遊閟宮、其地扶桑、踏大人蹟而生男、以為不祥棄之。牛羊不践、又棄山中、会代（伐）木者、薦覆之、又取而置寒氷上、大鳥来以一翼籍覆之、以為異、乃収養焉、名之曰棄、相於呉、是為稷。

「大人」――大きな体を持った者の足跡を踏んで生んだ男の子を不吉のものとして山中に捨てたが、その子が鳥などに助けられて命拾いし、ついに立派な人間に育つ展開は、酒呑童子の出生譚と通じるところが多い。中でも左記『前太平記』と『日本大蔵経』修験道章疏三所収の伝承と比較すれば、緯書との関連を示唆する表現がところどころに認められる。

○サレバ彼本姓ハ越後国、何某ノ妻胎メル事十六箇月ニシテ産ニ臨ム。苦ム事甚クシテ、終ニ不産得、悶エ死ニ死ケリ。母死テ後、胎内ヨリ自這出テ、誕生ノ日ヨリ能歩ミ言事、四五歳計ノ児ノ如シ。諸人怪ミ不恐ト云者ナカリシカ共、父子ノ恩愛難捨テ、五六歳ニ成マデハ育置シガ、其為人不尋常、戯遊ブ正ナ事マデモ更ニ人間ノ所為トモ不見ケレバ、父モ流石恐シク覚エテ、遂ニ幽谷ノ底ニ棄テゲリ。サレドモ狐狼ノ害モ無ク、木実ヲ喰ヒ、谷

水ヲ飲デ成長シ、其長八尺有余ニシテ、力飽マデ逞シク、然モ外法成就シ、或ハ陸地ニ人ヲ溺シ、或ハ空中ニ身ヲ置、様々ノ術ヲ成ス。（『前太平記』巻二十、酒顚童子退治事）

○小角生時、握一枚之花出胎也。生而能言。其母愕然曰、此児鬼神也。棄之山林。雖経数十日無衰色。狼狐不食之、却守護。于時大和之商人行路之次観之。即抱取之帰家字之。（『役行者顚末秘蔵記』）

右記二記事の基本構造は『春秋元命包』姜嫄伝承とほぼ重なるのみならず、とりわけ出生の特異性と、身体特徴として強調される以下の諸点が、緯書の内容と対応するものとして注目される。

① 妊娠の時間が異常に長いこと。
② 誕生した日からものが言えること。
③ 身長が異常に高いこと。

この三項目は、佐竹氏が「捨て童子」の原話として引用しているすべての伝承に認められる。ここに諸本の内容から一部を引用してみよう。

① その丈二丈ばかりにて、面の色うす赤うして、髪をばかぶろに、肩のまはりに切りまはし。（慶応大学蔵『しゆてん童子』）

② 丈七尺あまりにて、そのころ四十ばかりにやあらん、髪はかぶろに切り、色白く、肥えふとり。（麻生太賀吉氏蔵『酒典童子』）

③ 高さ一丈斗もあるらんと見え、髪はかぶろに、白く肥えふとり、容顔美麗にして、年四十計に見えたる。（岩瀬文庫蔵『酒癲童子絵詞』）

④ 丈一丈ばかりあるが、髪はかぶろに、色白くして肥えふとり、容顔美麗にして、年は四十ばかりに見えにけり。

⑤　たけ一丈ばかりあるが、かみはかぶろに、いろしろくしてこゑふとり、としは四十ばかりにみえたり。

（大東急文庫蔵『しゆてん童子』）

⑥　さて月日満ちて産月になりぬれど、いさゝかその気色もなし。物思ひ給ふ故にかく侍るかと、母上心ならず思ひ給ふ。つゐに三十三月と申すに、産の紐を解き給ふ。取上げ見給へば、珠のやうなる男子なり。髪黒々と肩のまはりまでのびて、上下に歯を生ひ揃ひたり。乳母抱き取りて「あらうつくしの若君や」と申しければ、目を鮮かに見開きて、「父はいづくにましますぞ」との給ひしこそおそろしけれ。胎内に三年まで宿り給ひしことなれば、ものをの給ふをあやしむべきにあらず。（中略）このちゝ（ごカ）酒を愛して飲み給ふよし聞えしかば、世の人酒天童子とぞ名づけける。月日にしたがつて容儀骨柄ゆゝしく見え給ふ。

（龍門文庫奈良絵本『しゆ天童子』）

（島津久基編・市古貞次校訂『続お伽草子・伊吹童子』）

右記の酒呑童子の容姿をめぐる描写、一読して反正記や、『日本書紀』の天皇描写との共通点が認められよう。「一丈」は「十尺」と同義であり、そして、ここでは、反正記の「九尺二寸」とは一致しないものの、「二丈」、「丈七尺」、「一丈ばかり」という表現は、いずれも実際の身長より、象徴的、誇張的なものと見受けられよう。酒呑童子の身長だけではない。もう一つの中世説話『弁慶物語』にも、かの反正天皇の容貌に通じる左記のような内容が見られる。

○この人は十月廿月過ぎ、三年にてぞ生まれける。姿を見れば、世に越えて恐ろしく、常の人の三歳ばかりにぞありける。髪は首まで生いさがり、目は猫の目に異ならず。歯は生いそろひ、足手の筋さし表れ、伏したりけるが起き上がり、東西をきつと見て、「あら明かや」と言ひて、からくとぞ笑ひける。（岩波新古典文学大系『弁慶物語』）

○かくてとし月をふるほとに三とせ三月と申に御さんのひもおとき玉ふすかたを見れはよにこへて三さいはかりに見へにけりかみなかくまなこはとらのことくなるかおくはむかふはおひそろひあしてもふとくたくましうそ見えにけるふしたるところをかつはとおきとうさいをきら〈と見まはしてあらあかやといひてから〉とわらふへんしんこれを見てあたわぬこを申によりおにこをたまわりけるとてこしのかたなをひきぬいてすてにかいせんとしたりけり。（京大国文研究室蔵写本『弁慶物語』）

この外にも、例えば江戸初期の無法者、大島一兵衛の誕生譚にも、次の一節が見られる。

見しは今、大島一兵衛と申す者、江戸町にありて世にまれなる徒者、是によって禁獄す。……然るに一兵衛、籠中東西を静め、大声あげて言ふやう。何某、生前の由来を人々に語りて聞かせん。武洲大島といふ在所に利生あらたなる十王ましまます。母にて候ふ者、子のなき事を悲しみ、この十王堂に一七日籠り、満ずる暁、霊夢の告げあり、懐胎し、十八月にしてそれがし誕生せしに、骨格たくましう、面の色赤く、向歯ありて、髪はかぶろにして、立ちて三足歩みたり。皆人これを見て、悪鬼の生れけるかと驚き、既に害せんとせし所に……。

（『慶長見聞記』巻六）

右記三例は、それぞれ弁慶をめぐる異本の中から引用されたものであるが、このように、弁慶の歯について、生まれた瞬間から、「歯は生いそろひ」、「向歯ありて」のように、立派な歯並が強調されているのである。かかる弁慶の歯をめぐる記述を、先の酒呑童子の桁違いの身長とならべて見れば、ほぼ反正記の記述内容に重ねても不自然でないくらい、類似の度合いが高いものとなっている。

また、「身長」と「歯」の描写に限らず、酒呑童子と弁慶の「目」をめぐる描写も、やはり緯書の影響を強く受けていることが認められる。例えば、文中に見える「目を鮮かに見開きて」「目は猫の目に異ならず」「まなこはとらのことくなる」などの表現から容易に想起されるのが、本来「聖徳」をもつことを意味する緯書の「重瞳」という表現である。既に拙著において述べたように、『孝経援神契』の注に見られる「重童（瞳）取象雷、多精光也」――重瞳は雷をかたどったものであり、目が鋭く光る、という解釈は、『懐風藻』の大友皇子をめぐる「眼中精耀、顧盼煒燁」という表現にまで影響を及ぼしている。「精光」と「精耀」と同義語であり、ともに「鋭く輝く、光る」の意である。これを敷衍した後世の歴史文献に多く見られ、例えば中国の史書にある魏の太祖と隋の高祖の出生譚に見られる、「弱にして能く言い、目に光曜あり」「目の光は外射し」のようになっているのである。

さらに、「弱にして能く言う」という特徴もまた、生まれたばかりの伊吹童子と弁慶がそれぞれ、「父はいづくにましますぞ」、「東西をきつと見て、あら明かや」、「あらあかや」という表現と重なる。さらに、これらを次の『史記』と緯書『春秋元命包』などの内容と合わせてみれば、その関連性が容易に推知されよう。

○黄帝者、少典之子。姓公孫、名曰軒轅。生而神霊、弱而能言。（『史記』五帝本紀）

○神農生、三辰能言、五日而能行、七朝而歯具、三歳而知稼穡般戯事。（『春秋元命包』）

○帝嚳高辛氏、姫姓也。其母不見、生而神異、自言其名曰夋。駢歯。有聖徳、能順三辰。（『春秋元命包』）

○夏四月庚午朔己卯、立廐戸豊聡耳皇子、為皇太子。仍録摂政。以万機悉委焉。橘豊日天皇第二子也。母皇后曰穴穂部間人皇女。皇后懐妊開胎之日、巡行禁中、監察諸司。至于馬官、乃当廐戸、而不労忽産之。生而能言、有聖智。及壮、一聞十人訴、以勿失能弁、兼知未然。（推古元年紀）

以上の例にとどまらず、酒呑童子と弁慶などの妊娠期間に関するやや誇張された左記の一連の表現も、やはり恣意的なものではないようである。

○何某ノ妻胎メル事十六箇月ニシテ産ニ臨ム。

○つゐに三十三月と申すに、産の紐を解き給ふ。
○この人は十月廿月過ぎ、三年にてぞ生まれける。
○かくてとし月をふるほとに三とせ三月と申に御さんのひもおとき玉ふ。
○この十王堂に一七日籠り、満ずる暁、霊夢の告げあり、懐胎し、十八月にしてそれがし誕生せしに……。

上記の内容を次の緯書の引用と比較すれば、両者の間にやはり何らかの関係を認めるべきであろう。

○大人国、其民孕三十六年而生児、生児長大。（『春秋括地象』）
○足下五翼星。宋均注、赤龍与慶都合、十四月而生帝祁。（『春秋合誠図』）
○粤若堯母曰、慶都遊於三河、龍負図而至、其文要曰、亦受天佑、眉八采、鬢髪長七尺二寸、円兌上豊下、足履翼宿、既而陰風四合、赤龍感之孕、十四月而生堯於丹陵、其状如図、身長十尺。（『尚書中候握河紀』）
○附宝見大電光、繞北斗権星、炤郊野、感而孕、二十五月而生黄帝軒轅於寿邱、龍顔有聖徳。（『河図稽命徴』）

かくして「其民孕三十六年而生児、生児長大」「十四月而生帝祁」「十四月而生尭於丹陵」「二十五月而生黄帝軒轅於寿邱」は、表現こそ一致しないものの、格別に長い妊娠期間でもってその出自の特異さを強調するところが、酒呑童子、弁慶の出生譚と一脈通じていると言わざるを得ない。

さて、こうした中世説話と緯書の間に見る表現の一致や類似を、偶然の所産とするより、やはり日本における讖緯思想の変容と捉えたい。酒呑童子に現れる讖緯思想の要素は、その王権との関係という政治学的なコンテキストと合わせてみれば、元来の機能とは全く正反対の方向に設定されている傾向が目立つ。(6) この点をより一層強めているのが、「蜘蛛」のイメージと緯書表現によって彩られた酒呑童子のイメージとの結合である。

佐竹昭広氏は「二代目と似せ者」なる章において、次のような内容を引用している。

さてもその後、六人の人々は、童子人屋のあたりを見給へば、取られ給ひし女ばうたち、人々のすそやたもとに取りつき、かなしみ給ふぞあはれなり。心やすかれ人々、是にはいかですておくまじと、姫君たちをともなひ、都をさしてぞ上らるゝ。都になれば、姫君たちを本所々々におくり、それより参内なされける。みかど叡覧ましまして、このたびの褒美として、頼光をばせい将軍になし給ふ。かたじけなしとて御前をまかりたち、人々に近づき、このたびの恩賞とて、皆々所知を下さるゝ。この程の疲れにや、頼光すこしまどろみ給ふ所、その丈八尺ばかりなる大の法師きたり、頼光の枕もとに立ちより、千筋のよりかくる。保昌、夢さめ、かつぱとおき、太刀ひんぬいてはつしと切る。うたれてあとなくなりにけり。五人の人々おどろき騒ぎ、われもわれもと立ちより見れば、血のながれたるあとあり。たづねのぼりて見給へば、大きなる穴あり。不思議さよ思ひ、よく見れば、かしらは蜘蛛のごとくにて、眷属どもを殺され、その恨みをなさんがために、千筋の縄をゑりかくると申しければ、六人の人々は、このよしを聞き給ひ、土も木もわが大君の国なるに、なにの恨みあるべきとて、やがてからめとつて、くろがねの串にさしつらぬき、大路にさらされける。それよりもなにの子細はなかりけり。国土安穏、長久末繁盛、めでたきともなかなか、貴賤上下おしなべて、んぜぬ者こそなかりけれ。

（寛文三年刊正本『大ゑやましゆてん童子』）最終段

やや長い引用となったが、ここでは、頼光を「せい将軍」――「征夷将軍」とすることによって、酒呑童子が「土蜘蛛」として、完全に王権から排除されるべき存在、それも蜘蛛の形をした「夷」という、「異形異類」にされている。酒呑童子の形姿が、「その丈八尺ばかりなる大の法師きたり」と、図識のそれよりも誇張された表現となったのが、「捨て童子」としての聖なる要素が完全に消滅してしまった証拠とも見なされよう。例えば、寛文三年刊『しゆ天どうじ』東洋文庫蔵「どうじさいご並くびそらへまいあがる事」の次の内容についてみよう。

頼光は御前に立ち、供人あまた引き具して所知入りあるこそめでたけれ。その後、童子が執心、一丈五尺の蜘蛛となり、夜な夜な頼光にたゝりをなす。かれもことごとくほろぼして、天下安全になし給ふ。……上古も今も末代も、ためし少き次第とて、貴賤上下おしなべ、感ぜぬものこそなかりけれ。

この外にも例えば、延宝六年刊仮名草子『お伽物語』（巻四ノ三）にも、類似の描写として、

百物語して蛛の足をきる事。

とあるのが見え、更に、元禄四年刊『多田満仲五代記』（巻六）所収「頼光朝臣瘧病事付討捕ル山蜘蛛ヲ事」と、東大図書館蔵『いぶき山』にもそれぞれ、

○是ホドノ虫類ニ侵サレヌルコソ奇怪ナレ、如何サマ大江山ノ童子ガ化生ト覚ヘリ。

○今この山に二面悪鬼と出生せり。

という内容が記されている。この「虫類」はむろん蜘蛛を指しているが、「二面悪鬼」の描写から想起されるのが、『日本書紀』仁徳天皇六十五年の条に地方の抵抗勢力として描かれている「宿儺」である。

六十五年、飛騨国有一人、曰宿儺。其為人、壹体有両面、面各相背、頂合無項、各有手足、其有膝而無膕踵。力多以軽捷、左右佩剣、四手並用弓矢。是以、不随皇命、掠略人民為楽。於是、遣和珥臣祖難波根子武振熊而誅之。

かくして「宿儺」が「不随皇命」――「まつろわぬ」者として王権に真向から対立する存在であったから、『抱朴子』登渉篇の鬼に原型を持つこの「二面」なる者が、いつしか伊吹山の酒呑童子と結合させられたのである。

さて、緯書に見る異常風貌説関連の表現は、本来の聖徳の象徴となる身体特徴がネガティブに捉えられ、「悪しき鬼」の象徴とされてしまったことは、やはり特異な現象と言わざるを得ない。一体いかなる原因で、緯書の聖なる者の「徳」を象徴する表現が、土蜘蛛を始め、上代から中世、近世に至るまでの史書及び説話伝承において権力に服従

しない「異形異類」とされてしまったのだろうか。様々なアプローチがあるが、ここでは古代東アジアにおける「神秘思想」のあり方という角度から考えてみたい。

## 五

神秘思想（Mysticism）という概念は、もとより西洋から流入した学術用語である。その定義は学者によって若干異なるが、一般的に広く読まれているルドルフ・シュタイナーの『神秘学概論』を繙いてみれば、この概念は、近代の唯物的な科学主義に対蹠するものとして提起されているものであり、その議論の本質的かつ核心的な部分は、「霊魂」のあり方をめぐる人間の経験と意義に重点を置いていることが説かれている。神秘思想に関するさまざまな定義の中で、アンリ・セルーヤの次の言葉が参考になる。

広義には、理性を超絶しているように思われる何か崇高なものを漠然と暗示している。思想家たちにとっては、その中に「直接的」「直観的」な接触の感覚、自己と自己よりはるかに偉大な、世界の魂と呼ばれるもの、すなわち絶対者との結合が現れる内面的な状態が神秘主義である。換言すれば、それは人間精神と実在の根元との内密な、直接的な結合、すなわち、神性の直接的な把握なのである。(7)

ところが、ここにいう「絶対者との結合」または「神聖の直接的な把握」を、古代東アジアのコンテキストにおいて考える時、極めて複雑な状況を想像しなければならない。何故なら、「神聖」なるものをめぐる日中の認識の違いが、『古事記』という文献が成立する早々、既にあい矛盾するような事例を孕むようになってきている。そのような矛盾は、主として「神」に対する異なる意識や態度に現れており、そうした違いをもたらした原因として、常に相異なる二つの神秘思想の源流が見え隠れしているからである。

それでは、具体的に日中における神秘思想のあり方はどのように異なるものだろうか。例えば、日本における神秘思想の研究は、金岡秀友氏によって先鞭をつけられ、その著『日本の神秘思想』の序文では、まず、神秘思想そのものの定義を次のように述べている。

合理・超合理という二つの思潮を内に包含し、超合理的なもの、力を思考外に排除し、排除後の思考のフィールドで、理性の力と働きを位置づけようとする合理主義・科学主義に、改めて、その排除したものを問う思惟方法を、私は「神秘思想」と呼びたいのである。(8)

アンリ・セルーヤの定義をいくらか言い換えた表現のようにも取れるが、それでも、理性や合理主義では捉えきれないある種の対象を指している点で、両者は立場を同じくしていると言える。

さて、金岡秀友氏は、古代日本の神秘思想の表れを主として仏教の伝来、とりわけ密教思想の流入を重要なきっかけと見なしている。ところが、『古事記』の反正天皇条に見える神秘的な色の濃い記述は、密教の文献にはとうてい見当たらない、特殊なケースに属する。つまり、仏教という視点だけでは物足りないようである。上記一連の漢籍との類例、特に讖緯関係の文献との類似から見れば、ここではむしろ、範囲を思いっきり拡大して、漢籍との関連において、このケースを見つめ直すべきであろう。

まず、東アジアにおける神秘思想の起源を考える時、どうしても史料のもっとも古い中国から始まらなければならない。しかし、その中国では、戦国時代において、既に神を敬遠し、怪力乱神を語らず、死を論ずることを好まなかった孔子の教説に対抗して、天神の実在を説く墨教や、超越的境涯の幸福や不老長生の夢を説く老荘哲学が出て、人心一面の要求に答えようとしている。不老長生の夢は、思想弾圧を事とした秦の始皇帝さえも熱心に追及していたが、その古代中国の神秘主義は、いわゆる一神論や多神論のような、造物主または不可知な神格に対する信仰ではなく、『易緯乾鑿度』に「太初なる者は、気の始めなり」とあるように、万物の祖はいわば「気」を基礎とするような限りなく唯物的な傾向を強くもつ認識論であった。そのような思想をふまえた緯書は、よく知られるように、いわゆる儒家の経書を補助するために書かれたものとされ、その構成要素と成立背景が多岐にわたっているとはいえ、究極的なところ、政治的な目的が主旨としてすべての成書理念に貫かれているのである。これはまた、中国における神秘思想の本質を規定している重要な要素ともいえる。この点、かつて安居香山氏は、その『中国神秘思想の日本への展開』の中で初めて古代日本における神秘思想の影響、流布について詳しく論じている。その中で、中国の神秘思想の特徴について、安居氏は次のように述べている。

（中国の）神秘思想を培養し、中国人の物の見方や考え方に決定的基盤を与えたものは、西暦紀元前後、全漢・後漢に流行した緯書とされるもので、一般的にこれは未来予言の書と受け取られている。讖緯思想として広く紹介されているものが、この中に盛られている思想である。しかしこれは、単に世に通行している予言書の類ではなく、中国儒家思想の一つの流れの中で形成されたものであって、緯書そのものには未来予言書としての内容も一面では持っているが、より重要な面として、儒家の経典を漢代の神秘思想によって解釈したという重要な内容を持っているのである。極言すれば、漢代思想を特徴づけるものは、この緯書の思想で、これはその後の中国思想の展開に決定的な影響を与えているものなのである。したがって、漢代以降の中国思想を理解するためには、この緯書の思想を理解することなくしては不可能であるといっても、いい過ぎではない。(9)（「はしがき――日本文化と中国神秘思想――」）

かくして古代日本に伝来された、いわゆる中国の神秘思想とは、主として漢の時代に形成された、未来予言の性質を帯びつつ、同時に儒家の経典を神秘的に色づけた思想のようであるが、このような神秘思想的な見地から見れば、日中における神をめぐる認識に大きな相違が存する。

例えば、祝詞によって取り行われる人間と目に見えぬ多種多様の神との霊的なコミュニケーションは、日本における神秘思想の本来のあり方であり、「気」の思想にうらづけられた中国と朝鮮のような、基本的に人間の姿をした即物的かつ具象的な信仰形態に比べて、明らかに性質を異にする。これはまた、讖緯思想が古代日本の歴史記述と政治思想に早くから受容され、いわゆる「追尊」記事や、建内宿禰伝承などにその関連性が例示されていても、全体的にはむしろ抑制的印象を与える原因でもあろう。『日本書紀』に見られる天皇の出生譚や形姿容貌は、仲哀、反正、雄略、清寧を除き、基本的には「明達」「聡明」「容姿端正」などのように、特異な身体特徴の描写が見られず、抽象的な表現も数少なくない。それは例えば応神天皇について「聖表有異焉」という表現を取っていることからも窺えるように、異常風貌説を全面的に出して強調したりすることはなかったのである。

異常風貌説に対するこうした抑制的な姿勢にこそ、日中の神秘思想の違いを考える上で重要なヒントが隠されているように思われる。それは一体何故であろうか。

## 六

古代日本人にとって、外来思想としての讖緯思想は、歴史記載や歴史人物の記述をするのに新鮮な手法であった。しかし、それと同時に、神や人間の形姿容貌に対して、常にある種の神秘感・畏怖心を抱き、それを微に入り細にわたって描写することをあえて避けていた傾向も著しく認められる。これはもとより日本人の美意識、自然観と深く関わるものであり、たとえ一般の人の容貌についても、誇張された表現または比喩を使うことがあまり好まれなかったようである。

絶対的な存在でありながら、決して姿を現さない「天」について、中国人は一度もその形姿容貌について記したことはない。道教の世界に、「天帝」「玉皇大帝」のような人格神は、あくまでも後世の産物であり、中国人は、「絶対者」である「天」に形姿容貌のイメージを持たなかったと同じように、日本人は、「天」そのものの化身となる「天皇」に対して、容貌など具体的なイメージを持つことに、むしろ忌諱する心情の方が強かったのではないだろうか。「天子」と「天皇」の最大の違いもここにあるように思われる。天子は、「天」とは血縁関係にはなく、あくまでもその代言者として任命されているので、その資格を証明するものとして、どうしても図讖を含む讖緯のようなものが付随する必要があったのである。一方、「天皇」の方は、「現人神」とも称せられていたように、それ自身、ありのままの姿こそ自然にして神聖であるという多神論的な風土の中から生まれた、人間の姿をした神として理解されていたので、特異形姿容貌でもってその正統性、特殊性を証明する必要性は最初から存在しなかった。過剰な強調と異常な描写は、あるがままの神聖性をかえって損いかねない。そこからは逆に、「異形異類」という、神聖に対峙する悪のイメージが生まれる。したがって、『日本書紀』のやや抑えた表現――「生而有岐嶷之姿」「幼而聡達」の如き表現で充分事足りたのであろう。『続日本紀』に至って、天皇をめぐる異常出生や形姿容貌に関する描写がまったく見られなくなったことも、これを裏づけている。

考えてみれば、そもそも異常出生、異常風貌説のような「聖体示現」類の思想が成立しうるのは、「聖」と「俗」の激しく対立する文化構造の中で発生するものであり、それは人間と自然が早くも分離し、ある程度発達した文化の中にしか見られない現象であろう。「孔子」や「キリスト」などの歴史人物に付与される類似の特徴は、すべてこれにあてはまる。ところが、神代から始まり、多神的信仰（Polytheism）によって構成されるコスモロジーの中で、「宇宙的聖体示現」のような象徴はそもそも成立しえないものである。何故なら、そこにあるすべてのものが、おのずから等しく「聖体示現」となっているからである。日本の神秘思想に見られるこのような性質は、いわゆる神仏習合や草木成仏論によって象徴されている本覚思想の性格を理解する上でも、極めて重要な背景となっている。したがって、歴史的に見ても、日本では人間の体と動物や想像上の神獣とを直接的に関連させることを好まなかったようである。『山海経』のように動物と人間を合体させなかっただけでなく、「玄鳥」ひとつを例に取れば、中国と朝鮮の方では、その卵を呑んで「王」を誕生し、あるいはその卵から「王」が産まれる記述に対して、日本では、例えば仁徳天皇条の伝承のように、卵が産まれただけで、既に祥瑞としての機能を充分発揮しているのである。(10) 一般の人の容貌についても、誇張された表現または比喩があまり好まれなかったのであり、即物的で、グロテスクな描写に抵抗があったようにさえ見える。

突き詰めていえば、古代日本人にとって、人間は、あらゆるものを超越した存在たるべくもなく、あるとすれば、むしろそれを取り巻く固有の聖なる自然の世界に抵触してしまう。従って、孔子や中国の天子に用いられていた図識のようなものは、一時的に古代日本の天皇に使われたものの、結局はある種不自然の作為としか見なされず、こうした不自然の作為は、自然をたっとぶ日本的思想環境の中で、おのずから悪を象徴しかねない、「異形異類」によって具象された、ネガティブな方向に発展していったのではないか。つまり、異常風貌説でもって人間を聖化する中国の図識は、逆に人間を聖なる秩序から排斥されるべき存在にしてしまうような可能性を、日本において受容される最初から孕んでいたのであろう。これはまた「長人」、「駢歯」、「重瞳」などのような異常風貌をめぐる表現が、後世になって鬼と結びついた原因でもあろう。

## 七

以上、上代文献及び中世の説話資料に見られる諸例を手掛かりに、日本における緯書の享受と変容の状況を略述し、その背後にある歴史風土の相違性について推論してみた。この方面の研究はまだ極めて初歩的な段階であり、手さぐりの状態にあるが、日中の文化や思想のあり方をめぐる根源的・本質的な相違を理解するうえで、多くの可能性を含む課題であることに疑いを入れられない。小稿をきっかけに、緯書と上代文献の関係がより多くの研究者に注目されれば幸甚である。

注

（1）拙稿「古事記の成書過程と帝王世紀」（京都大学国語学国文学研究室編集『国語国文』第八四巻第五号、二〇一五年）及び拙著『古事記と東アジアの神秘思想』（汲古書院、二〇一八年）

（2）安居香山「図讖の特性についての考察」『緯書の成立とその展開』（名著刊行会、一九八四年）四四五—四五四頁

（3）賈晋華「道和徳之宗教起源」『中国文化研究』（二〇一二年夏之巻）九一頁

（4）馬場アキ子『鬼の研究』（角川文庫、一九七六年）一五七頁

（5）『佐竹昭広集』第三巻（岩波書店、二〇〇九年）四二頁

（6）酒呑童子の政治学的な象徴性に関する言及は小松和彦氏の一連の研究（『酒呑童子の首』、せりか書房、一九九七年。『異界と日本人』、角川選書、二〇〇三年）のほか、高橋昌明『酒呑童子の誕生——もうひとつの日本文化』（中公新書、一九九二年）及び島内景二『御伽草子の精神史』（ぺりかん社、一九九一年）など数多く見られる。ただ、これらの研究では、主とし

て酒呑童子の棲む場所が持つ、王権という中心に対する脅威としての象徴性が強調されてきたが、酒呑童子の容貌の象徴性、特にその由来及び同類の説話との関連性についての考察は疎かにされてきたように思われる。

（7）アンリ・セルーヤ著・深谷哲訳『神秘主義』（白水社、二〇一一年）一一頁

（8）金岡秀友『日本の神秘思想』（講談社学術文庫、一九九三年）九頁

（9）安居香山『中国神秘思想の日本への展開』（大正大学出版部、一九八三年）三―四頁

（10）拙著『古事記と東アジアの神秘思想』（汲古書院、二〇一八年）

# ヤマタノオロチと九尾のキツネ
## ——日中古代神話研究序説

牧角悦子

### はじめに

日本の出雲神話に登場するヤマタノオロチは、「やまた」なのに八頭である。「やまた」であれば、ほんらい頭は九であるはずだ、という疑問は古くからあったようだ。しかし明快な答を持たぬまま、ヤマタノオロチは八頭の龍として存在する。

日本の神話伝説は、その原型を多く中国から借りるが、中国には九尾の狐がいる。『山海経』にみえる「九尾の狐」は、古代的な自然観のなかから生まれた神話的存在である。中国における妖怪は、八ではなく九の数が、その怪異を表すのだ。

日本と中国の神話は、自然への畏怖や敬意をあらわす物語である以上、それぞれ文化史的な背景を異にしつつも、共通する部分は多い。その中で、一方で九尾がありながら、一方でヤマタノオロチが八頭になったことには、何か意味があるのではないかと考える。

その原因を探るためには、中国における「九」と日本における「八」の意味を知ることがまず必要であろう。そして次に、「やまた」がほんらいは九頭であった可能性も考える必要がある。八と九との齟齬の原因として、一つには日中の文化の相違を考えなければならないが、同時にまた中国の古典文献が、流伝の中で、あるいは日本への定着の中で、誤読や誤解を通じて変形したことは考えられないだろうか。

また、日中の神話の違いは、日中の文化の差異を表すと同時に、神話という概念の持つ特殊性もまた炙り出す。そもそも「神話」というものは、「神話」として存在したものではなく、古代的外界認識をある時点で物語に昇華させたものだと筆者は考えている。だとすれば、日中の神話の相違は、物語構成に端無くも現れる、背景となる時代的価値観を知ることで、その原因に近づけるのではないだろうか。

本稿では、ヤマタノオロチがなぜ八頭であったのかについての、明確な説明はできないであろう。しかし神話なるものを何故人々が必要としたのか、物語の中で何が如何に変質するのか、それを『古事記』の出雲神話を例にとって、ひとつの考察を試みてみたい。

## 一、出雲神話「ヤマタノオロチ」（『古事記』上巻　天照大御神と須佐之男命）

スサノヲのヤマタノオロチ退治を語る部分を『古事記』から引用しよう(1)。

故、所避追、而出雲國之肥河上、名鳥髮地。此時箸従其河流下。於是須佐之男命、以爲人有其河上、而尋覓上往者、老夫與老女二人在、而童女置中而泣。爾問賜之「汝等者誰。」故其老夫答言「僕者國神、大山津見神之子焉。僕名謂足名椎、妻名謂手名椎、女名謂櫛名田比賣。」亦問「汝哭由者何。」答白言「我之女者、自本在八稚女。是高志之八俣遠呂智毎年來喫、今其可來時、故泣。」爾問「其形如何。」答白「彼目如赤加賀智、而身一有八頭八尾、亦其身生蘿及檜椙、其長度谿八谷峡八尾、而見其腹者、悉常血爛也。」

爾速須佐之男命、詔其老夫「是汝之女者、奉於吾哉。」答白「恐、亦不覺御名。」爾答詔「吾者天照大御神之伊呂勢者也。故今、自天降坐也。」爾足名椎手名椎神白「然坐者、恐。立奉。」爾速須佐之男命、乃於湯津爪櫛取成其童女、而刺御美豆良、告其足名椎手名椎神「汝等、釀八鹽折之酒、亦作廻垣、於其垣作八門、毎門結八佐受岐、毎其佐受岐置酒船、而毎船盛其八鹽折酒而待。」

故、隨告而如此設備待之時、其八俣遠呂智、信如言來、乃毎船垂入己頭飲其酒、於是飲醉留伏寢。爾速須佐之男命、拔其所御佩之十拳劒、切散其蛇者、肥河變血而流。故、切其中尾時、御刀之刄毀。爾思怪、以御刀之前、刺割而見者、在都牟羽之大刀、故取此大刀、思異物、而白上於天照大御神也。是者草那藝之大刀也。

故是以、其速須佐之男命、宮可造作之地、求出雲國。爾到坐須賀地而詔之「吾來此地、我御心須賀須賀斯。」而其地作宮坐。故其地者於今云須賀也。茲大神、初作須賀宮之時、自其地雲立騰、爾作御歌。其歌曰、

夜久毛多都　伊豆毛夜弊賀岐　都麻碁微爾　夜弊賀岐都久流　曾能夜幣賀岐袁

於是喚其足名鉄神、告言「汝者、任我宮之首。」且負名號稲田宮主須賀之八耳神。

＊傍線は筆者による。以下同じ。

一見して分かる通り、この『古事記』の文章は漢文体である。地名人名と固有名詞、そして歌に限って大和言葉の音による表記が有る以外は、時折り和臭を含みながらも基本的に無駄のない漢文体で記されている。口伝が文字に定着した時点で既に、『古事記』は中華文化の大きな影響下にあったことが分かるのだ。ただ、時に正統的な漢文表現にはない独特の言い回しが見られる。発語や繋ぎにみられる「故」「爾」、そして接続詞の「而」の用法などがそれである。また、ここに引用した文章全体が、一人の手に拠るとは思えないのだが、そのことについては後に述べる。

さて、物語の骨子は以下のようなものである。

一、暴力的性格のスサノヲノミコト（須佐之男命）をアマテラスオオミカミ（天照大御神）が神々の世界から追い出す。

二、スサノヲは川上で泣いている老夫婦に出会い理由を聞くと、一年に一度娘がヤマタノオロチ（八俣遠呂智）に喰われ、八人目の娘であるクシナダヒメ（櫛名田比賣）も今年喰われるという。

三、スサノヲはクシナダヒメとの結婚を条件にオロチ退治を約束する。

四、スサノヲはオロチを酒で酔わせて、つぶれている間に切り刻む。

五、「十拳の剣」で切り散らしたオロチの尻尾から「草薙の剣」を手に入れ、アマテラスに献上する。

六、スサノヲは出雲に宮を作り「妻籠」の歌をうたう。

ここで、これらのストーリー構成の意味する所を考えてみたい。まず、一、スサノヲの天界追放についてである。この世界の最高神である天照大御神の親族（同母弟）でありながら、秩序の破壊者的な存在であるスサノヲは天界を追放される。神という存在に階梯や性格があり、天上界から追放される場合もあることが分かる。また、その破壊的性格の神が地上に降りて新しい世界を築くことが、実はこの物語の基本構造となっているのである。

次に、二、スサノヲと老夫婦およびクシナダヒメの出会いである。毎年娘をオロチに喰われてきた土地神夫婦（足名椎・手名椎）は、八人目の娘であるクシナダヒメを守る術を知らない。古代神話で川は、大地に恵みをもたらすと同時に、時に氾濫して人間を襲う大きな脅威であった。そしてそれは蛇や龍の形象で描かれる。オロチに娘を喰われる老夫婦とは、川の脅威に対して人身御供を捧げるしかない自然と人間の古代的構図を表していよう。スサノヲはそこに、新しい自然と人間の構図をもたらすことになる。

三、はスサノヲとクシナダヒメの結婚についてである。末娘の結婚は、おそらく神婚を意味しよう。「季女（すえむすめ）」のもつ巫女的な役割と、その結婚の特殊性は『詩経』の中にも古代習俗として見える。例えば、召南「采蘋」篇には、宗廟祭祀に仕える「季女」が以下のように詠われる。

于以采蘋　南澗之濵　于以采藻　于彼行潦
于以盛之　維筐及筥　于以湘之　維錡及釜
于以奠之　宗室牖下　誰其尸之　有齊季女

于に以て蘋を采る　南澗の濵に　于に以て藻を采る　彼の行潦に
于に以て之を盛る　維れ筐　及び筥に　于に以て之を湘る　維れ錡　及び釜に
于に以て之を奠る　宗室の牖下に　誰か其れ之を尸す　有齊の季女

南の谷川の岸辺で水草を採り、それを祭器に盛って祖先の霊廟に供えるのが「季女」つまり末娘である。神霊に仕える「尸（かたしろ）」は、つねに一族の中の末娘であった。

また曹風「候人」篇には次のように歌う。

彼候人兮　何戈與祋　彼其之子　三百赤芾
維鵜在梁　不濡其翼　彼其之子　不稱其服
維鵜在梁　不濡其味　彼其之子　不遂其媾
薈兮蔚兮　南山朝隮　婉兮孌兮　季女斯饑

彼の候人　何ぞ戈と祋と　彼の其の之子は　三百の赤芾

維れ鵜の梁に在りて　其の翼を濡らさず　彼の其の之子は　其の服に稱せず
維れ鵜の梁に在りて　其の咮を濡らさず　彼の其の之子は　其の媾を遂げず
薈たり蔚たり　南山に朝隮す　婉たり孌たり　季女　斯に饑えたり

ここでは特に、神霊に仕える聖なる存在としての季女が、艶冶な春情にさいなまれることを歌う。この篇が人と神の神婚をモチーフにする歌であることについては、聞一多「高唐神女伝説之分析」「朝雲考」などに詳しい。(2)

スサノヲは神であり、それが人間（正確には土地神）の季女と結婚するのは、正しく神婚である。ヒメはオロチではなく新しい神に捧げられるのだ。クシナダヒメは「イナダ」すなわち稲作という土地の恵みの象徴である。天界を追放された神は、地上の稲田と合体して新しい秩序を作ることになる。

物語のクライマックスは四、スサノヲのオロチ退治である。八門の垣に八サズキ（佐受岐）を結びつけ、舟槽に注いだヤシオリ（八塩折）の酒を準備して待つのだ。八塩折・八門・八サズキと、すべて「八」の数で整える。オロチ退治に「八」は神聖な数として働いていることが分かる。果たしてオロチは「信如言來」案の定やってくる。そして船ごとに頭を突っ込んでその酒を飲み、飲むままに伏し眠ってしまう。スサノヲは十拳剣を抜きオロチを切り散らすと、斐伊川（肥河）は血で染まった。さてその尾を切ると刀が毀《こぼ》ち、そこから大刀を手に入れたのだが、天照大御神に献上されたその剣こそ、のちに「草薙の剣（草那藝之大刀）」と呼ばれる聖なる剣なのであった。

この部分、まず描写の躍動感に驚く。漢語の文言表現において、相当の技量を持つものでなければ、このような叙述は出来ないであろう。引用の物語全体の中で、ここだけが漢文表現において際立っている。

『古事記』の漢文表現をみると、場面ごとにその巧拙に差違がある。オロチ退治の部分が極めて精緻な漢文であるのに対し、それ以外の部分は表現に和臭が強い。これは『古事記』の本文に複数の書き手がいたであろうこと、あるいは場面と場面とがほんらいは別々に存在し、のちに一つの物語としてまとめられたものである可能性をうかがわせるものである。

またここでは神聖な数として「八」が強調される。この「八」はオロチ退治の後も、八雲・八重垣となって締めの歌に繰りかえされる。

また、オロチの形容として、「眼は赤カガチのようで、八頭八尾の身にはカズラや檜・椙の樹木が生え、八つの渓谷を超えるほどの大きな体の腹は常に血のように爛れている」と老父は語る。樹木を背に負った赤く爛れた身体は、おそらく山の鉱物資源とタタラ製鉄の赤い火の形象であろう。出雲は斐伊川（『古事記』では「肥河」）で良質の砂金が採れ、それを精錬するタタラ製鉄が早くから発展していた。氾濫する斐伊川とタタラ製鉄の赤い火の形象としてのヤマタノオロチ、という想像は可能である。

オロチ退治の最後に、二つの剣について語るのが五、である。「十拳の剣」より堅固な「草薙の剣」の登場は、やはりまた新旧の力の交替を意味するのではないだろうか。

一連の物語の最後は六、八重垣の歌である。出雲をでて須賀までやってきたスサノヲは、スガスガシイ気持ちになり、ここを須賀と名付ける。宮を作ると、その地から雲が湧き立った。そこでうたった歌が八重垣の歌である。

八雲立つ　出雲八重垣　妻籠みに　八重垣作る　その八重垣を

繰り返される「八」と「八重垣」は、「八」が聖数であること、その「八」に守られてこの宮があることを意味する。かくてクシナダヒメは「妻籠」に籠められ、国神である足名鉄が「稲田宮」の神になることで(3)一つの物語が収束する。

このように、ひとつらなりに見える物語は、項目別にそれぞれ背景に何がしかの古代的価値の形象を隠し持っている。しかし上に述べた憶測は、物語が物語として確立した以上は既に客観的に証明できる次元にはない。

歴史的事実と歴史、そして神話というものは、それぞれはっきりと境界を持つものではない。事実は後の世に語られる時点で既に語るものの価値を反映するという意味で、歴史自体が神話と同様の物語性を持つからだ。我々がいまそこから読み取れるのは、そこにどのような時代のどのような意図が隠されているのか、ということのみである。この出雲神話、スサノヲのオロチ退治は、古代的な自然の脅威に対して呪術的慣行としての人身御供でしか対応する術を持たなかった稲田の地に、自然と対峙しそれを統御する新しい神が訪れたことを語るものである。そしてまた、土地の神々を征服する外地の神の優越も示される。おそらくそれらは天智・天武に始まる新しい王朝体制に、歴史的正統性を担保するという意図を隠し持ったストーリー展開なのだ。

## 二、中国における九尾のキツネ（『山海経』第一「南山経」）

ヤマタノオロチが八頭であったのは、「八」が聖なる数と信じられていたからであろう。オロチ退治の次第にあって、「八」の数は確かに有効にはたらいている。しかし「やまた」はやはり「九頭」「九尾」であるのが自然である。日本には「九頭龍」を冠する川や湖、そして神社の類が多く存在するからだ。氾濫する川や自然の脅威は、多く九頭の龍で表象されている事実がある。

「八」および「九」の数字としての神聖性には、恐らく仏教の影響が大きいのではないかと思われるが、仏教よりも古い、習俗としての「九」への信仰は、ほんらい中国のものである。「九」は「陰陽」の陽の数であり（陰の数は六）、大きくて明るいもの、強くて聖なるものを表す数である。そして「九」を体現した形象として、もっとも人々に知られているのが『山海経』に登場する九尾のキツネであろう。

『山海経』は中国古代の地理書とでも呼ぶべき書物であり、海や山に棲息する異形の生き物とその生態を記録する。成立年代も編者もはっきりしない謎に満ちた書物であるが、晋の郭璞（二七六～三二四）が序と注を付したテキストが一般に読まれる。神仙や神話世界と現実的人間世界の境界線が無かった時代の地理書であり、現代的視点から見れば、それは神霊と妖怪が活躍する神話の宝庫である。

その『山海経』の「南山経」に、九尾のキツネに関する記事がある[4]。

……又東三百里、曰青丘之山。其陽多玉、其陰多青雘。有獣焉。其状如狐而九尾、其音如嬰兒、能食人。食者不蠱。有鳥焉。其状如鳩、其音若呵。名曰灌灌。佩之不惑。英水出焉、南流注于即翼之澤。其中多赤鱬。其状如魚而人面、其音如鴛鴦。食之不疥。

……又た東すること三百里、青丘の山と曰う。其の陽に玉多く、其の陰に青雘多し。獣有り。其の状は狐の如くして九尾、其の音は嬰兒の如く、能く人を食う。食う者は蠱せず。鳥有り。其の状は鳩の如く、其の音は呵の若し。名を灌灌と曰う。之を佩すれば惑わず。英水ここより出で、南に流れて即翼の澤に注ぐ。其の中に赤鱬多し。其の状は魚の如くして人面、其の音は鴛鴦の如し。之を食わば疥せず。

（……更に東にゆくこと三百里のところに、青丘の山というのもがある。山の南では玉が多くとれ、山の北では青雘（青土・赤土）が多くとれる。そこには獣がいるのだが、その形象は狐のようで尻尾が九、泣き声は赤子のようで、人を食う。この獣を食ったものは蠱病にならない。鳥がいるのだが、その形象は鳩のようであり、その声は大声で笑っているようで、名前を灌灌という。これを身に着けていると惑乱しない。英水の流れはこの青丘の山から出て、南に流れて即翼の沢に注ぐ。その沢には赤鱬が多くいる。その形象は魚のようで人の顔、その声は鴛鴦のようである。これを食うと疥癬にならない。）

青丘の山と呼ばれるところに、獣と鳥と、そしてそこから流れ出る川の沢辺に赤鱬がいる、という。獣は狐のようで九尾、赤子の声で鳴く。これを食うと「蠱」に罹らない。鳥は鳩のようで大声で鳴き、灌灌という名であり、これを佩びると「惑」しない。赤鱬は魚のようで人面、鴛鴦の鳴き声であり、これを食うと「疥」に罹らない、という記事である。九尾なのは、正確に言うとキツネではなく、キツネのような獣である。また「能食人」とは、その獣が人を食うのか、あるいは人がその獣を食うことが出来るのか、不明である。

「南山経」のこの部分は、その山にいる異形の生物の、病気等への効能を最終的に述べることを目的としているようだ。「蠱」「惑」「疥」という病症に、これらの異形の生物たちが効く、というのである。「蠱」とは精神が惑乱する病、「惑」は疾病なのか道に迷うのか不明であるが、いずれにしても惑乱のさまを言うであろう。「疥」とは疥癬だと考えられる。

『山海経』はこのように、海山の生き物たちを、神話としてではなく現実的価値の中で描く。しかし「蠱」という病症、特に文字通り腹中の毒虫のような酷《ひど》い病に対して効能のある九尾のキツネは、南の山中に多くの玉石を内蔵する青丘の山に棲む、大きな自然の力を宿した生き物だったに違いない。

九尾のキツネは、こののち皇帝の徳を表す瑞祥として、新たな価値付けをされ定着する。『白虎通義』「封禅」に次のようにある。(5)

……徳至鳥獣、則鳳皇翔、鸞鳥舞、麒麟臻、白虎到、狐九尾、白雉降、白鹿見、白烏下。

……徳　鳥獣に至れば、則ち鳳皇　翔び、鸞鳥　舞い、麒麟　臻り、白虎　到り、狐は九尾、白雉は降り、白鹿は見《あら》われ、白烏は下る。

皇帝が天地を祭るという最も重要な祭祀である封禅において、皇帝の徳の目に見える現われとして瑞祥が列挙される中で、キツネの九尾が引かれる。九尾のキツネは良き治世のめでたい徴（しるし）なのだ。『白虎通義』は同じ封禅の項で、キツネが九尾になることの意味を以下のように説くが、これはかなり人為的な後付けの解釈である。

狐九尾何。狐死首丘、不忘本也。明安不忘危也。必九尾者何。九妃得其所、子孫繁息也。於尾者何。明後當盛也。

狐の九尾なるは何ぞや。狐の死するや丘に首むくは、本を忘れざるなり。安んずるに危を忘れざるを明らかにするなり。必ず九尾なる者は何ぞや。九妃の其の所を得て、子孫繁息するなり。尾におけるは何ぞや。後に當に盛なるべきを明らかにするなり。

つまり、九尾の「九」が後宮の九妃が秩序を守り子孫繁栄すること、「狐」は本来の場所を忘れない獣、そして「尾」とは最終結果のめでたさを言うもの、というように、ここでは非常に儒教的解釈が施されている。『白虎通義』は後漢の初めに儒教的価値観を具体化させたものであり、これ以後の社会において最も尊重すべき規範となる。故に、九尾の狐という存在は、これ以降ひとつの権威ある形象として継承され続けていくことになる。

## 三、日本と中国での展開の相違

このように、日本では「八」、中国では「九」の数に特殊な意味をこめて、それぞれヤマタノオロチ、九尾のキツネが存在した。ヤマタノオロチが八頭であった意味は、「八」という数のもつ神聖性にまずあるであろう。一方で、上に述べたように、九頭龍の河や湖や神社が多くあることを鑑みるに、故意か偶然かは別にして、伝承の過程での誤解、あるいは誤読が、数の齟齬の原因である可能性も考えられる。

中国文献の誤読の可能性について、一つの例を示したい。それは、月にいるウサギについてである。
日本の言い伝えでは、月にいるのは「ウサギ」である。しかし中国の神話では、月にいるのはもともと「ガマガエル」だった。今世紀になって馬王堆《まおうたい》から出土した漢代の絹に書かれていた「昇仙図」には、太陽にカラス、月にはガマが、はっきりと描かれている。また漢代の貴人の墳墓から出土する帛画や画像磚《せん》にも、同じテーマはたびたび描かれる。ガマ、すなわち「蝦蟇」は、『詩経』の昔から詩に詠みこまれてきた、古代人にとっては不可思議な生き物だった。それは恐らく、卵から生まれ、オタマジャクシになって泳ぎ、そして尻尾が取れて蛙の姿になって飛び跳ねる形態の変容が、生命の再生への想像を掻き立てるものだったからだろう。それは、満ち欠けを繰り返しつつも決して消滅することの無い月の変容と重なって、死と再生、すなわち永遠の生命の象徴として存在した。

月にいたのは「蝦蟇」だったのが、あるとき突然「ウサギ」に変わる。それは、恐らく後漢になって以降のことだ。それは一体何故なのか。

ウサギというと日本の神話・昔話ではそれほど悪いイメージは無い。我々現代人の感覚から見れば、白くて可愛いらしい動物である。しかし中国古代においてウサギは、決して可愛い動物ではなく、食物を食い荒らし狡猾に逃げ去る「わる者」としてとらえられていた。「㲋（おおうさぎ）」と「兎（うさぎ）」を合わせて「毚（ずるい）」、言偏《ごんべん》をつけて「讒（わるくち）」など、ウサギに関連する語彙に良いものはない。それが突然、月の住人として神話の中に登場することになる背景、それは実はある誤読にあったのではないかと筆者は考えているのだが、それは次のような理由による。

神話の宝庫『楚辞』の天問篇は、天地創世から古代の歴史まで、多くの問いかけからなる一篇であるが、そのなかの一つの問いに以下のようにある。

夜光何徳　夜光は何を徳（得）て
死則又育　死しては則ち又た育す
厥利維何　厥の利　維れ何ぞ
而顧菟在腹　而して顧菟　腹に在る

これは、「月の光は一体どうして死と再生を繰り返すのだ？　そしてどうして中には蝦蟇がいるのだ？」という意味なのだが、歴代の注釈書はすべてこの「顧菟」を「ウサギ」と訓じてきた。この「顧菟」が兎ではなくて「蝦蟇」だということを初めて証明したのは、民国の学者聞一多《ぶんいった》（一八九九～一九四六）なのだが、恐らく『楚辞』の最も古い注釈者である後漢の王逸から二〇世紀のこの大発見までずっと、『楚辞』を読んだ者はみな月にウサギ、と誤読してきた可能性が高いのだ。

王逸の「楚辞章句」には、この部分を以下のように注釈する。

言月中有兎、何所貪利、居月之腹、而顧望乎。

言うこころは、月中に兎有るは、何ぞ利を貪る所か、月の腹に居て、而して顧望するか。

つまり、月に兎がいて、何の利益を求めているのか？という疑問を歌っていると解釈している。王逸の注釈は、『楚辞』のもっとも古い注釈であることにより、これ以降、『古今注』[6]は「兎の口は欠けているので、月の満ち欠けと同じ」と、また『博物志』[7]は「兎は満月を見て孕み、子供を吐き出す」などというように、関連文献はみな月と兎の関係を様々に説明することになる。

日本における月のウサギ伝説は、上に見た「八」への信仰と同様に、恐らくは仏教説話の影響が濃いものだと思われるが、仏教説話の導入される以前に、この『楚辞』の誤読から導かれたものである可能性も大きいのだ。

月のウサギと関連して、その対である所の太陽のカラスについても、「三足烏」の解釈をめぐって形象の相違が表れる。即ち「三足」を三本足ととるか、足の爪三本ととるかである。筆者は、「三足烏」はほんらい足の爪三本のカラスであったのが、ある時から「足」と「脚」の混同（誤解）によって三本足のカラスになったのではないかと考えているのだが、これについてはここでは論じない。

## 四、神話とは

最後に、そもそも神話と呼ばれるものを、いったいどのように認識すればよいのか、という問題を考えてみたい。神話とは、Myth・Mythology の訳語である。『広辞苑』による説明を要約すると、①神について語られたもの。②神格を中心とする説話。③種々の自然現象・文化現象を未開心意によって組み立てたもので、信仰・宗教儀礼と深く関連し、歴史的・科学的・宗教的・文学的要素を未分化の状態で包含する、となる。「未開心意」とあるように、神話というものは、近代になって未開時代、すなわち古代を再解釈する時に生まれた言葉である。またそれは、一九世紀以降、比較神話学の名の下に発展した、科学的古代把握の方法でもある。つまり、神話というものは、神話として存在したものではなく、一つの視点、方法論による古代解釈なのである。

例えば、『淮南子』本経訓に、羿と十日の話を載せて以下のように語る[8]。

> 逮至尭之時、十日並出、焦禾稼、殺草木、而民無所食。猰貐・鑿齒・九嬰・大風・封豨・脩蛇、皆為民害。尭乃使羿、誅鑿齒於疇華之野、殺九嬰於凶水之上、繳大風於青邱之澤、上射十日、而下殺猰貐。斷脩蛇於洞庭、擒封豨於桑林。萬民皆喜、置尭以為天子。於是天下廣陜・險易・遠近、始有道里。

堯の時に逮至《いた》りて、十日 並び出で、禾稼を焦し、草木を殺し、而して民 食う所無し。猰貐・鑿歯・九嬰・大風・封豨・脩蛇、皆 民の害を為せり。堯 乃ち羿をして、鑿歯を疇華の野に誅せしめ、九嬰を凶水の上に殺さしむ。大風を青邱の澤に繳し、上は十日を射て、而して下は猰貐を殺し、脩蛇を洞庭に斷じ、封豨を桑林に擒にす。萬民 皆な喜び、堯を置きて以て天子と為す。是に於て天下の廣陝・險易・遠近、始めて道里有り。

堯の世に十個の太陽が出てきて、草木や穀物を焼くばかりか、様々な妖怪が人々に害をなした。そこで、堯は羿に命じてその妖怪たちを退治し、十個の太陽を射させた、という。

十個の太陽が射落とされて一個になる、という所謂「十日神話」については、それが殷王朝の王位継承に十の部族が交代で当たった時代から、一部族の独占に変わったという歴史的背景があったことが、すでに中国古代史の研究で明らかにされている。(9) つまりある時代の歴史上の変化を神話化したものなのである。

また、羿という神格は、十日神話の他にも『左伝』や『楚辞』や『淮南子』などで、それぞれその性格を異にする。神話というものが、語る者の立場によって多様に展開するものであることを、もっとも端的に表す例の一つが羿に関する神話である。

『淮南子』のこの部分で、羿は堯に命じられて九個の太陽を射るのだが、同時に陸上の猰貐・鑿歯・九嬰・大風・封豨・脩蛇といった怪物たちを退治する。つまり、鑿歯を疇華の野に誅し、九嬰を凶水のほとりで殺し、脩蛇を洞庭で断じ、封豨を桑林で擒《とりこ》にするのだ。洞庭湖と桑林は、ともに古代における聖地である。猰貐はケモノ偏、鑿歯はノミとハから想像して、それぞれ怪獣か妖怪の類、封豨・脩蛇は文字通り大きなブタと長いヘビであろうか。それらはみな水上や沢辺の聖地に巣くう古代的な妖怪たちなのだ。そしてそれらの妖怪を退治する羿という存在は、自然の脅威に対抗する新しい英雄であり、それは自然と人間の新しい関係を示したスサノヲのオロチ退治とまったく同じ構図なのだ。

「猰貐・鑿歯・九嬰・大風・封豨・脩蛇」、そして「十日」という古代的混沌の世界に、堯と羿という新しい英雄が「廣陜《ひろさ》・險易《けわしさ》・遠近《とおさ》」というスケールをもたらすことで、天下を秩序づけるのである。

この『淮南子』の記事から分かるように、神話は神話として存在したものではない。一つには歴史事実をある時点で物語化するために、また一つには古代的混沌の世界に名前を与え秩序を与えるために、後世の価値観から作り上げられたものだと言わなければならない。

魯迅は『中国小説史略』の中で、神話の敵は詩人だと言う。詩人はその文飾で、故事の持つ古代的背景を変質させるからだ。しかしまた神話の敵は歴史だとも言える。人間を超えた力への畏怖を語る神話は、文化史のある時点で歴史に組み込まれ、王朝や王族の正統性を保証するものに変化するからだ。だがしかし、神話というものは、それそのものが既に古代的混沌からの脱却であるとも言える。『荘子』に、混沌に七竅を穿ったことで混沌が死ぬという話があるように、混沌は混沌であることに命を持つのだ。

神話も歴史も、ともに一つの解釈である。であればその解釈の生まれた文化的背景と、その様に解釈することになった編者の意図を読み取ることが、神話研究の第一歩なのだと思う。その際に、文化を異にする他地域の神話との比較は、物語の類似と異質性を炙り出すのに有効である。ヤマタノオロチと九尾のキツネは、その一つの材料として我々に何かを語ってくれるものだと考えるのだが、今回はその入り口までしかたどりつくことが出来なかった。

注

（1）『古事記』の本文は日本古典文学大系（小学館　一九九七年）に基づく。ただ、句読に関しては、漢文体としての読みの習慣に拠った部分がある。特に「而」という接続詞については、古典大系では句末に付けて「……て」と読むが、本論では接続詞とみなして次の句の始めに付けた。また、表記は本字を用いた。

(2)「高唐神女伝説之分析」は『聞一多全集』(開明書店　一九四八年)第一巻「神話と詩」所収。「朝雲考」は『聞一多全集』(湖北人民出版社　一九九四年)三に手稿を整理して掲載したもの。

(3) 突然登場する「足名鉄」が、物語の前半に登場するヒメの父である「足名椎」と同じ者であるならば、それはやはりこの物語が複数のプロットによって手が異なることを示唆する。

(4)『山海経』は袁珂『山海経校注』(巴蜀出版　一九九三年)に拠る。

(5)『白虎通義』は陳立『白虎通疏証』(新編諸子集成　中華書局　二〇〇七年)に拠る。

(6) 晋の崔豹撰。古代的百科全書。

(7) 晋の張華撰。文字通りの博物学的記録であるが、神仙・奇物を含む。

(8)『淮南子』は劉文典『淮南鴻烈集解』(中華書局　一九九七年)に拠る。

(9) 渡邉義浩『宗教から見る中国古代史』(ナツメ社　二〇〇七年)は、松丸道雄の説を引いて、甲骨文字の解読から、殷の王位継承が、王を出す四つの氏族と王妃を出す六つの氏族、合計十の氏族の交代であったと言う。そして、氏族共同体から邑制国家への移行で連合された殷の外婚制が、殷の末期になると特定の氏族の世襲となり、それが九個の太陽を射落とす物語の時代的背景であったと説明する。

# 現代日本の中国思想古典学における漢文訓読法の位置

## ——文言資料読解の現場から

市來津由彦

## はじめに

本稿者は、文言文による中国近世思想関係文献を研究の上で読解し、日本語翻訳にあたっては、日本の多くの中国古典学（特に思想研究領域）研究者と同じく、漢文訓読法を使用している。この作業の内実と意味について本稿者は先に、「漢文訓読の現象学―文言資料読解の現場から―」（中村・市來・田尻・前田編『「訓読」論』勉誠出版、二〇〇八年。以下、前論）と題し、一次的解析を試みた。この前論を受けて本稿では、王安石の一文を事例とし、文言資料の訓読を媒介とした読解の現場をまず提示する。次いで事例に関する中国宋代、明清代、日本江戸と明治時代の文言文文化環境、そして現代日本における研究の現場の各段階において、各時代、社会の読み手がその文言文を「読む」ことの位置と意義が変転している様相を簡略に論述し、その意味について考察する。漢文訓読法という日本漢学の方法の可能性・特質等を、読解現場に即して検討する材料になれば幸いである。

# 一　王安石「読孔子世家」を読む

訓読読解対象の事例として、清・沈徳潜『唐宋八大家文読本』所収、王安石「読孔子世家」を用いる。この文章を使用するのにはいくつかの理由がある。

1　中国「士大夫文化」の文章の特質を理解するよき素材となる。散文の中国古典文（文言文・漢文）の作成のしくみと特質が、特に典故使用によく現れている。

2　日本の江戸時代後半からの漢文文化のあり方を考える素材となる。
・江戸後期から明治にかけて日本でよく読まれた『唐宋八大家文読本』に載る。
・著者が道学系儒学の人ではなく、江戸儒学の主流的議論の外にある。そうした中国文言文の扱われ方からすると、文章の扱いに偏差があることがわかる。

3　著者が現代から見て中国社会と文化史上の重要人物であり、事例の文章内容が示唆する方向とその業績とに相同性がある。

これらについては、事例の読解の後にふれたい。

## 一―1　漢文訓読技法について

前論で論じたことだが、漢文訓読法に対する本稿者の考えのうち、単語区切りと訓読（狭義には句読点、返り点、送り仮名を附すこと）書き下し文について、簡略に述べておく。

漢文原文（文言文）を前にしたとき、単語区切りの判断が読解のまず出発点となる。そのとき、欧米語系母語者と比べると日本語母語者はどこが区切りかが比較的容易にわかる。奈良時代以前から継続する漢文文化移入と解読、使用の歴史が、日本語表記のしくみと語彙に入り込んでいるためである（漢文が漢字文字で構成され日本語者には主として視覚的に立ち現れていることも、日本語表記の歴史と絡んで重要なことである。本稿末尾参照）。

次に、中国語から日本語への翻訳過程として、両言語の特質による谷間を越える語順変換、すなわち返り点を附すこと、またそれを視覚的和文である書き下し文にする段階が、重要なポイントである。語順変換までの過程で、典故ある語彙の調査や、また各助字の文脈上の働きのおよその理解がなされていることがもとより必要である（これは中国語母語者にとっても同じである）。その先で単語区切りと語順変換（及び仮の句読点を打つこと）を行う。ただしそこから導かれる書き下し文は、現代においてはあくまで中間段階翻訳に位置づくものである。語彙レベルで現代日本語として内容が理解できてこそ翻訳できたといえる。書き下し文段階で原文を理解したとか翻訳できたとかするのは誤りである。

その書き下し文の位置を考える上で注意したいのは、訓読文が中国語原文の骨格をなお保存させた和文であることである。訓読文は語彙面でも助字の機能面でも、逆変換（復文）により原文復元がほぼ可能な和文である。原文の漢字を保存しようとするその作成原理のため、この書き下し文段階では日本語文として多岐に分化はしていない。そのため、読解者間でこれを共有し、主として単語区切りと語順面で語法的理解の誤りについて共同で検討できる。その検討において原文の修辞と文脈の分析が深まり、各時代読解者の現代語レベルでの理解の密度を濃くすることができる。翻訳過程ということでは書き下し文は終局点ではないので目立たない事柄だが、こうした点に江戸後期以降の訓読書き下し文の重要な意義がある[1]。

## 一―2 「読孔子世家」を読む

以下、事例を読解する。著者王安石（一〇二一～一〇八六）は、周知のように北宋半ば、国家の財政・政治危機に対し、一連の「新法」改革を立案、実行した政治家であり、また科挙と連動する散文「古文」の作り手、いわゆる唐宋八大家として評価されている人である。明・茅坤『唐宋八大家文鈔』、清・沈徳潜『唐宋八大家文読本』に「読孔子世家」が、南宋・紹興刊『臨川先生文集』に「孔子世家議」として、事例の一文は収載されている。テキスト自体としてなら王安石の文集を使用するのが穏当ながら、現代の漢文読解を日本の江戸、明治の延長として考えるという趣旨から、本稿では冨山房一九一〇年刊漢文大系『唐宋八大家文読本』版を用い、そこに附されている三島中洲評釈も書き下し文として示す。

以下、原文の文字は冨山房版『唐宋八大家文読本』におよそは従い、句読点を附す。なお、この文章は典故ある語を多用しており、その語には傍線を附す。後述するが、これらの語がこの文章全体意図の理解のポイントとなる。本文書き下し文例も冨山房版の訓点に拠る。現代の訓読法とずれがありそれを表したほうがいい場合は、その箇所の直後に「〔　〕」で示す。「〔　〕」は冨山房版に送り仮名がなく推測の箇所。三島氏評釈が解説する箇所ごとに本文を区切り、「※」をつけ一字下げにして本稿者による訓読で評釈を書き下す。この書の児島献吉郎「例言」（明治四三―一九一〇年）によると、句読点・訓点は、児島氏が若木広良氏に依頼したもので中洲はあずかり知らないとのことだが、明治後期の訓読という意味でそのまま示す。

現代日本語翻訳文例は、「大段／小段」という三島氏評釈の文脈説明の「大段」ごとに段落をつける。漢字各字のニュアンスをできるだけ拾った直訳翻訳文とする。「（　）」は注釈的補足や文脈補いの補足（ややくどく入れる）、「〔　〕

は別解の可能性を示す。

【原文】＊「／」は三島中洲の評釈が入る箇所。書き下し文も含め、字体は冨山房版によるが、ワープロ字体になっている箇所もある。

讀孔子世家／

太史公敍帝王、則曰本紀。公侯傳國、則曰世家。公卿特起、則曰列傳。此其例也。／其列孔子爲世家、奚其進退無所據耶。／孔子旅人也。棲棲衰季之世、無尺土之柄。此列之以傳宜矣。曷爲世家哉。／豈以仲尼躬將聖之資、其教化之盛、舃奕萬世、故爲之世家以抗之。又非極摯之論也。／夫仲尼之才、帝王可也。何特公侯哉。仲尼之道、世天下可也。何特世其家哉。／處之世家、仲尼之道、不從而大。置之列傳、仲尼之道、不從而小。而遷也自亂其例。所謂多所抵梧者也。／

【書き下し文例】

孔子世家を讀む

※主意　孔子　宜しく之を列傳に置くべきを言ふ。○例の字　眼目なり。

太史公　帝・王を敍すれば、則ち本紀と曰ふ。公・侯　國を傳ふれば、則ち世家と曰ふ。公・卿特起すれば、則ち列傳と曰ふ。此［此れ］其［其の］例なり。

※第一小段　先づ史公の凡例を敍す。

其［其の］孔子を列して世家と爲す、奚ぞ其［其れ＝奚其／其の＝其進退］進退據る所無〔からん〕や。

※第二小段　孔子世家　例に據る所無きを詰す。○以上第一大段　先づ據る所無きを掲げ、一喝して後段を起こす。

孔子は旅人なり。衰季の世に棲棲し、尺土の柄無し。此れ之を列するに傳を以する［以ってする］は宜なり。曷ぞ世家と爲ん［爲さん］や。

※第一小段　宜しく之を列するに傳を以ってすべきを言ふ。

豈　仲尼　將聖の資を躬らし、其［其の］教化の盛んなる、萬世に舄奕するを以て、故に之を世家と爲し以て之を抗するや。又極摯の論に非る［非ざる］なり。

※又の字は前段一喝の語を承く。○第二小段　因りて史公之を抗するの至論に非ざるを難ず。○以上第二大段　孔子宜しく傳に列すべきを論ず。是れ一篇の頭腦なり。

夫れ仲尼の才、帝・王［も］可なり。何ぞ特に公・侯ならんや。仲尼の道、天下を世よする［も］可なり。何ぞ特に其の家を世よにせんや。

※第一小段　孔子の才の道［の才道。案ずるに原文「才之道」はもと「之才道」のはず。］世家を以って貴からざるを言ふ。

之を世家に處くも、仲尼の道、從って大ならず。之を列傳に置くも、仲尼の道、從って小ならず。而して遷や自［自ら］其［其の］例を亂る［亂す］。所謂抵牾する所多き者なり。

※第二小段　其の例を亂すを詰す。○以上第三大段　孔子　後人の推崇を藉らずして重きを論じ、遂に其の亂例自ら抵牾するに歸到し、起首を收む。

【現代日本語翻訳文例】

太史公（司馬遷）は、（中華全体を治める）帝や王のことを叙述するときは「本紀」といい、（各国君主である）公や侯がその国君の位を伝えるときは「世家」といい、（君主ではない）公や卿らが（個人として）すぐれた業績をあげたときは「列伝」とした。これがその（『史記』の）凡例である。その書が孔子を位置づけて世家に入れているのは、孔子の評価になんと原則がないことよ。

孔子は定居しない人であった。衰えた末の世にあちこち歩き回り、狭い土地の権力も持てなかった。（君主にはなれなかったという）このことは孔子を列伝に入れるのがよいということなのだ。どうして世家とするのか。おそらくは、仲尼がほとんど聖人という資質を身に持ち、その（後世への）教育と感化の盛んなさまが、永遠に光り輝いていることのために、彼を世家に入れて持ち上げたのだろうよ［別解＝（「おそらくは」は省き）持ち上げるというようにどうしてしてしまうのか」。また至論ではないのである。

そもそも仲尼の才質は、帝や王であるとしてもよいのだ。どうして公や侯（といった各国君主）だけにとどまるものだろうか。仲尼の教えは、天下に永遠に伝えられるとしてもよいのだ。どうして（各国君主の）その家にだけ伝えられるものだろうか。孔子を世家に置いたとしても、仲尼の業績は、そのことで大きくなりはしない。孔子を（個人の業績を語る）列伝に置いたとしても、仲尼の業績は、そのことで小さくなりはしない。なのに（そうはみず、司馬）遷はその書の書き方を自分から乱している。（班固の）いわゆる「つじつまがあわないことが多い」ということである。

「読孔子世家」の検討　まず、措辞の語法的な点で解釈が分かれる箇所をいうと、「奚其進退無所據耶」の「其」字（書き下し文に二通りの文字連結の可能性を示した）、「豈～」以下の興奮気味の長文の「豈」の働き（翻訳文に別解の可能性を示した）、「又非極摯之論也」の「又」である。最後の「又」は、三島氏が「又の字は前段一喝の語を承く」として問題にする。直前の文との関係では「亦（やはり）」が一見よさそうなのに、「又（さらに、かさねて）」が入る。その理由として、第一大段末尾「進退無所據」の「一喝」につないで進展重複の気分を出したと三島氏はみた。「豈〜」の一文のあとなので場所が飛んでいるのだが、第三大段の次の「夫」句からは文脈が変わるので、この「第二大段」を「第一大段」との関わりで位置づけておく必要性をみてとったということもあろう。

内容的にみると、この文の論旨は、「司馬遷は孔子を世家にではなく列伝に入れるべきであった」というものである。論旨そのものではなく、その論旨の導き方に、この文章の第一の特色がある。王安石は読者の通念を予測しつつ、その通念を鵜呑みにはできないとする視点を提起し、通念と擦り合わせつつそこからみえる像を論じ、別の見方が可能なことを読者に納得させる。ここでの通念とは、宋代士人にとっては『史記』が、堯舜以来の古史を現代に伝える、余書には替えられない必読書であること、儒教開祖としての孔子が偉大だということの二点である。この通念に安住すると、孔子が「世家」に入っていることが当然になってしまう。これに対し王安石は、孔子の業績の個人性と『史記』の凡例をつきあわせ、孔子尊重は確保したまま、『史記』への通念を覆す。目の付け所に鋭いものがあり、文章を短くして歯切れよく論じる。ここにこの文章の特色と魅力がある。

特色の第二に、典故的な多数の特殊な語彙の使用があげられる。すなわち、読み進めていく出現順でいうと、原文傍線の「棲棲」「尺土之柄」は、なお一般的語彙として使用しているとおそらくみなしつつも、しかし「舄奕」に至るや、読者はこの文章が実は後漢の班固を意識して作られていることを確信する。その目でこの文章における班固の語彙の痕跡をあらためて列挙すると次のようである（「將聖」は孔子を称える『論語』中の語）。

【班固関係の語・文の出典・典故】　＊以下、日本語常用漢字体があるものは常用体。

太史公云々　…『後漢書』列伝巻三〇上、班彪・班固伝　＊実はこの一文も班固関係。

・（史記その他、前代の史書を論じて）其略論曰、…、司馬遷序帝王、則曰本紀、公侯伝国、則曰世家、卿士時起、則曰列伝。…。
棲棲　…『漢書』列伝巻七〇上、叙伝。『文選』巻四五、答賓戯
・是以聖哲之治、――遑遑、孔席不煥、墨突不黔。
尺土之柄　…『文選』巻一、両都賦の東都賦
・不階尺土一人之柄、同符乎高祖。
舄奕　…『後漢書』列伝巻三〇下、班固伝。『文選』巻四八、典引
・――乎千載。
極摯　…『漢書』列伝巻七〇上、叙伝
・伏周孔之軌躅、馳顔閔之――、既繫攣于世教矣。
抵牾　…『漢書』列伝巻三二、司馬遷伝
・賛曰、…其言秦漢詳矣。至於采経摭伝、分散数家之事、甚多疏略、或有抵梧。

みればわかるように、現代の日本語者になじみがない語彙のほとんどは、班固の文を踏まえたもので、それが重要なポイントで出現する。王安石のこの一文は、表向きは『史記』の孔子評価の不備を指摘するだけのものだが、修辞からみると、まるで班固の立場で司馬遷を批評しているかのようである。中国古典文作成の技法の一端が駆使されている。現代からみてのこの文の特色ある点がここにある。

班固を持ち出すべくそのようなもって回った書き方、ないしは北宋と後漢との千年にならんとする時を往き来する

書き方をなぜするのか。そこには、北宋人としての王安石の社会的立場と関連する、儒教士大夫的心性の思想的姿勢がうかがえる。

すなわち、王安石は一連の「新法」改革を立案、実行した科挙官僚政治家である。その北宋代は、唐を継いで王朝統治の精神的理念として儒教体制を標榜し、また高級官僚を生産する柱となった科挙には儒教経書から課題が出され、儒教が更新された時代であった。改革にあたり、王は『周礼』を前面に立てて一元的な改革を目指した。社会的には国家体制としての儒教尊奉の立場にかれは立つ。その儒教尊奉の立場から司馬遷の前漢中期をみると、その時代は黄老思想から儒家一尊への転換期にあたる。儒教の権威はまだ確立していない。司馬遷の父司馬談は黄老思想を最上とみる時代を生きた（「六家要指」）。『史記』の記述も、漢朝以降を統一王朝モデル時代としての記述をしない。これに対し、漢朝以降を儒教体制の統一王朝の史書記述のモデルとするのは、班固『漢書』である。その班固は紀伝体ということでは『史記』に範を採る。しかしすでに儒教体制が確立された中にいる班固は、儒教体制の統一王朝の歴史を記述できない『史記』に批判的であり、儒教体制を称える。このことを踏まえ、儒教体制が高揚する北宋朝の立場から、漢以降の儒教のいわば開祖とされる孔子の位置づけについて、統一王朝の視点から儒教顕彰をする班固の立場に寄り添いながら、通念になっている司馬遷の記述を再検討するというのが、この一文の真の意図といえる。王安石が作成した時期は不明だが、儒教体制の統一王朝における孔子像のあるべき姿を、この小文は主張しようとしたものとみられる。

通念に切り込む視点でめりはりある論を展開するこの一文は、新法改革を行った王安石の業績と力量に呼応し、北宋における王安石の社会的立場と思想の一端をあらわす思想文化史の資料・史料として読むことができると、現代からはいえる(2)。

## 二　近世中国における「士大夫文化」の文章と「王安石」

ところが、以上のような読み方や評価の仕方は、本稿者が自身の思想心情を吐露するために読んでいるのではない点で、近代以前の中国の士大夫文化や江戸の漢文文化が行ってきた、社会的主張をするために漢文文章を扱うのとは基本的に異なる。なぜそうなのかについて、以下、考えたい。なお、本稿者は、日本語母語者の立場で主として中国近世思想史について研究をしている者であり、日本学分野については、一次資料から実証的に事実関係を追跡する能力を欠く。以下、多くは関連する先学の論考、および本稿者の旧稿の論点に拠る記述となる。事実実証的論述ではなく論説的論述となることをお断りする。

### 二―1　中国「士大夫文化」の文章

「読孔子世家」を事例とする理由の「1」として冒頭であげた、「士大夫文化」の文章について、旧稿で少しく説明した。その旧稿の論点をまず略言する。(3)

1、実践・実用性　文言により作文するのは、古典の言葉群の集積を参照し使用しつつ、自身の生き方や社会論、政治思想をその著者が生きる現代へ向けて現代思想として社会的に主張する実践・実用の行為である。歴史的古代を客観的に再現し、そこに戻るためのものではない。文言という特殊定型的文章表記法の、戦国時代以来の語法構造的連続性が、時を越える古今一体的言語世界を構成し、このような使用法を支える。

2、永遠性　文言運用者はこの定型的文章表記のしくみの下で、現代に向けてばかりでなく、これも実用・実践の一種だが、「いま・ここ」の時間空間の制約を越えて自身の作品を未来へ流通させることを願う。中国統治の正当性と正統性を語る「正史」文化を唐朝は創成した。そこでは士人はその行跡が列伝に記載されることを名誉とする。列伝資料には、墓誌銘等に加え上奏文も含め生前の自身の文言作品が用いられる。列伝に記載されれば永遠に読まれる場に作品が存し、現世を越え過去未来の著名人の作品と同列に並ぶ可能性が生じ、また関連して文集その他の作品も保存される。

3、階層性　文言文は、中国の統治にたずさわりまたたずさわることを望むいわゆる「士」の層において流通する。身分を持たない「庶」の世界の人は、自身とその周辺の生の欲望と平安の希求の中にいる。これに対し「士」は理念上はそうした欲望の世界を秩序化し統治するという役割を持ち、文言はそのような士の層の人士で共有され流通する。文言を運用することは、士人層と庶人層との間に社会階層・身分区分がある中で、士の世界に自身が繋がること、またその区分意識を文化面で創出することを意味する。

統治が知識人に担われることが純化されたシステムである科挙の時代になると、この階層性の問題はより純粋化して立ち現れる。「士」を志す者は、文言を運用することで自らの心を士大夫文化化させる。1の「現代へ向け」て語るとは、「士」としてのこの階層的自己として語ることである。文言の華麗な運用とは、心の内外に集積された古典の言葉世界と自在に往還し、書くべき課題に重ねて古典の言葉を使用、表現できることである。この能力を科挙ではかる。古典世界との自由な往還を可能とするには、厳しい学習と知的能力と、その学習を許す環境、資産などが必要であった。

事例の「読孔子世家」が、北宋と後漢との間の千年の時を往還する書き方をしている点や、王安石の現代である北宋の統一王朝としての儒教体制を高く評価することを孔子の位置づけを通して打ち出している点などに、士大夫文化性がこの一文に典型的に現れているのがみてとれる。この文は、『史記』の矛盾を単に批判するというものではなく、統一王朝としての儒教体制にいま生きる王安石の思想的姿勢の、士大夫文化世界への表明の実践の文章であった。

以上を踏まえ、王安石の散文を読解する前近代の中国と日本の環境についてみてみよう。

二―2　近世中国「士大夫文化」における「王安石」

中国における「王安石」評価は、その政治業績への評価と科挙の時代の優秀な「古文」作成者としての評価という、大きくは二つの観点から整理できる。

前者について簡略にいうと、王安石の死（一〇八六）の後の北宋政治は、新法・旧法党政権の交代の後に新法党政権に落ち着き、しかしその外交上の失敗から華北を金に占拠される靖康の変に至る。王安石は新法党政権の立役者としてそれまで顕彰されていたが、変の過程で顕彰の一部が打ち切られる。南宋政権成立当初は新法党を批判する道学系の旧旧法党系関係者が台頭して王を批判し、その後、王安石に同情的な秦檜政権を経た後、旧旧法党関係者の延長にある朱熹に代表される道学系人士の思想が南宋末までに思想界で勢力を占めるようになる。その結果、国家側からのてこ入れで社会秩序の安定をはかる発想の王安石の政治観と思想は、地域社会のリーダーたる士人の主体性向上を根幹として社会向上をはかる道学系の政治観や思想と真逆なものとして排斥される。朱子学を尊奉するようになった元朝が、宋代の正史『宋史』を編集する際に道学伝を立て、朱子学系思想の見方で北宋新法党政権の政治を描くことからこの政治的評価は固着化され、のちの明・清代に引き継がれた(4)。日本の中世五山、及び江戸の王安石への評価はこれを基本とする。江戸儒学は道学・朱子学パラダイム以降の儒学なので、彼らの批判対象たる王安石の政治活動は評価されないしくみの中に基本的にはある。

ただし政治的評価とは別に、「士大夫文化」としての文章文化からみた王安石評価は、悪評一辺倒ではない。高級官僚を再生産する柱に科挙試験を使用するようになった宋代では合格の根拠は文言文の文章力であり、詩文作成能力が問われた。「古文」を顕彰した欧陽脩が知貢挙となった嘉祐二年（一〇五七）の科挙において古文家の代表と後世みなされる人々が多く合格し、「古文」の作成が科挙合格に繋がる趨勢が明確化した。その結果、北宋代に唐の韓愈が欧陽脩に、柳宗元が蘇軾により顕彰され、(5)南宋からは北宋の古文家が顕彰されるようになる。呂祖謙編『皇朝文鑑』（一一七八）によると、南宋の中期段階で特に顕彰を受けたのが欧陽脩、王安石、蘇軾の三者であった。高津孝氏は、『皇朝文鑑』巻三〇～一五〇の、作者二百名以上の散文約千四百篇の収載数を調べ、蘇軾百六十三、欧陽脩百三十四、王安石百九篇で、第四位の劉敞六十六篇以下に比べ三者が突出していると指摘する。(6)なお先述のように、王安石の文集『臨川先生文集』一百巻、『王文公文集』一百巻は、王の政治業績への道学系の評価に士大夫文化界が覆われる前の、南宋初、紹興年間に刊行されている。

その後、南宋末までに後の唐宋八大家に入る人士が別個顕彰され、それらを受けて明代に八人が「唐宋八大家」としてまとめられ、選集が編まれる。すなわち、以上の段階で韓愈、柳宗元が唐人《ひと》として特別に扱われ、欧陽脩、王安石、蘇軾が顕彰され五名である。これに加え、朱熹が曾鞏を高く評価し、朱子学の伸張とともに彼が代表的古文家に加えられ、一方、蘇軾への高い評価がその弟の蘇轍、父の蘇洵を見直すことを呼び、三人を併せて「三蘇」として全集が刊行されて、以上の顕彰は同時ではないのだが、南宋末までには「八大家」評価に入る八人が出そろう。(7)科挙と関連した受験参考書的なものとして、謝枋得『文章規範』、黄堅『古文真宝』など、「古文」顕彰訓練書が南宋後期から多々作られ、南宋末から元にかけて、その一部は禅僧の往来により日本の禅宗寺院にもたらされた。(8)そうした展開の中で、明代に「唐宋八大家」ないし蘇氏父子「三蘇」を一体的にみて「六大家」とした選集が作られる。明半ばの詩文評の後七子擬古派への批判の中、唐順之、帰有光らが唐宋文を顕彰する延長で、茅坤『唐宋八大家文鈔』一百四十四巻が編まれた（一五七九）。清・沈徳潜『唐宋八代家文読本』三十巻（一七三九）は、その短縮版である。

重要なのは、「士大夫文化」としての宋代以降の「古文」顕彰からみた以上の八大家は、その散文が個人的な娯しみとして読まれ、その集積として顕彰されたのではなく、科挙試験に絡んでの作文訓練という課題の中で起きていることである。茅坤『唐宋八大家文鈔』にも、本稿で事例とした「読孔子世家」が収載されており、そこに、「荊公短文字転折、有絶似太史公処。（王荊公は短い文章で文脈のめりはりをきかせ、太史公（司馬遷）にそっくりなところがある）」との短い評語がついている。この語は、作文の視点からみていることを予想させる言い方である。しかも、文章内容は『史記』への批判であるのに、文章の作りが「太史公に絶似」という。南宋・元・明の政治業績面からの評価は措き、また文章の内容でもなく、文章作成の実践という視点で読み込んでいるのが、ここに了解されよう。科挙が文論の場となるためか、明代後期の士人には、王安石はこういう点で評価されていたようである。

## 三　日本近世における「士大夫文化」の文章と「王安石」

王安石が日本で読まれた痕跡という課題からすると、先の中国南宋の書籍や評価は、南宋末から元、明初に中日間で往き来した両国の主に禅僧によってもたらされ、日本中世の室町時代の禅宗寺院で理解が蓄積され関連漢詩文が作成された。話はこれら五山文化から説きはじめる必要があるが、現代の王安石散文の読解の位置を考えるという本稿では、江戸時代後期から明治期の漢文文化の環境の理解が喫緊と考え、五山文化については略する。

### 三―1　日本近世における「士大夫文化」の文章

**展開**　さて、その江戸時代後期の漢文文化の環境だが、前述「二―1」に対応して一般論をいうと、社会文化の環境は違うが、「1、実践・実用性」という基本は変わらない。漢文はこれを読む個人的娯しみとしてただ存するのではなく、その読むことも、儒教経世的な士大夫文化のための主張や表現の作文と一体的にある。「2、永遠性」は、固い「士庶の分」を社会的前提とはしないため、中国的「正史」文化意識は日本ではあまり起きない。「3、階層性」は、日本では漢字から仮名文字が登場して以降、漢文、漢字仮名交り文、仮名文の三つの表記が、階層やジェンダーの区分がありながらその区分をかなり融通無碍に越え、目的に合わせつつ使用された。社会階層が二分固着的ではなく、文章文化が社会的にはどの階層にも多元的に使用される。ただしこのことは、固定身分制をとる江戸期日本の社会階層区分を水平化するということではない。科挙社会的な固い階層区分を作る作用には向かわないということである。漢文文化の担い手の中心はやはり武士層であった。

**漢文文化の場**　日本で漢文文化が高度に学ばれる場として、寺院では通時代的に仏典および漢籍の研究を行い、また京都で学問を伝える貴族の家でも家学が伝えられていた。その外では、江戸の前期では一部の儒学者が開く民間私塾、また各藩や幕府に抜擢された儒学者の講義があった。中期になると各藩で文治的官僚統治化が進み、人材の教育機関としての藩校が整備される(9)。民間でも、大坂の有力商人層により学問所、懐徳堂（一七二四～）などが設置され、朱子学を柱としつつ各儒学説を比較し、武士から庶民まで含めて公開講義を行った。後期には、藩校から江戸や各地有力塾に留学し各藩に戻った人材や、各地に開かれた民間の漢学塾の間で人網が形成され、この人網が幕末状勢の情報流通に寄与した。

一方、寺子屋などの民間の初等教育の場では、識字教育と兼ねて朱子学テキストが用いられ、渓百年『経典余師』

などの和文解説書により講釈もされ、「学んで向上する」という朱子学思想が庶民の教養に一定程度普及もした。江戸の漢文文化は、一方では高位知識人層の文化として機能し、他方で識字率を高め合理的に思考し向上するという理念を教養として庶人に提供し、近代の受け皿となる社会の知力を醸成するのに寄与した。

**素読と会読**　漢文書籍の内容理解と活用面で特にふれたいのは、各藩校や有力漢学塾の多くのカリキュラムにある、「素読／講授・講釈／会読」ということである。素読訓練により原文を訓読文で誦読できるようにし（素読）、その上で内容を教授し（講授・講釈）、両者の基礎に立って、あるテキストについて読解ないし内容理解の発表と討議をする（会読）。前後重なりつつこれらの三段階で教育が漸次進められる。テキストは儒教的倫理意識を持つ主体の形成を目指して、初学では小学、四書・五経から、高次段階では史書や社会論である『大学衍義』、作文基礎としての『文章規範』など、高度多義的なものに進む。

現代の読解と比べると、第一段階の「素読」が特に特徴的である。おおむね幼年の学生が訓点つきのテキストに向き合い、師がそのテキストの字並びを一字一句ずつ指示しつつ訓読体で音読し、学生が続いて復唱する。一日当たりの字数限度を決め暗誦し、毎日ゆっくり進み、全書について文字を覚えかつ訓読暗唱できるようにする。視覚では中国語構文の文字並びを暗記し、聴覚では訓読和文を暗記する。その過程で中日両言語の語順の相違と語順変換がすり込まれる。このことを辻本雅史氏は「テキストの身体化」という(10)。日本語で頭で考える以前に身体的にすり込まれた感覚で中日両言語の語順の相違が把握されるこの「素読」の訓練をしっかり積んだ者には、訓読体和文から中国語構文漢文を構成するのは、苦労することはあまりないであろう。江戸以前の人士が漢文作文を比較的容易に行う基礎に、この素読がある。明治以降の漢文文化は、後述するように漢文作文から離れる。言うまでもないことながら、漢文を一般的に解読はしても、江戸期なら基礎訓練であったこの素読が明治末以後は、希薄になったことを、この作文分離の背景にあげることができる。

「会読」については、近年、前田勉氏が精力的にその多面的な意義を発掘する(11)。先駆的には古義堂塾に先立つ伊藤仁斎の同志会、荻生徂徠の蘐園塾にあるとのことだが、それが藩校や民間の私塾に広がる。固定身分制の中で、会読の場では討論のために身分の上下を一時離れて議論しないと理解は深まらない。前田氏によれば会読の読書会に、「相互コミュニケーション性、対等性、結社性」という三つの原理性が見出せるとする。そして、社会性、政治的議論を含む『孟子』の一節が例えば会読テキストとなり、討議が文章読解上の本文解釈を越えて当該の藩の政治問題に拡張するようなことも報告する。藩校という固定身分制の文治官僚人材を作る場が、固定身分制を越える開かれた思考を醸成する場にも働いたという。ここには、漢文文化が実用・実践性をもって生きていたすがたがあり、また、それは明治日本をつくることにつながっていく要素でもあった。

## 三―2　日本近世における「王安石」

事例の「読孔子世家」の問題にもどり、こうした中、江戸期において王安石はどう言及されたか。本稿者に提示できる材料はその痕跡のわずかしかないが、以下に述べよう。

**林羅山**　日本中世の漢文文化から近世の漢文文化へと移行する時期の大きな存在として、林羅山（一五八三〜一六五七）がいる。その『林羅山集』附録の巻一に息子の林鵞峯による「年譜」が載り、その二十二歳の項に、若年からその頃までに読んだ漢籍のいわゆる「既見書目」が提示されている。膨大なリストであり、羅山が書物を手に取るごとにメモをとり何年もかけておそらくできたのであろう。修行した建仁寺の蔵書が多いと思われ、五山の一角の蔵書様態をうかがわせる。そのリストで王安石に関連するものとしては、直接には「王荊公集」（八大家では他に「韓文」「柳文」

「欧文集」「三蘇文集」「東坡詩集」「東坡全集」)、「古文」関係書では「古文真宝 前集・後集」「古文大成」「古文正宗」「文章辯体」「文章規範 附続」「続文章正宗」などがみえる。王安石が古文家として位置づけられていることが、これらから羅山にはわかるはずである。また、「宋名臣言行録」「十八史略」や、南宋段階で王安石を弁護、顕彰した特異ともいえる「荊国王文公祠堂記」を収める「象山全集」がみえ、王安石の政治的事跡についても、ある程度理解できる条件の中に羅山はいたと言える。これは、林羅山だけの問題ではなく、京都五山がこのような条件下にあったことを意味する。

東一夫『日本中・近世の王安石研究史』(風間書房、一九八七年)は、その第二編「徳川幕藩体制下の王安石評」において、第二章「林羅山と彼の王安石評」と項目を立て、寛永九年道春跋『周礼』上下巻という刊本の羅山跋に、「熙寧用之以為苛法」とある一句を取り出し、この言い方は、中国の王安石批判者の言辞と同じ口吻であり、「周礼籍口論を借用して王安石を批判している」とする。ただこの論考における羅山の王安石評の直接資料はこれ一つだけである。羅山が依拠し乃至は読んだもとの資料・史料からの検討が求められる。

鈴木健一『林羅山年譜考』(ぺりかん社、一九九九年)は、「寛永十九年(一六四二)『春』」の項で「示石川丈山」(『文集』巻七)を掲げ、詩仙堂に掲げる三十六歌仙の選定をめぐって、「特に羅山が曾子固・王安石を主張したところを、丈山が王昌齢・儲光羲とした点が対立した」と説明する(一五四頁)。羅山が王安石の詩に好意を抱いていたことがうかがえる。(12)

ともあれ、以上、広がりは別にしても、王安石の政治業績と彼が古文家・詩人であるという認識は、江戸初期の林羅山の時点ですでに受け入れられていたことがうかがえる。

**頼山陽と海保青陵**　右記の書で東氏は次いで「頼山陽と彼の王安石評」と項目を立て、頼山陽(一七八〇～一八三二)

資料にみえる王安石像を論じる。頼山陽の時点ともなれば、先述の茅坤『唐宋八大家文鈔』、清・沈徳潜『唐宋八代家文読本』も入り、後者の和刻本も刊行されている（文化一一年（一八一四）。長澤規矩也『和刻本漢籍分類目録 増補補正版』汲古書院、二〇〇六年。二一〇頁）。前の羅山の項で確認した王安石の政治業績と彼が古文家・詩人であるという認識の素材は、「唐宋八大家」という評価本も加わり、この時点ではさらに充実した状態にある。この状況での王安石文への頼山陽の直接の論評として、『頼山陽全書』所収『書後』下「読臨川集書後」「読曾南豊文」、『文集』巻一〇「八大家文読本・沈徳潜序例注」等があり、東氏はこれらを確認し論じる。本稿事例の文への山陽の言及はないが、右の題目からして山陽が読んでいたことは確かである。(13)

王安石をさらに論じている思想家として、東氏は海保青陵をあげる。ここで海保青陵の王安石言及様態についてふれておく。海保青陵（一七五五〜一八一七）は、もと宮津藩青山家重臣、角田青渓の長子。少年の頃から荻生徂徠晩年の高弟、宇佐美灊水に儒学を、蘭学を桂川甫三に学び、桂川甫周とも親しかった。宮津藩の儒者をしばらく務めたのち職を辞し、三十五歳頃から経世家をめざして全国を遊歴、五十二歳に京都に塾を開いて著作した。各地各藩の経済問題を主として経世策を述べたのが、漢字片仮名交じり文の主著『稽古談』五巻である。紐解いてみると、東氏の言うように、その中で王安石への言及が複数回ある。新法党旧法党の党争（巻一）、『周礼』にもとづく改革をしたこと（巻一）、青苗法の利息（巻一）、桑弘羊との比較（巻一）、「興利」をはかったが敵が多かった（巻二）、王の万言書を読んだ痕跡（巻二）などである。(14)その政策の考えについて海保は肯定的に高く評価した。政治的業績に関する中国の悪評が知られている中で、これは王安石評として珍しい。ただし政治のやり方がまずく敵を多くつくったともみる。全体的には経済政策問題に関する政治業績面に関する評価ということになり、古文家の側面への言及はない。海保が踏まえていると確かにみられる王安石一次資料は、いわゆる万言書だけである。それが『唐宋八大家文読本』のような選集に拠るか、王の文集に拠るかは不明である。その他は政治業績と悪評方向の挿話であり、『宋史』などの史資料からうかがえる話である。全体としては、経世策を論じる際に引き合いに出す中国の古代ならぬ近世の、考えは優れるが失敗した事例として、海保の実用的な議論の中で挿話が使われている。

## 四　明治日本における漢文文化の位置の転換

以上、「漢文」の文章は、江戸時代においては、主として儒教的経世や倫理理念の主張とか諸記録を、中国語構文の漢文により作成するという実用・実践のために用いられ、読むだけでなくその文章作文訓練のために文学的文章も活用されたことを述べた。

ところが現代の日本では、漢文を読む読解者がその社会的主張をするために漢文を用いることはまずない。漢詩を除き読むための対象にほぼなっている。こうなっているのは、「漢文（文言文）」という表象形式が、明治以降の近代社会に合わなくなったためと考えられる。それにしてもいかなる経緯でこうなったのか。そこにはいろいろな要素が絡む。それらの要素の主なものを列挙して現代の読解の地平をみて、第一節に述べた事例文の読みを最後に位置づけよう。

### 四―1　明治における漢文文化の転換

旧稿でふれたこともあるが[15]、その要素としては、明治前期の「普通文」、「国語」形成の要請、「国民道徳論」の形成、中国社会に対する近代の視点からの認識の更新、といった事柄をあげることができる。第一の「普通文」の問題が一番大きいと考えられ、これについてまず論じ[16]、あとは簡略にふれるだけにする。

○明治前期の「普通文」

明治期の特に前期は、社会を近代「国民国家」化することや、共通語「国語」を形成することが社会的に迫られるという、言語の社会的環境に大きな転換が起きた時期であった。この課題の下、旧漢学、儒学に関わる重要な出来事は、明治の初期に、訓読書き下し文体の文章が漢文原文から分離し、原文を持たずに流通し始めたことである[17]。

その文体は、明治二十年代頃までだが、社会的場面での文章表記の基本としての「普通文（主流の流通文）」となった。岩倉使節団の記録である久米邦武編『米欧回覧実記』や、自由民権運動の多くの文章、また「教育勅語」、憲法、あるいは近代文化への脱皮を主張する福沢諭吉『学問のすすめ』『文明論之概略』など、多くのものがこの文体である。対句的な骨格性論理性を持つ中国語古文散文は、書き下し文にした場合でも、候文（そうろう文）などの和文に比してその骨格性をなお保持し、書記レベルの説明や議論に有効である。書き下し文の「普通文」化は、そうした需要に広く対応するものであった。日本語の政治的議論、社会的主張のみならず、西洋書の欧文脈言語の日本語への翻訳の媒介者ともなった[18]。欧米語を翻訳した新漢語のおびただしい創出も、普通文がこうした文体であったことを基礎にして可能となったことである。

しかし、書き下し文のこの普通文化は、結果的に中国古典の江戸漢学的な実用的使用法に決定的な打撃を与えた。漢文文化において密着していた読解と漢文作文とが分離し、漢文原文を構成しないで文章を書くことをもたらしたのである。

原文漢文が持つ旧漢学の内容枠に比べ欧米語が持つ文章文化の斬新な内容を説くといった、表現領域が異なる分野にも当初この文体が適用され、原文漢文世界からは独立した表現世界を獲得していく。そしてさらに、恋愛表現など近代的課題に向けて、書かれる内容が多様化する中で、旧漢学の内容枠は取り残されることになり、漢文古典の出典を参照するような漢文作文特有の技法の必要性が薄まり、漢文作文は社会的有用性を失っていく。

また、次に述べる「国語」形成の要請が、明治前期には同時並行的に起きており、それが漢学、儒学の実学性の減退を社会的に後押しする。その音声言語共通語の要請ということからすれば、書記に足場を置く漢文訓読文化、特に漢文作文は、社会言語の運用の中核にはなりえない。漢文は「読む」ものに特化して位置づけられるようになる。中国語文言文の読み書きには、東アジア各域社会を通した社会高位階層的な士大夫意識の共有性と、それにともなう階層意識（選良意識）の創出が付随していた。儒学言説の流通を支える基盤が実はここにあった。しかしその漢文的教養は、後述「国民道徳論」の形成とも絡むが、各社会の階層分かれ的な場を前提とするのではなく、「わが国民の文化」を認識する素材として「国民の教養」的な水平的共有に転換する。「漢文」の東アジア共通言語性よりも一国内の言語共有性が優先され、旧江戸時代には階層性を伴いつつも存していた東アジアの広域連動と共振の世界から、日本の漢文文化世界は徐々に離脱していくのである。

○「国語」の形成の要請

江戸社会では、儒学者の人網や江戸や大坂を中心とした政治・商業のネットワークにより、諸情報が江戸後期には全国的に行き交っていたと考えられるが、生活場面では藩や天領として各地域が半ば独立的に分かれ、身分・職業・地域ごとに、話し言葉も書き言葉も様々な意味で差異化されて運用されていた。これに対し明治新国家は、華族、士族、平民など身分区分を一部になお残すものの、天皇という「一君」の下に人々が「国民」として互いに意志疏通できなければ、理念的にも実際的にも運営が成り立たないという問題に直面した。(19) 分かれていた各地域語に対し共通語が求められ、その表記や各方言の扱いや、非識字層への教育の普及などが緊急の重要課題となった。例えば外交の支えとなる軍隊に属する兵士間のコミュニケーションでそれは深刻である。そこで、政府の実権が確立した明治一〇年も過ぎると、その「国民」に属する人々が共通に運用できる、話して聞いて書いて読んでわかる「国語」の形成が、切迫した課題となった。初等教育の「国語」の確立は明治三十年代にまで下るが、学制とともにその議論と実施の修整がなし続けられた。

漢文作文が後退した前項の漢文文化は読解にしだいに特化していき、そしてこの「国語」教科の中に組み込まれた。

○「国民道徳論」の要請

この「国語」の形成要請の延長で「国民」一体意識の確立が政府に企図され、「国民」の道徳が求められた。江戸から続く心性に響く朱子学系儒学の用語を用いつつ、「国民」意識というこの「近代」の課題を日本社会全体に説くことが行われた。その象徴が「教育勅語」である。またすぐ後に現れる「国民道徳論」の形成である。ここにおいて、江戸時代末までの東アジア高位文化者の共有意識のものから日本一国内のものへと、儒学漢学の機能が転換させられる。それはまた、藩校や寺子屋も含む民間の塾で漢学や儒学が近代の受け皿として知力の底支えとなっていたことから離れ、語義矛盾的な、いわば「近代儒学」へと江戸の儒学漢学が変容する過程でもあった。[20]

○中国の社会と文化に対する近代の視点からの認識の更新

明治になり、江戸期には局地制御されていた交易と渡航の条件が緩和され、中国と日本との経済、政治、文化面での直接交流がなされるようになる。当然、口頭言語レベルで中国側は日本語、日本側は中国語を修得して臨み、初期には様々な事件があったはずである。しかし本稿者には関連する知識も能力もなく、ここでは論じられない。ただしやはりそこには、訓読法によって漢文を運用することを減殺化させる要因があることは確かである。

それはともあれ、中国の社会・文化に対する明治期日本の認識で重要なのは、「国語」形成問題と時期的に相前後するが、近代の中国学の形成である。国際状勢の中、中国の社会と文化の認識に関して、江戸漢学からの像を近代学術のものとして更新することが要請され、明治二十年代から中国古典学の近代研究的視点が明確になってくる。(21)

中国思想学方面でいえば、更新の第一は、中国古典世界の認識を解説する言葉を近代のものとする明治前半の段階である。そこでは、諸学の基礎づけとして課題を客観的に説明する「哲学」に中国思想の言葉をのせる努力が払われ、さらに「史」としてその世界を認識することに向かい、素材は江戸期と変わらないが、史的に客観化する「叙述の言葉」を獲得していった。

更新の第二は、京都帝国大学の設立（一八九七年〈明治三〇〉）に象徴される、明治後半から大正年間への段階である。近代的な資料批判により、経学の枠内にある士大夫文化世界の外部に立つ視線で中国古典世界を客観化し検討する研究も芽生えた。ただしその方向は、「国民道徳論」といった、近代ゆえの漢文文化の新たな需要を支える生活心性の根本的検討（日本社会にとっての中国古典文化の意義を客観化するといったこと）にまでは至らず、むしろ中国（思想）古典学は、漢文文化のこの新たな需要に対応した言葉を生産しこの道徳論に提供した。

以上のような諸要素が総合的に絡まり合い、江戸の漢文文化はその漢文作文による実用・実践的要素を後退させ、一方では「国民道徳論」に儒学的言説の言葉を提供しつつ、他方で漢文の読解としては「国語」の中に組み込まれたのである。

## 四―2　三島中洲の「読孔子世家」評釈

以上を踏まえて、事例の『唐宋八大家文読本』冨山房版（一九一〇年）の王安石「読孔子世家」の三島中洲評釈を振り返ってみよう。そこには時代に対応して評釈しているすがたが立ち現れる。すなわち、「大段・小段」に分けて文脈を親切に説く説明がみられる。これは読解する側に立った導きである。しかし「読む」だけで評釈がすべて終わりかというと、そうでもない。題目「孔子世家を読む」の評釈に、「主意　孔子　宜しく之を列傳に置くべきを言ふ。○例の字　眼目なり」とある。「例」の字は本文の「凡例」の「例」である。この説明は、本文末尾の評釈、「以上第三段　孔子　後人の推崇を藉らずして重きを論じ、遂に其の亂例自ら抵牾するに歸到し、起首を収む」の「乱例」「起首を収む」に呼応し、この一文の構成の全体について、つじつまをきちんと合わせていると評するものである。先に述べた、茅坤『唐宋八大家文鈔』「読孔子世家」に附く、「荊公短文字転折、有絶似太史公処。」という評語ほどではないにしても、「起首」との対応というのは文章のつくり方に入り込むものである。「読む」ことに主眼を置きつつ作文的要素も含むのは、これが明治の後期ということでみれば、まさに漢文文化がこのときに置かれた位置にふさわしい評釈である。「大段・小段」に分けるこの評釈は、三島氏のわかりやすい講義として名高いものだが、こう考えると、明治の後期という時代の中のものでもあったとみられる。

## 結びにかえて――漢文訓読による資料読解の現代の現場――

明治後期から戦時中までの、時局に対応した中国思想の言葉の過度の供給については、反省がなされ、敗戦後の一九四九年に発足した日本中国学会では、思想内容の研究も実証研究を柱とするようになり、中国思想資料はその客観的研究の対象となっている。また、近代以前の社会で日本の「古典」となって読まれた中国思想は、その延長で明治以降にはその多くが「国民」の新たな「古典」となったが、現代では世界の中での日本と中国の文化を考える素材という意味での世界の「古典」となり、世界各地域の文化事象を考究する人々の検討対象として、また世界の人々の教養として供されている。

本稿「一」の末尾で事例の「読孔子世家」の文章内容について、

通念に切り込む視点でめりはりある論を展開するこの一文は、新法改革を行った王安石の業績と力量に呼応し、北宋における王安石の社会的立場と思想の一端をあらわす思想文化史の資料・史料として読むことができるといえる。

と述べた。これは、漢文の使用に関する、本稿「三」江戸後期における漢文文化の位置から「四」明治における漢文文化の位置へ、そして戦後の反省という以上の転換と展開を受けて存するものである。

すなわち、この一文について、語彙や典故の諸調査により王安石の文化主観に密着し、彼の言い分と心情を彼自身に即してまず読解理解はする。しかし読解対象を「資料」として扱う場合、読解者自身が生きる生活の現場で、王安石の心情ないしはその心情に由来する意見や感情を、誰か他者に語りかけるとか使用するということはしない。読解者の生活の現場に対し、中国宋代「思想文化史」という世界を独立的に想定し、その世界の中の事柄として、その世界の出来事を語るパーツとしてその読解成果を使う。よしあしは別として、読解対象についてこういう読み方、使い方を、現代の研究の現場ではしているということである。ただし、以上は、読解者の思想的主張の素材や心情共感の材料として漢文原文を訓読で読むということを排除するものではないことをおことわりしておきたい。

最後に、現代日本の「漢文文化」の多端なあり方の中の、「読み」のあり方という一端の問題であるが、言語文化論的な問題点を二つあげて、本稿を結びたい。

一は、江戸の後期では、漢文の作文にあたって、「素読」力が日中両言語の谷を越える力として働いていた。素読においては、視覚で中国語構文の漢字文字並びを覚え、聴覚で日本語構文に語順変換し、ただし実字漢字は字音をかなり残した特殊な音感とリズムの和文を覚える（「特殊な音感とリズム」において日常口頭話語と区別されるので覚えられる）。視覚と聴覚の両面が一体となっている故に復文が可能となり、また、日常和文を一度訓読書き下し文体に変換すれば、そこから容易に漢文を作文できる。しかし現代日本の読みとしてはこの素読の刷り込みをしない。作文も原則おこなわない。このため現代の理解は、現代日本語訳レベルでは江戸人《びと》に劣らないであろうが、訓読書き下し文レベルでは江戸人が優るはずである。この不足に対し、現代では達人レベルの獲得とまではいかなくても現代中国語の訓練をすることによって両言語の構文の相違の認識を深めている。ではこれによって江戸人が持っていた理解と同じ質とレベルの理解を得られるであろうか。中国語側からすればこれは本末転倒の問題であろうが、日本語側からすれば、江戸人の理解を追体験的に評価するときに課題となることである。

二は、より大きな問題である。日本語側から漢文原文を理解しようとするときには、原文は漢字文字化された言語として立ち現れており、まずは「見て」いる。素読にあたってはこれに音感からの補いをつける。しかし漢字文字をすべて仮名書きして表音文字化してしまうと、内容的には相当にわからなくなる。一方、もとより中国語母語者は音感を基礎にして漢字文字を見る。仮に文言文をすべてピンイン文化した場合、中国語母語者は漢字文字文を見る場合と比べどのくらい理解にちがいが生じるのか。そして日本語側が訓読文を表音文字化した状態と比べて、その理解とどのくらいずれがあるものか。「見て」考えることから文言文は離れられないのか。どこにおいて離れられないのか。表音文字による文章・言語と漢字文字による文章・言語との相違ということに話は拡大していく。[22]

注

（1）現行訓読法の基礎を、明治四五年三月二九日官報「漢文教授ニ関スル調査報告」とみた場合、本稿でとりあげる江戸から明治への訓読法の変化についても論及が必要であろうが、論が拡散するので略する。江戸から明治への訓読法の展開を概説的に解説した好論として、大島晃「江戸時代の訓法と現代の訓法」（『日本漢学研究試論』汲古書院、二〇一七年。一九八二年初出）がある。

（2）『史記』の記述の事実性や司馬遷の見識を弁難した王安石の小文に、「伯夷」「子貢」（『王文公文集』巻二六）、「読孟嘗君伝」（巻三三）等があり、「性」論において『論語』の記述を基準にすることを宣し孔子を顕彰している小文に、「原性」「性説」（巻二七）等があり、事例の「読孔子世家」の論は、王安石にとって孤立したものではない。

（3）市來「中国古典の文化象徴性と明治・大正・昭和―『論語』を素材に―」（中村春作・市來津由彦・田尻祐一郎・前田勉編『続「訓読」論―東アジア漢文世界の形成』勉誠出版、二〇一〇年、所収）四〇六頁以下。

（4）小林義廣『王安石―北宋の孤高の改革者 世界史リブレット33』（山川出版社、二〇一三年）七九頁以下、「王安石評価の変遷」、参照。

（5）北宋の柳宗元評価については、副島一郎「宋人の見た柳宗元」（『中國文學報』第四七冊、一九九三年）、参照。

（6）高津孝「論唐宋八大家的成立」（高津孝『科挙与詩芸―宋代文学与士人社会 日本宋学六人衆』上海古籍出版社、二〇〇五年）、四〇頁。

（7）宋代の展開を四段階に分けるとするのは、注（6）高津論文の整理。三七頁以下、参照。

（8）東アジア海域交流という視点からみた鎌倉室町五山文化の多様な様相の近年の認識については、島尾新編『東アジアのなかの五山文化 東アジア海域に漕ぎだす4』（東京大学出版会、二〇一四年）、参照。

（9）「藩校」の概要については、笠井助治『近世藩校の総合的研究』（吉川弘文館、一九六〇年）、参照。巻末「近世藩校一覧表」は二百八十五の藩校名を載せる。

（10）辻本雅史「素読の身体文化―テキストの身体化―」（注（3）前掲『続「訓読」論』所収。のち辻本『思想と教育のメディア史―近世日本の知の伝達―』ぺりかん社、二〇一一年）。

（11）前田勉『江戸の読書会―会読の思想史』（平凡社選書、二〇一二年）、『江戸後期の思想空間』（ぺりかん社、二〇〇九年）、『江戸教育思想史研究』（思文閣出版、二〇一六年）。

（12）石川丈山の山荘なので当然なのかも知れないが、京都の丈山寺詩仙堂では、丈山の意見のように、王昌齢・儲光義が三十六歌仙に入れられている。

（13）『文集』「八大家文読本・沈徳潜序例注」では「半山非邪人。使其不遇、則文不止如此、而後人亦不議之耳。」といい、『書後』「読臨川集書後」では「荊舒唯能為破砕拗折。」、「読曾南豊文」では「半山猶有奇峭可喜処。」といい、これらの句は茅坤が本稿事例文に対して言った、「荊公短文字転折、有絶似太史公処。」という評語に通じる。

（14）塚谷晃弘・蔵並省自訳注『本多利明・海保青陵　日本思想大系44』（岩波書店、一九七〇年）による。

（15）注（3）前掲論文、四一〇頁以下、参照。

（16）以下の論述は、注（3）前掲論文、及び拙稿「儒学言説在明治時期的変化（中国語・韋佳訳）」（『世界哲学』2015-3、中国社会科学院哲学研究所、二〇一五年）と一部重なる。

（17）以下の訓読文の「普通文」化については、斎藤希史『漢文脈と近代日本―もう一つのことばの世界』（ＮＨＫブックス、二〇〇七年）の論、参照。その上で言文一致の議論が出てくる（明治三十年代）。本項の記述は斎藤書に多く負う。一方、漢文知が明治前期日本の教養力をなお支えてもいた。明治三十年代以降に活動する知識人の多くも、江戸後期からの漢学の素養をそれぞれの成学過程でもとより身につけている。

（18）幕末の延長として、理系的なものも含む西洋諸学の内容を漢文に翻訳して（もと中国で翻訳されたものの移入も多い）教育対象者に提供しており、西学の受け皿として漢文世界が機能していた。木村淳「明治・大正期の漢文教科書―洋学教材を中心に―」（注（3）前掲、『続「訓読」論』、所収）。ただししだいに「国語」で表現代替が可能となり、近代漢文教科書によるこうした教育も後退せざるを得ない。中村春作「訓読・書き下し文という〈翻訳〉」（中村『思想史のなかの日本語―訓読・翻訳・国語』勉誠出版、二〇一七年。二〇一一年初出に加筆）も、明治の欧米系言語の翻訳に漢文、書き下し文が絡んだという問題にふれる。

(19) 以下の視点は、安田敏朗『「国語」の近代史―帝国日本と国語学者たち―』（中公新書、二〇〇六年）、長志珠絵『近代日本と国語ナショナリズム』（吉川弘文館、一九八九年）に負う。明治三十年代前半での「国語」形成と漢文訓読文化との葛藤を象徴する事件が、中等教育における漢文科科目廃止問題である（文部省の廃止案は反対により結局は廃案）。長氏書第三章「言文一致運動と漢学者懇談会」、参照。旧態的漢学の更新が求められ、音声言語「国語」に近づく「漢学」と旧儒学とが分離させられるようなかたちで、儒学言説の位置が問題とされた。

(20) 江戸儒学のこの「近代儒学」化については、注（16）前掲「儒学言説在明治時期的変化」においてかつて論じた。

(21) 坂出祥伸「中国哲学研究の回顧と展望―通史を中心として」（『東西シノロジー事情』東方書店、一九九四年）、山田利明『中国学のあゆみ―二十世紀のシノロジー』（あじあブックス、大修館書店、一九九九年）など、参照。

(22) 斎藤希史「読誦のことば―雅言としての訓読―」（注（3）前掲、『続「訓読」論』、所収）が思索する、中国における文言の朗唱や日本における訓読文の音読は、各社会において何をやっていることになるのかという問題にも重なっていく。

# Ⅱ　近代教育と漢学・儒教

# 安井息軒「辨妄」に見える忠孝観念の性格

## ——井上毅「教育勅語」との共通点に注目して

青山大介

### 前言

副題に「井上毅」・『教育勅語』と掲げるものの、この二点に関して筆者は全くの門外漢である。また海外の研究機関に在籍している関係もあり、執筆に際しては限られた資料しか参照できていない。副題に惹かれて本稿に目を通し始めた読者が大半であろうから、時間を浪費させないために、以上の二点をあらかじめ告白しておく。しかし、もし読者が「井上毅は慶応三年（一八六六）に安井息軒の三計塾に入塾した」という、比較的よく知られている割にそれ以上の言及が殆どなされた試しのない師承関係に対する思想史的検討に関心があるなら、本稿はその期待に少し応えられると思うので、このまま読み進めるとよい。

本稿は、幕末維新期の儒宗安井息軒（一七九九〜一八七六）が明治六年（一八七三）に発表した基督教批判の文章「辨妄」(1)五篇に見える忠孝観念の性格を分析する事を主な目的とする。そのために、まず安井息軒と井上毅の関係について簡単に整理し、ついで「辨妄」が発表された経緯を紹介し、それから「辨妄」の忠孝観念の性格を明らかにしたうえで、井上毅の「教育勅語」に見える忠孝観念との共通点を指摘し、最後にその思想史上の意義を述べて結びとする。

## 一、安井息軒と井上毅の関係

安井息軒（一七九九～一八七六）は、日向国飫肥藩（宮崎県宮崎市清武町）出身で、江戸を拠点に活躍した全国区の儒宗である。詳しい経歴については、若山甲蔵氏[2]や黒江一郎氏[3]の著書に譲る。息軒の研究概況については、拙文「安井息軒『論語集説』与服部宇之吉「標注」之間的齟齬／以松本豊多『四書辨妄』為線索[4]」の「二、安井息軒研究概況」（三五四～三六五頁）を参照されたし。

安井息軒は学派的には考証学派に分類され[5]、朱子学に対して批判的な立場を表明していたが[6]、その彼を幕府は文久二年（一八六二）自ら「寛政異学の禁」を破って昌平黌儒官に任命した。この件について、島田篁村は「異學禁制以来例ナキ事[7]」と評し、服部宇之吉も「先生古學者ヲ以テ此選ニ與カリシハ、蓋シ異數ノ待遇トナス。亦以テ其名聲ノ隆カリシヲ知ルベシ[8]」と称える。息軒本人にもこの人事は意外のことだったと見え、文久二年（一八六二）に出した手紙で「御案内通、老朽義は、古学を宗とし、時風と背候故、御目見などの事は夢にも不存、誠に案外之次第に候へども、難有り御請申し上げ退出致候[9]」と驚きを伝えている。

その安井息軒が江戸で開いた三計塾から明治近代化に貢献した人材が多く輩出したことは、近年、古賀勝次郎氏が一連の論考で明らかにしている[10]。その背景には、息軒の教育能力もさりながら、三計塾の塾生には町民や農民がおらず、武士のみで構成され、しかも「官費留学生」と呼ばれる諸藩の幹部候補生が多数を占めていた事が挙げられよう。それが裏目に出て、明治五年（一八七二）に政府が官費留学生の私塾入門を禁止した際には、明治三年（一八七〇）に一三六人を数えた塾生が一四人にまで激減し、息軒も娘に宛てた手紙で「外に上より遊学料出候書生は、私塾に入候儀さし止め相成候。しられ候通り、我ら塾は何れも藩中にて、百姓町人は一切無之、当時武家のありさま、自力にて遊学致候者は有之間敷、依之塾生もやうやう拾人あまりに相成、江戸の住居は出来兼候付、家作の買人有之次第、千葉へ引込筈に候」[11]とこぼす事になる。だが裏を返せば、この事態は如何に多くのエリートが幕末維新期に三計塾で学んでいたかを物語る。井上毅もまたその一人である。

井上毅については今さら贅言を要すまい。井上毅は慶応二年（一八六六）九月に仏語を学ぶために上京し、大政奉還の混乱の最中、同年一二月から翌年四月まで三計塾に身を寄せた。三計塾を頼った理由は、肥後（熊本県）で師事した木下犀潭（一八〇五〜一八六七）と安井息軒が旧友同士だったからであろう[12]。犀潭と息軒は、江戸にて長らく塩谷宕陰、芳野金陵たちとともに「文会」と称する研究会を毎月開催し続けてきた仲であり、犀潭の墓碑銘を著したのも他ならぬ安井息軒であった[13]。ちなみに、その墓碑銘を受け取る名目で戊辰戦争の最中に息軒を訪ねて上京してきたのが犀潭のもう一人の弟子竹添進次郎で、その時の様子を安井息軒は日記『北潜日抄』に「乃ち泰玄を謀りて酒を命じ、且つ酌み且つ語り、粗かた成敗の窮むる所を擧ぐ」（乃謀泰玄命酒、且酌且語、粗擧成敗所窮[14]）と記している。この竹添進次郎とは、言うまでもなく、後に『左氏会箋』を著す竹添井井その人であり、彼が息軒の『周礼補疏』を手稿した写本が今も慶応大学斯道文庫内安井文庫に所蔵されている[15]。こうした事実は、井上毅と息軒の間でも建設的な交流が成されたことを予想させるに十分であろう。

ヨゼフ・ピタウ氏も『井上毅と近代日本の形成』のなかで「三計塾・安井息軒の『辨妄』」という一節を設け、三計塾時代に井上毅は安井息軒から思想形成上極めて重要な影響を受けたと指摘し、特に安井息軒の「辨妄」について「一言で言えば、キリスト教が神およびキリスト教に対する信仰ということに中心を置いて忠孝をなみする、すなわち、君と父、国と家をないがしろにすることを批判し、また、天地創造や旧約聖書が非科学的であると主張したものである。安井のキリスト教批判におけるこの二つの点は、後に井上毅のキリスト教批判にも見出される」[16]と述べる。

ピタウ氏の指摘は重要だが、しかし「忠孝をなみする」云々は儒者が基督教を批判する際の定形句の如きもので、例えば鐘始声（智旭）の『闢邪集』など明末の排耶論に広く見え、決して息軒「辨妄」独自の見解ではない。しかもそうした明末士大夫の排耶論を集めた徐昌治『聖朝破邪集』（一六四〇）は日本に伝来し、安政二年（一八五五）には鵜飼徹定によって翻刻されている。吉田公平氏によれば、幕末維新期の仏教界は基督教へ反論する際にこうした「中華版排耶論」を身近な援軍としたという。[17]したがって「忠孝」という鍵言葉の使用は、ピタウ氏も言明を避けているように、それ自体で両者の影響関係を実証するものではない。その蓋然性を高めるためには、両者の忠孝観念そのものに対する更なる分析が必要になろうかと思う。

## 二、安井息軒「辨妄」の出版経緯と反響

本題に入る前に、安井息軒「辨妄」の紹介を兼ねて、出版の経緯と反響について紹介しておく。これらについては、すでに山本幸規氏[18]の研究があり、本稿はそれに依る。

さて、明治六年（一八七三）二月二四日、明治政府は外交上の理由から基督教禁令を撤廃した。同年同月から四月にかけて、安井息軒は「辨妄」五篇を『教義新聞』誌上に立て続けに発表して厳しく基督教を論駁し、解禁政策に強い反対の意を示した。この五篇は同年五月に維新四賢侯に数えられる薩摩藩（鹿児島県）の国父島津久光（一八一七～一八八七）の序文を得るや、その夏のうちに「鬼神論（上）」と「與某生論共和政治書」を合刊して『辯妄』（中村源八

蔵版、一八七三年）として出版され、さらに島津久光の強い要望を受けて息軒の門弟阿部定により年内の内に和訳され、翌年すぐ『辯妄和解』（加藤又兵衛・水野慶次郎出版、一八七四年[19]）として出版された。

安井息軒は、なぜこの時期に「辨妄」を発表したのか。明治政府の基督教解禁令は、恐らく直接的な動機ではあるまい。「辨妄」の掲載は解禁令とほぼ同時か或いは少し先行するため、校了や組版の時間を考慮すれば、執筆は解禁令よりある程度以前に始まっていたと見なさなければならないからだ。山本幸規氏は、野々村敬三氏の「元来敬宇先生は碩儒安井息軒の愛弟子で、息軒は自分の後繼者として敬宇先生を心密かに許して居たのであるが、その先生が基督者になつたことを傳聞して、大に驚き、敬宇の如き人物にしてなほ改宗するとすれば、その外の者は何うなるだらうと、憂慮の餘り、自ら筆を執つて基督教を駁論したのが、あの有名な『辯妄』であつた[20]」という証言を傍証として、中村正直が明治五年（一八七二）八月に発表した「擬泰西人上書」の「陛下如シ果テ西教ヲ立ント欲セバ、則チ宜ク先ヅ自ラ洗禮ヲ受ケ、自ラ教會ノ主トナリ、而シテ億兆ノ唱率トナラン[21]」という一節に衝撃を受けたことが直接の動機だろうと推測している。

筆者は、息軒が新聞紙上での発表に踏み切った動機としてであれば、山本氏の推測に同意する。ただし発表された「辨妄」の内容、すなわち基督教に対する批判的分析そのものは、当時七四歳という息軒の年齢を考慮すれば、「擬泰西人上書」以前に既に完成していたと考える。ヨゼフ・ピタウ氏の「『辨妄』は、井上が安井の塾を出てから五年後に書かれているのであるが、すでに安井がこの書に述べられているような思想をこの小冊子の出版以前にも塾生に教えていたことは、十分考えられることである[22]」という見解に、筆者は賛同したい。

「辨妄」は大きな反響を呼んだと見え、これに触発された田島象二が翌年の明治七年（一八七四）には『耶穌一代辨妄記』を刊行し、その「凡例」に「余嚮に息軒安井翁「辨妄」の書を見に、雄深雅健、得て能く造作仮託を破り、辨して妄誕不経を解、之翁が一時閑談に出ると雖も、老練縦横の筆、則ち到り尽して一言の余すなし。然り而して、尚市俗塵垢を厭ふの恨あり。則ち論の雄深なる、文の雅健なる、之なり。（略）今茲にニウスタスクメント及び美国グートリッ氏の万国史其他各書に就て、耶穌が履歴を輯め、尋常通俗の小説書に倣ひ、一代記を著し、事々「辨妄」の章を網羅し、以て婦児の観に供し、慣得て之を先入の主になさしめんと欲す。看者、夫此微意を認れば、啻に我幸甚なるのみならず、則ち又安井翁の歓喜ならん[23]」と抱負を述べている。山本幸規氏によれば、更に翌年の明治八年（一八七五）にはJapan Mail社が「辨妄」五篇の英訳本を出版して英語圏に紹介し、同社の『The Japan Weekly Mail』には英語圏の読者から書評が寄せられたという。

その後、民権運動が高まりを見せ始めた明治十四年（一八八一）七月に息軒の門弟松本豊多によって『辯妄標注[24]』として再版された。これを受けるかのごとく、同年八月から日本メソジスト教会の牧師であった平岩愃保（一八五七～一九三三）が『六合雑誌』上に「辨妄批評[25]」を発表して、反駁を加えた。また明治二十六年（一八九三）、井上哲次郎は『教育と宗教の衝突』（敬業社、一八九三年、一一〇頁）で「内村鑑三不敬事件」（一八九一）に関連して国内の基督教徒を批判するにあたって、「辨妄」を引用している。これを見た基督教徒の山路愛山は「安井息軒「辨妄」」を著して「博士井上哲次郎も彼れ（筆者注・安井息軒）に後るること十餘年、同じ論鋒を以て耶蘇教の國體に合せず教育に害あることを非難せり[26]」と皮肉を述べた。

しかし、その山路愛山もまた、一八八〇年代の学生時代を回想して「余の静岡に在つて漢學塾に往来して未だ多く耶蘇教を聽かざりし時、余は友人の机上に此書の在るを見、之を一讀して其議論に感服し、直ちに筆を把りて、泛々五篇辨妄作。自是斯道泰山重と題したることありき。是れ今より二十二三年前の事に屬す[27]」と初見時に受けた衝撃を語っている。

以上の反響は、息軒「辨妄」が近代日本における基督教問題に対して発揮した影響力を物語るものであろう。息軒本人も「辨妄」には大いに手応えを感じたと見え、明治八年（一八七五）に弟子の谷干城に送った礼状に「耶蘇追討相済候付」[28]と記している。

## 三、安井息軒「辨妄」の忠孝観念の性格

本節では安井息軒「辨妄」に見える忠孝観念の性格について、その根拠付けの方法に注目して分析したい。息軒「辨妄」は忠孝という倫理観念の発生過程を次のように説明する。

人の世に立つや、父之を生み、君之を牧（やしな）ふ。二者の恩焉（これ）より大なるは莫し。聖人之に報ゆる所以の道を立て、「忠」と曰ひ、「孝」と曰ふ。「孝」を推して以て之を擴むれば、齋功緦麻より以て無服の親に至るまで、皆な之に親しみ之を愛す。「忠」を推して以て之を擴むれば、卿・士大夫より以て府史・胥徒に至るまで、皆な之を敬ひ之を貴ぶ。猶ほ以て未だ足らざると為すや、又た之を推して四海に至れば、凡そ横目の民、我と同類なる者は、撫恤せざる莫し。而る後人各々其の所を得て、天下平らかなり。故に生民の道は、唯だ忠孝を大なりと為す。（人之立於世也、父生之、君牧之。二者之恩莫大焉。聖人立所以報之之道、曰「忠」、曰「孝」。推「孝」以擴之、自齊功緦麻、以至無服之親、皆親之愛之。推「忠」以擴之、自卿士大夫、以至府史胥徒、皆敬之貴之。猶以為未足也、又推之至四海、凡横目之民、與我同類者、莫不撫恤焉。而後人各得其所、而天下平。故生民之道、唯忠孝為大矣。[29]）

一言で言うと、「忠孝」とは恩返しである。つまり自分を産み育ててくれた父母の恩、生活基盤を保障してくれている領主の恩、これに恩返しをする方法を「聖人」（文化英雄[30]）が取りまとめたものが所謂る「孝」であり「忠」である。

この「孝」と「忠」を推進すれば、貧富を問わず親の立場にあるものは領主に親しみを覚え、貴賤を問わず人臣の立場にあるものは主君を敬うようになる。しかも、この方法は対象が普通の人々（横目之民）であれば海外においても効果を発揮するだけの普遍性を備えている。領民を生かす手段（生民之道）としては、「忠孝」の推進が最も効果的だと息軒はいう。

では、「忠孝」を推し広める方法として、息軒は具体的にどのような方法を想定しているのだろうか。祭祀儀礼である。息軒「辨妄」は『聖書』の記述を分析して「耶和華は自ら嫉妒の神と稱し、其の徒に他神を拜するを許さず。耶蘇益々其の法を嚴にし、誓ひて他神を滅ぼさんと欲す。故に亦た曰く「我の來るや、世を平らかにするに非ず、乃ち亂を興すのみ」と」（耶和華自稱嫉妒之神、不許其徒拜他神。耶蘇益嚴其法、誓欲滅他神、故亦曰「我之來也、非平世、乃興亂耳」）[31]と言い、基督教を極めて偏狭で排他的な宗教だと断じた上で、もし日本がこの基督教を導入した場合、次のような事態に陥ると警鐘を鳴らす。

今一たび其の教を奉ずるや、神祖より下、聖君・賢佐・忠臣・烈士の廟は、盡く之を毀たざるを得ず。而して下は士庶に至るまで亦た其の祖禰を祭るを得ず。此れ豈に我が忠厚の俗の能く為すに忍ぶ所ならんや。聖人は死に事ふること生に事ふるが如くす。豈に必ず其の享くると享けざるとを問はんや。吾が誠を盡して民を厚きに導く所以なり。今や君・父死すれば則ち之を絶ち、視ること猶ほ禽獸のごとくして、獨り己が天に在るの榮を求む。是れ專ら利を以て民を導くなり。乃ち我が忠厚の俗、化して魑魅と為る無からんか。（今一奉其教、神祖而下、聖君賢佐忠臣烈士之廟、不得不盡毀之。而下至士庶亦不得祭其祖禰。此豈我忠厚之俗所能忍為哉。聖人事死如事生。豈必問其享與不享哉。所以盡吾誠而導民於厚也。今也君父死則絶之、視猶禽獸、而獨求己在天之榮。是專以利導民也。無乃我忠厚之俗、化而為魑魅乎。）[32]

息軒は、日本が基督教を国教として導入した場合、その教義の性質上、これまで英霊を祀ってきた寺社や記念碑は全て取り壊さざるを得なくなり、また個人が家庭で祖先祭祀を執り行うことも不可能になるという。そして重要なことは、祭祀儀礼が廃止された結果、「忠厚之俗」という日本固有の民族性が失われてしまうと警告していることである。裏を返せば、息軒は日本固有の民族性たる「忠厚之俗」は「神祖より下、聖君・賢佐・忠臣・烈士の廟」や「其の祖禰を祭る」といった祭祀儀礼によって培われ、維持されてきたと考えているのである。

ちなみに、息軒は安政二年（一八五五）に著した『救急問答』において「我國ノ風俗、萬國に勝レタレ共、老人ヲ貴ブㇰハ、漢土ニ及バザルㇰ遠シ、教ノ届カザル故ナリ、此弊ヲ改ムルニハ、養老ノ禮ヲ始ムベシ（略）子弟ニ其禮ヲ観ルㇰヲ許スベシ[33]」といい、日本人は孝において中国人に遠く及ばないと反省した上で、対策として「養老之禮」という式典の公開実施を提言している。これなど正に右の「孝を推す」の具体的方策であろう。ちなみに「養老之禮」は、息軒の建言を採用した飫肥藩によって一八六四年に実施された。

要するに、息軒にとって忠孝（広く言えば倫理道徳一般）は、上帝や天祖より下された定言命法の如きものではないし、また天理や人性に根ざすア・プリオリ（先天的）な自然法のごときものでもなかった。それは、感謝の念という人間の持つ自然な感情を起点に特定社会の中である時点で形成され、時間をかけて定着してきた歴史的性格を有するものだった。

息軒とは対照的に、例えば島津久光が『辯妄』に寄せた「辨妄序」は「天即理のみ。子の親を拜し、臣の君を拜するは、是れ即ち理なり。理に從へば則ち吉、理に逆へば則ち凶、天の報ひは人に施して爽（たが）はざるものなり」（天即理而已矣。子之拜親、臣之拜君、是即理也。從理則吉、逆理則凶、天之報施於人而不爽者也[34]）といい、忠孝の根源を天理に置く。島津久光は阿部定『辨妄和解・序』が「「辨妄」五篇以て耶穌の害を論ず。從二位島津公観て之を喜び、自ら序して以て之を奬す。又た學術無き者の讀み難きを恐るるや、請ひて邦語を以て之を譯し、以て市井閭閻の人に便ならしむ」（「辨妄」五篇以論耶穌之害。從二位島津公觀而喜之、自序以奬之。又恐無學術者難讀也、請以邦語譯之、以便市井閭閻之人）[35]と伝えるほど息軒「辨妄」五篇に惚れ込んでいたが、その忠孝観念は朱子学のそれで、皮肉なことに息軒の立場とは矛盾しており、そして恐らくそのことに全く気付いていなかった。

　また、息軒に少し先行する思想家で後期水戸学を牽引した会沢正志斎（一七八二～一八六三）の説は、息軒の主張と類似点が多く、その『新論・国體上』を見ても、忠孝を国体の基礎とし、「君臣之義」と「父子之親」が「天地の間に竝びて、漸漬積累し、人心に洽浹すること、久しく遠くして變ぜず」（竝天地之間、漸漬積累、洽浹人心、久遠而不變）[36]といって歴史性を強調し、その維持のために「大嘗」などの祭祀を重視するなど多くの点で一致する。だが、いかに歴史性・伝統性を強調しようとも、忠孝の根源に遡れば「天祖は既に此の二者（※筆者注：君臣之義と父子之親）を以て人紀を建て、訓えを萬世に垂る。夫の君臣や、父子や、天倫の最大なるものにして、至恩は内に隆（さか）んに、大義は外に明らかに、忠孝立ちて天人の大道は昭昭乎として其れ著れたり」（天祖既以此二者而建人紀、垂訓萬世。夫君臣也、父子也、天倫之最大者、而至恩隆於内、大義明於外、忠孝立而天人之大道昭昭乎其著矣）[37]というように「天祖」（天照大神）の垂訓へ行き着くのであり、モーゼの「十戒」と同様、宗教的性格を帯びており、息軒の立場とは相違する。

　今の筆者には、幕末維新期に存在した全ての忠孝観念について語るだけの用意はないけれども、敢えて息軒の忠孝観念の性格を一言で言い表すとすれば、やはり歴史主義的ということになろう。そもそも安井息軒は古学者・考証学者として程朱学の「天即理」に対しては一貫して否定的な態度を示してきたし、日本の神代史に対しても「曠古草昧、聖人の道未だ明らかならず。而して人の智を好みて怪を喜ぶや、必ず天地生民の初めを知らんと欲す。是を以て皇國に神人國を產むの説有り、漢土に石を錬りて天地を補ふの言有り、獨り耶和華の天地を造るのみにあらざるなり」

（曠古草昧、聖人之道未明。而人之好智喜怪、必欲知天地生民之初。是以皇國有神人產國之說、漢土有錬石補天地之言、不獨耶和華造天地也）[38]といって基督教の「創世記」ともども神話に過ぎないと斬り捨てる[39]。その息軒が倫理道徳の根拠付けを図った場合、宋明理学を否定する以上は自然主義的な方向へは向かわず、神代史を「曠古草昧」の産物と退ける以上は宗教的な方向へも向かわないのは、ある意味必然だろう。息軒が歴史主義的方向へ向かったのは、こうした思想的背景があってのことだろう。

なお息軒は「性論下」という人性論を扱った一篇においても「胡人は親死せば、擧げて之を火（や）く。孝子順孫と雖も、其の慘たるを知らず。越人は多く育て、洗（えら）びて之を殺す。仁父慈母と雖も、其の虐たるを知らず。試み其の爲す所を易へんとすれば、死有るとも敢へてせず、越人の不慈にして胡人の不孝なるに非ざるなり、然らば則ち習の性を害ふことも亦た多ければなり」（胡人親死、擧而火之、雖孝子順孫、不知其爲慘。越人多育、洗而殺之、雖仁父慈母、不知其爲虐。試易其所爲、有死而不敢、非越人不慈而胡人不孝也、然則習之害性亦多矣[40]）と言っており、異なる文化共同体では異なる習俗が育まれ、異なる倫理道徳が培われ得るという認識をはっきり示している[41]。

## 四、井上毅「教育勅語」の忠孝観念の性格

井上毅は「教育勅語」の起草に際して、山県有朋に書簡を送って次のような方針を提言したことで知られる。「第二此勅語ニハ敬天尊神等之語を避けざるべからず。何となレハ此等の語ハ忽ち宗旨上之争論を引起すの種子となるべし。第三此勅語ニハ幽遠深微ナル哲学上の理論ヲ避ケザルベカラズ。何トナレハ哲学上ノ理論ハ必反対之思想ヲ引起スベシ。道之本源論ハ唯唯専門の哲学者の穿鑿ニ任スベシ。決して君主の命令に依りて定まる可き者に非ズ[42]。」ここ

で井上毅は「敬天尊神之語」すなわち宗教的な表現と「幽遠深微ナル哲学上の理論」は論議を呼ぶので避けるよう提言している。

その五日後、井上毅は更に書簡を送って倫理道徳の根拠付けの仕方に対する既存の論法について、次のように自らの見解を述べている。「二、道之本源を論ずるハ二種ありて、一ハ天神之實命なりとし（耶蘇教）、他ノ一ハ人之性情の天性と同體なりとす（佛説及易理宋儒）。而して此両説共々近世哲学之多くは損斥する所たり。(43)」つまり、ある倫理徳目についてなぜそれが正しいと言えるのかを他者に説明する場合、従来大きく二つの論法があり、一つはそれが神の命令（天神之實命）だからだという論法、一つはそれこそが人間の性質（天性＝天理）だからだという論法である。ここで井上毅は前者（天神之實命）に「耶蘇教」、後者（天性＝天理）に「仏説及易理宋儒」を括弧付けして該当させているが、後者で「儒教」全般でなく「宋儒」（朱子学）に限定している点には留意が必要だろう。そのうえで、この二つの論法がいずれも「近代哲学」では否定されていると指摘する。

右の書簡で触れた二つの立場をともに否定する以上、井上毅本人はそのどちらでもない第三の立場を採っていたであろうことは想像に難くない。このことを念頭において、彼の起草した「教育勅語」を確認してみよう。「教育勅語」は冒頭部分で「我カ臣民克ク忠ニ克ク孝ニ億兆心ヲ一ニシテ世世厥ノ美ヲ済セルハ、此レ我カ國體ノ精華ニシテ、教育ノ淵源亦實ニ此ニ存ス(44)」という。ここで井上毅は、日本の「国体」の真髄を臣民が一緒になって忠孝という美徳を代々実践してきた事（行為）に帰しており、道徳教育の根源もそうした歴史に基づくという。

重要なのは、「教育勅語」が忠孝の由来についてどう説明しているかである。井上毅はただ「我カ臣民克ク忠ニ克ク孝ニ」としか言わず、これを「天祖」（天照大神）など超越者の垂訓や「天理」など形而上の法則によって根拠づけようとしない。先の書簡内での提言を自ら実践していると言える。井上毅において、忠孝が「国体」の真髄に関わる理由は、ひとえにこれが臣民によって「世世厥ノ美ヲ済」されてきたという歴史ゆえであり、忠孝それ自体の価値は説明されない。

この箇所を解説した井上哲次郎『勅語衍義』では、この傾向はさらに顕著である。

我邦古来忠義ノ士多ク、（略）是レ亦海外萬國ノ我邦ニ及バザル所ナリ。又能ク父母ニ事へ深ク先祖ヲ崇敬スルノ風俗ハ、元ト東洋一般ノ習慣ニシテ、殊ニ我邦ニ在リテハ祖先ヲ尊敬崇拝スルノ風俗極メテ盛ニ、且ツ古来孝道ヲ以テ顕ハレ、閭里ニ旌表セラレシモノ、枚挙ニ遑アラズ。（略）然ルニ我ガ國民ノ如キハ、古來渾然一體ヲ成シ、面目各異ナリト雖モ、唯忠孝ノ心ニ至リテハ、全ク同一ニシテ、之レト相背馳スルモノ殆ド之レ非アラザルナリ、是レ其世々厥ノ美ヲ済セル所ナレバ、後ノ日本人タルモノ、必ズ此美ナル國體ヲ損傷スル所ナカルベキナリ、(45)

ここでも忠孝の由来は「古来」「東洋一般の習慣」「風俗」といった言葉でしか説明されず、「神」や「天理」などは持ち出されない。井上哲次郎もまた、忠孝の正当性は、日本ではそれが古来より支持されてきたという歴史的事実によって保障されると考えているのであろう。

こうした井上毅「教育勅語」の忠孝観念が持つ歴史主義的な性格は、これを基督教徒中村正直と朱子学者元田永孚の草案と比較すれば、より鮮明となる。中村正直草案は次のように言う。「忠孝は是れ人倫の大本にして、其の源竟は天より出づ。（略）忠孝の心は天を畏るるの心より出で、天を畏るるの心は人人固有の性より生ず。此に因れば天を畏るるの心は即ち是れ神を敬ふの心なり（略）」（忠孝是人倫之大本、而其源竟出於天矣。（略）忠孝之心出於畏天之心、畏天之心生於人人固有之性。因此畏天之心即是敬神之心(46)（略））。中村正直もまた「忠孝」を基礎徳目に掲げるが、それは「人々固有の性より生ず」る「敬天敬神の心」が形を変えたものである。中村正直において人々が忠孝を成すとすれば、宗派はともあれ、それは「天」や「神」といった絶対者に対する義務ということになろう。いずれにせよ「神」の存在を前提とせずして、中村案は成立し難い。これは前節で見た会沢正志斎と似た立場と言って良かろう。上述の書簡で井上毅が退けた「敬天尊神之語」であり「天神之實命となす」に該当しよう。

一方の元田永孚草案は次のようにいう。「五倫ノ要義ヲ行フニ三ツノ徳アリ、智仁勇ナリ、此ノ三徳ハ天祖伝フル所ノ三種ノ神器ニ顕ハレテ、天下後世ニ示シ、人々天性ノ固有ニ存ス。此ノ三徳アリ、以テ五倫ノ要義ヲ行ヒ、推テ以テ天下万事ノ根本トナス者ナリ。(47)」元田永孚の場合は忠孝ではなく仁智勇の三徳を基礎徳目に掲げているが、それはともかく、三徳の根拠に目を向ければ「人々天性の固有に存す」と言っており、人にア・プリオリ（先天的）に備わるとの立場をとる。これは、前節で見た島津久光の「是即理也」と大差ない。書簡で言う「人之性情の天性と同體となす」論法であり、「幽遠深微ナル哲学上の理論」に該当しよう。

以上から、井上毅は確信的に基督教や神道の宗教主義的な立場を退け、朱子学や仏教の自然主義的な立場も退け、歴史主義的な立場を選択したのだと考えられる。

## 結　語

本稿が第三節と第四節を費やして明らかにしたことは、安井息軒と井上毅がそれぞれ忠孝観念（倫理道徳）の根拠をそれらが長年守られてきたという歴史そのものによって説明付けているという事、同時代の会沢正志斎と中村正直の宗教主義的性格や島津久光と元田永孚の自然主義的性格に対して、ともに歴史主義的とでもいうべき性格を有しているという事である。

しかし言うまでもなく、二つの事象間の共通性・類似性は、それだけで両者の因果関係を立証するものではない。井上毅の歴史主義的な側面も、ただちに安井息軒から師承したものだということにはならない。周知のように、井上毅は明治五年九月から翌明治六年九月にかけての欧州視察中に、ドイツで勃興中だった歴史法学と出会い、これを学んで帰国した。「教育勅語」の歴史主義的性格は、直接的にはそちらの影響と見るのが妥当であろう。また付言すれば、「辨妄」の連載と『辯妄』の出版は井上毅が渡欧中の出来事であるから、仮に井上毅がこれらに目を通したとしても、それはドイツの歴史法学を修めた後のことであり、出版物としての「辨妄」が井上毅に与えた影響は限定的であろう。

だが、渡欧前、慶応三年（一八六七）十二月から翌年四月にかけての三計塾入塾は、井上毅の思想信条に何の影響も及ぼさなかったのであろうか。この疑問について考える上で、中島三千男「井上毅の宗教観・宗教政策の分析」[48]が実に興味深い指摘を行っている。それは、井上毅が元治元年（一八六四）に横井小楠と沼山問答を行った後、遅くとも慶応三年（一八六七）までに執筆したと考えられている「交易論」は、未だ完全に朱子学的見地に立っており、基督教を批判して「彼レ天ヲ主トシテ論ヲ立テリ（略）先天ハ蒼々ノ中ニ在ズ、乃我心ニ在ト知ベシ」「今日ニ在テ、天理ヲ掲ゲ、人心ヲ正シ、仁義ノ威徳ヲ示シテ放蕩ノ邪説ヲ闢キ、此ノ道ノ為ニ氣ヲ吐クハ、全ク神州ノ任ニアルヿナリ」と述べているという事である。ここで井上毅が「天理」を掲げる意味については、繰り返すまでもあるまい。さらに中島三千男氏の指摘によれば、こうした「朱子学的な論理と倫理からする」視点は、井上毅が明治五年（恐らく渡欧前）に司法省に上申した「外教制限意見案」では全く見えなくなっているという。慶応二年（一八六六）以前の「交易論」から明治五年（一八七二）の「意見案」の間に井上毅の精神に何事が生じたのか、何が井上毅をして朱子学的見地から脱却せしめたのか、中島三千男氏には言及がない。だが、ここで筆者としては慶応三年（一八六七）十二月における安井息軒との邂逅を挙げずにはおれない。

　井上毅が欧州にて法制度を学び始めた際、当時広まっていた自然法論ではなく、勃興したばかりの歴史法学に惹かれたのはなぜか、彼はなぜ新興の後者を正しいと感じてしまったのか。理由は色々と考えられようが、その一つとして、安井息軒への師事を通じて、時習館で培った朱子学の自然主義的な見地を相対化し、息軒の歴史主義的な性格を内在化していた可能性を指摘することはできないだろうか。

　息軒の井上毅個人に対する影響については一先ず置いて、最後に安井息軒「辨妄」に見える忠孝観念が持つ思想史上の意義を述べて結びに代えたい。息軒「辨妄」の忠孝観念を通じて言えることは、まず井上毅がドイツから最新の歴史法学を日本へもたらす以前から、日本ではすでに歴史主義的な倫理観念が芽生えていたということである。仮にそれが息軒の独創でなかったとしても、井上哲次郎に引用されたことが示すように、それが明治社会で受容され、定着する事に貢献したことは間違いあるまい。歴史主義的な見方の導入は、伝統的な徳目を所謂る「天理」（自然法則と当為法則の一致）という条件付けから解放し、明治日本における儒学的な修身徳目と西洋的な自然科学の両立を比較的容易に可能ならしめた側面もあるのではないか。その意味で、「辨妄」にみえる息軒の忠孝観念は、明治近代化の推進に貢献したとも言えよう。

注

（1）常用漢字体では一律に「弁妄」と表記すべきだが、本稿では基督教批判の五篇を「辨妄」、それを収録した書籍を『辯妄』と区別して表記する。

（2）若山甲蔵、『安井息軒先生』、蔵六書房、一九一三年。

(3) 黒江一郎、『安井息軒』、日向文庫刊行会、一九五三年。
(4) 青山大介「安井息軒『論語集説』与服部宇之吉「標注」之間的齟齬／以松本豊多『四書辨妄』為線索」、『日本江戸時代『論語』学之研究』、（台湾）中央研究院中国文哲研究所、二〇一八年、三五一～四一六頁。
(5) 町田三郎、「日本の考証学の特色について」、『清代経学国際研討会論文集』、（台湾）中央研究院中国文哲研究所、一九九四年。附 連清吉訳「関於日本考拠学的特色」。
(6) 青山大介、「安井息軒『書説摘要』考／その考証学の特質」、日本中国学会『日本中国学会報』六八、二〇一六年、一六七～一八一頁。「（六）宋儒・日本儒者の扱い」（一七七頁）。
(7) 島田篁村、「本朝儒学源流考」、『東洋学会雑誌』四巻九号、四九九～五〇四頁。
(8) 服部宇之吉、「四書解題」、『漢文大系（一）』、冨山房、一九〇九年、二二頁。
(9) 黒木盛幸編、「五七　将軍拝謁は夢にも／仲平より平部良介へ」、『安井息軒書簡集』、安井息軒顕彰会、一九八七年、一五七頁。
(10) 古賀勝次郎、「安井息軒をめぐる人々／息軒学の形成・継承の一断面」、『早稲田社会科学総合』七（三）、二〇〇七年、一～一九頁。息軒の弟子については、別に「安井の門生たち（一～二）」、「安井息軒を継ぐ人々（三～五）」がある。
(11) 黒木盛幸編、「一三三　官費での私塾さし止め／息軒より須磨子へ」、『安井息軒書簡集』、安井息軒顕彰会、一九八七年、二四四頁。
(12) 犀譚と息軒の友誼については、高橋智「塩谷宕陰・木下犀譚批評安井息軒初稿「読書余適」：安井文庫研究之一」、『斯道文庫論集』三三、一九九九年、一～一二二頁。などを参照。
(13) 「文会」については、古賀勝次郎前掲論文の「（三）息軒の交友／文会の面々」（七～一三頁）参照。
(14) 安井息軒、『北潜日抄二巻』、安井小太郎・野田文之助、一九二五年、二巻二頁裏。
(15) 高橋智、「安井家の蔵書について：安井文庫研究之二」、『斯道文庫論集』三五、二〇〇一年、一八九～二五七頁。「第三項礼」（二四〇頁）。

(16) ヨゼフ・ピタウ、「第1章　経歴と若き時代／三計塾・安井息軒の弁妄」、『井上毅と近代日本の形成』、時事通信社、一九六七年、一三～一六頁。引用部分は一三頁。
(17) 吉田公平、「井上圓了の破邪論二則―鵜飼徹定と芥川龍之介」、『井上円了センター年報』一二、二〇〇三年、一三五～一五一頁。
(18) 山本幸規、『キリスト教社会問題研究』三二、一九八四年、六八～一二八頁。
(19) 本書の扉絵には「明治六年癸酉十二月新刻」とあるも、裏表紙に「明治七年戌一月刻成」とあれば、本稿では明治七年（一八七四）出版として扱う。
(20) 野々村敬三、「往時の追憶」、倉長類編『平岩愃保伝』、教文館、一九三八年、二五五～二六二頁。引用部分は二六〇頁。
(21) 土居光華編、『偶評続今体名家文抄』、小林新造出版、一八七七年、四九頁。原文は漢文。なお『敬宇全集』所収の「擬泰西人上書」はこの文句を削っている。
(22) ヨゼフ・ピタウ前掲書一五～一六頁。
(23) 田島象二、『耶穌一代辨妄記』、任天社、一八七四年、九頁。
(24) 安井息軒著、松本豊多注、『辯妄標注』、玄海堂蔵版、一八八一年。
(25) 平岩愃保、「辨妄批評」序、第一章、第一章続、第二章、第二章続、第二章続、第三章、『六合雑誌』八～一三・一五、一八八一年、一六〇～一六二頁、一八〇～一八六頁、二二四～二二七頁、二四四～二五一頁、二八三～二八六頁、一六～二〇頁、七三～七九頁。
(26) 山路愛山、「安井息軒『辨妄』」、『基督教評論』、警醒社書店、一九〇六年、三七頁。
(27) 山路愛山前掲論文、三〇頁。
(28) 安井息軒、「明治八年一月二九日附谷干城宛安井息軒「書籍借用礼状」」、谷元臣氏蔵、一八七五年。同礼状が高知市立自由民権記念館の平成九年度特別展展示図録『谷干城の見た明治』（一九九七年、二三頁）に掲載されていると、宮崎市安井息軒記念館学芸員下村育恵氏よりご教示たまわった。特に記して謝意を示す。

(29) 安井息軒、「辨妄二」、『辯妄』、中村源八蔵版、一八七三年、六頁表～裏。

(30) 「文化英雄」については、L・ラグラン著、大場啓仁・鈴木龍一・田中啓史訳、『文化英雄・伝承、神話、劇』（太陽社、一九七三年）を参照。なお、東亜の「聖人」概念は道徳性と神秘性に加えて聡明性という性格を有している。その特色については、拙文「中国先秦「聖人」与「賢者」概念探析—以「預先性」和「創造性」的能力為線索—」（高雄師範大学経学研究所『経学研究集刊』一八、二〇一五年五月、一九～四〇頁）並びに「戰国時代「明主」観念探析—以「聖人」的對比切入點—」（『東亜観念史集刊』一一、二〇一六年、六一～九六頁）を参照。

(31) 安井息軒、「辨妄四」、『辯妄』、中村源八蔵版、一八七三年、一一頁表～裏。

(32) 安井息軒、「辨妄四」、『辯妄』、中村源八蔵版、一八七三年、一二頁裏。

(33) 安井息軒、『救急或問』、東京：成章堂，一九〇二年、一五～一六頁。

(34) 島津久光、「辨妄序」、『辯妄』、中村源八蔵版、一八七三年、序一頁表。

(35) 阿部定、「序」、『辨妄和解』、『明治文化全集』二三巻（思想篇）、日本評論社、一九六七年、二〇九～二一一頁。引用部分は二〇九頁。

(36) 会沢正志斎、『新論』、江戸書林、一八五七年、二頁裏。

(37) 会沢正志斎、『新論』、江戸書林、一八五七年、三頁表～裏。

(38) 安井息軒、「辨妄五」、『辯妄』、中村源八蔵版、一八七三年、一三頁表～裏。

(39) 津田左右吉事件は六五年後の事である

(40) 安井息軒、「性論下」、『息軒遺稿』、安井千菊、一八七八年、九頁表。

(41) ここで息軒は「害性」というが、息軒「性論」三篇を読むに、その「性」観念は朱子学のそれとは意味合いを大いに異にする。この事についてはすでに「明治初期日本的「人性論」初探／以安井息軒〈性論〉三篇為切入」（北京大学「第二四屆世界哲学大会」、二〇一八年八月一四日、国家会議中心）で報告した。

(42) 井上毅、「五三、六月二十日附山縣有朋宛井上毅書簡寫」、教学局編『教育に関する勅語渙発五十年記念資料展覧図録』、文部省教学局、一九四一年、五三頁下段。

(43) 井上毅、「五四、六月二十五日附山縣有朋宛井上毅書簡寫」、教学局編『教育に関する勅語渙発五十年記念資料展覧図録』、文部省教学局、一九四一年、五四頁下段。

(44) 「文部省訓令第八号別紙」、大蔵省印刷局編『官報』二二〇三号、大蔵省印刷局、一八九〇年一〇月三一日。

(45) 井上哲次郎、『勅語衍義』(上)、井上蘇吉他、一八九一年、二頁表～七頁表。

(46) 国会図書館憲政資料室所蔵『芳川顯正關係文書』資料番号五。参考麻尾陽子『教育勅語の成立―草案の推敲過程を中心に』(中央大学大学院法学研究科政治専攻博士論文、二〇一四年、四一七～四一八頁)所収「図版二　中村草案一」。

(47) 国会図書館憲政資料室所蔵『芳川顯正關係文書』資料番号六。参考麻尾陽子『教育勅語の成立―草案の推敲過程を中心に』(中央大学大学院法学研究科政治専攻博士論文、二〇一四年、四六四～四七四頁)所収「図版一一　元田草案二」。

(48) 中島三千男、「井上毅の宗教観・宗教政策の分析」、『歴史学研究』四一三、一九七四年、二九～四三頁。

# 日本の中等学校における儒学文化
## ——校訓・校歌表象から

江藤茂博

### はじめに

現代の日本文化には、どのような儒学の文化的な要素が見受けられるのであろうか。家族関係について、人々が口にする価値観や組織のなかでの具体的な行動様式にそれを指摘することは、さほど難しくないかもしれない。そうした価値観や具体的な行動様式に、もし儒学的な表現を与えることができるとするならば、近代の中等教育制度での中国古典『論語』に生徒たちが触れることも大きな要因であるのは間違いない。日本人の道徳感情が強く儒学の影響を受けているのは、江戸期の武家文化をモデルとした近代家族の制度設計によるからだと指摘されてきた。とはいえ、民法が改正された現在、日本人の道徳感情の源泉をそこだけから考えるわけにはいかないだろう。また、中国古典の『論語』に触れる機会はかなり少なくなっている。そうであっても儒学的な文化は日本文化から消えてはいないようである。

たとえば、日本の人気テレビドラマのひとつである刑事ドラマ『相棒』（二〇〇〇年～現在）の「season 8」（二〇〇九年一〇月一四日～二〇一〇年三月一〇日）の第七話（脚本櫻井武晴・監督東伸児／一二月二日放送）の「鶏と牛刀」では、その題名が示す通り、『論語』の「陽貨第十七」にある「子之武城、聞絃歌之聲、夫子莞爾而笑曰、割鶏焉用牛刀、子游對曰、昔者偃也、聞諸夫子、曰、君子學則愛人、小人學道則易使也、子曰、二三子、偃之言是也、前言戯之耳。」の「割鷄焉用牛刀」（鶏を割くに焉んぞ牛刀を用ゐん）からのものである。題名が『論語』由来のものだということを言いたいわけではない。この「第七話」での焼鳥屋（すでに焼鳥屋であることがパロディカルなのだが）のカウンターの場面で、焼き鳥を食べながら、警察庁長官官房室長小野田公顕に特命係警部杉下右京が事件のことを質問する。小野田が意味ありげに「鶏を割くに焉んぞ牛刀を用ゐん」と口にする。そしてその出典を杉下はすぐに答えるのだが、この場面は主人公杉下の教養を演出していると見てもよいだろう。事件への小野田からの間接的な説明であるのだが、ここではそれに触れない。高学歴のエリート官僚たちが『論語』の知識を前提としたテレビドラマの会話に留意したいのだ。これまでの杉下のいささかマニアックな知識と並べて、この儒学教養もまた特別なものではなく、そこに並列されていることが興味深いのである。

このような背景としてある儒学教養はどこから来たのだろうか。中等教育での漢文教育は、二一世紀にはいると必修から選択へと移り、大学入試センター試験の試験科目の漢文として残った。しかし、そのことが原因となって、前世代の教養あるいは大学受験の知識がハイカルチャー化したとは考えにくい。ここでは、こうしたきわめて大衆的な物語場面に顔を出す儒学教養の背景は、直接的に知識を習得する漢文教育だけではなく、こうした文化事象を支える制度を私たちは身近に持っていることを考察しようと思う。

## 一　儒学的な道徳思想と近代的な学校制度

明治新政府による教育制度の揺れ動きと近代的な再構築は、これまですでに多くの指摘が重ねられてきたように、天皇制国家主義イデオロギーという政治的な機能を教育が制度的に支えることも示していた。特に、一八九〇年一〇月の「教育勅語」によって、儒学的な道徳思想が広く国民思想として確立されることになった。ここに、天皇制国家主義イデオロギーの基盤としての儒学的な道徳思想が、修身科という教育課程のなかで社会的に共有される価値となっていくのである。

初等・中等教育としての修身科における儒学的な道徳教育は、確かに天皇制国家主義イデオロギーと直接に結びつく、家族主義的モラルという「国民感情」を形成することになった。これは江戸期の武家の道徳倫理を拡大したものである。しかし、二〇世紀の国際的な産業社会のなかで、そうした儒学的な道徳が社会的機能を果たすには、もうひとつの家族主義的モラルが必要であった。それは、家族から学校、さらに郷土、そして国家と連続する、家族主義的モラルの同心円上の拡大であり、そこで形成される「国民感情」であった。特に学校では、各学校単位での校訓・校歌が共同体的「心性」形成の役割を持ち、その校訓・校歌に表象された学校という疑似家族共同体での儒学的な道徳思想は、個別の家族主義的なモラルを増幅させながら、郷土や国家へと拡大していく。

ここでは、明治民法として組み込まれた「家族制度」に示される儒教的な道徳が、法的に形成される前段階としての「教育勅語」および初等・中等教育における教育課程「修身科」で、「国民感情」として形成されたことを認める。それと共に、汎用性のある疑似家族共同体での家族主義モラルに向かう儒学的な「心性」形成に中等学校の校訓・校歌等が寄与した軌跡のあり様を捉えることにする。ただ、それらがどのように機能したのかをここで実証するわけではない。むしろ、日本の階層的な教育文化の力学の下に、儒学的な「心性」が形成されていたのかを検証したいと思う。

ここで儒学的な道徳思想と考えられる汎用性のある疑似家族共同体に向かう「心性」についての意味内容を確認し

たい。儒学的な「孝」という概念のもとに祖先崇拝と一族意識の強い家族論を持つ思想文化が、日本では「孝」だけが切り離されて、祖先崇拝は葬礼として江戸期に仏教文化に移されてしまう。さらに一族意識は明治民法の「家」制度によって血族にこだわらない江戸期武士階級同様の相続制度が広がっていく。「孝」の思想は、そうした「家」の存続に再機能化し、そこでは血縁が必ずしも重視されるわけではなく、戸主入れ替え可能という柔軟でしかも持続性としては強固な共同体として持続および再構築を承認する。それは東アジア儒学文化を含みながらも、その戸主入れ替え可能という合理性においては西洋の近代合理性との接続性を持つものであったのかもしれない。

## 二　幕末期の教育

江戸時代に檀家制度が確立したために、儒教による宗教的な喪礼は行われなくなり、幕藩体制と結びつく学問・道徳としての面が広まることになった。特に老中松平定信による一七九〇年の寛政異学の禁によって、江戸幕府の学問は朱熹の朱子学が奨励されることになった。いわば儒学の道徳・思想論が学問の中心となる。そして幕府の教学機関としての昌平坂学問所が設置された。同じく儒学を学問の中心とする藩校が各藩に開かれた。各藩では、こうした学問としての儒学が人材登用のために学ばれたのである。

もっと早い藩校は、一六六九年（寛文九）に岡山藩の藩主池田光政による岡山学校だといわれている。幕藩体制が国内外で揺れる一七世紀後半、藩政改革のための人材育成の目的もあって、全国各藩で藩校が設置されていくことになった。海外からの学問の移入紹介のために、「四書五経」だけでなくやがて洋学や国学さらには医学なども教授されるようになる。それは幕末期維新期まで続き、それら多くの藩校は途中での廃絶などを経て、寺子屋や私塾そして郷校などと共に明治期には初等・中等教育機関へと転換していくものもあった。

## 三　明治期の教育制度

将軍家が諸藩の武家である大名と主従関係を結ぶことよる二六〇年あまりの幕藩体制から、天皇制の中央集権国家へと転換した明治新政府は、いわば連合国家が一挙に中央集権化するということでもあった。そのために、一八七二年（明治五）には、フランスのそれを取り入れて「学制」を公布した。全国を八の大学区（翌年には七に変更）に分けて、その下に中学校、さらにその下に小学校を配置した。しかし急激な中央集権的な制度移行にはまだ無理があり、一八七九年（明治一二）には教育令がそれに代わった。

この教育令により、初等・中等教育の大部分の権限を地方に委ねたのである。まだ幕藩体制下とは変わらない地方のさまざまな実情に合わせた教育環境を配置するしかなかった。連合国家としての様相を持つ幕藩体制の各藩では、かなり経済的な事情や文化風習の違いがあったからである。また、そうであってもやがて学校制度は中央集権化される。「小学校・中学校・大学校・専門学校・その他各種学校」と学校区分をリニアなものとして配置し、それぞれの段階では、代替可能な等質なものとしたのである。

さらに、一八八〇年（明治一三）に第二次教育令、一八八五年（明治一八）に第三次教育令と公布されて、地方の実情により合わせたものとして教育制度を改正していくことになった。この結果、小学校から教科書等も徐々に整備されていく。同時に、師範学校が国家による教員養成という役割を果たすようになり、学校の地域性は薄められていくことになった。

その間、江戸幕末明治維新期に顕在化した国学・洋学・漢学という学問分野の対立混乱は、西洋近代の制度・技術移入という至上目的の下で、同じ欧化の文脈に再編されてしまう。つまり、西洋の大学での学問的な領域と当然重なる洋学と天皇制近代国家の支柱となるべき国学はそのまま日本の大学での教育研究領域に移行する。しかし漢学は、近世からの伝統を持ちながらも、西洋近代の学問の領域と重なるものだけがそこに移行する。つまり西洋近代の学術制度から可視化できる領域だけが学問として生き残り、後は中等教育に編入された感がある。それは、教育制度の初等中等教育の側から見ると、藩校の教育文化はそのまま中等教育として移行したことを意味する。

本稿では、こうした明治期に西洋近代の学問として構成されていたいわば「哲・史・文」領域から漏れ落ちることになった漢学領域の一部が、初等・中等教育における「修身科」および「漢文科」となることに注目する。また、同じように漏れ落ちて、漢学領域の一部が、師範学校等における「漢文科」を教授する教員養成のための教科教育領域になることにも留意する。繰り返しになるが、前者の教科が天皇制国家主義イデオロギーを国民に広く教化したことは周知のことである。そして、後者の教員養成がそれに積極的に加担したことも指摘されている。

しかし、ここで検証したいのは、天皇制国家主義イデオロギーの教化に「修身科」や「漢文科」がどのような役割を果たしたのかということではない。西洋近代の学問から漏れ落ちた領域がこれらの教科の一部に当て嵌められたことによって、さらに前時代の教育機関として残された藩校の教育機能が初等中等教育学校化されることで、近代の教育制度にどのような影響を与えたのかという問題である。天皇制国家主義イデオロギーと同心円上に重なる家族主義的な儒学文化の「心性」を育むことに、藩校で教授された「四書五経」由来の漢文科が無関係な筈はない。では、初等・中等学校化した藩校の伝統は、日本近代に再編された儒学的な道徳思想の「心性」形成に漢文科としてのみ関与してきたのであろうか。こうした関心から、江戸期藩校の教育文化は日本近代の学校文化と途切れたのかここでは検証したいと思う。

## 四　校訓・校歌等

全国諸藩での藩士子弟教育・人材登用を主な目的として設置された藩校であったが、「四書五経」を学び武芸の鍛錬を行うだけでなく、時代の変化に応じてそのほかの学科領域を学ぶこともできる藩校も現れた。こうした教育機関が、明治期に初等・中等教育機関に変換される事例が少なからずあった。その場合、教育課程としては、江戸期の儒学的な学問領域の伝統を受け継いだ「漢文科」や天皇制国家主義イデオロギーが要請した「修身科」と結びつきながら、儒学的思想が藩校の教育文化のその後に結びついたことは十分に想像できる。

明治期の教育制度が近代化される時期に、近代的中等教育学校の実在のモデルとなったのは、西洋からのミッションスクール、日本仏教の僧侶養成機関、そして藩校であった。なかでも、藩校が士族の学校であったために、より理想的な中等教育のモデル校と一般には映ったことであろう。四民平等への制度変革が、こうした藩校からの中等教育校就学に於いてはその上位移行あるいは四民平等のリアルさを生むことになった筈だ。この文脈からは、藩校の教育文化が就学者を含めた一部の学校文化の特権意識としても持続することになったのだろう。(1)

こうした藩校からの変換学校の事例を、現存する中等教育校から並べてみたのが、表1である。これは、若干藩校ではなかったものを入れることで、さらに仏教の教育機関や初等教育校に変換された事例もそこに加えることで、江戸期教育機関の多様性を具体的に示したものである。こうした三〇校の事例の内、現在でも二〇校の事例に校訓・校

歌等に表象された儒学文化が学校の文化として持続している。(2)

さらに明治期に入ってからも藩校を基盤あるいはモデルとして近代的な中等教育校が新しく設置されている。明治維新以降、一八七九年（明治一二）の「教学聖旨」までの変換事例をまとめたものが表2である。ここでも、儒学文化の継承が見受けられる学校もある。モデルとしては、江戸期の教育機関が一般的であったからだろう。それ以降の学校は、天皇制国家主義イデオロギーの影響の下での儒学文化再編の可能性が大きくなっていくことを考えると、いわゆる江戸期の藩校の儒学文化が近代の中等教育校という意匠を変えて存続したのはこの時期までの事例であると考えた。しかし、儒学文化の影響はわずかな事例を見るのみである。明治期以降は、学校というより、整備されてきた漢文科によって儒学文化再編が行われたのである。それに関してはまた別の稿で今後検証したいと考えている。

## 五　儒学文化と教育

前節では藩校を事例として検証してきたが、ここで江戸期と明治期の中等教育校での儒学文化が、さらに現在まで持続している事例をふたつ取り上げてみようと思う。いずれも私立学校として儒学文化を校風としているが、藩校からの変換学校ではない事例である。

ひとつは、岡山県井原市の私立興譲館高校である。一八五三年（嘉永六）に興譲堂として創設された興譲館は、初代館長に漢学者阪谷朗廬を迎え、郷校として地域での教育活動を、中等教育学校に転換した現在に至るまで、長く続けてきている。その教育指針（「校是」）としては、朱子の白鹿洞書院の「白鹿洞書院掲示」を「校訓」として現在に受け継いでいる。かつては、毎朝講堂で、この「白鹿洞書院掲示」を唱えてから授業を行うのであった。その儒学的教育は、課外に『論語』の講座などが用意されることで、創立以来の伝統を持ち続けているのである。郷校であったということで、藩校の変換にほぼ準じた変換の事例と考えてもよい。また、私立学校であるために、よりその教育文化が学校に残されているのだと思う(3)。

もうひとつは、香川県善通寺市の私立尽誠学園である。一八七九年(明治一二)に、東京で二松学舎の漢学者三島中洲の門下となり、その後二年ばかりで病の為に帰郷した大久保彦三郎は、一八八四年(明治一七)にその地に私塾忠誠塾を開く。さらにその塾を一八八七年(明治二〇)に京都へ移し、盡誠舎とした。病気のために再度帰郷したが、回復と共に、一八九四年(明治二七)に故郷で盡誠舎を再興した。現在、学園のホームページに「中江藤樹―熊沢蕃山―山田方谷―三島中洲―大久保彦三郎卿」と創始者の学問的な系譜が示されている。また、同じく「教育使命」として「『誠は、天の道、これを誠にするは人の道』(中庸)とは、儒教哲学の根本ですが、この誠の道を伝習すること」が示されている。また「校訓」は、「指針」としての「愛　敬　誠」であるという。明治期に入ってからの儒学文化を拠りどころとする教育機関が、私立学校として設立された事例である。設立者自身が江戸期の文化や思想を教養の背景に持っていて、それが私立学校の個性として持続した事例と考える(4)。

儒学文化が、天皇制国家主義イデオロギーと直接的には関係しなかったところで、現在の中等教育のなかに存続しているこうした事例があったのだ。それは学校という擬制の家族共同体メディアが儒学文化を伝播していることでもある。

また、ただ校名だけに儒学文化が残っている学校を指摘するならば、その数は相当数に上ることになるだろう。たとえば、「明徳」（「大学の道は明徳を明らかにするに在り」『大学』）などは、久保田藩藩主佐竹義和が開いた藩校明徳館から名前だけを引きついだ県立秋田明徳高等学校、高知県の私立学校明徳義塾中学校・高等学校、千葉明徳中学校・高等学校（この学校は校名の由来を『大学』からの引用で説明）、さらに京都明徳高校、長岡明徳高校と数えることができる。これらは、学校名を媒体として、儒教文化を伝えているのである。

## 六　結び

江戸時代の儒学文化は、西洋近代の学問受容によるパラダイム変換によって初等・中等教育の実践的な教育領域に配置されたものと、中国哲学や中国思想として研究領域に配置されたものに分かれた。広義でいう漢学という江戸期の学問形成の中で、近代の学問の対象及び方法の設定に見合うものだけが、研究領域に移されたのである。もちろん、この漢学という領域の中国文化の学芸を日本語で解読するという特殊事情が、この振り分けに大きく影響したことは想像できる。古文として漢文を読む限り、それは日本の古典領域でもあったからだ。こうした西洋近代をモデルとした日本近代の社会のなかで、天皇制国家主義イデオロギーとの連携のみが強調される江戸期儒学文化であったが、学校という擬制の家族共同体メディアを通して、現代まで儒学を文化として伝えていることは確認しておくべきではないだろうか。

参考

【儒学の天皇制国家主義イデオロギーによる再編・制度化の歴史】

一七九〇年（寛政二）寛政異学の禁（朱子学復興）
一八七二年（明治五）「学制」制定（修身科）
一八七九年（明治一二）「教学聖旨」元田永孚起草・明治天皇教育方針［仁義忠孝］
一八八〇年（明治一三）「改正教育令」［一八七九年「学制」廃止／「教育令」公布］
一八八一年（明治一四）「小学校教則綱領」
一八八二年（明治一五）「幼学綱領」
一八八〇年代「徳育論争」起こる
一八九〇年（明治二三）「教育勅語」発布
一八九八年（明治三一）民法（明治民法）公布

注

（1）たとえば、校則がない福岡県立修悠館高校は、創立以来校長職は、館長となっている。ある意味、特別な意識を持つ高校ではないだろうか。

（2）『週刊東洋経済』二〇一八年八月一一・一八日号（東洋経済新報社）の特集は「ザ・名門高校」で、そのなかで県別に編集部がチャート化した都道府県別の「有力校勢力図」が掲載されている。そのチャート（最大数は東京の六三校、最低数は秋田・富山・福井などの三校）に藩校をルーツとした高校が登場する県は、四七都道府県中一九県であった。比率が高かったのは新潟県で取り上げられた四校のうち三校が藩校をルーツに持つ学校である。名前だけを借りた学校を入れるとさらに登場数が増える。こうした高校から影響力のある立場に立つ人材が輩出されるならば、間接的に儒学文化が社会に広がることになる。

（3）興譲館一六〇年史

（4）尽誠学園一三〇年史

表1

| 番号 | 創立時名称等 | 現学校名 | 創立年 | 設置主体等 | 変遷等 | 校訓 | 校歌・フレーズ | 設置都道府県 | 儒学思想影響の有無 |
|---|---|---|---|---|---|---|---|---|---|
| 学校設立（明治期以前） | | | | | | | | | |
| 1 | 善学院 | 身延山高等学校 | 一五五六 | 身延山久遠寺 | 一八七四年身延檀林 | | | 山梨県 | |
| 2 | 曹洞宗吉祥寺学寮 | 世田谷学園中学校・高等学校 | 一五九二 | 曹洞宗吉祥寺 | 一九〇二年曹洞宗第一中学林 | | | 東京都 | |
| 3 | 米沢藩学問所禅林文庫 | 県立米沢興譲館高等学校 | 一六一八 | 家老直江兼続 | 上杉鷹山が興譲館と命名 | 教育精神　一　自他の生命を尊重する精神　二　己を磨き、誠を尽くす精神　三　世のために尽くす精神 | | 山形県 | 『中庸』の根本思想である「誠」を教育精神に掲げている。 |
| 4 | 稽古堂 | 県立会津高等学校 | 一六六四 | 会津藩・岡田如黙 | 一七九九年藩校日新館　一八八二年私立日新館 | 校是として「好学愛校・文武不岐」 | | 福島県 | 藤田東湖による「弘道館記」（水戸藩校「弘道館」の教育方針）に、五大教育方針のひとつとして「忠孝二無　文武不岐」がある。 |
| 5 | 岡山藩学校 | 県立岡山朝日高等学校 | 一六六九 | 岡山藩池田光政 | 一八七四年温知学校 | 二〇一八年度の教育方針の一部に「自重互敬の精神」「礼儀を重んじる」こととしている。 | | 岡山県 | |
| 6 | 藩校集義館 | 県立大村 | 一六七〇 | 大村藩四 | 一六七九年静 | 校是に「両道不岐」 | | 長崎県 | |

| | | | | | | | | | |
|---|---|---|---|---|---|---|---|---|---|
| | | 高等学校 | | 代藩主大村純長 | 寿園　一九七〇年五教館　一八七二年県立大村中学校　一八八四年私立大村中学校　一九一九年県立大村中学校 | | | | |
| 7 | 藩校明倫館 | 県立萩高等学校 | 一七一八 | 長州藩第五代藩主毛利吉元 | | 一九九九年に校訓「至誠」を制定。 | | 山口県 | 「至誠」は、「至誠如神」（「中庸」）、「至誠而不動者、未之有也」（「孟子」）などにある。 |
| 8 | 藩校講学所 | 修道中学校・高等学校 | 一七二五 | 広島藩 | 講学館　学問所　修道館 | 建学の精神「道を修めた有為な人材の育成」　教育目標「知徳併進」心得「尊親敬師」「至誠勤勉」「質実剛健」を掲げている | | 広島県 | |
| 9 | 藩校時習館 | 県立時習館高等学校 | 一七五二 | 三河吉田藩主松平信復 | 豊橋町立尋常中学時習館 | 二〇一八年度の「学校重点目標」に「①道徳心の涵養　礼儀を重んじ、人の行うべき正しいことを行う人間 | | 愛知県 | 校名「時習」は、論語の「学而時習之」（「学而第一」）からのもの。 |

| | | | | | | | | | |
|---|---|---|---|---|---|---|---|---|---|
| | | | | | | を育成する」とある。 | | | |
| 10 | 藩校思永斎 | 県立育徳館高等学校 | 一七五八 | 小笠原藩藩主小笠原忠総が石川麟洲の舎を塾とする。 | 一七八八年思永館　一八六九年育徳館　一八七九年豊津中学　二〇〇三年育徳館中学校開校 | 校訓「育徳」の「徳」に以下の説明がある。「徳とは人間の道徳的卓越性のことであり、一般に五徳「仁・義・礼・智・信」や「孝・悌・忠」の実践としてあらわされる」とある。 | | 福岡県 | |
| 11 | 薩摩藩儒学聖堂宣成殿 | 県立甲南高等学校 | 一七七三 | 薩摩藩主島津重豪 | 造士館 | | 高校の校歌の「三」では「貫く誠　一すじに」 | 鹿児島県 | |
| 12 | 藩校尚徳館 | 県立鳥取西高等学校 | 一七七五 | 鳥取藩 | 一八七三年第四大学十五番変則中学 | 尚徳館の「文武併進」の精神を受け継ぐとする。「教育方針」に「徳操を磨き」とある。 | | 鳥取県 | 「徳操」はかたい道徳心のこと「徳不弧」(「論語」里仁) |
| 13 | 藩校弘道館 | 県立佐賀西高等学校 | 一七八一 | 佐賀藩 | 一八七六年佐賀変則中学校 | 校是「質実剛健・鍛身養志」 | | 佐賀県 | |
| 14 | 藩校明倫堂 | 県立明和高等学校 | 一七八三 | 尾張藩 | 前身一七四九年学問所　一七八三年徳川宗睦による明 | | | 愛知県 | |

| | | | | | | | | | |
|---|---|---|---|---|---|---|---|---|---|
| | | | | | 倫堂（細井平洲）設置　一九〇〇年私立明倫中学校開校 | | | | |
| 15 | 藩校学問所 | 県立明善高等学校 | 一七八三 | 久留米藩高山畏斎 | 明善堂　一八七二年明善小学校　一八七五年小学校教師伝習所　一八七六年久留米師範学校　一八七九年県立久留米中学校 | 校訓　克己・盡力・楽天 | | 福岡県 | 校訓「為大人之道、在克己、在儘力、在楽天」は明治四〇年に制定。 |
| 16 | 藩校修猷館 | 県立修猷館高等学校 | 一七八四 | 福岡藩西学問稽古所初代館長亀井南冥　修猷館初代館長竹田定良 | 一八八五年県立修猷館 | 孔子聖像が一七八四年開校式に掲げられ、以後続く。 | | 福岡藩 | 修猷館の名前は『尚書（書経）』の一篇「微子之命」の中の「践修厥猷」を典拠とする。「践修厥猷」は、「厥（そ）の猷（みち）を践（ふ）み修める」。 |
| 17 | 藩校佐倉藩学問所 | 県立佐倉高等学校 | 一七九二 | 佐倉藩主堀田正順 | 一八〇五年温故堂　一八三六年成徳書院　一八六九年成徳館・開智 | | | 千葉県 | |

| | | | | | | | | |
|---|---|---|---|---|---|---|---|---|
| | | | | | 館　一九〇一年県立佐倉中学校 | | | |
| 18 | 藩校敬業館 | 県立豊浦高等学校 | 一七九二 | 長府藩毛利匡芳 | 一八六四年熊野直介らの集童場が敬業館を吸収合併　一八七五年私立豊浦学舎 | 校訓三綱　至誠一貫　進取向上　自治共同（一九三二） | | 山口県 |
| 19 | 国学 | 県立首里高等学校 | 一七九八 | 琉球尚温王 | | 建学の精神として「海邦養秀」を掲げている。校歌の「三」に、「一如の至誠」という表現がある。 | | 沖縄県 |
| 20 | 藩校稽古館 | 県立彦根東高等学校 | 一七九八 | 彦根藩井伊直中 | 一七九九年稽古館　一八三〇年弘道館　一八六九年文武館　一八七六年第十一番中学区彦根学校 | | 井伊家の先駆者精神「赤鬼魂」が伝統となっている。 | 滋賀県 |
| 21 | 藩校平章館 | 坂井市立平章小学校 | 一八〇四 | 丸岡藩藩校平章館 | 一八七二年丸岡官立小学校　一八九二年平章尋常小学校　一九四一 | | | 福井県 |

| | | | | | | | | | |
|---|---|---|---|---|---|---|---|---|---|
| | | | | | 年平章国民学校 | | | | |
| 22 | 藩校明教館 | 県立松山東高等学校 | 一八〇五 | 松山藩　松平定通「明教館」 | 一八〇五年興徳館　一八二一年修来館　一八二八年明教館　一八七三年英学舎　一八七八年松山中学校 | | | 愛媛県 | |
| 23 | 私塾山口講堂 | 県立山口高等学校 | 一八一六 | 儒学者上田鳳陽 | 長州藩藩校山口明倫館 | 校訓「至誠剛健」 | | 山口県 | |
| 24 | 藩校集成館 | 県立小田原高等学校 | 一八二二 | 小田原藩 | 第二中学校 | | | 神奈川県 | 初代校長として吉田庫三（松陰の妹の息子）が紹介され、二松学舎で漢学を学んだ後に各地での教員生活、一九〇一年に第二中学校初代校長として「至誠無息・堅忍不抜」を校訓にした学校経営が紹介されている。 |
| 25 | 藩校弘道館 | 茨城中学校・高等学校 | 一八四一 | 水戸藩 | 水戸学院　茨城中学校 | | 「弘道」は「人、よく道を広む。道、人を広むるに非らず」（「論語」衛霊公篇）による。 | 茨城県 | 「儒教思想を代表する孔子の廟を、併せて弘道館の中に置く」（弘道館記） |

| | | | | | | | | | |
|---|---|---|---|---|---|---|---|---|---|
| 26 | 藩校養老館 | 県立岩国高等学校 | 一八四七 | 吉川藩 | 岩国中学校 | | | 山口県 | |
| 27 | 私塾耐久社 | 県立耐久高等学校 | 一八五二 | 浜口梧陵、濱口東江、岩崎明岳の私塾（自学自労の教育方針） | | 一九〇四年制定の三綱領「真健美」 | | 和歌山県 | |
| 28 | 藩校明道館 | 県立藤島高等学校 | 一八五五 | 福井藩 | 一八六九年明新館　一八七三年私立福井中学校　一九〇一年県立福井中学校 | | | 福井県 | |
| 29 | 語学伝習所 | 市立長崎商業高等学校 | 一八五七 | 長崎奉行所 | | | | 長崎県 | |
| 30 | 私塾文武館 | 県立十津川高等学校 | 一八六四 | 儒官中沼了三の私塾 | | | | 奈良県 | |

表2

| 番号 | 創立時名称等 | 現学校名 | 創立年 | 設置主体等 | 変遷等 | 校訓 | 校歌・フレーズ | 設置都道府県 | 儒学思想影響の有無 |
|---|---|---|---|---|---|---|---|---|---|
| 学校設立（明治期） | | | | | | | | | |
| 1 | 藩立洋学校 | 県立旭丘高等学校 | 一八七〇 | 名古屋藩 | 一八九六年愛知県尋常中学校 | | | 愛知県 | |
| 2 | 長岡洋学校 | 県立長岡高等学校 | 一八七二 | 三島億二郎 | 一九〇〇年新潟県立長岡中学 | | | 新潟県 | 「伝統の精神」として掲げている「和して同ぜず」は、論語子路十三「君子和而不同」からのもの。 |
| 3 | 延岡社学（延岡藩の学問所を経た旧藩校廣業館の跡地） | 県立延岡高等学校 | 一八七三 | 延岡藩主 | 亮天社　一八九九年県立延岡中学校 | | | 宮崎県 | |
| 4 | 仮中学　遷喬館 | 県立岐阜高等学校 | 一八七三 | | 一八七七年岐阜県第一中学 | | | 岐阜県 | 現校訓「自彊不息」は、易経の乾符「天行健、君子以自彊不息」からのもの。 |
| 5 | 仮研究所 | 県立韮山高等学校 | 一八七三 | 柏木忠俊 | 一八七四年韮山講習所対岳学校　一八七七年韮山変則中学校（中学科　師範科） | | | 静岡県 | |
| 6 | 欧学校 | 大阪府立北野高等 | 一八七三 | 大阪府 | 一八七三年集成学校　一八 | | | 大阪府 | |

| | | | | | | | | | |
|---|---|---|---|---|---|---|---|---|---|
| | | 学校 | | | 七七年大阪府立第一番中学校　一八九九年大阪府第一中学校 | | | | |
| 7 | 舟木女児小学 | 県立厚狭高等学校 | 一八七三 | | | | | 山口県 | |
| 8 | 海南私塾 | 県立高知小津高等学校 | 一八七三 | 土佐藩主山之内豊範 | 一八八八年尋常中学海南学校 | | | 東京↓高知県 | |
| 9 | 洋学校 | 県立秋田高等学校 | 一八七三 | | | | | 秋田県 | |
| 10 | 藩校尚徳館 | 県立鳥取西高等学校 | 一八七三 | | 第四大学区十五藩変則中学 | | | 鳥取県 | |
| 11 | 藩校修道館 | 県立高田高等学校 | 一八七四 | | 公立新潟学校第四分校 | 校是「第一義」校訓「質実剛健・堅忍不抜・自主自律」 | | 新潟県 | |
| 12 | 女紅場 | 大阪府立泉陽高等学校 | 一八七四 | 一八八八年境区立堺女学校　一九〇〇年堺市立高等堺女学校 | | | | 大阪府 | |
| 13 | 名東県師範学校附属変則中学校 | 県立城南高等学校 | 一八七五 | | | | | 徳島県 | 一九四九年制定の校章は「かしわに松」で論語子罕第九「歳寒 |

| | | | | | | | | | |
|---|---|---|---|---|---|---|---|---|---|
| | | | | | | | | | 然後知松柏之後彫也」から節操の象徴として採られた。 |
| 14 | 第十六区予科学校 | 県立上田高等学校 | 一八七五 | | | | | 長野県 | |
| 15 | 第十七番中学変則学校 | 県立松本深志高等学校 | 一八七六 | | | | | 長野県 | |
| 16 | 第十七番中学利根川学校 | 県立前橋高等学校 | 一八七七 | | | | | 群馬県 | |
| 17 | 神戸商業講習所 | 県立神戸商業高等学校 | 一八七八 | | | | | 兵庫県 | |
| 18 | 六郡組合立姫路中学校 | 県立姫路西高等学校 | 一八七八 | | | | | 兵庫県 | |
| 19 | 千葉中学校 | 県立千葉高等学校 | 一八七八 | | 一八九九年千葉県千葉中学校 | | | 千葉県 | |
| 20 | 静岡師範学校中等科 | 県立静岡高等学校 | 一八七八 | | | | | 静岡県 | |
| 21 | 茨城師範学校予備学校 | 県立水戸第一高等学校 | 一八七八 | | | | | 茨城県 | |
| 22 | 東京府第一中学 | 都立日比谷高等学校 | 一八七八 | | | | | 東京都 | |

# 戦前期台湾公学校の漢文教科書について

川邉雄大

## はじめに

明治二十八年（一八九五）、下関条約により台湾は清国から日本へ割譲された。日本統治下の台湾では、明治二十九年（一八九六）に現地子弟（漢人）向けに日本語教育を行う国語伝習所が設置されたが、明治三十一年（一八九八）に「台湾公学校令」が発布され公学校となり、昭和十六年（一九四一）に小学校と統合して国民学校となるまで継続したが、公学校では昭和十二年（一九三七）年まで漢文の授業が行われていた。

一方、清朝から続く書房と呼ばれた私塾においても、漢文の教育が行われていた。

戦前期の台湾における教育については、「日本植民地・占領地の教科書に関する総合的研究　国定教科書との異同の観点を中心に」（科研B・宮脇弘幸・平成十八～二十年度）などの先行研究があるが、漢文教育および漢文教科書に関する研究は他教科と比して少ない。

本稿は、玉川大学教育博物館（以下、同館）に所蔵する戦前期（明治・大正・昭和）の台湾とくに公学校で使用された漢文教科書をもとに、その特徴や変化などについて考察するものである。

なお、同館に所蔵する台湾の漢文教科書については、本稿末尾に一覧を掲載した。

## 一　台湾における漢文教育

ここでは、まず日本領有前すなわち清代の台湾における漢文教育について見ていきたい[1]。

清代台湾の教育は、おもに書房において漢文を中心に行われていた。

書房は、「民学」・「私学」とも呼ばれ、おもに①読み書き、②科挙受験の受験教育が行われていた。

教育内容はおもに、読書（音読・諳記）・習字からなり、テキストは『三字経』・『四書』などが使用され、音読にあたっては文言音（閩南（台湾）語8・客家語2）が使用された。

日本割譲後は、②科挙の受験教育、は行われなくなったが、①読み書き、については、台湾総督府の規制を受けながらも、初等教育が義務教育化される昭和十八年（一九四三）まで存続した。

明治二十九年（一八九六）、台湾では現地人向けに国語（日本語）を教育するために、伊沢修二[2]が中心となって国語伝習所（のち公学校）が設置された。

国語伝習所の日本人教員の採用にあたって、筆記試験は漢文のみであり、①日本語の漢訳、②白文訓点、解釈が行われた。このほか事前教育として、台湾語の習得、救急法や動植物採集法が行われた。

しかし、依然として書房に通学する児童の方が多く、公学校では現地子弟の進学を促進する意味もあって漢文教育が導入された。

当時、台湾における初等教育の体系は以下の通りである。

①書房（おもに漢人）→昭和十八年（一九四三）、廃止
②小学校（主に内地人）→昭和十六年（一九四一）、国民学校へ統合
③公学校（主に漢人）→②に同じ
④蕃人学校（原住民）

## 二　台湾で使用された漢文教科書の特徴

戦前期、日本統治下の台湾で使用された漢文教科書は、主に三期に区分することができる。

第一期は明治期から大正期までで、使用された教科書の名称は『台湾教科用書漢文読本』となっている。玉川大所蔵分のNo.1から6までがこれに該当し、装幀は線装本で朱色の表紙となっている。『台湾教科用書国民読本』(3) 十二巻（巻一～六は一九〇一年刊、巻七～九は一九〇二年刊、巻十～十二は一九〇三年刊）の題材を漢訳したものが目立つ。授業時間は週五時間であった。

第二期は大正期（おそらく昭和初期を含む）で、『公学校用漢文読本』と改称された。玉川大所蔵分のNo.7から12までと、No.19から21までがこれに該当し、装幀は洋装本で灰色の表紙となっている。後述するように、授業内容は削減され、授業数も週五時間から二時間へと削減され、台湾人社会から反撥を招いた。

第三期は昭和期（昭和十二年まで）で、玉川大所蔵分のNo.13から18までが該当し、教科書の名称や装幀は第二期と同じである。

戦前期、内地（日本国内）での漢文教育は、主に中等教育から開始され、日本人および中国人の漢詩文を中心に収録した教科書を使用していた。

しかしながら、台湾では内地とは異なり、初等教育から漢文教育が始まり、その教科書に収録する題材は日本人および中国人の漢詩文などが、必ずしも中心となっていない点が大きな特徴である。

第一期から第三期までを通して見ても、採録されたものは論語・孟子や漢詩などわずかで、教科書全体に占める比重は低い。

『論語』は、第一期では巻五に十四則、巻六に二十則、第二期では巻五に五則、第三期では巻六に六則採録されているのみである。また、高等科用では巻一に五則採録されるにとどまっている。

次に、教科書に収録する題材について見ていきたい。

第一巻は、数字・身の回りの単語（山・川・水・木・日・田・男・女・牛・魚・父・母、上・下・大・小、我・彼）・文法からはじまる。巻二（二年生）も同様で、徐々に高度化していく。

題材は主に、家庭内（起床、着替え、洗顔、掃除、食事、挨拶、剃髪、買物、農作業、炊事、洗濯、水汲み、薪割り、家畜への餌やり）・学校内（登校、授業、運動会）・遊び（目隠し、コマ、釣り）など日常生活を扱った文章が多い。

また、ほぼ各課に挿絵が掲載されている。挿絵の多くは台湾人を描いたもので、男性は辮髪、女性は纏足をしているものや、台湾の農村風景・農耕などが描かれている。

しかしながら、これらに混じって日本の故事（昔話・偉人伝）などが掲載され、日本人を描いた挿絵が添えられている。以下、第一期（№1～6）を例として具体的に見ていきたい。

巻三（三年生）‥桃太郎・小野道風・猿蟹合戦。このほか、イソップ寓話のアリとキリギリスを収録する。

巻四（四年生）‥楠公・貝原益軒・塩原多助・中村直三・塙保己一。
巻五（五年生）‥仁徳天皇・二宮尊徳・粟田真人・田中平八・醍醐天皇。
巻六（六年生）‥濱田彌兵衛・野中兼山。

このほか、大正期に刊行された高等科用（巻一）では、野中兼山・上杉謙信を採録する。

また、天長節（巻三）・紀元節（同）・宮城（巻四）・大日本（同）・東京（巻五）・上野公園（同）・我国（同）・京都（同）・国旗（巻一・二、巻六）・国史（巻一〜四、巻六）・日本三景（巻六）・日本海之海戦（同）・明治之世（同）といった、日本あるいは日本国内に関する項目がある。

中国の故事・人物を題材としたものでは、司馬光の瓶割り（巻二）・孟母断機（孟母三遷、巻三）・諸葛亮（巻六）・孔子（同）がある。

台湾の故事・人物を題材としたものに、楊志甲（巻四）・朱成功（鄭成功、巻五）・和蘭人（巻六）・濱田彌兵衛（既出、巻六）があるほか、茶（巻四）・闘船（同）・台湾神社（同）・台湾（巻五）・生蕃（同）・自基隆到神戸（巻一・二、巻五）・婦女纏足（同）・台湾（同）・台北（同）・自台北到台南（巻一・二、巻五）・台南（巻五）・塩（巻六）・台湾一周（同）・樟脳（同）・台湾総督府（同）など、地理や特産品をあつかった課がある。

このほか地理・歴史などを題材にしたもののほか、人体・伝染病・衛生意識など近代的知識を啓蒙するような内容も多数収録されており、のちに朝鮮の漢文教科書でも採録された。

台湾で同時期に使用された国語（日本語）教科書『台湾教科用書国民読本』(4)と共通するものが多く、挿絵がそのまま使用され、文章も漢訳されたものが使用されているものが多数見られる。

そして、漢文による手紙や書類の書き方など、実用的なものを収録している点が日本の漢文教科書とは大きく異なる点である。

そのため、筆者がはじめて本教科書を見た時は、漢文教科書というよりもむしろ中国語あるいは時文・尺牘の教科書に、日本の故事などを漢文で記したものが入った雑多な印象を受けた。

具体的には、領収書・契約書・督促状・手紙・年賀状・悔やみ状・礼状・封書および葉書の書き方などの例文が収録されている。さらに高等科用では、台湾各地の雅称のほか、対岸の華中（上海）・華南（福州・泉州・厦門・汕頭・広東）、東南アジア各地の雅称（ラングーン・シンガポール・ペナン・スマトラ・バタビア・ジャワ・スラバヤ・セレベス・マカッサル・ボルネオ・サンダカン）が採録されているが、これは主に台湾人と同じ閩南語（台湾語）を解する華僑（福建・潮州・海南など）との交易を想定しているのであろう。

また、台湾語や日本語がそのまま使用された例が見られる。たとえば、教科書№1第十二課では、シャボン玉を「雪文球」（雪文は石鹼の台湾語）という台湾語が使用されている。

曜日については、「星期」あるいは「礼拝」といった中国語ではなく、日月火水木金土曜日という、日本語の呼称が使用されている（教科書№1）。このほか、教師は「老師」ではなく「先生」（教科書№1）が、学習は「読書」「看書」などではなく「勉強」が使用されている。

このように、台湾における漢文教科の内容は、内地や朝鮮とは大きく異なる点として、古典や道徳を学ぶというよりも、台湾人にとって漢文は母語（書き言葉）という側面があり、さらには台湾内外の交易という目的も加わり、実用的なものが求められたという事情があったといえよう。

## 三　題材の変化

次に収録された題材の変遷などについて見ていきたい。

前述の通り、第一期教科書は明治期から大正期まで使用されたが、大正期半ば頃から新たに第二期教科書が使用された。

なお、第一期教科書（巻三・五・六）は大正二年に修正印刷がなされているが、これは改元にともなう措置である。このため、巻三「天長節」は十一月三日から八月三十一日に改められた。また、巻五「東京」・巻六「国史」四および「明治之世」では、「明治天皇」になっているが、明治期に発行された台湾公学校用の国語教科書では、「天皇陛下」となっていることから、漢文教科書も明治期に刊行されたものは「天皇陛下」となっていたに違いない。

第一期で採録された、桃太郎・猿蟹合戦・小野道風などは台湾人に理解されにくかったためか、第二期では日本の人物・故事が大幅に削除された。

一方、従来採録されていた、天長節・紀元節のほかに新たに、明治天皇・昭憲皇太后・始政紀念日・教育勅語・戊申詔書（高等科）が加わった。

また、当時すでに辮髪は廃止され、新たに纏足をする台湾人はいなくなったため挿絵中には登場しない。服装についても従来の中国服よりも近代化されたものや、学生服・背広などを着用しているほか、校舎なども近代的になっている（第三期になると、さらに服装などがモダンになる）。そして、第一期と較べると高学年用では挿絵はほとんどなくなってきている。

分量も三十七課から四十課あったものが二十六課へと減少したが、尺牘類が以前よりも増加し、全体のかなりの部分を占めている。

なお、この時期に使用された玉川大所蔵の教科書には台湾人児童による書込があり、カタカナおよび反切法による台湾語の発音表記、日本語の意味などが記されている。おそらく本文を読むにあたっては訓読を用いず、台湾人教師の指導のもと台湾語で直読したものと思われる。

親族および農具の呼称については「広東語」（客家語）の名称が併記されるなどの配慮がなされている点が興味深い。

これらの点について、洪郁如「読み書きと植民地―台湾の識字問題」は、漢文教科書が第一期から第二期へと移行した時期に漢文をならった洪掛（明治三十九年（一九〇六）生、大正四年（一九一五）公学校入学、大正十年（一九二一）卒業）の体験を、『看台湾成長―洪掛回憶録』（洪掛口述、黄玉峯整理、允晨文化、一九九六年）に基づき以下の通り述べている。貴重な証言であると思われるので、引用しておきたい。

しかし日本語学習の消極的な態度とは対照的に、彼（※洪掛）は漢文の授業には積極的だった。「なぜなら、これはわれわれの言葉」であった。洪掛によれば、漢文の授業が始まったのは三学年であり、学校側に招聘された地元の「漢学先生」は、台湾語（閩南語）で授業を行っていた。教科書の中に「一人大、一人小、一山低、一山高……」のような内容が書かれていた。五学年になると、赤い表紙の漢文読本（※筆者註、第一期）は黒い表紙のもの（※筆者註、第二期）に変わり、これまでの分量から一冊減らされ、年間一冊となった。漢文の授業が半減された結果、学習内容も限られたものしか教えられず、漢文能力は応用する程度には至らなかったという。

## おわりに

以上、戦前期に台湾で使用された漢文教科書について見てきた。

今回使用した教科書は、当然のことながら、当時台湾で使用された教科書の中のごく一部分を見たに過ぎない。しかしながら、これまで注目されなかった漢文教科書について、ある程度の特徴や傾向が明らかになったと考えている。

戦前期、日本国内（内地）では中等教育から漢文教育は開始され、題材は日中の古典が中心で、道徳的なものが多く取り上げられた。

しかし、台湾では初等教育（公学校）から漢文教育が開始されたが、訓読をともなわない、台湾語あるいは客家語の文言音による直読（音読）であった。これは台湾人にとって漢文が母語（書き言葉）であり、そのため題材は漢詩文といったものよりも、むしろ日常の生活や手紙・書類の書き方など、実用性に重きが置かれている側面があった。

しかしながら、昭和十二年（一九三七）に漢文の授業だけでなく、新聞からも漢文欄が廃止され、漢詩欄のみが残された。

今後は、教科書の題材などを詳細に見ていくだけでなく、台湾の学堂（書房）における漢文教育や、台湾で使用された国語（日本語）や修身教科書などを更に比較検討し、日本政府（文部省）や台湾総督府の政策の影響、教科書作成に関わった日台双方の人物、朝鮮・満洲との漢文教育・漢文教科書・制度・制作・編者の相違、などについて検討を深めていく必要があると考えている。

## 附録：玉川大学教育博物館所蔵・台湾漢文教科書一覧

(1)
『台湾教科用書　漢文読本』巻一
※全三十七課、挿絵あり。線装本、版心に「民政部学務課」とあり。
明治四十五年六月十六日印刷、明治四十五年六月十六日発行、著作兼発行者　台湾総督府

(2)
『台湾教科用書　漢文読本』巻二
※全三十七課、挿絵あり。線装本、版心に「民政部学務課」とあり。
明治三十八年三月二十日第一版印刷、明治三十八年三月二十五日第一版発行、大正六年八月二十日第十五版発行、
著作兼発行者　台湾総督府

(3)
『台湾教科用書　漢文読本』巻三
※全三十七課、挿絵あり。線装本、版心に「民政部学務課」とあり。
明治三十八年三月二十日第一版印刷、明治三十八年三月二十五日第一版発行、大正二年九月二十七日修正印刷、
大正三年七月十五日第十七版発行、著作兼発行者　台湾総督府

(4)
『台湾教科用書　漢文読本』巻四
※全三十七課、挿絵あり。線装本、版心に「民政部学務課」とあり。
明治四十二年九月廿八日印刷、同年九月三十日発行、著作兼発行者　台湾総督府

(5)
『台湾教科用書　漢文読本』巻五
※全四十課、挿絵あり。線装本、版心に「民政部学務課」とあり。

明治三十九年七月二十一日第一版発行、明治三十九年七月二十五日第一版発行、大正二年九月二十七日第十版修正印刷、大正二年九月三十日第十版修正発行、著作兼発行者　台湾総督府

(6)『台湾教科用書　漢文読本』巻六

※全四十課、挿絵あり。線装本、版心に「民政部学務課」とあり。

明治三十九年七月二十一日第一版印刷、明治三十九年七月二十五日第一版発行、大正二年九月二十七日修正印刷、大正四年六月三十日第十三版発行、著作兼発行者　台湾総督府

(7)『公学校用　漢文読本』巻一

※全二十六頁、洋装本、挿絵あり、日本語・台湾語の書込あり。

大正八年八月八日第一版印刷、大正八年八月十日第一版発行、大正十四年十二月二十五日第八版発行、著作兼発行者　台湾総督府

(8)『公学校用　漢文読本』巻二

※全二十六課、洋装本、挿絵あり、日本語・台湾語の書込あり。

大正八年八月八日第一版印刷、大正八年八月十日第一版発行、大正十四年十二月二十五日第七版発行、著作兼発行者　台湾総督府

(9)『公学校用　漢文読本』巻三

※全二十六課、洋装本、挿絵あり。

大正八年八月八日第一版印刷、大正八年八月十日第一版発行、大正十四年十二月二十五日第七版発行、著作兼発行者　台湾総督府

⑽『公学校用　漢文読本』巻四
※全二十六課、洋装本、挿絵あり。
大正八年八月八日第一版印刷、大正八年八月十日第一版発行、昭和七年一月三十日第十三版発行、著作兼発行者　台湾総督府

⑾『公学校用　漢文読本』巻五
※全二十六課、洋装本、挿絵あり、書込あり。
大正八年八月八日第一版印刷、大正八年八月十日第一版発行、大正十年一月三十日第三版発行、著作兼発行者　台湾総督府

⑿『公学校用　漢文読本』巻六
※全二十六課、洋装本、挿絵あり、書込あり。
大正八年八月八日第一版印刷、大正八年八月十日第一版発行、大正十四年十二月二十五日第七版発行、著作兼発行者　台湾総督府

⒀『公学校用　漢文読本』巻一
※全二十六頁、洋装本、挿絵あり。
昭和七年三月二十日印刷、昭和七年三月二十日発行、著作兼発行者　台湾総督府

⒁『公学校用　漢文読本』巻二
※全二十六頁、洋装本、挿絵あり。
昭和七年三月二十日印刷、昭和七年三月二十日発行、著作兼発行者　台湾総督府

⒂『公学校用　漢文読本』巻三
※全二十六課、洋装本、挿絵あり。
昭和七年三月二十日印刷、昭和七年三月二十日発行、著作兼発行者　台湾総督府

⒃『公学校用　漢文読本』巻四
※全二十六課、洋装本、挿絵あり（一点）。
昭和八年三月二十五日第一版発行、昭和八年十月十七日第二版印刷、昭和八年十月二十日第二版発行、著作兼発行者　台湾総督府

⒄『公学校用　漢文読本』巻五
※全二十八課、洋装本、挿絵あり（六点）。
昭和八年三月二十三日第一版印刷、昭和八年三月二十五日第一版発行、昭和八年五月二十日第二版発行、著作兼発行者　台湾総督府

⒅『公学校用　漢文読本』巻六
※全二十八課、洋装本、挿絵あり（三点）。
昭和八年三月二十三日印刷、昭和八年三月二十五日発行、著作兼発行者　台湾総督府

⒆『教師用　公学校漢文読本』巻一―六　台湾総督府（表紙墨書）
※洋装本、挿絵なし、奥付なし（※大正期の刊行か）

⒇『公学校高等科用　漢文読本』巻一
※全三十二課、洋装本、挿絵なし、書込あり。

大正八年八月八日第一版印刷、大正八年八月十日第一版発行、大正十五年十二月二十五日第三版発行、著作兼発行者　台湾総督府

(21)『公学校高等科用　漢文読本』巻二
※全三十二課、洋装本、挿絵なし、書込あり。
大正十二年三月二十三日第一版印刷、大正十二年三月二十五日第一版発行、大正十二年十二月二十五日第二版発行

(22)『稿本　漢文教程』第一巻
※全一五八課、洋装本、挿絵なし。
大正三年四月十五日印刷、大正三年四月十六日発行、著作兼発行者　台湾総督府国語学校校友会

(23)『稿本　漢文教程』第四巻
※全七二課、洋装本、挿絵なし。
大正六年二月十八日印刷、大正六年二月二十日発行、著作兼発行者　台湾総督府国語学校校友会

(24)『撮要　漢文読本　全』
※全一四八課、洋装本、挿絵なし。
大正十五年四月六日印刷、大正十五年四月九日発行、編纂兼発行者　台湾総督府台南師範学校校友会

(25)『師範学校台語科用　漢文読本　全』
※全一四八課附五課、洋装本、挿絵なし。
大正十五年四月六日印刷、大正十五年四月九日発行、昭和二年四月十三日改訂再版印刷、昭和二年四月十三日改

訂再版発行、編纂兼発行者　台湾総督府台南師範学校校友会

(26)『師範学校台語科用　分類尺牘入門　全』

※全十四課・附、洋装本、挿絵なし。

昭和二年九月五日印刷、昭和二年九月九日発行、昭和三年六月二日改訂再版印刷、昭和三年六月六日改訂再版発行、編纂兼発行者　台湾総督府台南師範学校校友会

(27)『台湾適用書牘文教授書』下巻

明治三十年十月一日、台湾総督府民政局学務部撰、同発行

※『台湾適用書牘文』上巻（台湾総督府民政局学部撰、明治三十年三月発行、発行者山中留吉（東京））は和文。

注

（1）本章執筆にあたっては、呉宏明「日本統治下台湾の日本人教員」（一九八八年）、洪郁如「読み書きと植民地—台湾の識字問題」（二〇二一年）等を参照した。

（2）伊沢修二（一八五一～一九一七）は元高遠藩士・文部官僚。米国留学時に、日本人で初めて金子堅太郎と電話で通話したことが知られる。台湾総督府民生局学務部長心得として台湾に赴任し、芝山巖学堂を設立するなど、台湾人子弟の教育にたずさわった。このほか、明治三十五年（一九〇二）に泰東同文局を設立し、『東語初階』・『東語真伝』など中国人向けの日本語教材を出版した。弟の伊沢多喜男（一八六九～一九四九）は内務官僚・政治家で、第十代台湾総督（一九二四～一九二六）や東京市長（一九二六）をつとめた。

（3）本書はおもに、各課が日本語文（表音式仮名標記）・応用文（日本語）・土語（台湾語・カタカナ表記）および挿絵からなっている。なお、本書は『台湾総督府日本語教材集』五巻（冬至書房、二〇一二年）に影印されている。

（4）『台湾教科用書国民読本』の編輯および検定については、酒井恵美子「台湾総督府文書と日本語教育史研究―「台湾教科用書国民読本」の編纂を例に―」（中京大学社会科学研究所台湾史研究センター編『台湾総督府の統治政策』【社研叢書四三】、創泉堂出版、二〇一八年）、同「植民地台湾における教科書検定の性格―明治三〇年代公学校用図書審査より―」（同センター編『台湾総督府文書の史料論』【社研叢書四四】、創泉堂出版、二〇一八年）に詳しい。なお、同論文によると、当時台湾総督府は『台湾教科用書国民読本』のほか、本稿で取扱う『台湾教科用書漢文読本』や、『台湾教科用書国民習字帖』を編纂している。

謝辞　本稿執筆にあたって、玉川大学リベラルアーツ学部教授中村聡氏ならびに同大学教育博物館白柳弘幸氏には、資料の閲覧等に御高配を賜りました。厚く御礼申し上げます。

附記　本稿は、科研費「戦前期に日本国内（内地）・台湾・朝鮮で使用された漢文教科書に関する基礎的研究」（基盤研究C・研究課題番号18K02316・研究代表者：町泉寿郎二松学舎大学教授）の研究成果の一部をなすものである。

# Ⅲ　近代漢学と思想・宗教

# 『荀子』の性説は『韓非子』人間観の基礎にあらず

佐藤将之

## はじめに

伝統的東アジアの知識人の思考的枠組みにおいて、『韓非子』思想の起源に関する探究は「韓非は荀子の弟子である」及び「韓非の人間観は荀子の性悪説に基づく」という二つの考えに深い影響を受けてきた。少なくとも一九世紀に西欧哲学史の観点と近代文献学の方法を受け入れるまで、東アジア学術界の環境では、ほぼ誰も「韓非は荀子の弟子である」及び「韓非の思想は荀子の性悪説の影響を受けている」という二点を疑うことがなかった。言わずもがな、前者は司馬遷『史記・老子韓非列伝』（巻六十四）「（韓非ハ）李斯ト倶ニ荀卿ニ事フ」という叙述に基づいた理解である。[1] 後者の「韓非の人間観は荀子の性悪説に基づく」という断定的な憶測は、晋代の仲長敖『覈性賦』が韓非は荀子の「性悪」説の継承者であるという記述に典型的にあらわれ始めている。[2] しかし、仲長敖がその賦を吟じた時、既に荀子や韓非子が生きた先秦時代から五〇〇年も後であるという事実が示すように、中国（と東アジア）の伝統的な知識人からいえば、荀子と韓非の思想の間の「近親性」は、単なる印象——未だ嘗て一度も厳密な思想比較分析を経ていないもの——に過ぎない。皮肉なことに、二〇世紀に至り、宋明理学者の強烈な孟子崇拝というイデオロギーの延長上に立ついわゆる「当代新儒家」達の著作活動が勃興すると、この印象はむしろ強化されてしまう。当代新儒家の系譜に属する論者たちは、荀子の孟子批判に対して彼らがもともと持っていた反感に加え、過度に韓非思想の価値を唾棄したため、学者間では程度の差こそあれ、基本的には「荀子は正統な儒家の系譜からはずれてしまった思想家である」という観点を保持している。(3)

とは言えこれは、近代以後『荀子』あるいは『韓非子』思想の研究を行った全ての学者が『荀子』の「性」論と『韓非子』の「性」論あるいは人間観の間に相当大きな溝があるということを見逃してきたということを意味するわけではない。例えば、近年周熾成が行った荀韓思想比較研究の中などでは、比較的公平な立場から荀韓思想の異同を論じようとする試みが見られる。彼は荀子と韓非子との間にある思想の違いを（1）荀子は理想主義者であるが、韓非は現実主義者である、（2）荀子は修身を重んじるが、韓非は法治を重んじる、（3）荀子は徳を重んじるが、韓非は力を重んじる、（4）荀子は古より今を論ずるが、韓非は古今を分けて説く、と考えている。逆に周氏が両者に共通すると考えているのは（1）高度な理性主義、（2）経験主義、（3）鬼（祖先の霊）や天に関する迷信への反対、（4）厳密な論推、である。(4)周熾成は基本的には「韓非は荀子の弟子である」という考えを前提としているものの、はっきりと『荀子』と『韓非子』の思想の間に大きな溝が存在することを認識した。しかし問題は、その「導言」の指摘「影響の深い師弟」というサブテーマに示されるように、(5)両者の思想に大きな溝があるとしたとしても、その論述全体は「韓非は荀子の弟子である」という「前提」のしがらみを受け、最終的にはやはり「韓非は荀子の学生であるが、しかし…」という伝統的な論法へ「回帰」してしまっている。そうした過去の研究における限界を克服するため本論は、「荀韓思想関係論」の探究に「韓非は荀子の弟子である」という前提を要しない論法の必要性をまずは提唱する。

本稿はこのような問題意識にもとづき以下四つの観点を提示したい。第一に、過去の「荀韓関係」に関する論述では、人間関係に関しても、思想に関しても、両者の関係の遠近を論ずる際、基本的に「韓非は荀子の弟子である」と「韓非の思想は荀子の性悪説の影響を受けている」という両主張が共にもう一方の主張を論拠とする一種の循環論法を構成し、その論理構造から抜け出せていなかった。言い換えれば、たとえ我々が荀子と韓非の思想の特質を互いに独立するものとして叙述しようとしても、この循環論法の影響を受けるために無意識に荀子と韓非の思想をある種の連環関係の中で理解しようとするような思考的習慣が出来てしまっていた。

第二に、いわゆる「荀韓関係論」関連の議論の中に深く根付いている上述の問題を意識しつつ本論はより厳密な観念史研究のアプローチから、両者の「性」論と人間観の間に両者の思想の間にのみ見られるような共通の思想的特色があるかどうかを考察し、この考察結果のみを彼らの間に実質上思想的継承関係があったか否かの見解への論拠とする。

第三に、『韓非子』「性」概念と人間観が等しく『荀子』「性」論と人間観の中に現れる思想的特色を直接には継承していないとすると、その思想の源泉はどこに求めたらよいのであろうか？　この疑問に答えるために、本論では更に、いわゆる「荀―韓」両者の人間観にある「共通点」は、実は戦国時代中晩期に活躍した他の思想家とも共有されていた可能性を指摘したい。つまり、韓非の人間観はいわゆる「前期法家」――『商君書』、田駢、慎到等の「稷下先生」の思想に直接由来するものであろう。これより、「性」概念と人間観から、荀子と韓非はそれぞれ別の思想的系譜に属していたということができ、よって韓非の思想の中には荀子思想の直接の影響はほとんどなかったと仮定できる。

第四に、『韓非子』の「性」概念と人間観の中に、荀子関連思想との密接な関係を見出せず、『商君書』や田駢、慎到等の「稷下先生」の主張を直接継承していると見なすことができるならば、次に我々が考えなければならないのは、司馬遷はなぜ韓非の列伝中に「事荀卿」という一言を加えた理由である。筆者の考えでは、司馬遷の意図は次のことを説明することにあるようだ。つまり韓非のようなその著書の中で国君を説得するための極意を説く論者が、なぜ我が身の悲劇的結末を避けることができなかったのか？　司馬遷の記述によれば、韓非が秦で死に追いやられた原因は李斯が韓非の才能に嫉妬したことに端を発する。司馬遷は当然のことながら李斯が何時、如何に韓非の才能に嫉妬し始めたかを説明する必要があった。そのためには李斯が若い時分に韓非と知り合っていたことにする必要があり、そこで韓非の生涯を叙述する最初の部分に「(韓非ハ) 李斯ト倶ニ荀卿ニ事フ」という一句を加えたのである。

総じて、司馬遷が描く「韓非の悲劇的生涯」という「脚本」の中では、荀子はただの脇役にすぎない。つまり、司馬遷にとって荀子は二人の歴史的人物が会うきっかけと、そのうちの一人が舞台から退かなければならなくなった理由を提供する役として登場すれば充分だったのである。しかも司馬遷は韓非の学術が荀子に由来するものでないということを熟知していたため、三人の関係を叙述する際「李斯ト倶ニ荀卿ニ事フ」の一句には一方の学術を他方に伝授したことを示す「学」や「受業」という言葉を使用せず、「事」という曖昧な言葉を当てることによってその関係を示したのであった。

## 一、「荀韓関係」の論述中に潜む「循環論証的思考」

筆者の見解に依れば、近代以来の中国史研究の脈絡から見て、過去一世紀の「荀韓関係論」の議論はおおむね以下三つの枠組みの中で展開されて来た。一、荀子思想と韓非思想の価値をめぐる議論。二、荀子と韓非子の思想内容は似ているか、あるいは違うのかという問題に関する議論。三、韓非思想からの類似、あるいは相違を基準としてから荀子思想の学派的位置を推測する——即ち、荀子の思想はどの程度儒家の「正宗」あるいは「正統」に合致するかという問題の考察。筆者の観点では、ここ半世紀の論述は大体以下三つのレベルで進行して来たようである。すなわち「否定→肯定」、「同→異」[6]、および「分岐→符合（儒家正宗）」である。過去二十数年の「荀学の復興」の学術的風潮で、荀子思想の意義は第一のレベルから第三のレベルの議題へと少しずつ移行し、それに応じてプラスの評価を得てきている。こうした荀子思想の価値に対する再評価の流れを勘案すれば以上の状況は必然の思潮といえよう[7]。ただ、過去における第二のレベルでの「荀—韓」関係に関する論述の中で、我々が否認できないのは、中国語圏の研究において、荀子の思想と韓非の思想を切り離して論述する背景には、通常「まず荀子思想の再評価ありき」という曾暐傑が指摘したいわゆる「性善の誘惑」（性善の角度から『荀子』の「性」論を定義しようとする態度）によって荀子の思想をプラスに評価したいという中国研究者の精神的傾向が垣間見られ、それ故荀子思想の研究者の精神的態度と研究動機等のレベルで、荀子「性」説に関する論述は、現在でも客観性に乏しい苦境に留まっていると言えよう[8]。

こうした情況に鑑み、本稿は「荀—韓」思想関係論に関する学術的見解の客観性を高めるため、現行の「荀—韓」関係に関する問題の論述を支配してきた論法に注目する。また、この種の論述の論法の存在を明らかにすることに基づいて、『荀子』と『韓非子』の「性論」と人間観に対する出来るだけ緻密で総合的な比較思想分析の作業を行なう。

長きにわたって、「荀韓関係」に関する論述を支配してきた論法には（1）「韓非は荀子の弟子である」と（2）「韓非の人間観は荀子の性悪説に基づく」という二つの見解がある。両見解は本来互いに独立した主張と見なさなければならない。ここで大きな問題は、この両主張が今に至るまで長い間、荀韓関係論の中で通常一緒に現れて来ただけでなく、互いにもう一方の主張の論拠として構成されてしまっていることである。筆者はこれを「荀韓関係論」を支配する循環論証的思考と名付ける。この循環論証的思考は通常、論者が「韓非の人間観は荀子の性悪論に基づく」

と主張する時、あるいはそこまで主張しなくても、両者の思想の間には「共通の」思想因子があると説く時、韓非が荀子の学生であったという「史実」によりこの主張を裏付ける、というような論理の中に現れる。司馬遷の記載の「正確性」も両者の人間観が「ほぼ同じ」或いは類似していると前提することから両者の思想の間には必ず影響関係があるという推定の下、その「論拠」を得るのである。このような循環的論証が一旦構築されてしまうと、それは学者にとって、両者間の思想の違いを客観的に比較分析する上で強力な障害となる。ひいては荀子哲学の価値に対して、「荀子は秦国の虐政と滅亡の理論に対し責任を負わなくてはならない」といった、根深いマイナス評価の「根源的」理由さえをも構成してしまうのである。

こうした状況を克服するためには、より客観的な荀韓関係論を構築するため、まずは（1）「韓非は荀子の弟子である」と（2）「韓非思想は荀子人性論に遡る」という二つの主張を互いに切り離し、循環論法を構成する前の段階でこの二つの主張の論拠を検討しなければならない。つまり荀韓の思想関係をその両者の伝記に関する問題から完全に独立した議題であると見なすことから、客観的にこの両者の「性」概念と人間観の間に両者間にのみ特有の思想関係があるか否かを検証しようというのである。いうまでもなく、本稿は直接荀子思想の「再評価」を意図しているのではない。むしろ歴史資料のより厳密な考証と比較思想史研究、特に観念史研究の方法に依拠することにより『荀子』と『韓非子』の思想間に必然的な継承の思想的影響があるか否かを探究する試みである。

## 二、『荀子』と『韓非子』の「性」概念

本節と次節において、筆者は以下の三つの手順により比較分析を行う。初めに『韓非子』の「性」という語の使用

法を一つずつ検証し、『荀子』の「性」字に相応、あるいは関連する用例と比較する。そして、その比較の範囲を『韓非子』『荀子』の人間観へと拡大する。もし「人」概念に注目するならば、『韓非子』テキスト中に、「人」字は約五〇〇回現れている。以上の考察を踏まえ、もし上述の分析結果に両者の思想の共通点を見出せなかった場合は、『韓非子』に類似した人間観を持つその他の文献、たとえば『商君書』、『管子』等の用例を参考する。このような議論の手順を踏んで、本稿は斉国稷下の学者田駢と慎到に関する論述の中で、韓非の人間観に非常に近接した論述が見出せることを指摘したい。

　まず、現行本『韓非子』と『荀子』に現れる「性」概念を比較してみよう。現行本『韓非子』中の「性」字の用例は、一二篇中合計一七回出現する。以下に列挙する。

【表一】『韓非子』の「性」字の用例

| | 篇名 | 用例 | 備註 |
|---|---|---|---|
| 1 | 飾邪 | 亂弱者亡、人之性也。治強者王、古之道也。 | |
| 2 | 説林下 | 寬哉、不被於利。絜哉、民性有恆。曲為曲、直為直。 | 孔子曰： |
| 3 | 観行 | 西門豹之性急、故佩韋以己緩。董安于之心緩、故佩弦以自急。 | |
| 4 | 安危 | 殺天子也、而無是非、賞於無功、使讒諛、以詐偽為貴、誅於無罪、使傴以天性剖背、以詐偽為是、天性為非、小得勝大矣。 | 二例 |
| 5 | 大体 | 不傷情性、不吹毛而求小疵、不洗垢而察難知。 | |
| 6 | 大体 | 故曰、古之牧天下者、不使匠石極巧以敗太山之體、不使賁、育盡威 以傷萬民之性。 | |
| 7 | 外儲説左下 | 夫天性仁心固然也、此臣之所以悅而德公也。 | 危曰 |

| | | | |
|---|---|---|---|
| 8 | 難勢 | 賢者用之則天下治、不肖者用之則天下亂。人之情性、賢者寡而不肖者衆。 | |
| 9 | 八説 | 子母之性、愛也。臣主之權、筴也。母不能以愛存家、君安能以愛持國? | |
| 10 | 八経 | 民之性、有生之實、有生之名。為君者有賢知之名、有賞罰之實。 | |
| 11 | 五蠹 | 人之情性、莫先於父母、皆見愛而未必治也、雖厚愛矣、奚遽不亂? | |
| 12 | 顕学 | 夫智、性也、壽、命也、性命者、非所學於人也、而以人之所不能為説人、此世之所以謂之為狂也。 | 二例 |
| 13 | 顕学 | 謂之不能、然則是諭也。夫諭、性也。 | |
| 14 | 心度 | 夫民之性、喜亂而不親其法。故明主之治國也、明賞則民勸功、嚴刑則民親法。 | |
| 15 | 心度 | 夫民之性、惡勞而樂佚、佚則荒、荒則不治、不治則亂而賞刑不行於天下者必塞。 | |

現行本『荀子』中の「性」字の用例は、一四篇中一一五回にも及ぶ。その内七六例が「性悪」篇に現れている。このことからまず、荀子が「性」に関する議題に対して高度な関心を持って理論的探究を行なったことがうかがわれ、数量的にも少なく、「性」字に関しては慣用的な用例で用いられることがほとんどである『韓非子』の使用状況と明らかな対照をなしている。とはいえ、まず『韓非子』の中で、「性」字から構成されているいくつかの複合語の用法を検証し、その後『荀子』の中に同様、あるいは類似した用例が存在するか、もし存在しているのであれば、それらは『韓非子』の用例と同じ思想、あるいは主張を構成するものなのかどうかを見ていこう。

『韓非子』の中の「性」字の用例は「民性」（一例、あるいは「民之性」として計三例）、「天性」（三例）、「情性」（三例）[9]、及び「母之性」（一例）といった複合語として表れている。『韓非子』では、一部の章節で「性」の意義を定義しているが、この「定義」の方向は『荀子』と同じではない。範例（1）「亂弱者亡、人之性也」の中の「人之性」が描くのは人類の生存方式の法則であって、荀子におけるような人間の基本的特質ではない。また範例（3）の「性」字はただ西門豹の個性を形容しているだけである。

次に、「顕学」篇の範例（12）及び範例（13）を検討する。「顕学」一篇の主張は『韓非子』全書の中で最も韓非個人の思想を代表する部分であるというのは、学者間で一致するところである。「顕学」曰く、

今或謂人曰「使子必智而壽」、則世必以為狂。夫智、性也、壽、命也、性命者、非所學於人也、而以人之所不能為説人、此世之所以謂之為狂也。謂之不能、然則是諭也。夫諭、性也。以仁義教人、是以智與壽説也、有度之主弗受也。故善毛嗇、西施之美、無益吾面、用脂澤粉黛則倍其初。言先王之仁義、無益於治、明吾法度、必吾賞罰者亦國之脂澤粉黛也。故明主急其助而緩其頌、故不道仁義。

この段落における「性」字は人の天性の能力（知力）という意味でしか解釈できず、その上この能力は生涯変化することはなく、また改善もしない。荀子が知力を含む「性」を信じているか否かには依然議論があるものの、この「性」概念は荀子の「性」とは相当違う[10]。しかして、この段落の用例と荀子の「性」概念との最大の違いは、まさに荀子が使用した「化性而起偽」（「性悪」篇）の一句が示すように、荀子は個人の「性」は凡そ「偽」（自覚して修身と積善に努力すること）を通して改良でき、小人、士、君子及び聖人の四段階の人格品徳は「化性」を達成させた程度により区別されると信じている点にある。実際、知恵の相違もこの人格品徳の差から生まれると理解されている[11]。

続けて以下、『韓非子』「性」字の用例に現れる「民性」（と「民之性」）、「天性」及び「情性」三種の複合語の用法を検討してみよう。

### （一）民性

「性」字と「民」字が結合した例からいえば、『韓非子』には合計五か所——「民性」三か所、「民之性」一か所及

び「万民之性」一か所の用例――があり、主に民衆の性質を論述している。範例（2）の「民性」の用例を見ると、「民性恆アリ」一文中の「恆」字はほぼ民衆は頑な或いは改めることができないことを表し、「顕学」篇の範例（12）及び（13）中の「性」字の用法と一致する。「大体」篇から取った範例（6）中の「性」字は民衆生存を維持するため保護されるべきものを表している。この篇の作者は統治者に万民の「性」を傷つけないよう諫言するが、この種の「性」概念は『荘子』外篇の「性」概念に似ており、『荘子』外篇の作者は「性」は必ず繁文縟節――「礼」（身体の束縛と社会規範）――から解放されるべきだと考えている。[12] よって、「大体」篇の「性」概念のこのような用法は、荀子に起源するものではないであろう。範例（10）の句の説くところは、万民の生活品質であって、人間そのものの特徴を言い表わそうとしたものではない。

しかして、荀子の「性」概念が「心度」篇に見える範例（14）及び（15）と共通している点を見出すことができる。前後の句を含むより完全なこの二つの用例の論述は以下のようになっている。

（14）夫民之性、喜其亂而不親其法。故明主之治國也、明賞則民勸功、嚴刑則民親法。

（15）夫民之性、惡勞而樂佚、佚則荒、荒則不治、不治則亂而賞刑不行於天下者必塞。故欲擧大功而難致而力者、大功不可幾而擧也、欲治其法而難變其故者、民亂、不可幾而治也。

この両段落の文面は、『荀子・非相』の文章（以下に示す）とよく連想される。

飢而欲食、寒而欲煖、勞而欲息、好利而惡害、是人之所生而有也、是無待而然者也、是禹桀之所同也。[13]

この他、「性悪」篇の文章（以下に示す）も、荀韓人性観が同類だと考えている論者には注目されるものであろう。

今人之性、飢而欲飽、寒而欲煖、勞而欲休、此人之情性也。

『韓非子』の「惡勞而樂佚」及び『荀子』の「勞而欲休」の両句は確かにお互いよく似て見えるが、各々その前後の文脈を考慮した論述全体で比べると、無視できない差異が三点現れてくる。

第一に、句の主語が違う。『韓非子』の主語は「民之性」で、「被統治者の性情」と解釈されるが、『荀子』の主語は「人之性」ないし「人之天性」で、つまり「人類一般の性情」である。言い換えるならば、後者はより普遍的で、荀子は聖王禹と暴君桀という極端な例を含む人類共通の身体と心理の特質を指そうとしている。

第二に、この二つの『韓非子』の範例は「万民之性」を探究し、以って賞罰を明らかにする必要性を主張している。それに対し、『荀子』の三つの例（「栄辱」「非相」及び「性悪」の例）は人は道徳上自己修養を行う能力があるばかりでなく、それをなすべきであるという論点の基礎とすることができる。

第三に、「喜其乱」という一言からも見出せる通り、「心度」篇の作者は民衆に対する嫌悪感を露わにしているが、「非相」で荀子は人は皆「辨」、つまり道徳的行為を分別する能力があることを強調している。[14] まとめると、『韓非子』と『荀子』の用例の比較において人類の属性には身体面と心理面において限界がある（つまりそのまま放置しておくと国家や社会が乱れるかもしれないという点での）側面を注意深く観察しつつも、人類の能力に対して両者は全く異なる理解を出発点にそれぞれ違った主張を提示しているのである。

それなら、もし「心度」篇が荀子思想に由来するのではないのだとしたら、『韓非子』はどのような思想にもとづいて統治者を国民と対立させる観点を提示したのであろうか？　王立仁は、いわゆる「前期法家」思想が韓非に利をとって害を避けるという理念を吹き込んだというが、[15] 一方で秦茂森は『管子』の『韓非子』に対する影響を強調する。更に林義正は『管子』の「民情」、「民之情」及び「民之欲」の用例が常に法律の提唱と刑罰とに関する議題において使われていることを実証した。[16] ただ、こうした関係において、『管子』と『韓非子』との間に直接的な思想影響関係があるかどうかについて、林義正はそれ以上の考察を進めていない。以上指摘した諸点を念頭に置きつつ、原文を見てみよう。まず『商君書』の例である。

（1）民之有欲有惡也、欲有六淫、惡有四難。（「説民」）

（2）夫治國者能盡地力而致民死者、名與利交至。民之性、饑而求食、勞而求佚、苦則索樂、辱則求榮、此民之情也。（「算地」）

（3）古之民樸以厚、今之民巧以偽。（「開塞」）

『商君書』では、「性」字に限定しなければ、多くの章節で「民」、つまり被統治者の性情を描写している。[17]『管子』からもいくつか例を挙げる。

（1）百姓無寶、以利為首、一上一下、唯利所處。（「侈靡」）

（2）民、利之則來、害之則去。民之從利也、如水之走下、於四方無擇也。（「形勢解」）

（3）凡人之情、見利莫能勿就、見害莫能勿避。（「禁藏」）

以上『商君書』と『管子』からの引用文から、「心度」篇作者の被統治者の特質に対するものとほぼ同じ内容を主張する論述を見出すことが出来る。また、これら両書からの引用文の思想は前に引用した『韓非子』「心度」篇が描写する被統治者の性情を論じた思想の元であった可能性も否定できないであろう。

（二）天性

『韓非子』中の二篇に「天性」という例が三か所見られる。「安危」篇の例は人間の天賦の属性を意味しており、このような意味の用例は『孟子』や『荘子』にも見られる。[18]また、「外儲説左下」の一例に、

　及獄決罪定、公憱然不悅、形於顏色、臣見又知之。非私臣而然也、夫天性仁心固然也、此臣之所以悅而德公也。

とある。「天性」という語はここでは子皋（孔子の門徒）が罪を宣告された一人の犯人に見せた仁慈寛厚といった意味で使われている。この仁慈は子皋の天性から出たもので、同時にこの「天性」と「仁心」とには関連がある。他の文献では、「天性」という語が父子関係のやりとりを論ずる文脈であらわれている。[19] 実は『荀子』にも二か所「天性」の例があり、いずれも転化機能を持つ社会的規範と対立する先天性の性格を意味している。[20] 戦国時代には『孟子』『荘子』及び『呂氏春秋』といったテキストが多く、どれも同じ語、似た用法を使用しており、[21] このように戦国時代の文献に多数の類似用例が存在することから『荀子』の用例が『韓非子』が使用する「天性」に主要な思想的ソースとして直接影響したのか否かはにわかに弁別できない。

（三）情性

多くの学者が『荀子』と『韓非子』は共に「情性」に触れていると考え、それを荀韓の「性」概念が似通っている例証と見なしている。「情性」は『韓非子』三篇に一か所ずつ現れ、『荀子』では一九例にも及び（もし「性情」二例を含むなら、計二一例）、その用例の大部分がいわゆる「人之性悪」というフレーズが使用される論述の脈絡で出現する。『荀子』の「性情」も基本的には「情性」と同意義で（「哀公」篇の一例を除く[22]）、以下二段落の引用文「今人之性、飢而欲飽、寒而欲煖、勞而欲休、此人之情性也。」（「性悪」）「性之好、悪、喜、怒、哀、樂、謂之情。」（「正名」）に見える。これらの「情性」は主に人類が普遍に持つ生理本能と情緒を指すが、理念上個々の人間は「履礼積善」の修身過程を通して一歩一歩改善できる。これと比べて、『韓非子』の「情性」三例は『荀子』における以上のような意味で使われていない。まず、「大体」篇の例から見ると、そこでは、「不傷情性、不吹毛而求小疵、不洗垢而察難知。」という文中において「情性」という語が使われている。興味深いのは同篇にはもう一つ「性」字の用例があり、同じく「不傷」の脈絡の下に現れる。(23)つまり「大体」篇の作者は天性の「情」と「性」は外力によって変化することは決してないと信じており、彼の論点は『荘子』の「庚桑楚」や「盗跖」篇の作者が称賛する「情」「性」に回帰（あるいは回復）するという主張とむしろ共通点が多い。(24)少なくとも「情性」の用法上、「大体」篇の作者は明らかに『荘子』作者の思惟と概念に属する思想的文脈の上に彼の主張を構成しており、当然その語を使った主張も『荀子』とは完全に異なる。

第二の例は「難勢」篇に現れる「人之情性、賢者寡而不肖者衆。」である。この「情性」（「性情」）は広く人類の存在形態を指し、個人の天性を指すものではない。

第三の例は「五蠹」篇の「人之情性、莫先於父母」である。この例では、「情性」は大方人の生まれつきの感情、父母に最も近い感情を描写している。ここで、「情性」の意味は「八説」篇「子母之性、愛也」の「性」とほぼ同じである。このような思惟は、戦国中後期の文献には普遍的に前提とされていたようで、韓非特有のものではなく、(25)荀子「性」論とも大きな違いがある。総じて、「情性」の用法からも、やはり荀韓の間に特有な影響関連を何ら見出すことはできなかった。

以上、『荀子』と『韓非子』の「性」（と「情」）概念の用例に対して総合的な比較考察を加えてみたが、その結果、『韓非子』の「性」の用法は、『商君書』『管子』『荘子』といったその前あるいは同時代の文献に遡ることができる点を明らかにした。『韓非子』において「民性」という語はマイナスの意味があるものの、「性」は大体において価値中立的な語である。それに対し、『荀子』が「情性」を使用する場合、大部分の用例で意味は一致している。つまりそれは人類の身体上心理上改善せねばならないややマイナスの特質である。『韓非子』の「民性」と『荀子』の「情性」

は共にマイナスの趣があるが、前者は『商君書』の主張に近親性が感じられ、この語を使った『荀子』の主張とは明らかに異なっている。また『韓非子』の「民性」は基本的に『荘子』に見える「天」が付与するところの「天性」、あるいは『商君書』と『管子』の用法にあらわれる民衆の感情や心理に対する認識に近い。つまり『韓非子』の「性」字の用例を当時のどの文献のどの方面の意味に近接しているかの問題を考察してみて明らかになったことは、それらの用例の中に荀子「性」論との直接の思想的関連は見出すことができないということなのである。

## 三、『荀子』及び『韓非子』の人間観

続いて、分析の範囲を「性」概念自体から人間観全体へと拡大する。『韓非子』テクストの全体を観察すると、人間の基本的特質はおおよそ以下の三点に要約出来る。（1）人の本質は変えられない。（2）人はおおむね利を求めて害を避ける傾向にある。（3）数としては少ないが、確かに生まれつき聖人の特質を持つ者もおり、凡人と違って利の誘惑を受けない。ここで考慮しなければならない問題は、韓非が以上三点の人の特質を構想する際、本当に荀子の影響を受けたか否かである。従来の研究において過去の学者は常に第二点にのみ注目し、他の二点には注意を払ってこなかった。そこで、本稿が明らかにせねばならぬのは、『韓非子』人間観の第一、三点は荀子の思想的立場とは相容れぬもので、第二点において荀子と似ている事実は、実は戦国中後期の思想においても普遍的に見られるものであるということである。以上三点の指摘とその検討を通して、以下本稿では、荀—韓両者の人間観の相違を明らかにすることにより、両者の人間観の「類似」を根拠に荀子から韓非への思想的影響を証明するのは極めて困難であることを指摘したい。

（一）「転化の可不可」から見た人間の本質

『韓非子』作者は人の本質は変えられないと深く信じていたが、荀子によれば人間は自己修養を通して、あるいは徳性高尚な君子の影響を受けることでその人格は変化する。この違いは、『荀』『韓』両書に現れる「化」字の用例における顕著な差によって観察出来る。『荀子』のテクストにおいて「化」字が現れる用例は二二篇中約七七箇所にのぼる。荀子はこれらの例を用いて、自然現象から人為へ各種の改変や転化を説明すると共に、聖人が民衆の性情を変え、その徳性を向上させうることを強調している。このような「化」の用法は以下の通りである。

（1）十二子者遷化。（「非十二子」）
（2）孝弟以化之也。（「儒效」）
（3）注錯習俗、所以化性也。並一而不二、所以成積也。（「儒效」）
（4）中庸民不待政而化。（「王制」）
（5）其德音足以化之。（「富國」）
（6）狀變而實無別而為異者、謂之化。有化而無別、謂之一實。（「正名」）

これに比して、『韓非子』の「化」字の用例は合計で一三か所のみである。韓非が人間の性に対し、それが転化されるか否かの問題に触れていると見られる用例は以下の通りである。

（1）為人臣者內事之以金玉玩好、外為之行不法、使之化其主、此之謂在旁。（「八姦」）
（2）法刑狗信、虎化為人、復反其真。（「揚権」）
（3）今利非無有也而民不化。（「詭使」）

上記用例（1）において作者は「化」概念を使って統治者の思想と言動は臣下や側近の影響を受け易いと説明している。用例（2）の「虎化為人」は比喩で、作者は法罰に信頼性があるならば、もともとの性情が虎のように残虐な丞相や臣下でも、君主の権力を乱用することはできないと論じている。よって、この「化」は比喩であり、現実世界における自己修養や人間の性情の転化といった主題とは接点がない。用例（3）では、作者が当時の民情に対して、統治者が人民に利益を与えたからといって、人民が服従するわけではない、と感嘆している。『韓非子』の作者が「化」概念を使って論じようとしている問題は人の本質が転化できるかどうかという点ではなく、人が生来持つ利益本位の性格こそがコントロール可能であるということである。その中で、最も韓非が人間の持ちまえが変わらないと主張している段落は、例えば「顕学」篇の次の叙述である。

今或謂人曰「使子必智而壽」、則世必以為狂。夫智、性也、壽、命也、性命者、非所學於人也、而以人之所不能為説人、此世之所以謂之為狂也。謂之不能、然則是諭也。夫諭、性也。以仁義教人、是以智與壽説也、有度之主弗受也。故善毛嗇、西施之美、無益吾面、用脂澤粉黛則倍其初。言先王之仁義、無益於治、明吾法度、必吾賞罰者亦國之脂澤粉黛也。

韓非によれば、人の本質が変えられないことは、見た目ごく普通の女子が化粧なしに西施や毛嗇の様な傾国の美女になれないのと同じである。これに比べ、荀子は個人の性質転化の可能性を固く信じており、「化」の定義を「狀變而實無別而為異者、謂之化。有化而無別、謂之一實」（「正名」）としている。つまり、同じ実体でも異なったものになると言うのである。荀子はまた「賦」篇においても蚕の一生を「化」と描写している。[26] 比喩的に言えば、毛虫が蝶に変わるように、人の性質も自己修養を通して転化できるのである。

（二）人間同士の性質は異なるのか

韓非は人口の大多数を占める平民は皆同程度の知力と徳性を持つと想定しているようであるが、それでも例外は認めている。つまり、品徳が高尚で、如何なる褒賞にも誘惑されない人間、または性質が悪質に過ぎ、如何なる懲罰でも止めえない人間の存在可能性である。「六反」篇で作者は収穫豊穣にかかわらず自主的に耕作に励んだ神農や、刑罰の厳しさにかかわらずルールを守った曾参や史鰍を模範的人間と描写している。また「難勢」篇の作者は人間の「情性」をみれは、賢者が少なく、不肖者が多いと主張する。これに続けて、堯、舜のような聖人や桀、紂のような暴君は千世に一人出るかでないかともいう。「外儲説右上」篇では、斉国建国の始祖呂尚の口から、政治的権威のコントロール外にいる二人の賢者、狂矞と華士を排除（＝誅殺）する必要があるということを説かせている。総じて『韓非子』の思想全体では賞罰制度コントロール外の賢者に対して、矛盾した態度を抱えており、なぜ個人間の天分や才知にこれ程まで大きな差異や多様性があるのかの問題についてもあまり関心を示さない。「顕学」篇の西施と毛嗇の例のように、韓非の問題意識は人の天分は生まれつき程度の差があるということを漠然とながら認める程度に留まっているようである。

これに対し、『荀子』では「栄辱」篇が三回「是禹桀ノ同ジクスル所ナリ」一句を主張するように、荀子は人の原初状態は生まれた時には基本的に皆同じであると考える。荀子は「類」字を借りて「人ハ同類ニ属ス」と主張している。荀子は歴史的経験に依拠すれば、社会の中に若干の「元悪」的人間が存在する可能性があることを認めるが、(27) 人格のレベルの個人差を論じる際は後天的自己修養――すなわち「偽」を実践する過程で少しずつ現れた結果であると主張する。更に具体的に言うと、荀子の修身論によれば、人には小人、士、君子及び聖人の四レベルがあり、それは決して出生の条件に基づく区別ではなく、自己修養の程度により決定されるものなのである。『韓非子』「難勢」篇は人類史上確かに堯や商湯等の聖王と桀紂等の暴君があるが、これらの君主は何百年の中に一人生まれる、だがそれは人類の歴史における特例であると主張する。結局君主も大半は平凡な才能の「中君」であるため、人民を統治する際には賞罰制度に頼らねばならないのであると。

## 四、『韓非子』における「人趨利避害」思想の源泉

以上、本稿では『荀子』と『韓非子』のそれぞれの「性」概念と人間観の間に非常に大きな違いがあるという論証を試みた。また『韓非子』『荀子』研究者は皆、『韓非子』テクストの如何なる段落においてもいわゆる「人ノ性ハ悪ナリ」という主張が見られないことや韓非が「性」に関連する問題自体を解説することにほとんど興味を持っていないことを了解している(28)。韓非の主張の重点は大多数の人間は利己的で、家庭内の成員間でさえ利益の算出を免れないということである。この他、荀子が人間の性情の転化の必要性を提唱するのと違い、韓非は統治者がこの種の「趨利避害」という人間性情の基本的特質に従い、賞罰制度を活かして人民をコントロールすると考えていると多くの学者が指摘している。

実際、人間の基本的特質を「趨利避害」とする観点は『荀子』や『韓非子』だけに観察されるものではなく、他の文献にも見られる。例えば『商君書』や『管子』においても、国君は政治秩序を維持するため人間のこの種の性質を活かす必要があると主張する。この点に関し、まず『商君書』では、

民勇則賞之以其所欲、民怯則殺之以其所惡。故怯民使之以刑則勇、勇民使之以賞則死。怯民勇、勇民死、國無敵者必王。（「説民」）

といい、『管子』には二例あり、それぞれ、

（1）凡民者莫不悪罰而畏罪、是以人君厳教以示之、明刑罰以致之。（「版法解」）

（2）人臣之所以畏恐而謹事主者、以欲生而悪死也。使人不欲生不悪死、則不可得而制也。（「明法解」）

という。更には、『呂氏春秋』でも上述の例と同じような主張を探し出すことができる。「論威」篇に曰く、「人情欲生而悪死、欲榮而悪辱。死生榮辱之道一、則三軍之士可使一心矣。」ここで作者は、軍内の士気を高めるため、「人情」における「欲生悪死」の基本欲求を活かすべきであると主張する。

上記『商君書』『管子』及び『呂氏春秋』の例から以下の二点を導くことができる。第一に、人間の特質の一つを「趨利避害」とする考え方は荀子と韓非子の思想のみに観察される独特なものではなく、戦国中期以降に属する多くの思想家が共有する所であった。第二に、上記三部の文献の作者は、人の主たる者が人性のこのような特色を活かすべきことを等しく主張している。この点は『荀子』の思想には完全に存在しない。と言うよりも荀子はこの点に関して完全に反対の立場を採っていると言える。そもそも荀子の修身理論は、欲望の克服の必要性という大きな目標が掲げられていることは、誰であれ知る所である。

しかし、『呂氏春秋』の編集時期は戦国最晩年であり、『管子』「明法解」「版法解」の成篇年代も、戦国最末期よりはそうも遡らない点を考慮すると、「人には趨利避害の傾向がある」という思想は荀子が発明した、という可能性も排除することはできない。もしそうだとすれば『韓非子』や『呂氏春秋』、「明法解」「版法解」に見える「人に趨利避害の傾向あることを活かす」という観点は、荀子の人間観を一歩展開させたものであるかもしれない。よって、次に問うべきは、成篇年代が『荀子』より早いであろう文献（例えば『商君書・説民』などがその例に入るかも知れないが）の中に、「人の趨利避害の特質を活かすべし」という論述があるか否かである。この点に関して実は、斉国の「稷下

先生」たる慎到、田駢の思想の中に、上述の論法に相当する論点が見出せるという事実を指摘したい。慎到の論述は、

天道因則大、化則細。因也者、因人之情也。人莫不自為也、化而使之為我、則莫可得而用矣。是故先王見不受祿者不臣、祿不厚者、不與入難。人不得其所以自為也、則上不取用焉。故用人之自為、不用人之為我、則莫不可得而用矣。此之謂因。(『慎子・因循』)

のように伝えられている。また、『群書治要』に記載される田駢の言論は、

田子曰「人皆自為、而不能為人。故君人者之使人、使其自為用、而不使為我用。」稷下先生曰「善哉！田子之言。古者君之使臣、求不私愛於己、求顯忠於己、而居官者必能、臨陳者必勇。祿賞之所勸、名法之所齊、不出於己心、不利於己身。語曰『祿薄者不可與經亂、賞輕者不可與入難。』此處上者所宜慎者也。」

とある。この二つの論述の論旨はまさに『韓非子』の「人の主たる者は利己的な人性の特質を活かすべし」という論点と酷似し、人の主たる者がこのような特質を生かすべきことを主張している。このような考えは荀子の「人は修身によって人間の性情を適正に保つべき」という主張とは明らかに相容れない。周知のように、韓非は「難勢」篇において慎到を弁護して「勢位」の治を説いているが、ここには韓非が慎到思想を継承しようとする態度が見られる。こうした点も勘案すれば、韓非の人間観は慎到思想の影響を受けていると考えてもおかしくはないであろう。

上記の分析から、『商君書』『管子』『呂氏春秋』、慎到、田駢、荀子及び韓非の思想の人間観及び治国の術に関する論述には、全てのテキスト[29]と思想家が「人々は皆趨利避害である」ということに同意しているが、この特質を如何に統治術に利用するかという問題上、荀子とその他の思想、特に慎到、田駢及び韓非との間で相容れない主張の対立がある、ということが示された。戦国晩期の多数の思想家が皆人の本能的傾向を趨利避害と考えている以上、荀子がこの論点を提唱した代表的人物であると推断する十分な理由はない。一歩下がっても、荀子が唯一それを提唱した人物

であると考えることは不可能である。「人は皆もともと利己的である」という主張そのものが、韓非、慎到及び田駢三者間で全く同一である。よって、合理的な推測は、韓非の人間観は主に慎到及び田駢を継承している、となるであろう。くり返すが上の三者と荀子の人間観の間で共通する部分は、即ちその他の戦国思想家の主張も共有するところなのである。

総じて、以上のような『荀子』と『韓非子』両書の「性」論と人間観の比較分析の結果に基づくならば、「性」概念であれ人間観であれ、韓非の観点は荀子の思想には依拠しておらず、直接にはいわゆる「前期法家」、『商君書』あるいは斉国の「稷下先生」たる慎到や田駢に現れる思想を継承している。韓非の思想が主に上に挙げたような思想の系譜に連なるのであれば、韓非がなぜ「人性」が悪であるかどうかという問題に関心を示さず、むしろそれを活かすことのみ主張したかが十分了解できる。これは「人性」改変の可能性と必要性を訴え続ける荀子の人間観とは全く正反対の立場である。

## 五、「韓非列傳」に「事荀卿」一句が付け加えられた理由

ここまで本稿は所謂「荀韓関係論」の中で影響力のある二つの主張、（1）「韓非は荀子の弟子である」と（2）「韓非の人間観は荀子の性悪説に基づく」を切り離し、特に第二点の論拠が薄弱であることを明らかにした。この考察作業により両者お互いの主張が「循環論法」を構成する論理的展開を防ぎ、その代わりに厳密な比較概念研究のアプローチによって両者の「性」概念と人間観の異同を検証した。両者の「性」概念が互いに相容れないものであること、人間の見方に関してもお互い鋭く対立していることは上述した通りである。結果、『韓非子』の人間観の源泉は

「前期法家」であり、特に慎到と田駢等の稷下學者の思想から来るのであって、荀子ではないことが推察された。

続けて以下では、『史記』『戦国策』の韓非に関連する記載を手がかりとして、司馬遷と『戦国策』作者の韓非に対する叙述、特に司馬遷「韓非列傳」のストーリー構成と司馬遷がこの伝記をなぜ入れたのかの理由、あるいは動機を考察してみる。本稿の推察では、「（韓非ハ）荀卿ニ事フ」の一句は国君を説得する弁論術に関する稀代の論客である韓非がなぜ秦王を説得出来ず、悲劇の死に甘んじなければならなかったかを説明するために――若い時分にお互いに知り合い、李斯が韓非の才能に嫉妬した――加えられてしまった可能性が高いと見る。

言わずもがな、韓非は荀子の弟子であるという考え方は、『史記・老子韓非列伝』の「（韓非ハ）荀卿ニ事フ」の一句に由来する。事実、二〇世紀に至り、一部の学者は「老子韓非列伝」の描写する「荀韓関係」が歴史的な事実なのかどうかに疑いを持った。例えば、島田鈞一は一九〇九年に既に疑問を呈している。島田は「孟子荀卿列伝」が李斯に言及するのみであり、荀子と韓非の思想との間には明らかな違いがあると考えていた[30]。長与善郎も一九四二年の論考で「荀韓関係」の議題は二派の学者に分かれる旨を指摘している。つまり、一派は司馬遷の主張を受け入れるもので[31]、もう一派はこれを疑うものである。荀韓関係が歴史的事実であったかについて「疑問を呈する」学者に長与が言及したのは、恐らく島田の観点を意識したものだろう[32]。長与善郎も韓非には人間の「性」に関連する議題がないことを指摘している。数年後、郭沫若も韓非が荀子を学ぶ際の態度は「一種の反面教師」であったと考えている[33]。デンマークの学者ロンダール（Bertil Lundahl）は一九九二年に出版された博士論文『*Han Fei Zi: The Man and Work*』において基本的に郭沫若の観点を受け入れている[34]。しかして、長与善郎、郭沫若、ロンダールらは「（韓非ハ）李斯ト倶ニ荀卿ニ事フ」という一句が歴史的な事実を記録したものかどうかについては全く疑問を呈していない。

筆者の知るところによると、この問題を取り上げた学者の中で司馬遷の「（韓非ハ）李斯ト倶ニ荀卿ニ事フ」一句の歴史的真実性に対し、一歩踏みこんで懐疑を公言しているのは貝塚茂樹であろう。彼は一九八二年初版の『韓非』一書で、荀韓の二人には師弟関係がなかったことを論証しようと試みている。(35) それからほぼ二十年後に成された張涅の研究では、貝塚の研究を参考にこそしていないが、別の角度から荀子と韓非には師弟関係がないこと、また思想上の継承関係もないことを主張している。本稿では彼らの思想継承に関する問題について前節で詳しく論述したので、以下の部分は貝塚茂樹と張涅の研究に沿い、なぜ荀韓の間に実際の師弟関係がないと推測できるのかについて考察したい。

まず、貝塚茂樹の研究は『韓非子・難三』の「燕王噲は子之を賢として孫卿をそしったので、その身は死して僇せられた」という一句が言及する「孫卿」という人物の問題に着目した。この「孫卿」という人物が荀子と同一人物ではない可能性があるが（もしそうであるならば、この句は「荀韓関係論」の探究とは無関係である）、貝塚本人は「難三」篇の作者がこの「孫卿」を「荀子」だとするならば、その作者は荀子を知らないことを示しているのではないか、と考える。ここでの記載は、紀元前三一二年に燕王噲が子之に禅譲をしたことから起こった大内乱という歴史的事件を背景としている。「難三」篇の作者は燕王噲が「非孫卿」（即ち孫卿を批判、非難）したとするが、燕王に非難された人物ならどんなに遅い時代の人間であっても、その事件が起った紀元前三一二年前後に子供であった筈がない（しかも荀子は紀元前二三五年頃まで生存していたとされる）。またこの記述によれば、この孫卿なる人物は当時、燕王噲、斉の宣王、そして斉の宣王の「客卿」を務めていた孟子と同世代に属する人物であることを意味するが、これは明らかに歴史的事実に合致しない。(36) よって、もし「難三」篇作者（韓非？）が本当にこの「孫卿」を荀子なのだと考えたならば、この作者は荀子が何時活躍した人物であるかを知らなかったということになる。この一句の「孫卿」が荀子を指していようがいまいが、この一句の存在は「難三」篇の作者が荀子を直接知らなかったという点を示しているようである。

次に、張湼の観点も見ていこう。[37] 張湼は「韓非列伝」の「（韓非ハ）李斯ト倶ニ荀卿ニ事フ」一句で司馬遷が荀子と韓非の関係を描写する上で「事」という字を使用している事実に注目した。張湼は司馬遷が『史記』で通常ある二人の思想家の師弟関係や学術伝承の関係を描写する際は必ず「師」、「学」或いは「受業」等の語彙を使用しており、「事」字ではないと指摘している。『史記』の用例中、「事」字は主に「奉仕」を指しているが、この「奉仕」は主に生活面を指しているようである。よってここに描写された両者の関係は学術上の継承関係とは見られないとも考えられる。張湼はこの点を証明するために『史記』の関連用例から二つの例を挙げている。「孔子世家」「孔子が厳しく事えたのは、周においては老子で…」と「孫子呉起列伝」「呉起…遂ニ曾子ニ事フ」である。司馬遷は「事」字を用いて老子と孔子、曾参と呉起の関係を形容している。[38] つまり司馬遷が荀子と韓非の間に学問的な継承関係があると考えていたならば、同様に老子と孔子、曾子と呉起の間にも学問的な継承関係が存在していたと考えていたことになろう。張湼は更に、「老子韓非列伝」で韓非思想の源泉を叙述する段に、司馬遷は冒頭で「その根本は黄老に帰す」と説くのみならず、結論でも「韓非は…皆、道徳に意にもとづく」としている点を強調し、司馬遷自身は韓非の理論の源泉が老子、荘子、申不害系列の「道」及び「徳」の思想に属すると確信していたとする。このことから、司馬遷は黄老思想が韓非思想の基礎であったと記載し、老子と韓非の伝記を同じ篇に置いた。つまりは、司馬遷は韓非思想を老子思想の延長あるいは展開と見ていたのである。

貝塚茂樹と張湼の観察が事実に即するならば、次のように推定できる。司馬遷は荀子と韓非子の間にある種の関係があると考えていたようであるが、その関係はどんなに密接だったとしても「老子―孔子」と「曾参―呉起」の間の関係と類似する程度でしかなかった。よって、司馬遷が「荀子―韓非」の間の関係を「老子―孔子」と「曾参―呉起」の間の関係と同じ程度に考えていた点と、彼が韓非の思想の源泉を「黄老」と見なしていた事実を考慮すると、司馬遷は荀子と韓非の学術的継承関係について、両者が異なる学派、つまり荀子は儒家に属し、韓非は黄老に属すると考えていた。よって「老子韓非列伝」の伝記部分の記述だけを根拠に韓非の学説の源泉を荀子の思想だと断言してはならない。

では、司馬遷自身が荀子と韓非の思想が基本的に別の思想系譜に属すると考えていたとするならば、なぜ「老子韓非列伝」で「（韓非ハ）李斯ト倶ニ荀卿ニ事フ」一句を書いたのだろうか。それには二つの可能性が考えられる。一つは、司馬遷の当時、「韓非は荀子の弟子である」というような伝説が実際存在し、司馬遷はこの種の伝説を基に記載した可能性。だがそこで理解に苦しむのは、もし司馬遷の当時、確かに「韓非は荀子を師とした」というような伝説があったのなら、彼は直接韓非は荀卿に「学」んだ、或いは「受業」した、と記録すればよく、「老子―孔子」と「曾参―呉起」に比される「事」字の様な「うやむや」な語彙を以って彼らの「師弟」関係を表す必要はない。

以上を勘案すると、我々は別の原因を推測する必要がある。即ち、司馬遷の手元には荀韓関係を叙述した具体的な「史料」はなかった、という可能性である。この点については、司馬遷「韓非列伝」の記事内容の歴史性に関して、歴史学者宮崎市定の『史記』「列伝」の口述資料研究[39]の啓発を受けた橋本敬司の研究が参考になる。橋本は「韓非列伝」の韓非の生涯に関する記載が、『戦国策』『史記』の他の列伝の記載内容と一致しない点を指摘する（後述に詳しい）。これを基に、橋本は司馬遷が「韓非列伝」を執筆する際、実際入手可能であった主な参考資料は、当時流布していた『韓非子』諸篇だけに限られていたのではないかと考えるのである。橋本によると、司馬遷が韓非の生涯を書く時の参考「史料」が我々も見ることのできる『韓非子』一書に限られるのであるとすれば、「韓非列伝」の内容によって韓非の生涯の歴史的真実性を判定することは困難であろう[40]。確かに、我々が見ることの出来る「韓非列伝」の内容の大部分は『韓非子』テキストからの引用である。更に重要な点は、荀子と韓非の具体的な相互関係、あるいは韓非が恐らく荀子に学んでいたと解釈することに関して、「韓非列伝」にはその問題に手がかりを与えてくれるような記載が全くないことである。これを同じ『史記』の「李斯列伝」の内容と比較してみると、「李斯列伝」では荀子と李斯の関係を具体的に「乃チ荀卿ヨリ帝王ノ術ヲ學ブ」と記述しているのに比べて、「韓非列伝」における具体・詳細に欠けた荀韓関係の記述は明らかな対照をなしている。ここで我々は別の可能性に関する推論を展開してみよう。それは司馬遷の当時、荀韓関係の伝説としては若年の韓非が遊学に出ていたという類の民間伝説に限られていた、というものである。

もし「韓非列伝」の記述に即して韓非という人物の生涯を理解するならば、読者はまずその悲劇性に圧倒されるのではないだろうか？　ただし読者の心を引きつけるのは、韓非の死が悲劇的だったからという理由のみではない。つまり、その記述には司馬遷特有の韓非の才能に対する「想い」がすりこまれている。筆者の観察では、韓非の生涯の記述において、司馬遷は韓非の弁舌の才能を突出させることに成功している。しかし司馬遷が注目したのはその弁術をもってしても、彼の生命を救うことができなかった事実である。貝塚茂樹も「韓非列伝」で司馬遷が韓非の「国君」を説得する弁論術を以てしても己の生命を救いえなかった事実を「悲」しんでいることを発見している。「韓非列伝」の論賛を読んだ者は、司馬遷が韓非の生涯を叙述する中で、意識的にであれ無意識的にであれ、自分が李陵のために漢武帝を説得できず、宮刑を受けた憤りを韓非の「不当の死」に重ねていると分かるであろう。周知の如く、司馬遷は偉大な経典はその作者が人生の窮地に陥った時の「發憤」という動機により著述されると信じていた。「太史公自序」に曰く、

太史公遭李陵之禍。……「夫詩書隱約者、欲遂其志之思也。昔西伯拘羑裏、演周易。孔子戹陳蔡、作春秋。屈原放逐、著離騷。左丘失明、厥有國語。孫子臏腳、而論兵法。不韋遷蜀、世傳呂覽。韓非囚秦、說難、孤憤。詩

三百篇、大抵賢聖發憤之所為作也。此人皆意有所鬱結、不得通其道也、故述往事、思來者。」

上述の様な「發憤之所為作」の「賢聖」には西伯（周文王）、孔子、屈原、左丘明、孫臏、呂不韋及び韓非がいる。

以上の観察も踏え、司馬遷が韓非の処刑を描く際、司馬遷が依拠した資料の状況はどうであったかについても考察してみる。「韓非列伝」に曰く、「李斯、姚賈が韓非を害した。……韓非は自ら申し開きをしようと欲したが、秦王に見えることができなかった。秦王は韓非に死を賜ったことを後悔し、人を遣わしてこれを赦したが、時すでに遅く、韓非はすでに死んでいた。」司馬遷はまた「韓非欲自陳、不得見（韓非は自ら申し開きをしようと欲したが、秦王に見えることができなかった）」ともいう。我々はこの句を見た時、「自陳」という行為が実現しなかった以上司馬遷が如何に韓非の当時の「欲自陳」という事実を知りえたか、と疑いうる。

しかし、更に注目すべき点は司馬遷の「韓非列伝」の韓非最期の記述における李斯の扱いである。当時流布していたであろう資料の記載とは、明らかな矛盾がある。つまり、『戦国策・秦策五』の記載である。「秦策五」の李斯への扱いは「韓非列伝」とは明らかに違う。「秦策五」曰く、

> 韓非曰「賈……梁監門子、嘗盗于梁、臣于趙而逐。取世監門子、梁之大盗、趙之逐臣、與同知社稷之計、非所以厲群臣也。」……秦王曰「然。」乃（可）復使姚賈而誅韓非。

「秦策五」は韓非処刑の原因を、韓非が秦国朝廷内で姚賈と対立したためであった、と説明する。ここでは、司馬遷の説明とは異なり、彼らの対立の中で、韓非は「欲自陳、不得」でないばかりでなく、秦王政に自分の立場を弁明する機会を得ているのである。そして最終的に姚賈に敗れ、「誅」されたとしている。「秦策五」の記載から韓非の弁論能力を判断するに、ここでの韓非の言説からは「説難」諸篇で見られる国君を説得するだけの深さや技術が全く見受けられない。単に政敵に対し罵詈暴言を吐く平凡な政治家に過ぎない。このことから、『戦国策』における凡庸な韓

非の叙述と司馬遷が『韓非子』一書から理解した高い弁論能力を持つ韓非のイメージの間にはお互い両立し難い矛盾がおこる。これは司馬遷が『戦国策』の記載を採用しなかった主な原因であろう。

実のところ、「秦策五」と「韓非列伝」の韓非の死亡に関する記載の間には、もう一つ大きな齟齬がある。「秦策五」の記載では、李斯は最初から最後まで現れない。それに対して「韓非列伝」では李斯があたかも韓非を死に追いやった張本人であるかのように描写されている。目下、他の信頼出来る史料がほとんどない状況がこの問題を更に議論する上での障害となっているし、『戦国策』の記載を歴史的事実を反映した記載と見なすことはできない。ただ、この種の記載が保存されているという事実こそ、韓非が秦の朝廷で実際の政治闘争の故に命を落としたという伝説が前漢期に確かに存在した、ということを示している。このことから、司馬遷も（後に『戦国策』に編入された）この話を知っていたと推測される。上述の様な「秦策五」の段落が司馬遷の『史記』の後に書かれた可能性は低いであろう。なぜなら「韓非列伝」を見た者は誰でも司馬遷文筆の臨場感あふれる表現力を知り、あえて「秦策五」の様な平凡で「味のない」内容の筆致で韓非の死を描こうとは思わないであろうからである。こうした点も勘案して、筆者は「秦策五」は、「韓非列伝」とは別個に流布していた文献であると考える。

叙述全体の構成に影響する「秦策五」と「韓非列伝」の韓非の死の叙述の恐らく最も大きな違いは、一体誰が韓非を死に追いやった張本人かという点である。前者では言うまでもなく姚賈である。後者では、韓非の死の記述一行を見れば李斯と姚賈のように見えるが、「韓非列伝」を冒頭から見ると、司馬遷が「斯自以為不如非（李斯は自分（の才能）が韓非には及ばないと思った）」とした如く、韓非の死が李斯の陰謀によるものであると読者に信じさせようとする意図が見え隠れしている。ここで、参考にすべきは司馬遷が韓非と共に「發憤之所為作」した「聖賢」に孫臏の名も挙げ、またその生涯に対しても別に伝記を立てている点である。「孫子呉起列伝」に曰く、

孫臏嘗與龐涓倶學兵法。龐涓既事魏、得為惠王將軍、而自以為能不及孫臏、乃陰使召孫臏。臏至、龐涓恐其賢於己、疾之、則以法刑斷其兩足而黥之、欲隱勿見。……馬陵道陝、而旁多阻隘、可伏兵、乃斫大樹白而書之曰「龐涓死於此樹之下」。

上記引用文で、孫臏と龐涓は「倶ニ学ビ」、龐涓は「自以為能不及孫臏（自らその能力が孫臏にはおよばないと思い）」、そのコンプレックスに駆られて「以法刑斷其兩足而黥之、欲隱勿見（刑罰によって両足を切断し、さらに黥を加えさせ、世の中から隠れて出てこられなくなるように欲した）。」孫臏は最終的にこれに報いたので、韓非の「無実の死罪」と結末が異なるが、孫臏の生涯の描き方に注目すれば、（1）「倶ニ學ブ」→（2）「以為能不及（能力が及ばないと思う）」→（3）「以法刑（相手を害する）」というストーリー展開が、「韓非列伝」の（a）「倶ニ事フ」→（b）「以為不如（およばないと思う）」→（c）「之ヲ害ス」という過程と完全に一致する。

孫臏と龐涓の例のように、韓非の列伝で司馬遷は、李斯を韓非のライバルとして、その悲劇的な死をもたらした「黒幕の張本人」と「設定」した。このストーリーによって、司馬遷は二人の歴史的人物を歴史舞台で交錯させ、韓非の死という歴史事実をよりドラマチックなものに昇華させたのである。そして、更に司馬遷にとって稀代の論客である韓非を死に追いやる程の人物には、後に秦国丞相となった李斯こそが、まさにキーロールを担うに最もふさわしい人物だったのである。ここで司馬遷は読者に「李斯がずっと韓非の才能に嫉妬し、後に韓非を死地へ追いやった」と信じ込ませることに成功している。その一方で李斯が荀子の弟子であるという点については、疑問の余地がないので、司馬遷は李斯が如何に韓非を知りえたかということの説明のため、ストーリー展開上「（韓非ハ）李斯ト倶ニ荀卿ニ事フ」という一句を加えたのではないか？　しかし司馬遷は自ら参考にし得た戦国諸子の著作への理解から、韓非の学術的伝統が荀子に属さないということを確信しており、「孫子呉起列伝」で「倶ニ学ブ」と記したように実際学んだ様な用語は使えずに、ただ、「倶ニ事フ」という一句を選択して彼ら三人の関係を描写した。こうして、『韓非子』の内容が『荀子』と類を共にしないという事実を、「韓非―李斯」の対立というストーリーの中に見事に溶け込ませた。司馬遷にとって荀子はこのストーリーを構成する為にのみ必要な登場人物であり、言い替えれば、司馬遷の目には、荀子は李斯がどのように韓非を知ったかという説明をするための脇役でしかなかったのである。

## 結　論

本稿は荀韓関係論の再構築の試みである。まず、本稿は今まで両者関係の探究への可能性を束縛してきた枠組みが、「韓非は荀子の弟子である」と「韓非の人間観は荀子の性悪説に由来する」という二つの主張から構成された「循環論証的思考」という窮地から脱離できていない点を問題として取り上げた。次に、この問題を客観的、またより生産的な考察を進めるために、両主張の間にある「循環論法」の鎖を切り離し、別個に両主張の内容が妥当であるか否かを検証した。具体的には、「韓非は荀子の弟子である」という主張は客観的歴史的事実として証明されるものであるのか、また「韓非の人間観は荀子の性悪説に由来する」という主張は厳密な比較思想研究による批判的検討に堪え得る見解なのか否か。

本稿はこのような問題意識に基づき、まずより厳密な比較思想のアプローチから韓非の人間観が荀子の「性悪説」に由来するという主張の妥当性を検証した。『荀子』と『韓非子』両文献の関連論述から、「性」概念と人間観等を比較分析した。結果、『荀子』と『韓非子』の「性」概念と人間観は、過去の学者が漠然と見ていた両者間には「類似性」があるとの印象とは全く異なるものであった。両者の「性」論（実質上『韓非子』に「性」論はない）にしても、人間観にしても、異なる学術的伝統に属していた。

次に本稿は、「韓非は荀子の弟子である」という主張が歴史的真実を反映しているかどうかの問題を検証した。貝塚茂樹と張揑の見解を基に、「韓非列伝」と『戦国策』の韓非の死の描写が全く異なっている点に注目した。また司馬遷の「韓非列伝」を書くに至った動機を推察し、それと同時にそのストーリー構成の特色も分析することにより、司馬遷が韓非を死に追いやった黒幕を李斯に設定したという点を見出した。そこから、本論は、司馬遷の描写の主軸は自らの経験をもとに、弁術の才能を発揮することができず不当の死を被った韓非に同情し、韓非のように弁論に長けた人物がなぜ死地に赴いたのかを描くことにあると推測した。このような「脚本」の中で、荀子の弟子、李斯の存在は、まさに「孫子呉起列伝」の龐涓と同じく、ストーリー展開上重要な役割を発揮した。即ち、司馬遷にとって、李斯の韓非に対する嫉妬心は、韓非を死に追いやった主な原因となったのである。そしてこのようなストーリー構成を組み上げる上で、司馬遷は韓非が若い時分に李斯と知り合う場面を設定する必要があった。よって司馬遷のストーリー上、「(韓非ハ) 李斯ト倶ニ荀卿ニ事フ」一句は李斯の韓非への感情的なわだかまりがその若年時にすで生じていたことを暗示し、後にこれが韓非に死をもたらすという伏線となる。但し、司馬遷は韓非の思想が荀子に由来するものでないこともはっきりと認識していた。それこそが「倶ニ荀卿ニ事フ」という一句において、学問の継承関係を示す「学ブ」や「業ヲ受ク」という術語を使わず、「事フ」という曖昧な語で荀子と韓非両者間の関係を表現した理由なのであったと言えよう。

注

(1)　原文は「與李斯倶事荀卿、斯自以為不如非。」瀧川龜太郎『史記會注考證』(第七巻)、(東京、東京文理科大学、一九五八年）、六二―六四頁。

（2）冒頭に曰く、「趙荀卿著書言人性之悪、弟子李斯韓非顧而相謂曰『父子之言性悪當矣。未詳才之善否如何？……』」唐・歐陽修撰『藝文類聚』、（上海、上海古籍出版社、二〇〇七年）、三八五頁に見える。

（3）筆者のいわゆる新儒家学者「反荀子的立場」理論の立脚点への批判的分析は、佐藤将之『荀學與荀子思想研究――評析・前景・構想』、（臺北、万巻樓図書公司、二〇一五年）、一三―二四頁参照。曾暐傑もまた新儒家学者の関連論述中に「反荀子的立場」と「荀―韓関係」論の間の「連動」があることを見出している。曾暐傑「正統與歧出之間――荀子韓非子關係研究的開展、回顧與評析」、『邯鄲學院學報』、第二五巻第三期（二〇一五年九月）、四五―四七頁参照。

（4）周熾成『荀・韓：人性論與社會歷史哲學』、（廣州、中山大學出版社、二〇〇九年）、八八頁。

（5）また、「導言」の冒頭で「世界の歴史上、多くの者が偉大な師弟に対し…中国はこの一組の師弟をよく知っている」ともいう。周熾成『荀・韓：人性論與社會歷史哲學』、一頁参照。

（6）曾暐傑はここ十数年の荀子、韓非子の性論に関する学者の見解を（1）「荀子は性悪ではなく、韓非が性悪である」、（2）「荀子が性悪で、韓非は極端な性悪である」、（3）「荀子は性悪ではなく、韓非も性悪ではない」、（4）「荀子は性悪だが、韓非は性悪ではない」の四類に分ける。曾暐傑「正統與歧出之間」、五〇―五一頁参照。

（7）筆者はここ十数年での荀子研究の環境と枠組みの変化を「荀学の復興」と称する。佐藤将之『荀學與荀子思想研究――評析・前景・構想』、一―三頁参照。

（8）曾暐傑「正統與歧出之間」、五二―五三頁。

（9）太田方の『韓非子翼毳』は「難勢」の用例を「性情」に改める。

（10）周天令、閆明恕、秦茂森は荀子の「性」概念が転化可能であると主張する。しかし、閆明恕のみ韓非は人の天性の能力は一生変わらないと考えている、と指摘する。周天令「荀卿與韓非子思想之異同」、『中國文化復興月刊』、巻一七期四（一九八四）、一三頁、閆明恕「荀子與韓非性悪論之比較」、『貴州師範大學學報（社會科學版）』、期九三（一九九七年一月）、二一―二二頁、及び秦茂森「荀韓人性思想之比較」、『内蒙古農業大學學報（社會科學版）』、巻九期三、総号三三（二〇〇七年）、二三頁参照。

(11)「有聖人之知者、有士君子之知者、有小人之知者、有役夫之知者」(「性悪」)。しかし、荀子はいつも士と君子を別の段階、別レベルの能力を持つ二つとして分けている。

(12) 例えば、「夫至德之世、同與禽獸居、族與萬物並、惡乎知君子小人哉!……素樸而民性得矣。」(「馬蹄」)

(13)「栄辱」には「非相」とほぼ同じ句がある。「凡人有所一同、飢而欲食、寒而欲煖、勞而欲息、好利而惡害、是人之所生而有也、是無待而然者也、是禹桀之所同也。」

(14) 原文は「然則人之所以為人者、非特以二足而無毛也、以其有辨也。」

(15) 王立仁「韓非的人性思想和治國——兼論韓非不是性惡論者」、『吉林師範大學學報』(一九九四—一)、九—一二頁。

(16) 林義正「先秦法家人性論之研究」、『國立臺灣大學哲學論評』、第一二期(一九八九年一月)、一四五—一七二頁。

(17)「算地」の「民之生、度而取長、稱而取重、權而索利。」の例の如し。これに関する探究は、秦茂森「『管子』與韓非人性思想比較」、『湖南科技學院學報』、巻二六期七(二〇〇五年七月)、二二一—二四頁参照。

(18)『孟子』の以下の文を参照。「孟子曰『形色、天性也;惟聖人、然後可以踐形。』」(『孟子・盡心上』)から。また、「莊子」「觀天性、形軀至矣。」(『莊子・達生』)から。

(19)『孝經』の以下の文を参照。「父子之道、天性也、君臣之義也。父母生之、續莫大焉。」(『孝經・聖治』)すぐ後に、『說苑』でも「故父子之道、天性也。」(『說苑・正諫』)という。

(20)「居楚而楚、居越而越、居夏而夏、是非天性也、積靡使然也。」(『荀子・儒效』)。及び「夫亂今而後反是。上以無法使、下以無度行。知者不得慮、能者不得治、賢者不得使。若是、則上失天性、下失地利、中失人和。」(『荀子・正論』)。

(21) 先秦文獻では、『呂氏春秋』に一例がある。「故凡學、非能益也、達天性也。能全天之所生而勿敗之、是謂善學」(『呂氏春秋・尊師』)。

(22) 原文は「所謂大聖者、知通乎大道、應變而不窮、辨乎萬物之情性者也。大道者、所以變化遂成萬物也。情性者、所以理然不取舍也」。

（23）故に曰く、「古之牧天下者、不使匠石極巧以敗太山之體、不使賁、育盡威以傷萬民之性。」

（24）原文は「汝欲反汝情性而無由入、可憐哉！」（『莊子・庚桑楚』）及び「皆以利惑其真而強反其情性」（『莊子・盜跖』）。

（25）『呂氏春秋』にも似た例がある。「凡生於天地之間、其必有死。所不免也。孝子之重其親也、慈親之愛其子也、痛於肌骨、性也」（「節喪」）。

（26）「屢化如神」（「賦」）。

（27）「元惡不待教而誅」（「王制」）。

（28）劉亮は最近発表した論考で『韓非子』がなぜ「人性」に対し評価をしないのかという問題について探求している。彼は韓非の理論の興味は主に社会共同体の維持問題にあると考える。劉亮「『韓非子』為何不評價人性善惡?」、『中國社會科學院研究生院學報』、第五期、総二〇九期（二〇一五年九月）、一二〇―一二四頁参照。

（29）勿論、このような思想的傾向は『商君書』、『管子』及び『呂氏春秋』その他全篇の論述に必ずしも合致するわけではない。

（30）島田鈞一「韓非の學を論ず」、研経会編著『經史説林』（東京、文昌閣、一九〇九年）、二四〇―二四四頁。

（31）島田重禮（島田鈞一の父）、湯淺廉孫、久保得二、平澤東貫、内野台嶺及び吉田義成の書いた生涯は韓非は荀子の学生であるとする。

（32）長与善郎『韓非子』（東京、日本評論社、一九四二年）一二〇―一二二頁。ただし、長与善郎は司馬遷「（韓非）與李斯倶事荀卿」の評論を一史実として受け入れている。上掲書、一二二頁参照。

（33）郭沫若「韓非子的批判」、郭沫若著『十批判書』（北京、科学出版社、一九五六年。一九四五年初版）に所収、三六二頁。

（34）Bertil Lundahl ロンダール：*Han Fei Zi : The Man and the Work*, Stockholm East Asian Monographs No.4, 1992, pp.46-51.

（35）貝塚茂樹『韓非』（東京、講談社、二〇〇三年、一九八二年初版）、四八―一二九頁。

（36）総合的に関連記載から推測するに、荀子は紀元前三一五年頃の出生で、逝去は紀元前二三五年頃であろう。佐藤将之「荀子生平事蹟新考」、『臨沂大学学報』、第三七巻三期（二〇一五年六月）、三二―四一頁参照。

（37）張涅「論韓非與荀子思想承傳關係」、張涅著『先秦諸子思想論集』（上海、上海古籍、二〇〇五年）所収、二九九―三〇九頁。
（38）「孔子之所嚴事、於周則老子…」（「孔子世家」）。「呉起…、遂事曾子」（「孫子呉起列伝」）。
（39）宮崎市定「史記李斯列傳を讀む」、『宮崎市定全集・第五巻』（東京、二〇〇五年）、二三〇―二六六頁。この文章の原刊は『東洋史研究』巻三五―四（一九七七年）。
（40）橋本敬司「『韓非子』の言語戰略」、『広島大学大学院文学研究科論集』、巻六二―二（二〇〇二年一二月特別号）一―七〇頁。

# 引用書目


古籍

『孝經』、『四部叢刊初編・經部』（第三六冊、臺一版）、臺北、臺灣商務印書館、一九六五。

周・商鞅『商君書』、『四部備要・子部』、臺北、臺灣中華書局、一九七〇年。

西漢・劉向『説苑』、『四部叢刊初編・子部』（第三六冊、臺一版）、臺北、臺灣商務印書館、一九六五。

晋・郭象注『莊子』、臺北、臺灣中華書局、一九九三年。唐・歐陽修撰《藝文類聚》、上海、上海古籍出版社、二〇〇七年。

王先謙（集解）、久保愛（增）、豬飼博彦（補）、『增補荀子集解』、『漢文大系』（第十五巻）、東京、冨山房、一九一三年。

許維遹撰『呂氏春秋集釋』、北京、北京市中國書店、一九八五年（一九三五年初版）。

日・瀧川龜太郎撰『史記會注考證』（第七巻）、東京、東京文理科大學、一九五八年。

日・太田方撰『韓非子翼毳』、『漢文大系』（第八巻）、東京、冨山房、一九一一年。

日・安井衡撰『管子纂詁』、『漢文大系』（第二十一巻）、東京、冨山房、一九一六年。

日本語、中国語文献
長與善郎『韓非子』、東京、日本評論社、一九四二年。
貝塚茂樹『韓非』、東京、講談社、二〇〇三年、一九八二年初版。
佐藤將之『荀學與荀子思想研究——評析・前景・構想』、臺北、萬卷樓、二〇一五年。
周熾成『荀・韓：人性論與社會歷史哲學』、廣州、中山大學出版社、二〇〇九年。
郭沫若『十批判書』、北京、科學出版社、一九五六年、一九四五年初版。
宮崎市定『宮崎市定全集』（第五巻）、東京、岩波書店、二〇〇五年。
張涅『先秦諸子思想論集』、上海、上海古籍、二〇〇五年。

英語文献
Lundahl、Bertil 龍德 *Han Fei Zi: The Man and the Work*, Stockholm East Asian Monographs No. 4, 1992.

日本語、中国語期刊論文
王立仁「韓非的人性思想和治國——兼論韓非不是性惡論者」、『吉林師範大學學報』（一九九四—一）、九—一二頁。

佐藤將之「荀子生平事蹟新考」、『臨沂大學學報』、第三七巻三期（二〇一五年六月）、三三—四一頁。

周天令「荀卿與韓非子思想之異同」、『中國文化復興月刊』、卷一七期四（一九八四年）、一一—一六頁。

林義正「先秦法家人性論之研究」、『國立臺灣大學哲學論評』、期一二（一九八九年）、一四五—一七三頁。

島田鈞一「韓非の學を論ず」、研經會編著『經史說林』（東京、文昌閣、一九〇九年）、一二八—一四四頁。

秦茂森「『管子』與韓非人性思想比較」、『湖南科技學院學報』、卷二六期七（二〇〇五年七月）、一二一—一二四頁。

秦茂森「荀韓人性思想之比較」、『內蒙古農業大學學報（社會科學版）』、卷九期三、總號三三（二〇〇七年）、二二一—二二六頁。

閆明恕「荀子與韓非性惡論之比較」、『貴州師範大學學報（社會科學版）』、期九三（一九九七年一月）、二〇—二二頁。

曾暐傑「正統與歧出之間——荀子韓非子關係研究的開展、回顧與評析」、『邯鄲學院學報』、第二五卷第三期（二〇一五年九月）、四五—五五頁。

劉亮「『韓非子』為何不評價人性善惡？」、『中國社會科學院研究生院學報』、第五期、總二〇九期（二〇一五年九月）、一二〇—一二四頁。

橋本敬司「『韓非子』の言語戰略」、『廣島大學大學院文學研究科論集』、卷六二—二（二〇〇二年一二月特別號）、一—七〇頁。

# 「二つの陽明学」再論
## ——近代日本陽明学の問題についての省察

呉　震
（深川真樹訳）

溝口雄三（一九三二—二〇一〇）は一九八一年発表の「二つの陽明学」[1]という論文の中で、「二つの陽明学」という重要な概念を提起している。筆者は先に「関於〝東亜陽明学〟的若干思考——以〝両種陽明学〟問題為核心」[2]を発表し、「二つの陽明学」に関する問題について初歩的分析を行ったが、その重点は「東アジア陽明学」はなぜ可能かという問題の検討に置かれていた。本論は「二つの陽明学」再論」と題し、前作の問題意識を維持しつつ、一九世紀末から二〇世紀初頭をにぎわせた三つの雑誌——『陽明学』・『王学雑誌』・『陽明主義』についての初歩的考察を通じて、近代日本陽明学の特質と関係する問題についてより一層の検討と省察を行いたい。

溝口論文を振り返ると、その問題意識は近代以来の日本「中国学」の蓄積を全面的に見つめ総括して、「中国学」を対象化・他者化とすべきことを主張しようという点にあり、これは「方法としての中国」という溝口の主張の根本的趣旨のありかである。こうした方法論的立場にもとづき、彼は「往々中国の陽明学と日本の陽明学があたかも同質[3]」であるかのように見るという、日本の学界にそれまで流布していた観点を徹底的に脱構築しようとしたのだが、溝口からすればそうした観点は観念的想像にすぎず、日中両国の陽明学は異質な「二つの陽明学」だという基本的事実を無視するものであった。というのは、理論的構造、思想の趣旨、また歴史的発展から見て、中国の陽明学と日本の陽明学は早くに袂を分かっており、前者は「理本主義」に属する陽明学（王陽明の心学もそうである）だが、後者は「心本主義」に属する陽明学で、江戸時代の中江藤樹（一六〇八―一六四八）から三島由紀夫（一九二五―一九七〇）まで、その基本的特質が保たれているからである。江戸から近代ひいては現代に至るまで、所謂日本陽明学には一貫して「心本主義」の伝統があるように見え、このことが「国家主義」、「民粋主義」等の特質を持つという近代日本陽明学の真相を覆い隠しているのである。

問題は、まなざしを中国という地域から離し、異なる地域の文化における儒学の歴史的展開を見てみると、以下のような事態に気づくということである。すなわち、儒学の形態は「二元」的であり得、更にまなざしを韓国あるいはベトナムに移せば、「三元」的・「四元」的になる可能性がある。はっきりと言うなら、儒学の歴史的発展、ひいては理論の形態は無数の「複数」の形態となり得るのであり、とすれば、儒学（あるいは陽明学）には特殊な形態の儒学だけがあり、普遍的形態の儒学は存在しないことになる。言い換えれば、儒学あるいは陽明学は例外主義的な文化でしかなく、普遍主義的な性質に欠けているのであり、そうだとすると、陽明学の思想は普遍性を欠き、特殊性しか持たず、それゆえ外観は同じでも内容は異なる、あるいは外観は異なるが内容は同じといった、さまざまな所謂「陽明学」に絶えず転化するものだということを意味する。だが本当にそうなのであろうか。

## 一、「陽明学」という言葉の由来

所謂「陽明学」とは、名前からすれば、当然一六世紀初めの王陽明（一四七二―一五二九）の思想学説を指すものであるが、「陽明学」という言葉の「発明権」が中国にあるか日本にあるかについては、議論が存在する。そこでまず

「陽明学」という用語の由来について解決してみたい。

日本の学界には、かねてより「陽明学」という言葉は近代日本に源を発するという観点がある。例えば、吉田公平氏は「陽明学という呼称は、日本の明治時代に始まる」のであり、その濫觴は吉本襄（生没年不詳）が発行に当たった『陽明学』だと指摘する。[4]この雑誌は「下関条約」締結から一年後の明治二十九年（一八九六）七月に発行され、明治三十三年（一九〇〇）五月に発行を終えた隔週誌で、発行総数は八〇期に達し、近代日本陽明学のメルクマールというだけでなく、近代日本における陽明学の興起を勢いづけるという重要な作用も及ぼした。「陽明学」という言葉の、学術専門用語としての正式な使用については、確定するのは難しいが、少なくとも一九世紀末の高瀬武次郎（一八六九—一九五〇）による『日本之陽明学』[5]の出版が、一つの記念碑的出来事だとは言えるはずである。

では、中国での状況はどうであろうか。吉田公平氏の考証によれば、中国の明清時代では黄宗羲（一六一〇—一六九五）『明儒学案』で呼ばれているように「姚江学」と呼ばれるか、あるいは清初の張烈（一六二二—一六八五）『王学質疑』のように「王学」と呼ばれるというのがその典型例だった。江戸時代の日本でも「王学」と呼ばれており、例えば山崎闇斎（一六一九—一六八二）の崎門派に属する江戸中期の人物豊田信貞により編纂された『王学弁集』があり、同門の野田剛斎にも『王学論談』という書物がある。両書はいずれも主に三輪執斎（一六六九—一七四四）の『標注伝習録』に対する、王学批判の書であった。江戸末期、佐藤一斎（一七七二—一八五九）の弟子で著名な陽明学者の吉村秋陽（一七九七—一八六六）により著された『王学提綱』は陽明心学思想を肯定した著述である。こうしたことから、江戸時代に「王学」という言葉がよく流布していたことがわかる。梁啓超（一八七三—一九二九）が一九一〇年代に頻繁に使用した「陽明学」や、[6]銭穆（一八九五—一九九〇）が一九二八年に著した『陽明学述要』で使用される「陽明学」など、二〇世紀初めの中国近代における「陽明学」概念は日本から輸入されたものだったはずであるという。[7]

またある学者によれば、Physicsが物理学と訳され、Economicsが経済学と訳されたのと同じく、陽明思想は学科の名称として一九世紀八〇・九〇年代の日本で始めて「陽明学」と呼ばれるようになったのであり、ゆえにそれは典型的な「和製漢語」だとすべきで、『明史』王守仁伝に「学者翕然として之に従い、世遂に『陽明学』有りと云う」という記述はあるが、これはあくまで偶発的現象で、近代的意味での学科の名称とするには足りないと言う。(8) しかし私には、「陽明学」は学術思想史の術語あるいは概念であって「学科」の名称ではないように思われる。なぜなら現代の学科制度の下で、陽明学が「学科」編制上の意味で術語と認定されたことはこれまでないからである。

実のところ、筆者には『明史』に見える「陽明学」という用語こそ中国学術思想史上の重要な術語あるいは史学的概念で、このことから「陽明学」そのものは中国由来の用語とすべきであり、「和製漢語」ではないように思われる。現存する史料には更なる証拠もある。例えば黄宗羲『明儒学案』の記載によれば、王陽明とほぼ同時代の弘治六年（一四九三）進士の汪俊が、「陽明学は事物の理を窮むるに従わず、吾が此の心を守る、未だ理に中る能わざる者、乃ち自ずから其の説に背くこと無からんか。」と述べている。(9) ここでの「陽明学」という言葉は、正に王陽明の思想学説を指すものであり、これが「陽明学」という言葉の見える最も早い例であろう。

事実、「陽明学」という言葉は明代中期の嘉靖年代にすでに流布していた形跡がある。例を挙げれば、陳建（一四九七―一五六七）『学蔀通弁』に「陽明学の専ら悟を説くを按ずるに、六経と雖も、猶糟粕の影響・古紙陳編と視為すがごとし、而して又何ぞ朱子に有らん。」とある。(10) そして明代晩期に至ると、「陽明学」という言葉はひっきりなしに用いられるようになり、例えば明代晩期の鄒元標（一五五一―一六二四）「我疆孟先生墓誌銘」の記載によれば、北方王門に属する孟秋（一五二五―一五八九）は張後覚（一五〇三―一五八〇）に付いて「陽明学」を修めた。(11) また典型的な例として、陳竜正（一五八五―一六三四）が文章のタイトルに「陽明学」を用い、文中で「王文成一たび出ずるに、初学者と雖も皆藐然として朱を軽んずるの心あり、其の雄傑なる者は自ら以えらく捷径を玄解し、超然として独り得……」と述べているのが挙げられる。[12] これは王陽明の学説を「陽明学」とし、それに対して初歩的な評価を行ったものだが、「雄傑なる者」の陽明学理解が「玄解捷径・超然独得」に偏りやすいとしているのは、晩明の心学が「幽玄」、「霊妙」へと傾いていることに対する判断であり、我々の注意を引く。

では、「陽明学」という言葉はいつ日本に伝わったのであろうか。既存の研究によれば、中国の心学思想が日本に伝わったのは大体一六〇〇年前後で、最も早いのは朝鮮から輸入した心学批判の書だと一般には考えられているが、その中には陳建の『学蔀通弁』があり、[13] 江戸時代の日本に大きな影響を及ぼした。また詹陵の『異端弁正』（一五二五年刊）や馮柯（一五二四―一六〇二）の『求是編』といった批判書も、江戸初期に一時流行した。例えば江戸儒学の開祖藤原惺窩（一五六一―一六一九）とその弟子林羅山（一五八三―一六五七）の対話記録には『陽明文録』や『学蔀通弁』がともに朝鮮から日本に伝わってきたことが示されているが、その対談の年代は一六一〇年前後と推定される。そして『王文成公全書』が中国から直接日本に入ったのは一六五〇年代前後のことであった。[14]

## 二、吉本襄の『陽明学』と近代日本陽明学

現在確認できるのは、江戸初期の一七世紀、およそ一六〇〇年ごろ、すなわち藤原惺窩とその弟子林羅山の時代に、陽明学がすでに日本に伝わっていたことである。というのは、彼らが読んだ漢籍の中に『陽明文録』といった心学類の書籍があったからである。ただ朱子学の宣揚に努めていた彼らは、陽明学に対してあまり関心を示さず、日本陽明学の祖とされる中江藤樹に至って、始めて陽明学に大きな興味が示されることになる。とはいえ、所謂日本陽明学派

が江戸時代に存在した事実そのものがあったのかどうかについては、それは近代日本陽明学の主要な推進者である井上哲次郎（一八五六―一九四四）『日本陽明学派之哲学』（一九〇〇）の歴史的「後付け」で、「歴史的想像」の成分が多く含まれているのは免れず信じるに足りないといった、少なくない疑問の声がこれまでに上がっている。

我々が関心を寄せる近代日本陽明学は、一八六〇年代の明治維新から始まった。実のところ、一八五〇年代前後には、徳川幕府はすでに深刻な危機に瀕しており、「倒幕」と「開国」という二つの運動が合流し始めていた。前者は幕府の統治をひっくり返す革命であり、後者は文明開化運動を指す。(15) こうした時代背景の下、陽明心学は「登場」してきたのであり、佐藤一齋と大塩中斎（一七九三―一八三七）が近代日本陽明学の先駆者となった。前者は幕府の「儒官」であり、その陽明学に関する著作（例えば『伝習録欄外書』）の大部分は生前に公刊されなかったが、(16) その多くの弟子たちから、倒幕の志士と陽明学者がまとまって輩出した。後者は大坂の一下級武士であり、幕府の腐敗への不満から謀反を企てて敗れ、命を落とした。佐藤一斎と大塩中斎は幕末の倒幕派に重要な思想的影響を及ぼし、佐久間象山（一八一一―一八六四）・吉田松陰（一八三〇―一八五九）・高杉晋作（一八三九―一八六七）・西郷隆盛（一八二七―一八七七）といった倒幕の志士が現れた。他方、河井継之助（一八二七―一八六八）や山田方谷（一八〇五―一八七七）という佐幕派の陽明学者もいた。

しかし、陽明学が一種の社会思潮となったのは、およそ明治二十年代ごろからのことで、吉本襄による一八九六年の『陽明学』創刊をメルクマールとし、継いで現れた高瀬武次郎『日本之陽明学』や井上哲次郎『日本陽明学派之哲学』(17) 等の日本陽明学に関する専門書が、近代日本陽明学の記念碑的著作となった。ただ彼らの思想的立場は国家主義よりであった。(18)

吉本襄も国家主義者・民族主義者であり、その思想的立場の具体的な表れとして、政治については天皇制という日本の特殊な「国体」の擁護・新興の帝国としての日本の「国威」の発揚を主張し、道徳の問題については日本社会全体の国民道徳の振興・心学による所謂国民精神の涵養を主張した。学術の問題については日増しに強まる当時の西欧化の傾向に反対しながらも、西洋の学問に一概には反対しなかった。

問題は、なぜ陽明学だったのか、である。吉本襄の『陽明学』「発刊の辞」から見ていこう。

個人には本来の任務があるのは、国家に自然に任務があるのと同じである。この任務は至高至大で、それによって個人は自主的になり、国家は独立する。そして天下の大道を治め、天地の化育を助け、世界の文明に裨益するのがその本領である。もし個人がこの任務を尽くせば、その人は聖人となり、大人となり、至人となる。国家がこの任務を尽くせば、その国は強国となり、勇国となり、大国となる。しかしこの任務を尽くすには、道を尽くさなければならない。

道は天地自然のみちであり、人生至善の道である。この道は本来霊妙であり、円満であり、至大であり、光明であり、活発である。釈迦が唱えるもの、耶蘇がとなえるもの、孔子が唱えるもの、老子が唱えるもの、または近世哲学者のカント、ヘーゲルが唱えるものは、それぞれ主張するところは異なっているが、みな非常な苦心を払ってこの道を示そうとしたのである。道には大小の別もなく、精粗の別もなく、厚薄の別もないけれども、学派は千種万別で、決して同じではない。そこで株数を拈じて釈尊の下に跪坐するものもあれば、十字架を取って天主の前に拝伏するものもあり、深山幽谷の中で枯坐黙照するものもあれば、冥想独坐して宇宙の幽玄の理を自覚するものもある。彼らが道を求めるにあたっては、それぞれ自ら信ずるところがあったのであって、われわれは敢えてこれを咎めるものではない。いやこれを咎めることを欲しないのである。

ただ東邦倫理の大義を看て、これをわが国固有の風土や士道に照らし、これを宇宙に通ずる大原理に質しても決して悖らないものは、儒教の大道をよく明らかにした陽明学であろう。陽明一生の道は、「致良知」の三字に外ならない。陽明は空言を弄して自ら高ぶるものではなく、知行合一によって悟ったところがあったのである。……ところで、一人の精神は千万人の精神と同じであり、個人が任務を尽くすことは、国家が任務を尽くすこととなる。一人の精神が剛毅であれば、一国の士気は活発とならざるを得ない。……

今やわが国は東邦新興の一大勇国としてその任務を尽くさなければならない立場にある。けれども万事が便利となるにつれて、一国の風気はますます卑賤に向かい、文物がだんだん進歩するにつれて、一国の風俗はますます浮薄に陥り、設備が完全になるにつれて、一国の士気はますます衰微していく有様である。しかも奮起して世道人心を変革しようとする偉人傑士もいない。だから今や社会風教のために一大猛省を促さなければならない時にきた。われわれが今日陽明学を研究するのは、心学の修養、人材の育成のために外ならないが、天下の人々に個人本来の任務があることを知らしめ、延いては一代の風気を革新して国家に裨益するところがあるならば、これはまことに本誌発刊の本懐である(19)。

ここの言葉遣いには明らかに相当な注意が払われている。国学派・水戸学派といった国家主義にかかわる特殊な用語の使用は避けられ、そしてまた世界の大きな宗教的伝統や哲学思想への尊重も表明されている。しかしその立場は国家の絶対的任務とその権威を個人の上に置く国家主義的なものに違いなく、そうした国家意識を帝国日本の集団意識に転化しようとしていることも、やはり感じ取ることができる。そして『陽明学』創刊号から第三号にかけて、吉本襄は自ら「桜花国男児の気象」という「論説」を著し、そこで「大和魂」、「大和心」および日本の「国体」といった特殊な概念を用いて、国粋主義や民粋主義の思想的観点を論述している。

こうしたことから、国家主義者・国粋主義者として、吉本襄が陽明学に借りて「一大雄国」となった日本の国威を発揚し、日本の特殊な「国体」を振興し、日増しに失墜する世道人心と社会風気を回復させようとしたことがわかる。彼からすると、個人と国家の「任務」を尽くそうとすれば、宇宙天地の「大道」に従わなければならないが、「東邦倫理」の中で最も生き生きとこの「大道」を体現しているのは陽明学に他ならない。より重要なのは、陽明学が宇宙の「大原理」と「儒教の大道」とを貫通するとともに、また最も「わが国」の「固有の風土や士道」に合致していることで、正しくこのことにより、陽明学はほとんど唯一の選択肢であった。陽明学の「知行合一」説によってこそ、日本の人材を育成し、日本人の「心学の修養」を増進できるのであり、こうしたことに『陽明学』発行の本意があると、吉本襄は最後に示している。

以上、吉本襄の『陽明学』「発刊の辞」のコンテクストのみから解読を行ってきたが、現代解釈学の見解によれば、あるテクストあるいは言葉の意味の解読は、それらをテクスト全体の中に置いて始めて成し遂げられる。もしそうだとするならば、「発刊の辞」やあの長い「論説」を『陽明学』全八〇期の全テクストの中に置いて観察しなければならず、またそうすれば必ず新たな発見があるはずであり、少なくとも、日清戦争後の時代の空気の中で、吉本襄が『陽明学』を創刊した真の意図やその思想的立場を明らかにすることはできるであろう。

まず『陽明学』冒頭の「桜花国男児の気象」の論述を見ていこう。

天地正大気、粋然鐘神州、秀為不二岳、巍々聳千秋、注為大瀛水、洋々環八州、発為万朶桜、衆芳難與儔とは藤田東湖先生の句で、敷島の大和心を人問わば朝日におほふ山桜はなとは本居宣長翁の名歌であって、共に「花は桜木、人は武士」という日本男児の気風を詠じたものである。而して此の最も高潔なる一種の気象は、取りも直さず桜花国男児の特質で、他に決して比類がない。古来これを大和魂とも、国家の元気とも称して、わが国臣民の間に壱欝磅礴して居る所の一大正気である。此の気や平素にありては、極めて優美温雅にして、なお彼の桜花の朝日におほふ如くなるも、国家万一緩急のことあらん歟。その春風に散るを惜しまぬが如く、意気激昂、猛然蹶起、死を見ること帰するが如く、毫も卑怯未練のいとがない。これをもって赫々たるわが神州をして建国二千五百年、かつて海外異邦のために寸毫の凌辱をうけず、東海別に堂々たる君子国を立てたのです。

嗚呼！　世界は広く、万国は多しと雖も、如斯立派なる国体が何処にある、如斯忠良なる国民が何処にあります？　苟も斯の国民にして斯の気象のあらむ限りは、仮令山は沈み海は涸るゝの時はあるとも、わが神州の国威国光は、千秋万古、決して失墜することはないと信じます。

この文章から吉本襄が国家主義者であるだけでなく、同時に民粋主義者であることがはっきりと見て取れる。文中で触れられている藤田東湖（一八〇六―一八五五）は積極的に「尊皇攘夷」を提唱した著名な後期水戸学者、皇室中心主義者であり、本居宣長（一七三〇―一八〇一）は日本の伝統文化から中国文化の影響（「漢意」）を徹底的に除去することを主張した江戸中期の著名な「国学」者で、「漢意」を根絶することによってのみ日本の真の「国学」が再建できるとした。東湖と宣長の思想が明治帝国のイデオロギー建設、特に「国体」意識と「尊王」主義の思想形成に大きな影響を及ぼしたことについて異論はないだろう。

吉本襄は「論説」で「愛国」・「尚武」・「勤王」の思想を強調するが、それは実のところ「大和魂」の体現であった。吉本襄は全文の最後で以下のように嘆じる。すなわち、「王政維新」（すなわち明治維新）から二十年、社会風気はすでに急速に悪化しつつあり、「歌舞宴太平装飾し、苟且安きを偸み」、「士気沮喪、風俗頽敗、国を挙げて卑屈儒弱の境界に沈淪」するといった一連の衰退の形跡が現れた。ゆえに当面の急務は「士気の衰頽」を防いで「国家の元気」を養うことであり、そのためには「我が桜花国男児の気象」の記憶を改めて喚起し、この「気象」が永遠に「消失」しないものであることを固く信じさせなければならない[20]。

こうした観点が現れたのには二つの背景があったことに注意しなければならない。一つは「大日本帝国憲法」（一八八九）及び「教育勅語」（一八九〇）の公布施行であり、一つは日清戦争（一八九四）の勃発及び「下関条約」（一八九五）の締結である。一八九六年に『陽明学』が発行された背景には、明治二十年代から「世界列国」[21]の衝撃に直面し、知識人サークルひいては一般社会の各界にまである普遍的な空気に満ちていたことが十分に反映されている。すなわち、いかにすれば日本文化あるいは東洋倫理の精神的先導の下、日本帝国を更に輝かせられるかというのがそれである。事実、明治二十年代から、日本全体が一層の自己膨張を始め、徐々に帝国主義という「後戻りの利かない道」へと踏み出しており、『陽明学』は正にこの帝国主義の潮流に応じて現れたものだったのである。

驚かされるのは、「桜花国男児の気象」全篇を通じて吉本襄が「陽明学」に一言半句も言及していないことである。しかし岡田武彦の研究によれば、吉本襄は陽明学の忠実な信徒だっただけでなく、陽明学の研究者でもあり、少なくない陽明学の通俗的解説書を著している[22]。『陽明学』第四巻第六十号巻首に掲載された「王学此より勃興せん」という「論説」はおそらく吉本襄の手になるものだが、そこから彼が陽明学について以下のような簡単な理解を持っていたことが窺える。

陽明学の欝屈は甚だしいものであった。実に徳川時代三百年の長い間欝屈し、辛うじて一縷の命脈を存していただけである。朱子学派と陽明学派は殆ど時を同じうしてわが国に唱えられたが、朱子学は、その後幕府の援助を受けるようになったので、順風に帆を挙げる勢いで日に盛んになり、遂に全国を風靡するようになった。これに反して、陽明学は終始逆境に立ち、欝屈を重ねて明治維新の際に及んだ。これは実にわが国学術史上の一大痛恨事といわなければならない。けれどもつらつら陽明学がここに至った理由を考えてみると、二つの原因があることが分かる。それは、陽明学の特質として、凛乎たる一種の生気を帯び、英霊活躍、一呼して精神を鼓舞し士気を奮起させるものがあるのが第一の原因であり、心の修養を学の根本として易簡直截の道を取り、詞章訓詁の末技を排して区々たる瑣礼を求めないことが第二の原因である。ひるがえって幕末当時の状態を観察してみよ。幕府は圧制を施政の良策とし、盲従を下民の本分とし、上下を通じてわずらわしい礼法格式でこれを束縛したではないか。右に述べたような特質を備えている陽明学が、このような方針をとる幕府の世に容れられないのは、ちょうど円い穴に四角の木をはめこむようであったことは、怪しむに足らない。

しかし幕府の綱紀が弛廃し、朱子学の弊害が百出した幕末になって、四方の英傑が興起し、陽明学を修めて、気宇を弘め、心胆を錬り、謀略が行われ、世情が騒擾とし、兵戈が惨烈をきわめているときに、従容として策を錬り、果断に事を裁量し、勇猛に乱を鎮めて中興の業を翼賛することができた。それ以来世の人々は、漸く支離滅裂の朱子学を厭うて易簡直截の陽明学を歓迎するようになった。しかも維新の風雲は、端なくも自由の新天地を開き、言論、思想、学術、宗教、その他百般の芸術が勃然として自由の新空気の中で活動するようになった。そこで陽明学もまた、三百年来欝勃としていた英気を発揮する気運に達したのである。……ああ今や勃興の機運が熟するのときが来た。これに志すものは奮励一番、この機に乗じて雲を驅り、雨を呼ばざるを得ないであろう。青年同士の士、それ勉めよ。(23)

ここでは朱子学と陽明学が対置され、また江戸時代全体と明治維新初期という歴史的背景に置かれて考察が加えられ、以下のような結論が導かれている。すなわち、江戸時代における朱子学の発展が「順風満帆」であったのに対し、陽明学はずっと「逆境」にあり、しばしば抑圧されていたが、そうした状況が根本的に変化したのは明治維新の初めであった、という結論である。陽明学が再び世に現れ、広く関心を持たれるようになったのには、吉本襄の分析によれば、主に二つの原因がある。一つは陽明学が英霊活躍の生気を帯び、精神を鼓舞し士気を奮起させる性質を持っていたからであり、もう一つは陽明学が心の修養を第一とし、易簡直截の学を提唱して、わずらわしい礼法格式で人心を束縛するのに反対したからである。

もちろん、我々は吉本襄の所謂歴史的考察を真に受ける必要はない。その考察は基本的に学術の範囲から逸脱しており、ゆえに江戸儒学の史実と大きく相違している。吉本襄が朱子学と江戸幕府の体制を結びつけ、陽明学と明治維新を結びつけたのは、明治と幕府の体制の対立は、思想上、朱子学と陽明学の対立として現れる、という観点を宣揚するため以外の何者でもなかった。これは政治化された思想史の解読に他ならず、こうした解読の結果は、朱子学は徳川幕府体制下の政治的イデオロギーになったらしく、陽明学は徳川幕府のイデオロギーをひっくり返す英雄的役回りを見事に演じた、というものであった。

しかし指摘しなければならないのは、江戸時代、朱子学と陽明学は同時に受容され、両者の間に学派間の激しい論争といったものはなく、江戸幕府も朱子学によって陽明学を抑圧する政策など全く採らなかったというのは、むしろ学界の一般的な常識だということである。たとえ一八世紀寛政年間に「寛政異学の禁」が出されたことで、朱子学が各地の藩校で独尊的地位を勝ち得たのだとしても、その規制は主に「古学派」あるいは「古文辞派」の朱子学批判に対する一種の反発で、その発布により、朱子学が仏教や神道を圧倒して徳川幕府の国家イデオロギーとなったことを意味するのかどうかについてはなお議論があり、少なくとも当時、それによって民間における陽明学と日本の石門心学の活動が抑圧されたということはなかった(24)。

士気を鼓舞し、人心を励まし、国運を盛り立てる霊妙な力を陽明学は持っており、それゆえ倒幕の志士に利用され、さらには明治維新成功の原動力になったという観点の由来はかなり古いが、今日それを真実と信じる者はほとんどいない。というのも、史実の考察によって、大塩中斎や吉田松陰といった、多くの所謂倒幕の志士たちは陽明学に心酔していたが、陽明学についての彼らの思想的理解はかなり乏しかったということがすでに知られており、明治維新成功の原因を陽明学に求めるのは、完全に「後知恵」による歴史の解読で、必ずしも歴史的事実に符合していないからである。(25)

吉田松陰は『陽明全集』さえまともに読んだことがなかった可能性が高く、その乏しい陽明学理解は、実は李卓吾（一五二七―一六〇二）の『焚書』等の著作を通じてのものであったことを明らかにした研究があり、(26)また大塩中斎は熱意ある陽明信徒で、それを自覚してもいたが、その思想を構成する核心的概念の「太虚」およびその核心的命題である「心は太虚に帰す」は陽明学からずれているものであった。こうしたことから、大塩中斎についての体系的研究を通じて提起された、宮城公子の以下のような基本的な問いかけには、真剣に考える価値があるように思われる。

陽明学そのものは為政者の治世のための学問であり、けっして「反乱の哲学」ではない。もっとも意欲的に幕政の一端をになった為政者であり、治世の学に熱烈に傾倒したものが、幕政への批判の兵を挙げ、結局は、反乱者として死ぬ。どうしてこんな逆説がありえたのであろうか。(27)

疑いなく、陽明学は明治時代に二つの基本的性格を賦与されたのである。一つは、江戸幕府に敵対するもの、それによって幕府の体制をひっくり返すことのできる「反乱の哲学」、吉本襄が描いたような、士気を鼓舞し、人心を励ますことで古い体制をひっくり返すことのできるものという性格、もう一つは、宮城公子の理解する大塩中斎がそうしたような、社会秩序を安定させ、国民道徳を立て直す帝国日本の思想的武器として政府の「治世の学問」とし、利用できる性格である。問題は、「反乱の学問」や「治世の学問」として、性格が分裂しているかに見える「陽明学」が、なぜ大塩中斎（あるいは維新期の他の陽明学者）という一人の人物に併存できるのか、である。この問題は研究者宮城公子がたまたま発見した大塩中斎の問題だというだけでなく、明治以来の近代日本に普遍的に存在する思想的問題——近代日本陽明学の問題であり、「二つの陽明学」にも関わってくるのだが、それは「おわりに」で再び検討しよう。

吉本襄が編集を主宰した『陽明学』は明治三十三年（一九〇〇）五月に「廃刊」を宣言したが、その「廃刊の辞」には「廃刊」の理由が述べられている。

顧ると、日清戦争が終わって以来、戦勝の結果として、社会を挙げて虚名浮栄に沈溺し、政治、経済、宗教、文学など、いずれの方面においても大なる真実がなく、大なる気魄がなく、大なる熱血がなく、目前の浮華虚飾を求めることに汲々としていないものはない。われわれは深くこれを慨嘆し、宮内默蔵氏と謀って、財を投じて《陽明学》を発刊し、わが精神界の修養に役立つようにしたいとしたのは、去る明治二十九年初秋の頃であった。当時われわれは、逆境にいて幾多の敵と戦い、幾多の攻撃を蒙った。けれどもわれわれは屹然としてこれに対処し、敢て精神界の改革を謀り、社会の良心の麻痺を救い、国民の品性の堕落を救おうとした。事、志と違うことがあっても、数年一日のごとく、独立独行、言わんと欲するところを公言し、信ずるところを主張してきた。……わが《陽明学》は、本号でその主眼である《伝習録》の講義が終わったのを期として廃刊を告げ、次いで《修養報》を創刊してわが精神界の修養に役立て、社会の霊魂を開拓し、世道人心の木鐸とならんと思う。何卒世の諸君、われわれの本意を諒とせられよ。(28)

今日の学術的基準から見れば、八〇期にも及んだ『陽明学』を学術雑誌と位置づけるのは難しいが、それは内容にまとまりがないからというだけでなく、更にはそのかなりの部分がスローガンを叫ぶ政治的宣伝あるいは政治的立場の宣言に属するものだからである。ほぼ『陽明学』の始めから終わりまで続いた、学術性の比較的高い「伝習録講義」（二期欠いているだけである）にせよ、執筆者の宮内默蔵が陽明学の内容を周到かつ綿密に把握していたとは言い難い。

例えば彼は陽明学の思想的基礎は『古本大学』にあり、朱子の『大学章句』に対抗しているると断言しているが、儒家の伝統にある心学の系統、特に陽明学と孟子学の思想的関連は完全に見落としており、また陽明学の知行合一および万物一体の思想の重要性には気づいていたが、陽明学の最重要命題である「心即理」の思想については根本的に関心を欠き、明らかに陽明良知学の根本内容について相応の理解を欠いていた。(29) 宮内黙蔵の「伝習録講義」の終了を機に八〇期続いた『陽明学』が一区切りをつけたことは、それが学術的に継続するのが難しくなったことを示しており、このことが「廃刊」が宣言された主な原因だったはずである。

ただ見るべきは、明治三十年代に『陽明学』が発行されたことが当時の日本社会に与えた影響は相当広範なものだったことである。岡田武彦の考察によれば、当時の日本社会全体で「良知の学」は話題になり続けており、「陽明学研究会が各処にできたらし」く、(30)『読売新聞』や『毎日新聞』など少なくない主流メディア、および『岡山日報』、『東北日報』、『甲府新聞』などの地方メディアさえも、『陽明学』の発行が社会にもたらしたセンセーションを続々と報道したのである。ここでは二例だけ挙げておこう。

王陽明は儒家の大道を発明した士人である。……本誌はすなわち王陽明の学説を鼓吹して士気の萎靡せるを振興せしめんがために生まれたものである。(31)

近ごろ哲学を説くもの、ミルでなければスミス、ヘーゲルでなければカントという。しかし東洋において王陽明という眸の黒い大豪傑があるのを知らない。これはわが家にある清酒を忘れて隣家の濁酒を羨むのと同じである。誰がその愚かさを笑わないであろうか。今、《陽明学》が発行せられた。これから東洋哲学が盛んになるであろう。(32)

## 三、東敬治の『王学雑誌』と石崎東国の『陽明主義』

吉本襄の『陽明学』廃刊の六年後、日露戦争終結の翌年である明治三十九年（一九〇六）三月、東敬治（一八六〇―一九三五）が『王学雑誌』を主編・発行する。この雑誌は東敬治が主宰の明善学社から発行されたが、二年後の十一月、明善学社が陽明学会と改名したのに伴い、『王学雑誌』も『陽明学』と改名し改めて発行された。東敬治は幕末維新の志士で陽明学者の東沢瀉（一八三二―一八九一）の子で、理論的見識に優れた陽明学者だったと考えられている。

この雑誌の「発刊辞」で東敬治は次のように指摘する。

今においてわれわれは、特に心学の要道を講じ、わが国の人心にある忠孝の精神が、全く衰え切らぬうちにこれを救うて、結局わが歴代の聖天子が遺しおかれた範を全世界に発揚して、国運をいやが上にも振興させるように図るのは、またわれわれの今日の職分である。そこでわれわれは、従来心学の力によって忠孝倫理の道を養成するには、わが王陽明先生の学問を唱えるよりよいものは更にあり得ないと思うので、特に王学専修に役立つ雑誌を創刊し、広く天下の同士と心を極わせて切磋しようと思い、遂に第一号を発行することとなった。(33)

『王学雑誌』第三巻第八号を『陽明学』と改名する際、東敬治は「発刊辞」を別に著して指摘する。

陽明の学は、陽明の学ではなく孔孟の学であり、いや孔孟の学ではなく天地の道である。天地発生以来、道はすでにあるのである。それは日星のようなもので、古今東西の別なくこれを奉ずれば理に悖ることはない。天地の間に生を享けたものは、この道以外によりどころはない。……

さきに日露戦争で空前絶後の大勝を得たが、それはもちろん将士の勇気と精妙な兵器のたまものではあるものの、戦場に立ってわが将士が壮烈剛毅であったからである。それは、主として平素の精神修養からきておる。これは世界万国が斉しく認め、賞讃してやまないところではないか。

今わが国は、列強の一員となり、世界の大国民となったので、ますますその根柢を培養し、士気を鼓舞し、人格を崇高にしなければならない。それには、必ず心性の修養によらなければならないことは、従来にもまして必要であると思う。だから陽明学を鼓吹することは、一日も忽ちにしてはならないのである。(34)

以上二つの「発刊辞」を合わせて考えると、いくつかの結論が得られる。一、心学の要旨は忠孝の精神にあり、忠孝の精神は日本の歴代天皇が天下に範を垂れた典範である。二、心学の力で忠孝倫理の精神を養うのには、陽明学が最適である。三、陽明学は孔孟の学というだけでなく、天下の道を直接体現したもので、古今東西の文化史上に普遍的な意義をもつ。四、日露戦争後、日本は世界の列強の一員となったので、さらに国民の根底を強め、士気を鼓舞し、人格を高めるのに、心性の強化が必要である。五、まさにこの故に、国家と社会に貢献し裨益するよう陽明学を広める必要がある。

つまり、東敬治は陽明学を、普遍性をもつ心性の学——丸山真男（一九一四—一九九六）は日本は歴史上往々にして外来文化を普遍的文化と見なしてきたと指摘し、これを「外来普遍主義」と呼んだ——だとしたのだが、重要なのは、東敬治が同時にまた忠孝倫理というその心性の学の核心的要素を、日本の歴代天皇および伝統的日本文化が代々連綿と受け継いできた特殊な精神——丸山真男が「外来普遍主義」に対して言う、所謂「固有土着主義」（「日本特殊主義」とも呼ばれる）(35)——だともしていることである。こうした東敬治の観点には面白い思想現象が蔵されている。すなわち、普遍的な陽明の精神と特殊な日本の精神は排除し合うのでなく融合し合える、つまり「外来の普遍」と「日本の特殊」は霊妙な結合を成せるのであり、その結果として、外来文化の普遍性（「外来普遍」）は日本化という特殊への改造を経て、日本特有の精神の現れへと形を変え、日本の国力と士気を増強し、日本の国民道徳を高め、さらに世道人心を改善し、ひいては世界に東方の日本の精神を広めるのにまで裨益する、というのがそれである。明らかに、こうした論調は夙に吉本襄の『陽明学』にしばしば見えていたものであるが、ただ東敬治の『陽明学』と吉本襄の『陽明学』とを比べてみると、前者でより際立っているのは学術性による装飾であり、後者がより強調しているのは主義の喧伝だということがわかる。もちろん、全体から見て、吉本襄と東敬治は単純な陽明学者ではなく、思想の傾向はいずれも国家主義・民族主義および保守主義に偏っている。

大阪地区でも、東京で明治晩期に展開した様々な陽明学運動とは異なる陽明学運動が現れていた。東敬治の『王学雑誌』創刊から一年ほど遅れる一九〇七年六月、大塩中斎の後学を自称し、自由民権主義者中江兆民（一八四七―一九〇一）に私淑する石崎東国（一八七五―一九三一）[36]により、大阪に「洗心洞学会」（「洗心洞」は大塩中斎の私塾の名）が立ち上げられ、翌年十二月に「大阪陽明学会」と改名された。一九一〇年七月から、「洗心洞学会」は会員向けに案内書『陽明』を合計三号発行し、一九一〇年一〇月の第四号からは、正式に雑誌の形式に版を改めて公開発行したのだが、こうした事情により、日本の各主要図書館には『陽明』の最初の三号が所蔵されていない[37]。『陽明』は一九一九年一月の第八四号より『陽明主義』と改名され、大正十四年（一九二五）九月二十五日の第一四七号まで発行され、大きな図書館にはひとしく所蔵されている。

この会の創立された主旨によれば、石崎東国は明治維新、特に日露戦争の後、日本全体に大きな方向転換が起こり、国民が「物質文明」、「科学普及」のもたらす成果を享受する一方で、様々な社会的「弊病」が現れ、「腐敗せる社会人道」が日に日に酷くなっていることを示している。こうしたことから、石崎東国は「洗心洞学会」の主旨を「王学を継承せる吾党は混乱せる文明　堕落せる人道を革清せんが為に新生命を以て火鉄の世界に送る」ことだとし、「吾党の宗旨は何処までも人間平等の為めに戦ふもの也」、「吾党の本領＝陽明宗を奉じ人間の平和に向て急ぐ者也」と宣言する。(38) ここの「陽明宗」という概念は特殊であるが、その意は陽明学を「宗教」のような存在にまで高めようというのにある。

ここで吉本襄『陽明学』に表された以下の観点と対比してもよい。すなわち、「嗚呼我帝國ハ、威武に於て東邦の雄國たり。世界の強國たるも、道義上よりすれバ世界の第一等國たること能ハざる也」という観点である。(39) 両者を対比すれば、大阪陽明学会の主旨や立場には東京を中心とした陽明学運動（吉本襄と東敬治を代表とする）とかなりの落差のあることがはっきりと示される。特に大正（一九一二—一九二五）期に入ると、大阪陽明学会は当時日本社会に現れた、歴史上の所謂「大正デモクラシー」に呼応し、石崎東国は井上哲次郎・吉本襄および東敬治を代表とする東京陽明学運動は完全に陽明学の「正統」（佐藤一斎を指す——引用者按）から離れて「官学」へと傾いたと明確に指摘して、御用的色彩の濃厚な東京陽明学運動とは一線を画する態度を表した。荻生茂博の考察に従えば、石崎は陽明学を「陽明学は社会主義・個人主義というよりは平民主義・人道主義である」と位置づけ、この立場から出発していたので、第一次世界大戦後に起こったロシア・ヨーロッパの社会主義革命に極めて大きな熱意と共感を示したとされる。(40)

確かに大正年間に至ると、石崎東国は陽明学を「太虚主義」に発展させた大塩中斎を「革命運動の実行者」だと力説し、また「大塩平八郎先生は改革者である、其の創説した太虚哲学は革命主義の性質を有して居るのは勿論である」、「この太虚主義が王政維新（按ずるに、明治維新のこと）を促進した。自由民権論を煽ったのも此の主義である。欧化熱を撃退したのも此の主義である。社会主義を煽動したのも太虚哲学である」などと指摘した。(41) 以上より、石崎東国がより重視したのは陽明学から大塩中斎に至る「太虚哲学」が民間社会に持つ、社会人道を「革新」する思想的な力だったことがわかる。しかし、陽明学と社会主義の関係についての敏感さが増し、社会主義が既存の社会秩序に対してある種の破壊力を持つことを意識するや、石崎東国は陽明学および大塩中斎の太虚思想を社会主義とは無関係なものだと弁明するのに力を尽くし始める。社会主義と共産主義を「無父無君の個人主義」と排斥しさえして、陽明学の社会改革思想は天皇を中心とした国家の政体を守るのに有益だとしたのである(42)。

特筆すべきは、大阪陽明学会の成立当初に理論的指導者であった高瀬武次郎が、「御用学者」井上哲次郎の思想的継承者であり、日に日に天皇制下の国家主義・民粋主義へと立場を偏らせていたことが次第に気づかれるようになり、一九二二年、幕末の陽明学者池田草庵の孫である池田紫星が高瀬を論難して、大阪陽明学会に分裂が起こったことである。石崎東国周辺の陽明学者は多くが地方の学者で、このことは大阪陽明学会が固く守ったのが民間の陽明学運動であり、官学的色彩の濃厚な明治晩期の陽明学思潮とは自覚的に一定の距離を保っていたことを示すものである(43)。ただ、洗心洞学会から大阪陽明学会、『陽明』から『陽明主義』に至るまで、高瀬武次郎は常に中心人物の一人であったらしい。なぜなら『陽明主義』の最終号となった第一四七号にも、彼の執筆した文章「宇宙神霊論」が掲載されているからである。

全体的に見れば、吉本襄の『陽明学』から東敬治の『陽明学』を経て石崎東国の『陽明主義』に至るまで、それらは「近代日本陽明学」として、実質的には帝国日本という特殊な時期の思想現象に属するものであり、その主旨は学術研究の推進と言うよりは、当時の様々な社会政治的求めから出たものと言うべきであろう。民間的色彩の比較的濃かった『陽明主義』であっても当時の政治的風潮の影響を免れるのは難しく、その陽明学理解はやはり「近代日本陽明学」の範囲を脱し得なかったが、それは吉本襄にせよ東敬治（井上哲次郎を含めてもよい）にせよあるいは石崎東国にせよ、みな苦心して明治維新の初めに目立った陽明学の「反体制的」要素を薄め、反対に陽明学が「社会改革」、「国民道徳」の改造という奇妙な力を持つことを際立たせ、強調しようとしたからである。それゆえ、近代日本陽明学は以下のような「奇妙な状態」を持つことになる。すなわち、明治維新の角度から陽明学を見つめると、それを「革命の背景」に置いて解釈することになるが、その一方で、国家体制の角度から陽明学を位置づけると、社会の革新・秩序の安定という意義を持つ思想的な力として理解することになるのである。石崎東国の「陽明主義」はしばしば両者の間で揺れ動いたが、最終的にはやはり国家体制擁護の立場に落ち着いたのであった。

## 四、おわりに：「二つの陽明学」とは何か――特殊か普遍か

最後に、上述の宮城公子氏により導き出された、陽明学は「反逆の哲学」なのか「治世の学問」なのかという問題を検討しよう。大塩中斎は主観的認識では陽明学を「治世の学問」としながらも、しかしその行動では強烈な「反逆的性格」が露わに示されたのだが、なぜ「治世の学問」としての陽明学の信仰者が、幕府体制に挙兵反抗するような行動を起こしたのだろうか。そしてさらに問われなければならないのは、「二つの陽明学」とは何かということである。

確かに、「大塩の乱」はわずか一日（官軍と戦火を交えたのはおよそ二時間のみ）で迅速に鎮圧され、明治維新前夜の倒幕運動とも何ら直接の関連はなかったが、しかしそれは日本全国を大いに驚かせたのであり、様々な小説・演劇・講談が各地に次々と現れ、また幕末維新の多くの志士たちにも模範とされた。明治期に至ると、大塩中斎はようやく社会に認められ、その思想を明治初期の「自由民権運動」と直接的に結びつける論著も続々と出現する。例えば、一八九六年、国府種徳が『大塩平八郎』という本で大塩中斎を陽明学の実践者、平等主義・社会主義の実践者として描き、三宅雪嶺（一九八六―一九四五）がそれに「序」を書いて上梓された。早期には民権論者であった三宅はこの頃す

でに国粋主義者へと転向していたが、近代日本で最も早く『王陽明』（一八九三）を出版した作者でもあった。また石崎東国は大塩中斎を民間に根を下ろした「革命家」だと認定した(44)。こうしたことから、メルクマールとしての意義をもった反逆という思想史的事件により、大塩中斎の陽明学は明治期の近代陽明学者に「民間陽明学」と見なされ、東京の井上哲次郎・高瀬武次郎を代表とする国家主義・国粋主義的傾向の「御用陽明学」との鮮明な対照が形成されて、これによっても在野での活動に拘る「民間陽明学」と帝国イデオロギーに近づく「御用陽明学」という「二つの陽明学」が出現したことがわかる。

上に挙げた拙文「関於〝東亜陽明学〟的若干思考」で、筆者は日本の学界で提起されている「二つの陽明学」という観点について、帰納的に以下の四つの類型を導き出した。すなわち、溝口雄三氏の「中国の陽明学」と「日本の陽明学」・小島毅氏の「白い陽明学」と「赤い陽明学」（「右翼陽明学」と「左翼陽明学」に相当）・山下竜二氏の内村鑑三（一八六一―一九三〇）を代表とする「宗教的・個人主義的・世界主義的」陽明学と井上哲次郎を代表とする「倫理的・国家主義的・日本主義的」陽明学、それから荻生茂博氏の指摘する「前近代陽明学」（つまり江戸陽明学）と「近代陽明学」であるが、以上に加えてさらには「民間陽明学」と「御用陽明学」という類型もあったと考えられよう。しかし、どの類型の「二つの陽明学」であれ、実質的にはみな近代日本陽明学に属するものであり、陽明学の内容に関する彼らの理解がどの程度のものなのかについては、必ずしも明確にすることはできないだろうと思われる。

吉本襄の『陽明学』・東敬治の『王学雑誌』および石崎東国の『陽明主義』等が明治・大正を経て昭和初期に至るまでの、近代日本陽明学に関する初歩的考察を通じて、我々は「陽明学」がどれだけの類型に分けられようと、以下の点は明らかだと言うことができよう。すなわち、近代日本における「陽明学」とはすでに一種の記号あるいは象徴であり、様々な「主義」や「人物」や「思潮」に利用され得るということである。所謂「利用」とは、極めて個別的な現象を除くと、大多数の場合、自己の立場のみによって陽明学が理解され、そうして異なった、ひいては対立していたかのように見える「陽明学」が形作られたことである。問題は、そうした理解の結果がもともとの意味での陽明学思想の本義に符合するかどうかにではなく、そうした理解が厳正な学術的立場にもとづいているのかどうかにある。なぜなら、はっきりとした事実として、陽明学であれ朱子学であれ、儒学思想そのものは多元的に解釈される可能性を持った開放的な理論システムだからである。中国から東アジアに達し、東アジア地域の在地文化との接触・衝突・融合あるいは分化を経ることで、歴史上、儒学の形態には多元的な特徴が存在し、朝鮮（韓国）儒学・日本儒学・ベトナム儒学が発展したが、東アジアの文化史上における陽明学の発展もまたこのようなものであったし、中国ひいては東アジアの人文史上、所謂「原陽明学」など存在し得ない。なぜなら陽明学は数学や物理学といった客観的な知識の体系ではなく、内容豊富な人文的価値観念の思想体系であり、異なる文化の接触と交流していく過程で、その必然として様々に転化する可能性を持っているからであり、そしてこのことは、人文的な価値や意義そのものが同質化した一個の世界となったりはし得ないことによっている。

宮城公子氏の問題に再び戻ろう。自己の研究の経験からすると、大塩中斎が陽明学者であると氏は認めているが、これは大塩自身がそのことを明確に自覚し意識していたことによる。しかし、氏はまた率直に以下のようにも指摘する。つまり、結果から見ると、「大塩の思想が王陽明のそれからどれだけ踏み出すものをもっていたかは疑わしい」とする。[45]言い換えれば、大塩自身の言葉のみを根拠として彼を陽明学者だとは認定できないのであり、この問題についてはさらに「厳密な考察」をしなければならないと氏は指摘するが、[46]それはこのことにおいて「日本の陽明学」をいかに理解するかという問題が関係してくるからである。

宮城公子氏はさらに溝口雄三の研究を例とし、溝口が「日本の陽明学」と「中国の陽明学」の比較考察を通じて、以下のように考えていると指摘した。すなわち、「日本の陽明学」は「心情的陽明学」で、「理」に偏った中国の陽明学とは根本的な違いがあり、「日本の陽明学」は「何を為すべきか」に関心がなく、「自己がどういう心地でどう接しどう応ずるか」を重んじていて、このことは江戸初期の中江藤樹から幕末の吉田松陰まで均しく見られる日本陽明学の一貫した基本的特質であり、戦後の三島由紀夫からでさえ彼が「心情的陽明学徒」であったことがわかる、と。(47) しかし、宮城公子氏からすると、溝口雄三は中国の陽明学を検討する際にはそれを中国の社会状況に置いているが、日本の陽明学を検討する際には江戸初期から現代の三島由紀夫にまで跨っており、このような考察は全く「杜撰」で歴史的視野を根本的に欠いたものである。(48) なぜなら、「日本陽明学」についても、社会や時代の歴史的状況について具体的考察を展開することで陽明学者たちの思想の特質を分析する必要があり、そうしなければ、江戸思想に対する認識や判断も客観的根拠を失ってしまうことになるからである。(49)

所謂「日本の陽明学」という曖昧ではっきりしない表現を問いただす声が日本の学界に存在しているわけだが、このことは注目に値する。「日本の陽明学」を、問題を見つめる視角あるいは比較考察のための方法にしてしまう前に、もっと注意したほうがよいことがあるのかもしれない。つまり、日本の歴史上に存在する陽明学者の思想テクストに対してより厳密な思想的解読を行うことで、所謂「東アジア的視野」を抽象的方法とし、歴史の具体的な対象を顧みないような事態を是が非でも避けなければならない。そうであってこそ、我々は前近代日本陽明学と近代日本陽明学の思想的特質の所在を真に把握する可能性を持つのである。

しかし、もう一つの極端な傾向にも注意しなければならない。すなわち、あらゆる歴史は単なる史料学で、いかなる理論的な巨視的見識も歴史から外れた後人の虚飾であり、思想史や儒学史であっても、その思想上の興趣や道理上の含意を全く顧みることなく、思想史の中の理論や価値あるいは観念を歴史の外へと切り離してよい、と考えるのがそれである。こうした歴史的な絶対主義のように見える研究態度——歴史復元法を通じて、「すべてが歴史主義化された」と信じることは、実はそれとは真逆の、人類の観念史あるいは思想史には特定の社会と歴史を超越した普遍的価値など何ら存在しないとする考えをもたらし、歴史相対主義という旧套の中へと陥ってしまうことになる。明らかに、こうした研究態度あるいは立場は好ましいものではない[50]。

最後に指摘しなければならないのは、「二つの陽明学」は日本近代陽明学の特殊な現象で、その中にも様々な異なる類型があり、最も主要なのは「右翼陽明学」と「左翼陽明学」、「前近代陽明学」と「近代陽明学」の二つだということである。溝口雄三による「中国陽明学」と「日本陽明学」の厳格な区別は一定の学術的意義を持つものの、このような区別は明らかに別の偏向を招く恐れがある。つまり地域の違いによって、例えば「朝鮮陽明学」（あるいは「韓国陽明学」）と「日本陽明学」といった、更に多くの類型の陽明学を区分できることになり、結果として歴史相対主義を招いて、陽明学の思想的意義が「相対化」ひいては「虚無化」されてしまうことになる。現在の東アジア儒学研究の分野において、文化多元論は重要な共通認識となってはいるが、多元性は「一体性」を排除しないのであり、所謂「多元一体論」は宋明儒学の「理一分殊」という重要な観点と符節を合わせたように一致する。それゆえ、多元主義は相対主義と同じではないのである。

本論の考察を通じ、省察に値するのは以下の点である。すなわち、吉本襄・東敬治から石崎東国に至るまで、近代日本陽明学は「国家主義」に近づいたり「民間主義」へ向かったりといった複雑な様相を呈しており、その全体的な思想の特質は、溝口雄三の言う「心情的陽明学」や「心本主義陽明学」といったはっきりしない言葉ではカバーできない可能性があり、このことに対応して、「理本主義陽明学」という中国陽明学の特質についての溝口の規定も、独断に失するのを免れないであろうということである[51]。重要なのは、近代日本陽明学の「右往左往」する思想進路を考察することを通じ、陽明学はそれを道具として扱うのでない限り、一つでしかあり得ないという示唆が得られることである。もちろん、異なる文化との接触の過程で、陽明学の発展形態は「特殊」であり得るが、そこに含意される内容は依然として「普遍」のものである。そうでなければ、陽明学は特殊な中国陽明学や特殊な日本陽明学あるいは特殊な韓国陽明学でしかあり得ず、際限なく分化されてそれぞれの道理に従うことになるが、このようであるなら、陽明学に普遍的意義などないことになり、その結果、必然的に「陽明学」を歴史博物館送りにするしかなくなってしまう。なぜなら普遍性を欠いた陽明学はまた生命力を喪失していることを意味するからである。

注

（1）『理想』第五一二号、一九八一年一月初出、『溝口雄三著作集』所収、李暁東訳『李卓吾・両種陽明学』（北京、三聯書店、二〇一四年）に中訳版がある。

（2）『復旦学報』二〇一七年第二期所載。

（3）溝口雄三「二つの陽明学」（『理想』第五一二号、一九八一年一月）、六八―八〇頁。『溝口雄三著作集』所収、李暁東訳『李卓吾・両種陽明学』（北京、三聯書店、二〇一四年）、二〇三頁。

（4）吉田公平『日本における陽明学』、「序論」（東京、ぺりかん社、一九九九年）、一一頁。

（5）東京、鉄華書院、一八九八年。

（6）梁啓超と陽明学の関係については、竹内弘行「梁啓超与陽明学」（『伝統文化与現代化』一九九四年第一期）、九二―九五頁を参照。現代新儒家の大部分が陽明学を理論的根拠にしていること、梁啓超が晩年の一九二〇年代に陽明学の宣揚に全力を尽くしたことなどから、竹内は「我々は梁啓超を現代新儒家の最初の開拓者と位置づけることができる」としている（同上、九五頁）。ここで触れられている梁啓超の歴史的位置づけの問題は後日また別個に論じたいが、筆者から見ると、梁啓超は「近代新儒家」と位置づけるのがより適当ではないかと思われる。拙文「近代中国転型時代〝政教関係〟問題――以反思康有

為〝孔教〟運動為核心」の「結語：関於〝近代新儒学〟的幾点反思」（『杭州師範大学学報』二〇一七年第二期）、二〇—二四頁を参照。また陳来「梁啓超的〝私徳〟論及其儒学特質」、楊貞徳主編『視域交会中的儒学：近代的発展』（『第四届国際漢学会議論文集』、台北、中央研究院、二〇一三年）を参照。

（7）吉田公平『日本における陽明学』、「序論」（東京、ぺりかん社、一九九九年）、一〇—一一頁。

（8）鄧紅「何謂〝日本陽明学〟？」（『華東師範大学学報』二〇一五年第四期）、一五三—一五四頁。

（9）黄宗羲『明儒学案』巻四十八「諸儒学案二・文荘汪石潭先生俊」（北京、中華書局、一九八五年）、一一四二頁。

（10）陳建『学蔀通弁』続編巻下、明嘉靖刻本、八一頁。

（11）鄒元標『願学集』巻六上「我疆孟先生墓誌銘」に「里に宏山（引用者按：張後覚）先生なる者有り、夙に陽明学に志し、公（引用者按：孟秋）贄して学を受く。」とある（『文淵閣四庫全書』、中国古籍基本庫、二〇一頁）。

（12）陳竜正『幾亭外書』巻一「陽明学似伯功」、明崇禎刻本、二四頁。

（13）柳希春（一五一三—一五七七）『経筵日記』宣祖九年（一五七七）の条に、「『学蔀通弁』印送」という記述がある（柳希春『眉岩集』巻十三『経筵日記』、『韓国文集叢刊』第三四輯、ソウル、民族文化推進会、一九九六年、四五八頁）。そして李栗谷（一五三六—一五八四）は一五八一年に「『学蔀通弁』跋」を書いている（『栗谷全書Ⅰ』巻十三、『韓国文集叢刊』第四四輯）。こうしたことから、陳建の『学蔀通弁』は早くも明代中期にはすでに朝鮮に伝わっており、朝鮮儒者から褒め称えられていたことがわかる。林月恵「朝鮮朝前期性理学者対王陽明思想的批判」（『台湾東亜文明研究学刊』第一〇巻第二期、二〇一三年一二月）を参照。

（14）『林羅山文集』巻七十五「随筆」十一、吉田公平『日本における陽明学』第一章「日本における『伝習録』」（東京、ぺりかん社、一九九九年）、二五—二六頁より引用。

（15）丸山真男「開国」、同氏『忠誠と反逆——転形期日本の精神史的位相』（東京、筑摩書房、一九九八年）、『講座現代倫理』第一一巻「転換期の倫理思想」、一九五九年初出。

（16）佐藤一斎と陽明学の関係については、永冨青地「佐藤一斎は朱子学者か——『欄外書』の記載より見たる——」（『東亜朱子学

国際学術検討会――日韓朱子学的伝承与創新』、二〇一五年)、三八一―三九〇頁、永冨青地「佐藤一斎是一位朱子学者嗎？――就《欄外書》的記載而談」(鄭京慧訳、『歴史文献研究』二〇一六年第一期)を参照。

(17) 高瀬武次郎『日本之陽明学』(東京、鉄華書院、一八九八年)、井上哲次郎『日本陽明学派之哲学』(東京、冨山房、一九〇〇年)。井上の陽明学についての理解は以下のようであった。すなわち、陽明学は「明の陽明に出づと雖も、一たび日本に入りてより忽ち日本化し、自ら日本的の性質を帯ぶるに至れり。若し其顕著なる事実を挙ぐれば、神道と合一するの傾向あり。拡充して之れを言へば、国家的精神を本とするの趨勢あり。」(『日本陽明学派之哲学』、五七三―五七四頁)。

(18) 一般的な理解によれば、日本近代の「国家主義」は「天皇を君主とする日本の国家の体制が、古代以来不変であり、その体制の秩序は絶対的に尊重しなくてはならない」という思想的特質を持っていた(尾藤正英『日本の国家主義――「国体」思想の形成』、東京、岩波書店、二〇一四年、二五〇頁)。家永三郎は井上哲次郎の哲学を典型的な「国家主義的哲学」だとしている(家永三郎「明治哲学史の一考察」、同氏『日本近代思想史研究』、東京、東京大学出版会、一九五三年)。

(19) 岡田武彦監修『複刻陽明学』、「総論」(東京、木耳社、一九八四年)、五―七頁。

(20) 吉本襄『陽明学』第一巻第三号、岡田武彦『複刻陽明学』、六頁。

(21) 吉本襄の言葉、『陽明学』第一巻第三号、岡田武彦『複刻陽明学』、六頁に見える。

(22) 岡田武彦監修『複刻陽明学』、「解説」、一一頁。

(23) 岡田武彦監修『複刻陽明学』、「総論」、八―九頁。

(24) 拙著『東亜儒学問題新探』、第七章「徳川日本心学運動中的中国因素――兼談〝儒学日本化〟」(北京、北京大学出版社、二〇一八年一月)、『中華文史論叢』二〇一三年第二期初出を参照。

(25) 所謂「陽明学明治維新原動力」説が誰によって提起されたのかについて確かな考証はされていないが、一般にその嚆矢は国粋主義者三宅雪嶺(一八六〇―一九四五)だとされている。彼は一八九三年出版の著作『陽明学』の中で「維新前身を挺して立てる者は、多く陽明良知の學を修めり」という観点を提起している(『三宅雪嶺集』、柳田泉編『明治文学全集』第三三巻、東京、筑摩書房、一九六七年、三一三頁)が、そこで言及される人物リストは大塩中斎・春日潜庵・西郷隆盛及び高杉晋作などである。前掲の拙文「関於〝東亜陽明学〟的若干思考」を参照。
(26) 吉田松陰思想に関する下程勇吉の詳細な研究によれば、吉田は逝去した安政六年（一八五九）にようやく李卓吾の『焚書』を読んで惹きつけられたが、彼は朱子学者でも陽明学「至上主義者」でもなかった。それは『己未文稿』で自ら以下のように述べているからである。すなわち、「吾れ嘗って王陽明の『伝習録』を読み、すこぶる味あるを覚ゆ。この頃、『李氏焚書』を得たるに、また陽明派にして、言々心に当る……然れども吾れ専ら陽明学のみを修むるにあらず、ただその学の真、往々吾が真と会うのみ」。下程勇吉はこの記述にもとづき、吉田松陰を陽明学者と見なしたり、李卓吾『焚書』のその思想への影響を過大視したりするのは不適切だとしている（同氏『吉田松陰の人間学的研究』、千葉県、広池学園出版部、一九八八年、二四二頁を参照）。下程勇吉のこの研究結果は注目に値する。
(27) 宮城公子『大塩平八郎』（東京、ぺりかん社、二〇〇五年）、七頁。
(28) 岡田武彦監修『複刻陽明学』、「解説」、一―二頁。
(29) 『陽明学』第一巻第一号所収、宮内黙蔵「伝習録を読む心得」、岡田武彦監修『複刻陽明学』、二一―二七頁を参照。
(30) 岡田武彦監修『複刻陽明学』、「解説」、三頁。
(31) 『読売新聞』、岡田武彦監修『複刻陽明学』第一巻第三号、四七頁より引用。
(32) 『岡山日報』、岡田武彦監修『複刻陽明学』第一巻第四号、四五頁より引用。
(33) 岡田武彦監修『王学雑誌』上巻、東京、文言社、一九九二年、一三頁。
(34) 岡田武彦監修『王学雑誌』上巻、東京、文言社、一九九二年、一四―一五頁。
(35) 丸山真男「近代日本の知識人・追記」、同氏『後衛の位置から――『現代政治の思想と行動』追補』（東京、未来社、一九八二年）、一三〇頁を参照。丸山真男の視点によれば、こうした「外来普遍」と「固有土着」は「対立」の「悪循環」を起こすが、特に近代以降日本へ入り込んできた所謂西洋的普遍は一種の「疑似普遍主義」となったのであり、真の意味での普遍主義ではない。前近代の儒学思想も日本へ入って日本固有の文化との間に「外来普遍」と「固有土着」のもつれを形成した。拙著『当中国儒学遭遇〝日本〟――19世紀末以来〝儒学日本化〟的問題史考察』、上海、華東師範大学出版社、二〇一五年、一一三―一一八頁。

(36) 石崎東国の生涯とその思想については、吉田公平「石崎東国年譜稿」(東洋大学『白山中国学』第一三号、二〇〇七年一月)、四一―一二一頁を参照。

(37) 内部で発行された『陽明』はまた『小陽明』とも称される。山村奨の考察によれば、「小陽明」という言葉は江戸末期の著名な史学者である頼山陽(一七八〇―一八三二)の大塩中斎に対する評語に由来するが、現在すでに全三号の『小陽明』の存在を確認することはできない。山村奨「明治期の陽明学理解――社会主義と明治維新との関係から」(『東洋文化研究』第一八号、二〇一六年)、一一六頁を参照。明治四十四年一月五日「新年号」の『陽明』第七号の「編輯雑記」(おそらく石崎東国の手筆)によれば、第四号から社会に向けて発行した理由の一つは、内部発行では「危険思想」を見つけられるのを恐れて「秘密出版」していると疑われる可能性があったことだが、最も主要な理由はもちろん「広く伝道」することであった。またこの「編輯雑記」の説明によれば、第一号と第二号は三百部印刷だったが、第四号と第五号は五百部へと増刷され、第六号から発行部数が一千部に達した。『陽明』の一部コピーを提供してくださった京都大学博士後期課程福谷彬氏及び東北大学留学生趙正泰氏に、この場を借りて感謝する。

(38) 荻生茂博『近代・アジア・陽明学』所収「近代における陽明学研究と石崎東国の大阪陽明学会」(東京、ぺりかん社、二〇〇八年)、四〇五―四〇六頁。

(39) 岡田武彦監修『複刊陽明学』第一巻第二号「精神の修養」、二頁。

(40) 荻生茂博『近代・アジア・陽明学』所収「近代における陽明学研究と石崎東国の大阪陽明学会」(東京、ぺりかん社、二〇〇八年)、四〇六頁より引用。

(41) 石崎東国『陽明学から太虚主義へ』(『陽明』第五巻第三号、一九一六年四月五日、一頁)。傍点は原文のもの。

(42) 石崎東国「大塩中斎先生の経済思想に就て」(『陽明』第七八号、一九一八年)。山村奨「明治期の陽明学理解――社会主義と明治維新との関係から」(『東洋文化研究』第一八号、二〇一六年)、一一一頁より引用。

(43) 荻生茂博の考察によれば、石崎東国の「大阪陽明学会」成立は「大逆事件」(「秋徳事件」とも。日本社会主義の先駆者幸徳秋水等が天皇謀殺という「大逆不道」を仕掛けたというぬれぎぬを着せられた事件）発生の二か月後のことで、井上哲次郎はこの事件を利用し、ある陽明学者たちは「表に致良知を標榜、陰に社会主義を宣伝」（荻生茂博『近代・アジア・陽明学』、四〇六頁）していると非難した。事実、井上は夙に一九〇〇年出版の『日本陽明学派之研究』ですでに大塩中斎の反乱が「社会主義に合するもの」だと指摘している（四〇八頁）。ただ、石崎東国から見れば、井上一派の東京陽明学運動はすでに陽明学の「正道」から逸脱し、一種の「官学」あるいは「御用学問」となっていたのであり、ゆえに石崎は境界をはっきりさせるために、「在野の活動」を堅持し続けたのである。荻生茂博『近代・アジア・陽明学』所収「近代における陽明学研究と石崎東国の大阪陽明学会」、四〇六―四〇七頁を参照。

（44）石崎東国「革命家としての大塩平八郎」（『我観』一九三〇年九月号）を参照。

（45）宮城公子『大塩平八郎』、「序」（東京、ぺりかん社、二〇〇五年）、六頁。

（46）同上書、二九三頁。

（47）溝口雄三「日本的陽明学をめぐって」（『現代思想』巻一〇―一二「総特集・日本人の心の歴史」、東京、青土社、一九八二年、三四二―三五六頁）、同氏「中国近世の思想世界」、『中国という視座』（東京、平凡社、一九九五年）、一〇〇頁。

（48）宮城公子『大塩平八郎』、二九四頁。

（49）同上注。

（50）丸山真男は、例えば江戸中後期の国学者たちは歴史復元の方法で日本上古の「記紀神話」の歴史イメージを復元できると深く信じ、「歴史主義化された世界認識」を再構築したが、その結果「現在の、そのつどの絶対化」となったと鋭く指摘している（丸山真男『忠誠と反逆――転形期日本の精神史的位相』、東京、筑摩書房、一九九八年、四二一―四二三頁）。江戸時代の国学者の絶対的歴史主義の態度が、歴史相対主義を招くかもしれず、その結果は現実的つまり合理的「現状絶対化」・「現実本質化」しかないと言うのである。このことから、明治時代の国学派の思想が帝国日本の御用哲学となったのは理由のないことではないとわかる。

（51）溝口雄三「日本的陽明学をめぐって」（『現代思想』巻一〇―一二「総特集・日本人の心の歴史」、東京、青土社、一九八二

年、三四二—三五六頁）初出、中訳本『李卓吾・両種陽明学』、孫軍悦・李暁東訳（北京、三聯書店、二〇一四年）、二三一—二四三頁所収。

# 「市民宗教」と儒教
## ――中国の現在、日本の過去と儒教復興

キリ・パラモア
（胡　穎　芝訳）

本論文は、近代日本における儒教の歴史を題材に用いて、これまでの現代中国における儒教復興に関する研究を批判することを目的とする。現在のそうした研究では、二十世紀における日本と中華民国との対立によって近代儒教が形成されたことがしばしば用いられるが、その形成に民族主義が応用されたことは必ずしも理解されてはいない。現在の中国における研究方法は、二十世紀中期において日本の影響を受けたアメリカ人学者（例えばロバート・ベラー）の研究成果から、二十世紀初期の日本の帝国主義者と中華民国の民族主義者までの儒教の歴史を遡るものである。このような研究は、宗教および哲学に対して新たに個人主義と近代主義の視点を用いて、「儒教的価値観」と「儒教の哲学」を社会的実践と伝統的現実から切り離し、これに代って文化民族主義を注ぐために儒教を完全で知的な「空き箱」に転換するものである。本論文では、現在の研究がこのような近代主義の方法を継続的に用いることにより、類似する儒教の民族主義的な搾取を無意識のうちに促進する可能性があると強く主張するものである。

併シ永キ國史ノ成跡カラ推シテ數世紀後ニ於ケル世界ノ運命ヲトシマスレバ西洋文化モイツカハ我ガ國民ノ手デ同化ノ洗練ヲ經ル時代ニ到達スルデアラウト考ヘマス之ガ我ガ國民ノ一大抱負デアリ又一大使命デアルト確信シマス

（鳩山一郎、文部大臣、一九三四年一月二十七日、日本儒教宣揚会発会式において、日本儒教宣揚会 一九三四、一五頁）

アメリカ人は、我々の共和制の実験が世界中に及ぼす責任と意義を最初から気づいている。

（ロバート・ベラー 「アメリカにおける市民宗教」（Civil Religion in America）（［一九六七］二〇〇五、五三頁）

ロバート・ベラーRobert Neelly Bellah（一九二七―二〇一三）は、ちょうど儒教の政治に関する新しいブームの最中に逝去した。彼の死は、アジア研究における政治社会研究分野の中で、メタ理論が宗教研究においてどのように扱われてきたか、またどのように扱われているかを再考する契機となりうる。ベラーの研究は確かにその量と影響において不朽であるが、彼が素早く遠ざけた一九七〇―八〇年代の彼のある理論が、最近の儒教に関する解説の中で復活しているのは皮肉である。「市民宗教」は、アメリカの歴史の中でとりわけ挑戦的な時期だった一九六〇年代後期、ベラーによって提案された概念である。ベラーの最後のインタビューで―皮肉にもそれはアンナ・サンAnna Sunと楊鳳崗Fenggang Yangの取材であった―、彼はこの概念が最初に現れたときの文章は強要されて書いたものであり、そして最初から、その後この概念が他人に利用されたときも、常に不快感を覚えたと認めている（楊・Sun 二〇一四、六頁）。実際、ベラーは最初この概念を提案した論文（ベラー［一九六七］二〇〇五）でも、すでにこの概念の危険性を意識している―「この概念は昔から、今日でも狭量な利益と醜悪な感情を隠すために使われている」（ベラー［一九六七］二〇〇五、五五頁）。彼の「市民宗教」という概念に対する明確な表現は、もともと規範的なものというより歴史的なものである。彼にとって、市民宗教は単純にアメリカ政治における歴史的かつ継続的な基礎の一部であり、かつそれが「醜悪な感情」に悪用されないように常に気をつけなければならないものであった。彼の論文には、アメリカ例外論のイデオロギーのかすかな示唆も現れているが、これは単に彼が最初からこのモデルが他国に応用されてしまう可能性を予想していなかったことを証明している。彼はこの概念を万能薬として他国にも使おうと提唱してはいなかったのであり、それどころか彼の論文をアメリカのベトナム戦争に対する軽い非難として捉えれば、彼は実際にはアメリカモデルを他国へ押し付けることに注意を与えていると考えられる。

ベラーの「市民宗教」概念が、現在の新世代の社会科学者によって規範的な概念として扱われ、ほかの国―特に中国―にも応用されることは、彼には想像もつかなかったことである。規範的な面を被ったベラーの「市民宗教」概念の復活は、実際には人類学と社会科学研究におけるもっと大きな潮流の一部に見える。この潮流は、中国とその衛星国の絶対的な力が高度資本主義に乗り込むことに伴うものであり、それが宗教の爆発を理解しようとするために、いくつかの古い文化と宗教のメタ理論を復活させるのである。楊鳳崗とアンナ・サンがベラーの概念を用いて、儒教を中国にとって希望に満ちた市民宗教として想像しているのに対し、ほかの学者―例えば蔣慶Jiang Qingと陳維綱Chen Weigang―は、マックス・ウェーバーの理論を、或いは少なくともウェーバーを追憶する社会学モデルを復興することによって構築するのと同じように理想視しながら、中国または「中華圏」において儒教に触発された政治制度を構築しようとする。（陳維綱　二〇一四・蔣　二〇一二・Sun　二〇一三・楊とTamney　二〇一二）

このところの儒教に関する学術的なブームは、東アジアにおける儒教復興への反応および中国の伝統への関心の高まりに代表されるだけではなく、幅広いかつての社会科学のメタ理論の復活とその応用によって、宗教的伝統と近代性が持つ複雑的な関係を再検討しようとするものとして現れている。いくつかの儒教的伝統に対する解釈が示すように、このようなメタ理論に基礎づけられた研究方法は、過去に遡ることによってそれを強固にするインスピレーションを求めがちである。筆者は、このような傾向に反論し、もっと新しくて歴史的意識のある学問的パラダイムを使うべきであると主張するとともに、特に社会史と宗教人類学の分野において、現在の東アジアにおける儒教の複雑なダイナミクスを理解しようとする努力が認められることを論じたい。後述するように、儒教におけるメタナラティブとメタ理論にまつわる問題は、常に抽象的な「儒教的価値観」を儒教に結びつける傾向を生じがちであり、その結果、儒教が社会的実践より学説に基礎づけられた概念になってしまうと思われる。このブームの中で、儒教への新しい研究方法を見つけるためは、アンナ・サン（二〇一三、三二―七六頁）が述べたように、近代における儒教の研究史を厳密に調査する必要があると思う。また、このような歴史的アプローチは、サンが行っているように、ヨーロッパビジョンだけではなく、近代日本の儒教にまつわる学術の視点―二十世紀においてヨーロッパ、中国、特にアメリカでは強い影響を与えた―を含める必要があると思う。さらに、このような歴史的アプローチは、近代日本の高度資本主義と帝国主義の経験における儒教の歴史を意識しなければならない。その経験から現在中国に起こっている事件との明白な類似点が見られるはずである。

## 儒教、文化と近代性

儒教を近代学術的アプローチによって世界的またはグローバルな観点から理解しようとするとき、一貫してそれに直面する三つの問題点がある。

（1）その深い政治的価値および国家との必然的な緊密関係

（2）伝統的に中国と文化的に依存した同一性

（3）その近代学術の範疇―例えば宗教、哲学と政治―を越えるポジショナリティ殆どの東アジアの歴史において儒教が強い政治的価値をもったことは、西欧の学術研究において政治的用語として頻繁に言及されるようになってきており、特定の価値に帰属する政治文化の指標となることが多い。国際関係学者の中のある者、例えばデイビッド・カンDavid C. Kangと王元綱Yuan-kang Wangは最近の論文でこの傾向に従い、「調和」や「暴力」の特定の特性が付随している「他者」形態の政治を理解するために儒教を文化的キーとして利用している（Kang 二〇一〇；王 二〇一一）[1]。政治哲学者である蔣慶Jiang Qing、范瑞平Rui-ping Fan、陳祖為Joseph C.W.Chanとダニエル・ベルDaniel Bellの研究は、より理想的になり、歴史的ではなくなるが、類似的なことをしている（陳祖為 二〇一四・范とYu 二〇一一・蔣 二〇一二）。彼らの価値判断は結論としては非常に異なるかもしれないが、これらの現代の学者は等しく儒教を中国文化的他者の指標として表現する長い伝統に従っている。ヘーゲルからマルクスを経てウェーバーに至るまで、儒教はいつもその最も有名なマルクス主義的外見やアジア的独裁主義と結合されながら、宗教と国家との間の特定の相互関係を表してきた。これは、宗教、国家、民族と文化の間の「前近代的な」密接な相互関係に関連するものであり、目的論的世界観における儒教の複雑な位置づけの一部であった。

この意味で、ユダヤ教とユダヤ人の関係と同様に、儒教と中国人は「問題がある」として認められている。マルクスは『ユダヤ問題によせて』（Jewish Question）において、ユダヤ人の宗教的信仰、コミュニティ組織と構造があまりにも密接に絡み合ってきた問題を取り上げ（マルクスMarx 一九六八 三六―四五頁）、ユダヤ教がユダヤ文化とユダヤ人から生まれ、ユダヤ文化とユダヤ人を定義するものとして見られた。同じように儒教は、中国社会の独裁的な性質による特徴をもちながら、同時にそのような中国社会の性質も定義してきたのである。これは国家と社会の間の緊密な儀式的なつながりにほかならず、このようなつながりが個人を不明瞭にすることにより儒教は前近代化されてしまった。これが儒教が近代の哲学や宗教、その他に分類できなかった理由である。この問題は、タラル・アサドTalal

Asadによって特定された近代的な宗教思想に関連する問題を思い起こさせるものである。アサドによれば、「啓蒙された社会におけるキリスト教［そして黙示的に他の宗教も含めて］の唯一の正当な空間は個人の信念への権利である」（一九九三　四五頁）。確かに、宗教における個人中心の性質はマルクスの近代性を定義するとともに、ユダヤ教と儒教の近代化を妨げた。[2] これは、「世界宗教としての儒教」、あるいは儒教をグローバルに見たいと思っている人にとって、明らかに問題となる。

　儒教研究の専門家や、過去五十年にわたる儒教の提唱者（そして、このふたつのグループは、しばしばアメリカと中国の文脈で重なっている）は、儒教と（近代化による物質主義的価値観の点で）成功した社会―とりわけ日本、また一九八〇年代からの「アジア四小龍」である韓国、台湾、シンガポール―を連結させることにより、これらの問題を回避してみせた。これらの社会は儒教的であり、しかも近代性において物質的に成功しているため、儒教は近代性に適合するとの議論が示唆されている（杜維明 Tu Wei-ming　一九九六）。「中国の台頭」によって、中国をこのリストに追加することもできるし、前述した学者たちの中には、このことに関わる知的基盤において儒教の近代性について主張している人さえいる。彼らは、儒教の教義内容が自由民主主義と資本主義に特に適していることを示唆する。これらは概して言えば、一九八〇からと九〇年代にかけてのセオドア・ドウ　バリー Wm.Theodore deBary、杜維明 Tu Wei-ming とその他の学者のアプローチであった（コーエンCohen　一九八五・ドゥバリー　一九八三、二〇一三・杜維明　一九九六）。ロバート・ベラーの『徳川宗教』（Tokugawa Religion）（一九八五）も、広く言えばこれらのウェーバー主義の輪郭に沿って読むことができる。

　このアプローチは、価値観としての観念に焦点を当てることにより、近代化のパラダイムに儒教を提示しようとする試みと見なされ、「哲学」的綱領の中で、あるいは少なくとも世界観といった次元ではなく、より広いドイツ哲学概念の中で議論されている。このように、儒教の学問的文脈化を再考する二十世紀のこれらの試みは、十九世紀後半から二十世紀初頭にかけての仏教「近代化」の試みと類似している。仏教における再建を通した伝統の近代化は、「再分類」を核として、「哲学」や「宗教」といった西洋のカテゴリーで調整され定義されることによって、その伝統がきちんと再展開された（末木 二〇〇四）。その現代版はダニエル・ベルの哲学としての儒教の議論、あるいは儒教のための「宗教哲学」というカテゴリーを作り出そうとする杜維明の試みである。重要なのは、儒教が近代性の一形態であると主張する最も単純なアプローチでさえ、儀式や風習よりむしろ「儒教的価値観」に焦点を当て、それによって主に教説的または教義的に由来した用語を梃にして儒教を再構築する傾向があるということだ。

このように、儒教の政治的性格、中国の文化的根源、近代学術カテゴリーへの適合性の欠如に対する前世紀の反応は、実際にこれらの問題が相互に関係し強化されてきた。

## 市民宗教　VS.　国家宗教—日本の歴史とアメリカの規範

アンナ・サンの『世界宗教としての儒教』（Confucianism as a World Religion）（二〇一三）は、伝統的な思想に基づくアプローチに社会学的視点を加えることにより、これらの問題についていくつか新たな展望を広げようとしている。サンは現代中国の儒教の現実—それは活気に満ちた宗教運動と一般的な宗教復興の一部として大中華を席巻している—を分析しようとする。この運動の社会的性格に焦点を当てようとするサンの試みは、明らかにアサドの後継として位置づけられる。さらに、サンは自分の研究を、次の広範かつきわめて興味深い学問的および政治的問題に結びつけることによって、社会学的研究を超える地点まで進めている。

（1）近代西洋学界における儒教を「世界宗教」と同一視する歴史
（2）中国共産党と中国の学術機関における最近の儒教の定義に対する議論
（3）中国との関連で、今後数年間に儒教が果たす政治的および社会的役割に関する考察

これにより、サンは文献学の歴史と関わらせることを意識しながら、社会学的アプローチと現代社会に焦点を当てる研究を組み合わせようとした。

このアプローチの画期的な性質にもかかわらず、結局、サンは儒教の社会学的分析をうまく軌道に乗せることができなかった。著書の最初の三章で展開された懲戒に関する歴史と談話の議論は魅力的であるが、第二部では、社会学的分析の試みが単なる統計のリストに堕している。それとともに、彼女の社会学的研究における問いは、個人、個人的経験とその「変換」や「信仰」への理解に焦点を当てたものであるが、実際にはアサドとその他の学者が警告してきた〝個別化した近代宗教〟の考え方に後退してしまった。サンの社会学的アプローチの失敗は、彼女が出す結論において、ベラーの理論を後退させることとなった。サンはあまりにも曖昧な言葉でその著書を締めくくるのである。「儒教復興の未来は、疑いなく私たちに不安を与えるが、それと同時に大きな希望も持たせてくれる」（Sun 二〇一三、一八三頁）。この不安とは、ネガティブ・ナショナリズムを指している。最後の一章では、「儒教的ナショナリズムの政治」と題された小節があり、「中国はごくわずかの可能性で、日本の「国家神道」のように儒教を「国家儒教」の形に成型しようとする」との結論を出している（一七八頁）。不安は国家宗教という考え方によって誘発され、それはまた同様に国家神道との類推によって特定されるのである。この本の最後の一句の「希望」とは、ベラーの市民宗教の思想を「特定な宗教に関連していない宗教的集合意識であり、そして市民宗教は民主共和制社会の政治的意識である」とする彼女の特異な解釈を指している（一八〇頁）。サンは、中国における多元的な宗教伝統の中で、儒教が市民

宗教として機能しているように思っている（一八二―一八三頁）。それでこの本の最後の数頁に、私たちは中国の儒教が恐ろしい国家神道のような国家宗教になるのを心配するかもしれないが、結局は儒教が今までのように存続し、中国の市民宗教として役割を果たす宗教多元性の一要素になり、その多元性がベラーの言ったような「共和国の宗教」として機能することを期待できる可能性が高いと述べるのである。

しかし、この結論を歴史的展望とアジアの見通しに適用することは、重大な問題を引き起こした。ここで重要なのは、「国家宗教」化の可能性を否定する際に、サンが取り上げた唯一の例が日本の国家神道であるのは想起すべきことである。しかしながら、近代日本、特に一九三〇年代から四〇年代までのファシスト国家を支えていた宗教の展開が、国家神道に限られていなかったことは確かである。最近の研究で繰り返し言われているように、国家神道は日本における移民排斥主義、超国家主義、独裁皇帝制度、そして最終的に日本ファシズムを支持する「複数の」宗教の柱の一つに過ぎなかった（Faure 一九九三；Kraemer 二〇一一；Victoria 一九九七）。一旦私たちがファシズムや超国家主義を、草の根の社会から生じる力が単にイデオロギーとして課せられるものではないと理解すると―この現象に関する多くの専門家が今のところ合意しているように―超国家主義形成への支持における宗教の役割は単に国家の構造を見るだけではなく、より広範な面から見る必要がある（吉見 一九八七）。新旧の仏教宗派、新宗教、カトリシズムが、儒教と同様に、二十世紀半ばの日本の超国家主義プロジェクトに組み込まれていた。したがって、現代中国における儒教の利用と、二十世紀半ばの日本における宗教の使用とを比較する場合、比較されるのは神道ではなく、まさに儒教であるべきなのである。

国家神道は、日本の帝国主義イデオロギーに関連するとよく言われているが、この学校と軍隊における潜在的な民族主義および帝国主義の教育の基本的イデオロギー形態は、「国民道徳」という表向き世俗主義イデオロギーであった。国家神道は、「国民道徳」という多元的な市民宗教の構築の一部に過ぎないとも言える。国民道徳運動における最も重要な学問の提唱者とイデオロギーの信奉者は、井上哲次郎（一八五五―一九四四）であった。『国民道徳概論』（一九一二）の著者で、東京大学の東洋哲学の教授であった井上は、明治日本の重要なイデオロギー文書―教育勅語―に対する国家の公式解説『勅語衍義』も執筆した。『勅語衍義』は教育勅語とともに学校に配られ、超国家主義者による教育勅語への反応―自由主義者やキリスト教徒への攻撃を含む―の基盤を築くという重要な役割を果たした（パラモア Paramore 二〇〇九、一四一―一五三頁）。井上は、国民道徳の非宗教的性質を繰り返し強調したが、その一つの理由には学校における道徳教育の基礎としてキリスト教を使うという考えが浮上するのと国民道徳とが競合するのを避けようとしたからであった。

井上は、『国民道徳概論』のような著作において、よく知られている言葉の綾で国家神道が非宗教的であると主張し、国民道徳を世俗主義と同一視することにより、神道の道徳的な側面を強調している（Breen と Teeuwen 二〇一〇）。井上は一つの宗教的伝統―神道―を進歩させるために世俗主義論争を用いただけではなく、彼は二十世紀の最初の二十年間に同じような言葉の綾を用いて、近代日本の国民教育とイデオロギー的構築における儒教の一層の活用を一貫して論じていた。一九〇〇年から一九〇五年にかけて出版された日本儒教に関する不朽の歴史的三部作（井上 一九〇〇、一九〇三、一九〇五）では、その各巻の序文において、井上は日本歴史における儒教の伝統を肯定的に評価し、その近代道徳教育への適合性を認めている。二十世紀の最初の二十年にわたって、井上は国民道徳教育の中で積極的により多くの儒教の内容を取り上げるよう働きかけ、同時に教員教育のための国民道徳の中心的テキストを執筆した（井上 一九一二）。例えば、一九〇八年に日本哲学会の公開講座で行った講演で、彼はこう論じていた。

（教育に対して）儒教の如きものが有れば宜いといふのは儒教の目的とする所は純道徳で極く廣い。又之れを學校

で教へても差支ない。何故ならば（仏教とキリスト教と違って）自然科學と戻らない。（井上 一九四四、八〇六頁）

梁啓超（一八七三―一九二九）も、東京で暮らしていた一八九八年から一九〇八年の間、日本哲学会の常連出席者であった。彼は一八九九年にすでに井上哲次郎と出会い、その後、梁はすぐ井上のふたつの作品を翻訳した（Fogel 二〇〇四、一八三頁）。梁が提唱した〝公徳〟の概念は、井上の〝国民道徳〟に直接結びついている（Fogel 二〇〇七頁）。したがって、中華民国と中華人民共和国の両方に影響を与えたイデオロギー構築のセットは、それが市民宗教に類似しているとすることによる構築という点において、儒教の日本的展開と歴史的に結び付けることができる。確かに、日本の例によれば、儒教は国民道徳カリキュラムの主要基盤を提供していると広く認識されており、そして領土拡張主義的侵略の亢進と日本のファシズム化傾向により、儒教は、一九三〇年代を通して大日本帝国イデオロギーにおいてより大きな役割を果たしていた（Collcutt 一九九一；日本儒教宣揚会 一九三四；Smith 一九五九）。

日本の例から得た重要な教訓は、結局ファシズムを支えた国家主義イデオロギーは、井上哲次郎などによって意図的に作られたものであり、それは実際にベラーの定義した市民宗教とそれほど異なるものではないということである。ここでベラーの論点を要約したサンの言葉を借りれば、井上は市民宗教―彼は国民道徳と呼ぶが―を「（一つの）特定の宗教と結びついていない宗教的集合意識および政治的意識」にすることを望んでいた（Sun 二〇一三、一八〇頁）。このことはサンの仮定―イデオロギーを国家が構築する際に宗教における多元性の承認が或る「有望な」ものを確保する―を、単に歴史的な前例に気付いていないのではないと考えることは楽観的すぎることを示すものかもしれない。

結局のところ、日本からアメリカの経験に基づくベラーの議論へ移っても、アメリカの歴史的現実は、アメリカ社会における市民宗教の歴史的役割と考えるサンの理想的ではないにしても規範的な解釈を証明したのだろうか。前述したように、ベラー自身、歴史的現実におけるアメリカの市民宗教をアメリカ国家主義のその時々の否定的な形態と関連づけており、その否定的形態は「国民道徳」体制下で日本が犯したのと同様の、恐ろしい国際暴力行為を促進したのである。[3] ベラーが一九八〇年頃から「市民宗教」という用語の使用を憚るようになったのは、この問題を意識しているからである（楊・Sun 二〇一四、六頁）。サンが、「市民宗教」の概念を通してベラーの自国への理想主義的想像を取りこもうとするのは、井上哲次郎が二十世紀初頭においてドイツの「国民道徳」を帝国主義的な自己想像に取りこんだことを思い起こさせる。井上の大きな仮定は、ドイツ帝国が、国家、民族と宗教間の関係における総括的機能の面では、倣うべき優れたモデルであるとすることである。しかし、サンは二十一世紀初頭のアメリカへのアプローチで同じような問題を含んだ仮定をしているのではないだろうか。

## 文化の独特性―儒教の「世界」？

結局、この問題はサンの著書のタイトルに内在するいまだ実現されない約束のひとつ―グローバル色を帯びた「世界宗教」としての儒教―への検討を思い出させる。サンは、ジラルドGirardot（二〇〇二）などの研究に基づき、「世界宗教」に関するマックス・ミュラーMax Mullerの学術的殿堂を構成する一要素として、儒教を位置づける歴史的背後を雄弁に説明する。しかし、彼女は、世界史における儒教のグローバル化の明らかな問題―より適切には、その顕著な不足―に真剣に関わることは決してない。実際、ミュラーの「世界宗教」の中で、儒教は唯一の存在である。儒教は数千年にわたって歴史的に無能であり、地理的地域をその発端から超えて移動することができなかった。明末・清初の反キリスト教の著者たちは、仏教、イスラム教およびキリスト教が全世界に広まっていったのに対し、それらよりはるかに古い歴史をもつ儒教が西洋人を惹き付けることができなかったことに対して疑問を呈した。実際、中国の冊封国であるベトナムと韓国を除けば、儒教は日本のみに広まった。そして、中国の政治的支配のない前提のもとで、儒教が広まった唯一の例が日本であることは注目に値する。

国家と文化との相互関係において、儒教が中国の境界を越えて広まるのを妨げていたものがあるのだろうか。その多くの歴史的な兆候において、儒教はとりわけ国家と体系的関係を持っていたように見える。多くの儒教の儀式と風習が、国家の儀式だけでなく、文化的にも中国の習慣と密接に結びついていたように見える。一方、儒教が広まっていた唯一の例である日本において、多くの核心的儀式風習が捨てられたことは注目に値する（Mcmullen 一九九六）。漢字文化圏を越えた現代の洗練された形式の儒教（いわゆる「ボストン儒教（Boston Confucianism）」）においてもまた、多くの儒教式儀式の装置が彼らの風習に結びつかず、彼らは彼らの風習であるところの自己修養だけにその実践を制限しているのが通例である（Neville 二〇〇〇）。この意味で、学術用語レベルで、儒教はその総合的性格において「前近代的なもの」であるとする批判も、実際の歴史的問題と関連しているように見える。しかしながら、これらの実際の歴史的問題は、中国の例以外では徹底的には調査されていない。それらを調査するためには、教義と思想を超え、そしてアサドが警告したように信念と風習とにとらわれた個人的概念を大幅に超えた儒教の概念化が必要である。だが近代的形態の儒教の提唱者たちは実際にこれとは逆のことをしている。儒教の社会性の問題に関わるより、彼らは儒教の宗教社会的装置を単に否定することによって、歴史的および社会的問題—特に儀式の配置がもつ社会性—を回避する傾向があった。それと引き換えに、彼らは公然と、あるいは暗に、学術的実践を通して儒教を哲学または思想体系として再構築した。

## 哲学としての儒教、倫理としての儒教、価値観としての儒教

現代におけるその最も明白な例は、儒教の政治的適用性—特に彼が暮らして、教師をしている現代中国との関係—に注意を払う哲学者ダニエル・ベルである。ベルは儒教における社会的暗示と適用性に興味を持っているが、彼の説く儒教は哲学として明白に系統立てて説明されている。それは思想としての儒教、あるいはたかだか価値観としての儒教である（蔣 二〇一二）。彼は自分の儒教概念において、その伝統的儀式の配置やその社会性の歴史と実践を研究に含めていない。杜維明は、所属的には哲学よりもむしろアジア研究に位置付けられ、儒教の宗教的暗示を非常に慎重に扱うにもかかわらず、歴史的社会における儒教の実践に対する観察より、教義的（彼の例は宋・明性理学である）規範に基づく個人中心の実践を通して儒教を定義している。彼の「宗教哲学」思想は、主に個人の宗教的または霊的体験を定めるための哲学的パラダイムである。もし宗教的であれば、それはアサドが定義したような純粋な宗教的近代性である。

こうした哲学や思考といった知的カテゴリーの範囲内における儒教の現代的分類は、実際には二十世紀初頭のアジアの歴史に遡る。自らの儒教研究を「アジア哲学」「中国哲学」「東洋思想」として考える多くの学者は、中華民国イデオロギーの発展という脈絡において、馮友蘭（一八九五—一九九〇）によって生まれた儒教史の概念に強く影響されている（馮 一九六六）。しかし、馮のような学者は、一時代前の中国人学者たち、例えば梁啓超に従い、十九世紀後期から二十世紀初頭にかけての日本における哲学と宗教に関する仏教と儒教の再編に強く影響されている。したがって、近代の儒教研究のアプローチを理解するためには、日本の知的近代化の初期の歴史、そしてその中国と西洋の発

展との関係に戻る必要がある。これは、また私たちに井上哲次郎の存在を思い出させる。一八九〇年、井上は東京大学哲学科（帝国大学文科大学哲学科）の教授に任命された最初の日本人になった。一八八二年に助教授に就任して以来、井上の大学における主要な職務は、「東洋哲学」の講義を担当することであった。彼の生涯における主要な学術的貢献は、この職務―特に明治後期―において、東アジア思想の教育―とりわけ儒教―を西洋の学術的枠組みに融合させ、「日本哲学」としての「国民倫理」の知的な歴史の基盤を作り出す試みと見られる。現在から見て井上の不朽の学術研究は、『国民道徳概論』のような鋭い公文書ではなく、二十世紀初頭に出版された学術史研究である。それは現在の日本において政治的に正しい言葉で「日本思想史」と呼ばれているが、一九四五年までの井上自身の執筆では、常に「日本哲学史」として言及されていた(4)。

しかし、日本の儒教を「哲学」として再構築するという学術プロジェクトは、国民道徳を推進する公的プロジェクトと密接に関わっていた。西洋流の哲学的および科学的分析が日本の公的議論を支配するようになったことに比例して、倫理観―特に「国民道徳」―を中心にする一般的な議論はより哲学と宗教の性質の定義に依存するようになった。日本の国民道徳が日本国内に内在し、「日本哲学」の範疇で説明すべきであると主張する保守的な民族主義者は、哲学を定義し、それによって「日本的な」哲学を見つける必要があったのである。したがって、「日本哲学」の定義は、明治時代における西洋の「哲学」概念を定義しようとする広範な試みに依存していた。そして、何が「哲学」を構成しているかいないかという定義は、次に「宗教」にどのような有用な社会的役割―もしあれば―を帰するべきかという複雑的な問題と関わっていた。これは明治時代の学者において継続して存在しつづけた知的な問題の一つであるばかりでなく、一八七〇年代初めの短期間の仏教抑圧をめぐる論争と同じく、政治的および社会的な問題でもあったことは明らかである。一八九〇年代の文脈、特に井上の「日本哲学」の構築においては、この問題は国家イデオロギーと宗教に関する議論にますます融合されていった。井上哲次郎とその友人であり、出版者・兼新仏教活動家である井上円了（一八五八―一九一九）は、一八九〇年代から一九〇〇年代初頭にかけて「哲学」の再定義によって、哲学における儒教と仏教の居場所の定義に関する議論を発展させた重要人物である（Snodgrass 二〇〇三）。井上哲次郎の一九〇〇年から一九〇五年までの著作における「道徳哲学」としての儒教解釈は、その内容と方法から見ると、一八八〇年代後期における円了の「仏教哲学」と「西洋哲学」との「融合」とはかなり異なっているものであるが、両方とも同じ基礎の上に立っている。それらの基礎は、基本的に政治と個人の範囲の分離が強調され、それによって哲学と宗教のカテゴリーの分離が支えられていた。したがって、「哲学」としての儒教は、現代の学術的殿堂における合理的な知識の範疇に位置付けられ、政治に関する議論に影響を与える特定の役割を割り当てられていた。しかし一方で、その宗教的コミュニティ、儀式および実践の要素は取り除かれた。そして過去一世紀にわたって、西洋を含む近代の儒教研究者のほとんどは、彼らが自覚しているかどうかにかかわらず、このモデルに従ってきたのである。

少なくとも日本における宗教の歴史的な事例から、宗教と社会の因果関係に対する脱文脈化的アプローチを意識することは重要である。このような儒教の再定義は、現代のカテゴリー内でそれを機能させ、国家のような現代の制度とそれを相互作用させることを可能にしただけでなく、より重要なのは、井上哲次郎が望んだように、儒教的価値観を哲学に関連させることが許されたことにある。確立している宗教制度、定められた宗教的社会基盤および宗教的文脈から孤立させられた儒教は、ある程度までいかなる民族主義的帝国主義の要請でも受け入れられるオープン・ボックスあるいは空っぽのカテゴリーになってしまった。このような「オープン・ボックス」の特徴は、近代化された儒教の多くの形態に見られる。社会制度や実践から離脱し、単なる知的価値観にすぎないのであるから、理論的にはテキストに関連するどのような価値観や信念であっても、儒教に要求し得るのである。これは実際、タラル・アサドの理論—啓蒙された社会における個別化された信念に基づく宗教の性質—と一致し、いくばくかこのような機能—慰藉を提供される個人的信念—を有している哲学を宗教に変えるのである。実際、二十世紀半ばの日本では、儒教は一つのカテゴリーとして非常に曲解しやすくなり、ファシズム戦争犯罪者たちも、東京裁判において弁護の一環として儒教的価値観を使っていた（Kiyose［一九四七］一九九五、三八頁）。「儒教的価値観」は、一旦社会的実践の歴史から離脱してしまうと、何らかの意味に解釈されることが可能になるだけでなく、何らかの意味に解釈されてしまうことを避けられないのである。

## 宗教としての儒教

哲学としての儒教研究は、無害な実践でもなければ、歴史のないものでもない。それは東アジアの近代政治史と深く関わっている。弁解としての哲学は、常に民族や文明のラベルに関連付けられた、—例えば「中国哲学」、「アジア哲学」、「東洋伝統」の一部分、また一九三〇年代から四〇年代の「大日本帝国」と儒教の関係のように。言い換えれば、儒教を哲学として分類することによって、その文化的特異性および政治的価値が強化され、いうまでもなくその一連の儀式がもつ社会性と文化的に組み込まれた実践は曖昧にされたのである。

しかし、現在の儒学研究ブームの中で出版された多くの書物のなかには、それとは異なるアプローチがとられ始めているものもある。例えば、陳勇 Yong Chen の『宗教としての儒教』（Confucianism as Religion）（二〇一三）は、儒教を宗教として分析するのではなく、現代の知識史のフレームを提供することによって、現代のカテゴリーに内在する問題ある政治の正体を明らかにしている。アンナ・サンの『世界宗教としての儒教』（Confucianism as a World Religion）

（二〇一三）は、過去の研究の問題点を克服するために、はるかに大規模な試みを提示している。結局、サンは儒教にグローバルな面貌を与えられていないが、儒教を方法論的に宗教の社会性―とりわけ今の宗教研究が恵まれているのは社会学と人類学の学術環境である―の中に位置づけることを試みたのは確かである。一方で、彼女のこのアプローチが、有意義な結論を導き出すのに困難であるばかりではなく、ベラーへの模範的な解読に基づきながら最終的には政治論文へと退行してしまうことも興味深いのである。

同様に、楊鳳崗とタムニーの叢書『儒教と精神的伝統―近代中国とそれを越えて』（Confucianism and Spiritual Traditions in Modern China and Beyond）（二〇一二）に収められた論文の多くは、現代儒教の社会的発展を根本的に分析しようとする試みが斬新である。しかし、この叢書でさえ、私たちは、儒教復興に対する問題ある解釈に直面させられる。例えば、康暁光Kang Xiao-guangは、この叢書の冒頭論文にあたり、儒教復興は、「文化的民族主義運動」―現在の中国における社会経済的発展の特別な段階の結果として現れている―とみなされるべきだと主張している。それでよいと思うが、カンは中国人民大学の行政学の教授であり、この大学は伝統的に中国共産党の高級幹部の政治訓練を担当する機関であることも、この「世界平和、そして最終的に中国の国益に貢献する」文化的民族主義の台頭を褒めたたえる理由になっていると思われる（楊・Tamney 二〇一二、七一頁）。康は、「中国の文化的民族主義運動は、中国だけでなく、世界全体の運命を形づくるかもしれない」と結論づけて、楽観的な民族的例外主義の典型的な傾向に従っている（七二頁）。結局のところ、すべてがプロテスタント的な明白な摂理および運命のイデオロギーの輪郭に沿うものであり、それはグローバルな近代化の過程を基礎としているにもかかわらず、これらの見解は未だに儒教に対して畏敬の念を抱いているように見える（Stanley 一九九〇）。

儒教に関する学術ブームにおける最近の研究の多くには、等しくウェーバー主義や他のメタ理論的アプローチが用いられ、政治制度内で儒教的価値観が位置づけられている。これによって、儒教はいかなる社会的または歴史的基盤からも外され、かつ二十世紀の潮流に従って、儒教は特定の文化における世界観として具象化されている。このような潮流は西欧の高度資本主義におけるプロテスタントの位置づけへの反応と置換可能なものである（Veer 二〇〇一）。特に、サン、楊と陳維綱を含む最近の儒教に関する著書の多くは、中国の文脈外にある儒教を無視することによって、このような文化的具象化を無意識のうちに促進している。中国の文化的背景の外で儒教を真剣に研究することへの拒否は、おそらく現在の儒教研究の潮流における最大の危機である。学者たちにはおそらく中国中心主義的なアプローチを儒教の文化的具象化につなげる意図はないが、それは避けられないと思う。これは、キリスト教を比較対象にすると明らかになる。キリスト教を西洋の文脈のみで語るキリスト教に関する研究は、必然的に（しばしば無意識のうちに）近代帝国主義におけるキリスト教文化的視点を暗黙のうちに強めてしまう。現在キリスト教が直面している問題の多くは、過去三世紀にわたるキリスト教と西欧文明を同一視する不当な文化的習慣から生まれたものである。けれども、中世後期から近代初期にかけてヨーロッパにおいて、特に十九世紀の近代資本帝国主義の台頭の一環として、この文化的習慣が発達したことが決して無害ではなかったことを記憶しておくべきである。宗教的伝統を持っているふりをしている文化政策は、もちろん前述した文化的に明白な運命および摂理の思想に関係しているものであり、また冒頭の鳩山一郎の言葉にも反映されている。現在の研究の多くは、儒教のために同じ轍を踏んでいるように見える。

一方、こうして出版されている儒教研究の多くは、中国中心主義の内容を別にすれば、その形式に関する限り若干の希望を与えてくれる。内容ではなく形式から言えば、現在の儒教に関する論文の性質は、その使用言語、出版社、流通、およびその論及対象と距離を保った論説の学術性から見ると、明らかに国際的である。これはおそらく、一九三〇年代の日本と現代中国における儒教復興の間の最大の違いである。現代中国の儒教復興はグローバル的な学術的・

分析的な枠組みのなかで、合理的に議論されており、そして公開的である。何らかの違いをもたらすかどうかは、その結果を待つしかない。

注

（1）国際関係研究におけるこの潮流についての重要な議論は、カラハン（二〇一二）を参照。
（2）アサドの近代的および前近代的な宗教に関する西洋定義は、アサド（一九九三、二三四―二三五頁）を参照。
（3）ベラーは特に「私たちが巻き込まれる」反革命的な紛争―言い換えればベトナム戦争―をはっきりと否定的な態度で指している（ベラー［一九六七］二〇〇五、五三頁）。
（4）この史筆の核心は、日本における儒教の歴史に関する三つの著書―『日本陽明学派之哲学』、『日本古学派之哲学』および『日本朱子学派之哲学』―である（井上 一九〇〇、一九〇三、一九〇五）。

参考文献

日本語文献

井上哲次郎『勅語衍義』（東京・敬業社ほか、一八九〇年）。
井上哲次郎『日本陽明学派之哲学』（東京・冨山房、一九〇〇年）。
井上哲次郎『日本古学派之哲学』（東京・冨山房、一九〇三年）。
井上哲次郎『日本朱子学派之哲学』（東京・冨山房、一九〇五年）。
井上哲次郎『国民道徳概論』（東京・三省堂書店、一九一二年）。
井上哲次郎「儒教の長處短處（哲学会講演）（一九四四年）」、七四五―八〇七頁。
日本儒教宣揚会『日本之儒教』（東京・日本儒教宣揚会、一九三四年）。

末木文美士『近代日本と仏教（近代日本の思想再考２）』（東京・トランスビュー、二〇〇四年）。
吉見義明『草の根のファシズム—日本民衆の戦争体験』（東京・東京大学出版社、一九八七年）。

英語文献

ASAD, TALAL. 1993. *Genealogies of Religion: Discipline and Reasons of Power in Chris-tianity and Islam.* Baltimore, Md.: Johns Hopkins University Press.

BELLAH, ROBERT N. [1967] 2005. "Civil Religion in America." *Daedalus* 134（4）:40-55.——. 1985. Tokugawa Religion: The Cultural Roots of Modern Japan. London: Collier Macmillan Publishers.

BREEN, JOHN, and MARK TEEUWEN. 2010. *A New History of Shinto.* Chichester: Wiley-Blackwell.

CALLAHAN, WILLIAM A. 2012. "Sino-Speak: Chinese Exceptionalism and the Politics of History." *Journal of Asian Studies* 71（1）:33-55.

CHAN, JOSEPH CHO WAI. 2014. *Confucian Perfectionism: A Political Philosophy for Modern Times.* Princeton, N.J.: Princeton University Press.

CHEN, WEIGANG. 2014. *Confucian Marxism: A Reflection on Religion and Global Justice.* Leiden: Brill.

CHEN, YONG. 2013. Confucianism as Religion: Controversies and Consequences. Leiden: Brill.

COLLCUTT, MARTIN. 1991. "The Legacy of Confucianism in Japan." In *The East Asian Region: Confucian Heritage and Its Modern Adaptation,* ed. Gilbert Rozman, 111-54. Princeton, N.J.: Princeton University Press.

COHEN, PAUL. 1985. "The Quest for Liberalism in the Chinese Past: Stepping Stone to a Cosmopolitan World or the Last Stand of Western Parochialism?: A Review of 'The Liberal Tradition in China.'" *Philosophy East and West* 35（3）:305-10.

DE BARY, WM. THEODORE. 1983. *The Liberal Tradition in China.* Neo-Confucian Studies. Hong Kong: Chinese University Press; New York: Columbia University Press.——. 2013. *The Great Civilized Conversation: Education for a World Community.*New

York: Columbia University Press.

FAN, RUIPING, and ERIKA YU, eds. 2011. *The Renaissance of Confucianism in Contemporary China.* Dordrecht: Springer.

FAURE, BERNARD. 1993. *Chan Insights and Oversights: An Epistemological Critique of the Chan Tradition.* Princeton, N.J.: Princeton University Press.

FOGEL, JOSHUA A. 2004. *The Role of Japan in Liang Qichao's Introduction of Modern Western Civilization to China.* Berkeley: Institute of East Asian Studies, University of California Berkeley, Center for Chinese Studies.

FUNG, YU-LAN. 1966. *A Short History of Chinese Philosophy.* New York: Free Press.

GIRARDOT, N. J. 2002. *The Victorian Translation of China: James Legge's Oriental Pilgrimage.* Berkeley: University of California Press.

JIANG, QING. 2012. *A Confucian Constitutional Order: How China's Ancient Past Can Shape Its Political Future.* Edited by Daniel Bell and Ruiping Fan. Princeton, N.J.: Princeton University Press.

KANG, DAVID C. 2010. *East Asia before the West: Five Centuries of Trade and Tribute.* New York: Columbia University Press.

KIYOSE, ICHIRO. [1947] 1995. "Opening Statement of Japanese Defense Council at Inter- national Military Tribunal for the Far East, February 24, 1947 (Session 166), Tokyo." In *The Tokyo Trials: The Unheard of Defense,* Kobori Keiichiro, 38-39. Tokyo: Kodansha.

KRAEMER, HANS MARTIN. 2011. "Beyond the Dark Valley: Reinterpreting Christian Reactions to the 1939 Religious Organizations Law." *Japanese Journal of Religious Studies* 38 (1) :181-211.

MARX, KARL. 1968. *Selected Essays.* Translated by H. J. Stenning. Freeport N.Y.: Books for Libraries Press.

MCMULLEN, JAMES. 1996. "The Worship of Confucius in Ancient Japan." In *Religion in Japan: Arrows to Heaven and Earth,* eds. James McMullen and Peter Kornicki, 39-76. New York: Cambridge University Press.

NEVILLE, ROBERT C. 2000. Boston *Confucianism: Portable Tradition in the Late-Modern World.* Albany: State University of New

York Press.

PARAMORE, KIRI. 2009. *Ideology and Christianity in Japan.* London: Routledge.

SMITH, WARREN W. 1959. *Confucianism in Modern Japan: A Study of Conservatism in Japanese Intellectual History.* Tokyo: Hokuseido Press.

SNODGRASS, JUDITH. 2003. *Presenting Japanese Buddhism to the West: Orientalism, Occidentalism, and the Columbian Exposition.* Chapel Hill: University of North Carolina Press.

STANLEY, BRIAN. 1990. *The Bible and the Flag: Protestant Missions and British Imperialism in the Nineteenth and Twentieth Centuries.* Leicester: Apollos.

SUN, ANNA. 2013. *Confucianism as a World Religion: Contested Histories and Contemporary Realities.* Princeton, N.J.: Princeton University Press.

TU, WEI-MING. 1996. *Confucian Traditions in East Asian Modernity: Moral Education and Economic Culture in Japan and the Four Mini-Dragons.* Cambridge, Mass.: Harvard University Press.

VEER, PETER VAN DER. 2001. *Imperial Encounters: Religion and Modernity in India and Britain.* Princeton, N.J.: Princeton University Press.

VICTORIA, DAIZEN. 1997. *Zen at War.* New York: Weatherhill.

WANG, YUAN-KANG. 2011. *Harmony and War: Confucian Culture and Chinese Power Politics.* New York: Columbia University Press.

YANG, FENGGANG, and ANNA SUN. 2014. "An Interview with Robert N. Bellah, July 8, 2013." Review of *Religion and Chinese Society* 1 (1) :5-12.

YANG, FENGGANG, and JOSEPH B. TAMNEY. 2012. *Confucianism and Spiritual Traditions in Modern China and Beyond.* Leiden: Brill.

# Ⅳ　日本漢文学の可能性

# 祈禱する弘法大師
## ——密教と漢文学の間にある願文

ニコラス・モロー・ウィリアムズ

大乗仏教の中の祈禱には二つの効能がある—ひとつは自分のために、ひとつは他人のために、みんなが無事に再生できるように祈ることである[1]。菩薩も同様に、世人が救いのために祈るが、世人も菩薩に向かって祈るのが常例である。薬師如来の十二誓願が典型的な例であるが、菩薩になることを誓うと同時に、世人を癒すことを願うものである[2]。祈禱の性質は個人と普遍の二つの面を併せ持つことである。

この宗教思想の背景のなかで祈禱のテーマは東アジアの文学史に大きな影響を与えた。中国の南朝時代にはすでに「願文」という文体が出現していたが、一般的に浸透したのは、唐時代であるということが敦煌文献より知ることができる[3]。いわゆる「願文」は祈りを記すための仏教文学における特殊な文体であり、六世紀から九世紀の東アジア史と密接な関係がある。仏教は後漢時代に中国へ伝わったが、貴族文学に影響を及ぼしたのは六朝時代になってからであった。願文はこの時代の宮廷文学が生み出したものであるが、沈約など有名な文人が絢爛豪華な願文を作成したことからも窺える。

その後仏教の宮廷における位置付けが変化したため、唐代にはこの類の作品がほとんど見られなくなった。この時代に作成された願文として、敦煌から出土された通俗的な作品しか現存しない。この文献は、黄徵と呉偉が編集した

『敦煌願文集』に収集された。[4] 何百篇もの作品があることから見てその人気が窺えるが、スタイルから見ると、かなり無作法に書かれているので、唐文学における地位は低かったと思われる。[5]「願」は梵語*pra-nidhāna*の漢訳で、もともと黙想の意味も含まれていたが、中国の願文では「誓い」と「祈り」の意味が主要になった。敦煌の願文は、いろいろな儀式に用いられているが、病気の完治や死者が浄土で再生できるようにとの願いが書かれているものが多い。[6] 一般的に、文献は三部構成（いわゆるtripartite structure）である――⑴仏教の原理の説明、⑵祈りの対象についての情報（例えば死因や、死者に関する簡単な伝記）、⑶祈り自体。

例えば敦煌の「患文」は、病気を患っている人のために書かれた文で、願文の一種と見てよい。[7] ある「患文」はこのように主人公の病を述べる。[8]

以斯捨施念訟功德、迴向福因、先用莊嚴[9]患者即體、惟願四百四病、藉此云消、五恙十纏、因茲斷滅。藥王藥上、受與神方、觀音妙音、施其妙藥。醍醐灌頂、得受不死之方、賢聖證知、垂惠長生之味。

薬師如来に仏さまの「妙藥」を頼んで祈禱する。患文の結尾で、発言者自身だけではなく、血縁者や大衆などもっと広いコミュニティのための祈りへと発展する。

又持勝福、次用莊嚴持爐施主及內外親姻等、惟願身如藥樹、萬病不侵、體若金剛、常堅常固、今世後世、莫絕善緣、此劫來生、道芽轉盛。然後先亡遠代、承念誦往生西方、見在宗枝、保禎祥而延年益（壽）。摩訶般若、利樂無邊、大眾虔誠、一切普誦。

個人的に病が治るように祈ることは有り得ないので、病人が現在並びに未来にも、みんなが「往生西方」（浄土に再生できる）ように祈る。漢文のスタイルは単純で、四言句が多いが「萬病不侵」のように文法がとても分かりやすく、出典や装飾が極めて少ない文章である。敦煌願文は、限られた事象のために書いてあったのではなく、「テンプレート」（範文）の役割を果たしており、実際に大衆の儀式でよく使われていたと想像できる。

敦煌願文の創作年代は正確には言えないが、幸いにも願文が日本に現存している。靈實という中国の僧が書いた十篇の願文テキストであるが、聖武天皇が七三一年に模写した雑集に収集されている。(10) たとえば、「七月十五日願文」という願文は盂蘭盆（梵語 Ullambanna）の儀式のために書かれたものであり、死者のために供物を捧げる時に朗読されたと考えられる。(11) このテキストの構成は敦煌願文とは違い、駢文体で記入されている。四言句ではなく、隔句対（6—4—6—4、あるいはABAB構成）で書かれている。(12)

竊以、
大須彌之相好、迴拔四山。
得滿月之奇姿、光輝巨夜。
不傾不動、礙爾排毘嵐之風。(13)
無滅無生、煥矣燭輪迴之境。
如來功德、可思議哉。

靈實著の願文から想像するに、唐時代には優秀な作品も多数あったと思われる。残念なことにほとんど現存はしていないが、敦煌の匿名の願文や靈實の願文を見れば、祈りの儀式が中世中国でどのような主要な役割を果たしたか想像できる。個人の苦痛をコミュニティに述べて、大衆の慰めを得る役割があったのではないだろうか。

# 古代日本の願文と文学

一方、同時代の奈良と平安朝の日本では、願文がエリート文学において重要な位置を占めていた。文人が天皇のために願文を大量に書き、宗教と政治においても重要な役割を担った。例えば、平安朝初期には空海（七七四―八三五）と菅原道真（八四五―九〇三）が多くの願文を著している（数が漢文の他の文体のどれよりも多い）。つまり、かつて中国で盛んだった願文は平安朝の文学界で新しい形での再生を果たしたのである。特に興味深いのは、日本の作者は願文を本来の公務的な文としてのみならず、抒情文としても使用したことである。

「願文」ということばは五四四年の『日本書紀』にすでに出現している。[14] 日本で書かれた、現存している経典の中で最も古い文献の中に、六八六年に記された往生浄土の祈りを含めたテキストがある。[15] 特筆すべきところは、平民以外に、天皇と皇族が重視した文体であり、願文は日本において最高位は初めから一番高い階級であった。[16] 薬師如来とその経典は奈良朝の宮廷で大きな役割をはたした。[17] 天武九年（六八〇）奈良で薬師寺の建設が始まり、薬師如来の重要性が証明された。[18] 養老四年（七二〇）、皇后が藤原不比等（六五九―七二〇）など大臣のために四八か所の寺で薬師如来の経を朗読させた。[19] この儀式で使われた願文のテキストは現存していないが、奈良時代の社会で祈禱がどのぐらい重視されていたかは一目瞭然である。[20]

貴族文化において、宮廷の祭式が文学の創作に影響をもたらしたことは言うまでもない。例えば、万葉集は願文自体を収集していないが、願文のインスピレーションを受けているのが窺える。山上憶良（六六〇―七三三？）や大伴家持（七一八―七八五）などの日本文学を代表する万葉歌人も漢文学に精通していた。憶良の作品は中国文学の影響が著しいが、特に「無題漢詩」には願文の影響が強い(21)。芳賀紀雄によると、この作品と「日本挽歌」は共に大友旅人の妻を追悼するために神亀五年（七二八）七月二一日に書かれた(22)。願文のように追悼と祈りの意味も含まれていることが容易に推察できる。

「無題漢詩」は万葉集に収められているが、題目も文体も決まっていない。願文との関連に基づいて、三部に分けてみる。

一．

蓋聞、
四生(23)起滅、方夢皆空、
三界(24)漂流、喩環不息。
所以
維摩大士在于方丈、有懷染疾之患、
釋迦能仁坐於雙林(25)、無免泥洹(26)之苦。
故知、
二聖(27)至極不能拂力負之尋至、
三千世界(28)誰能逃黒闇之捜來。
二鼠競走而度目之鳥旦飛、
四蛇争侵而過隙之駒夕走(29)。

二・

嗟乎痛哉。

紅顔共三從長逝、素質與四徳永滅。[30][31]

何圖

偕老違於要期、獨飛生於半路、

蘭室屛風徒張、斷腸之哀彌痛、

枕頭明鏡空懸、染筠之涙逾落。[32]

泉門一掩、無由再見、嗚呼哀哉。[33]

三・

愛河波浪已先滅、苦海煩惱亦無結。[34]

從來厭離此穢土、本願託生彼淨刹。

第一部は仏経と荘子について書くことで人生の無常を述べる。第二部はもっとロマンチックな表現で妻を哀悼する。最後の第三部は漢詩の七言絶句の形式でこれ以前の全ての感情と反省を祈禱へと変化させる。この痛苦にあふれている海のような人生から、浄土に再生できるように願う。願文の影響を考慮すればこの文章の悲観的な感情の傾向の原因もよく分かる。[35] 願文は病気と死について記した文章であり、死を直接迎えるための「臨壙」という文体のような例もあることから見ても、憶良の場合も例外ではない。

「無題漢詩」の内容は、敦煌の願文と非常によく似ているが、様式の観点からすると、とても巧妙に対聯を組織している。最後の絶句は漢詩としては単純すぎるが、願文としてはバランスがとれている。憶良の作品は、全体的に死について反省する内容が多い。例えば「沈痾自哀文」は自分の体の病を述べ対処方法を考えるという内容であるが、この作品も願文の影響を受けていると考えられる。文学作品であっても、当時の儀式である「誓願」文化を深く反映していると言える。

憶良の漢文は万葉集のなかでは異例であるが、万葉集の編集にも貢献した大伴家持も次のような歌を書いた（万葉集二〇・四四七〇）[36]、

美都煩奈須　可禮流身曾等波　之禮禮杼母　奈保之禰我比都　知等世能伊乃知乎

みつぼなす　かれるみそとは　しれれども　なほしねがひつ　ちとせのいのちを

mitubo nasu／kar-eru mwi so to pa／sir-eredomo／napo si negapi-tu／
ti-tose no inoti wo

長歌一首と短歌五首の組み合わせに属する最後の一首で、短歌のため願文の三部構成は不可能であるが、主旨はよく似ている。憶良のように長生きを「願いつ」家持は命が「みつぼ」（泡沫）のような「仮れる身」だということも知っている。このアイロニーは憶良でも敦煌の願文でも有り得ない語調であり、日本文化において独自に進化した、願文に含まれていた死に対しての情熱や恐怖、希望が少し反映されている。

## 空海の願文

ここまで願文の日本文学における最初の影響を紹介してきた。平安時代の漢文界では、願文が常用文体となって、

「影響」ではなくむしろ平安文学の重要な要素であったと言える。漢文の著作が非常に豊富な空海にとっても例外ではなく、願文が大きな意味を持っていた。空海は平安朝の漢文大家で、中国文献や漢文修辞を改めて日本で創作した。真言宗の開祖である空海は、願文が扱う生死の問題をマントラと曼荼羅などの技術を使い超越できると確信していた。しかも、空海の漢文著作は、「声字実相義」理論の影響も深く受けており、作品の音声のパターンをとても重要視していたと思われる。このことからも空海の願文著作のある大きな意味が分かる—他の漢文著作とは異なり、願文は個人的な感情を表現するとともに、真言宗思想の重要な原理も述べていることからも、文学と宗教の統合として空海著作の中で唯一の、比類のない役割がある。

空海の密教信念は願文の役割と関係している—思想と表現である。一つは、死に対する態度である。前に述べたように願文の主な内容は病気と死に対する反応である。密教の生と死への角度はまず検討しないといけない。特に敦煌願文は絶望的な悲しい面があるのに、空海の願文はなぜすべて楽観的な態度が見えるかという点である。松永有慶はこのように言っている—「空海はみずからの病や死に対してはなんらの不安や恐怖を持たなかったようである」(37)。この原因は空海の密教信念にある。空海が中国から持って帰った密教経典は様々な方法や儀式やマントラが含まれていた。これらの方法は非常に多岐にわたり、複雑で、以前の仏教と比べると新しいテクノロジーといえるほど斬新だった(38)。

この新しいテクノロジーの中には死と生に関わる概念もあった。例えば空海の『秘密曼荼羅十住心論』とその摘要の『秘藏寶鑰』に「抜業因種心」という五番目の階段があって、その階段を上るために「厭生死乎四五」できるようにならないといけない。「四五」というのは四大（*mahā-bhūta*）と五蘊（*skandha*）で、別々に普通の世界と人生の要素を意味している(39)。四大は憶良の無題漢詩の中での四蛇と同意語である。願文では克服したい気持ちを述べるが、空海は死を目前にしてではなく、最初から生と死の差異そのものを克服したいと望んでいた。『秘藏寶鑰』でこの思想を簡潔に述べている。

牛頭甞草悲病者、斷蕟機車愍迷方。[40][41]

三界狂人不知狂、四生盲者不識盲。

生生生生暗生始、死死死死冥死終。

凡民は生と死の始まりと終わりを別々に考えているが、これは狂気の一種に過ぎない。

この詩のもう一つの特徴は表現の形式である。普通の漢詩とは異なり、詠唱のように四回も生と死という言葉を繰り返す。空海は漢文作家としては当時の文学基準からは切り離される。がしかし、これは偶然や間違いではなく空海の著作目的と関係している。この詩も空海の願文も普通の文学作品ならぬ、文学の方法を借りた悟りの手段であった。願文の曖昧なアイデンティティゆえに空海が重要視した原因の一つかも知れない。

空海は願文を二七篇記した。山本真吾が日本の願文は中国願文とは異なる新たな方向に進んだと指摘したように、平安時代の願文には序文と結尾は変わらなくても、本文の中の対句が複雑になるという傾向があった[42]。空海の願文はこの傾向にふさわしい例であるが、日本の願文の中でも特長がある。特に、後藤昭雄が述べたように、菅原道真の願文はまだ伝統に従って儀式的なクリシェが多いが、空海の願文はこのクリシェを避けて非常に自由なスタイルで表現に富んでいる作品である[43]。

空海は願文を種々の法事のために記した。例えば雨ごい、金剛と胎蔵の関係を明らかにする曼荼羅の構造、皇族の病気や死亡の際など[44]。真言の思想をたくさん使用しているので深い意味が入っているが、前述した敦煌願文と同じように法事で使用することを目的とした、実用的なものある。ある作品は「願文」の題ではなくて「達嚫」（梵語 *dakṣiṇā*、寄付という意味）という題で、布施に対して儀式を行う時に書いた文章である。しかし「達嚫文」と「願文」は内容的にも形式的にも同じ文体といえる。

一部の作品は伝統的様式のため空海の独創性を窺い知ることはできない。「有人為亡親修法事願文」はだれのために書いたか不明という点において敦煌のテンプレートと類似している。[45] 内容も同じように薬師如来に呼びかけ、如来の十二願に言及する――「聞夫―牟尼善逝、開六行於娑婆、同利三根之客。藥師如來發十二於嚴城、悉引四部之類」。この十二願は『藥師琉璃光如來本願功德經』など訳経に載せてある。[46] 薬師如来の十二願は理論的な解脱を求める以外に、身体の苦痛をすべて解消するために祈るものである。藥師如來の第十大願を引用する――「願我來世得菩提時、若諸有情、王法所錄、縲縛鞭撻、繫閉牢獄、或當刑戮、及餘無量災難凌辱、悲愁煎迫、身心受苦、若聞我名、以我福德威神力故、皆得解脫一切憂苦」。例えば「第三大願―願我來世得菩提時、以無量無邊智慧方便、令諸有情、皆得無盡所受用物、莫令衆生有所乏少」。自分だけが悟りを得るのではなく、皆のために祈るのが一般的であるから、願文も自分か血縁者のためにのみ書いたのではなく、この広いコミュニティのことも考えて書いた作品である。このことからも願文の実社会への作用がよくわかる。空海の願文もこのようにコミュニティと個人双方のために作成してある。

一方、空海の願文にはこれまでとは違う革新的な内容をたくさん含んでいる作品もある。「為亡弟子智泉達嚫文」は密教風な、空海らしい願文の一篇である。この作品は空海の弟子で甥の智泉（七八九―八二五）のために書かれた。[47] この時、空海はすでに東寺で真言宗を伝道していたのだが絶頂期を迎えていた時に甥の早死に遭った。この願文は実際の達嚫の行事でもあり、空海の心のなかの想いを情熱的に伝えており、真言思想の生死観についても美しい漢文で説明しているかなり複雑な多次元の作品である。

独自の作品なのに空海の他の願文同様に三部構造からなる――(1)人生の無常を泡など伝統の比喩を使って述べる、(2)

智泉のことを個人的な間柄と真言宗の組織においての両角度から哀悼する、(3)最後に死に対して密教の方法でどうやって解脱を求めるか説く。

一

夫

寥廓性虚、離諸因而凝然。
飄蕩染海、隨眾縁以起滅。故能
一念妄風鼓波濤心壑、
十二因縁化生死迷夢。
識幻構三有(48)獄、
色焰逸六趣野。遂使
無明羅(49)刹斫龜鶴之命、
異滅旃陀殺蜉蝣之體。

乍無乍有既如浮雲、
忽顯忽隱還似泡沫。
苦樂天獄之縣、
憂喜人畜之落。
可歎可歎幻化子、

悠哉悠哉乾城客。爰
覺王垂悲接誘群迷、
智臣騎忍汲引衆愍。

廣投教網漉沈淪之魚、
高張法羅畢飛散之鳥。

宰以智慧之刀、
煮以一味之鼎(50)。
三點四德之客、日夜盤樂。
不二一如之主、歳時無爲。
無爲之爲、誰敢思議之矣。

二

念亡我法化金剛子智泉。俗家謂我舅、入道則長子。孝心事吾、二紀於今矣。
恭敬稟法、兩部無遺。口密無非、豈唯嗣宗之不言。怒也不移。誰論顏子之不貳。
斗藪與同和、
王宮與山巖。
影隨不離、

股肱相從。
吾饑汝亦饑、
吾樂汝共樂。所謂
孔門回愚、
釋家慶賢(51)、汝即當之。所冀、
轉百年之遺輪、
驚三密於長夜。豈圖
請棺槨乎吾車、
感有慟乎吾懷。
哀哉哀哉哀中之哀。
悲哉悲哉悲中之悲。

雖云
覺朝無夢虎(52)、
悟日莫幻象。然猶
夢夜之別不忍不覺之涙。
巨壑半渡片檝忽折、
大虛未淩一翮乍摧。

哀哉哀哉復哀哉。
悲哉悲哉重悲哉。

三

又夫世諦事法、
如來存而不毀。
真言祕印、汝已授而不謬。
一字一畫、呑衆經而不飽。
一誦一念、銷諸障以非難。
證不生於一阿、
得五智乎鑁水。(53)

法界三昧汝久修習、
遮那四祕汝亦游泳。
觀月鏡於心蓮、
燒妄薪於智火。
我則金剛。
我則法界。

三等真言加持故。(54)
五相成身。
妙觀智力。
卽身成佛。
卽心曼荼。
故經云我覺本不生云云。又眞言曰
曩莫三曼多沒馱南阿三迷底裏三迷三磨曳娑嚩訶云云。(55)
如是眞言、
如是伽陁。
示法體此身、
表眞理此心。
一聞則除四重一闡提、
一誦則證三等四法身。(56)
汝久解此義、
吾重爲汝說。

仰願金剛海會三十七尊、
大悲胎藏四種曼荼羅。

入我々入加持故、
六大無碍瑜伽故。
與塵數眷屬無來而來、
將海滴分身不攝而攝。
開五智本有殿、
授九尊性蓮宮。
都法界以稱帝、
遍刹塵而撫民。
有情所攝、
無明所持。
同悟此理、
速證自覺。

この願文は初めから驚くほど複雑な対句がある——「一念妄風鼓波濤心蜜、十二因緣化生死迷夢」。このような九字対句は同じ唐時代の文学のなかでも非常に珍しい。しかも、空想の複雑さ（生死は迷夢であること）も空海が証明したい論点の一つであるから、レトリックと内容が一致している。

二部目は智泉を褒めるために仏教と儒教の二種の出典を同時に使用している。この部は中国の駢文体風に書いてある。「巨壑半渡片檝忽折、大虚未淩一翮乍摧」。この二句は完璧な対句で平仄の配列も目立つ。

巨壑半渡片檝忽折　XXXXXXXX

大虚未淩一翮乍擢　XOXOXOXO

上の句は八字すべて仄声で、下の句は奇数の字も仄声で、偶数の字は偶数である。他の平仄の配列とは異なっているため、この対句が際立っている。

最後の三部目は密教の熟語を駆使し、願文というよりも教理を説明している。しかし、願文の構造上、教理は抽象的ではなく、愛しい甥のために書いてあり、本来の目的もはっきりしている。甥の死に対する自身の悲哀を表現しつつ、聴衆へ密教を伝道している。聴衆の前でマントラを唱えてみんなの悟りを開いている。梵語のマントラをそのまま引用する時に、すでにマントラの理論と枠組みを説明してあるので、聴衆がその深い意味を理解できる。真言のテクノロジーをもってすれば、一文字だけで「我則金剛、我則法界」—自分も全世界と一体となる。この境地に達すればもう死を恐れることはない。「入我々入」の道理をしっかり心得、生と死の差別を完全に乗り越えている。空海は中国願文の形式と古来の専門用語を勉強し、中国古来の文体の願文を作成している。しかし、一方で願文における宗教的意味と個人的な価値を新しいレベルまで昇華させたのも事実である。伝統的な願文はたいてい浄土での再生希望を表し、悲しむ人の絶望に近い気持ちも込められているが、空海の願文には絶望の欠片もないのである。

注

（1）例えば『無量寿経』に明らかである。『大正大蔵経』第三六〇、一二冊、二六八頁上。

（2）Raoul Birnbaum, *The Healing Buddha* (Boston: Shambala, 1989)、pp.52-61。薬師如来についての経典は、インドの原文が現存してないが、漢文は達摩笈多訳の『薬師如來本願経』（『大正大蔵経』第四四九）、玄奘（六〇二—六六四）訳の『薬師琉璃光如来本願功徳経』（『大正大蔵経』第四五〇）、義浄（六三五—七一三）訳の『薬師琉璃光七仏本願功徳経』（『大正大蔵経』

第四五一）の三種類ある。

（3）英語の研究は、Jan Yün-hua氏の論文がある。“Transformation of Hope in Chinese Buddhism,” in Daniel L. Overmyer and Chi-tim Lai, eds., *Interpretations of Hope in Chinese Religions and Christianity*（Hong Kong: Christian Study Centre on Chinese Religion and Culture, 2002), pp.133-153。饒宗頤の論文もある—「談仏教的発願文」、『敦煌吐魯番研究』四（一九九九）四七七—四八七頁。中国の大衆文化の中の願文について、王三慶の『従敦煌齋願文獻看佛教與中國民俗的融合』（台北、新文豊、二〇〇九年）を見よ。

（4）長沙、岳麓書社、一九九五年。

（5）Stephen F. Teiser氏は願文の対句法に注目を引こうとしたが、これだけは唐代文学のエリートの標準に合ってない。“The Literary Style of Dunhuang Healing Liturgies（患文),”『敦煌吐魯番研究』一四（二〇一四）、三五五—三七七頁。

（6）東アジアの儀式と文学（願文を含めて）の関係については、小峯和明の『中世法会文藝論』（東京、笠間書院、二〇〇九年）を見よ。

（7）郝春文などの学者は分けたほうがいいと提案したが、祈りの作用は同じであり、この問題は命名法に過ぎないと思う。「関於敦煌写本斎文的幾個問題」『首都師範大学学報（社会科学版)』一九九六年二月　六四—七一頁。P2058（P3566で校証)。

（8）『敦煌願文集』六六四頁。

（9）「莊嚴」は梵語alaṁkāraで、いろいろな恩恵を指す。

（10）東京女子大学古代史研究会編、『聖武天皇宸翰「雑集」『釈霊実集』研究』（東京、汲古書院、二〇一〇年)。

（11）Stephen F. Teiser, *The Ghost Festival In Medieval China*（Princeton: Princeton University Press, 1988), p.45, “Prayers accompanying the offering often singled out the deceased individuals to whom merit was to be transferred”。

（12）*Shōmu tennō shinkan “Zasshū” ‘Shaku Reijitsu shū, kenkyū*, p.563.

（13）排毘嵐は梵語*vairambha*の音訳。

（14）『日本書紀』（日本古典文学大系　東京、岩波書店、一九六五年）巻一九、九三頁。

（15）　David B. Lurie, *Realms of Literacy: Early Japan and the History of Writing*（Cambridge: Harvard University Asia Center, 2011), 135、辻善之助、『日本仏教史』上世編（東京、岩波書店、一九四四年）九〇―一〇一頁、『日本書紀』巻二九、四八一頁。

（16）　祈りの文化はもちろん大衆文化にも反映された。例えば『日本霊異記』に塔を作る誓願の物語がある。『日本霊異記』（日本古典文学大系　東京、岩波書店、一九六七年）二七〇―二七一頁。

（17）　M. W. de Visser, *Ancient Buddhism in Japan: Sūtras and Ceremonies in Use in the Seventh and Eighth Centuries A.D. and Their History in Later Times*（Leiden: Brill, 1935), pp.533-571.

（18）『日本書紀』巻二九、四四五頁。詳しくDonald F. McCallum, *The Four Great Temples: Buddhist Archaeology, Architecture, and Icons of Seventh-Century Japan*（Honolulu: University of Hawai'i Press, 2008）を参照。

（19）　De Visser, *Ancient Buddhism in Japan*, p.295.

（20）　ほとんど現存していないが、例外もある、たとえば皇后七三六年に作文した願文は、竹内理三編『寧楽遺文』（東京、東京堂出版、一九七六）四三三―四三四頁。

（21）　憶良と願文の関係については、王小林「憶良の述作と敦煌願文」『日本古代文献の漢籍受容に関する研究』（大阪、和泉書院、二〇一一年）、一七九―二一六頁を見よ。憶良の研究は非常に盛んであるが、重要な研究は以下の通りである。中西進『山上憶良』（東京、河出書房新社、一九七三年）、井村哲夫『憶良と虫麻呂』（東京、桜楓社、一九七三年）、Roy Andrew Miller, "Yamanoue Okura, A Korean Poet in Eighth-Century Japan," *Journal of the American Oriental Society* 104.4（1984）: pp.703-726, Imura Tetsuo, "The Influence of Buddhist Thought on the *Man'yōshū* Poems of Yamanoue no Okura," *Acta Asiatica* 46（1984）: pp.20-40 ; 拙著、"Being Alive: Doctrine versus Experience in the Writings of Yamanoue no Okura," *Sino-Japanese Studies* 23（2016）: pp.60-115など。

（22）　芳賀紀雄「憶良の挽歌詩」『万葉集における中国文学の受容』（東京、塙書房、二〇〇三年）、四〇五―四二七頁　原載『女子大学国文』八三（一九七八）一五五―一七〇頁。井村哲夫『萬葉集全注　巻第五』（東京、有斐閣、一九八四年）二一―二

四頁、また王小林「憶良の述作と敦煌願文」一八一—一八二頁は芳賀氏の論点に同意する。

(23)　四生（梵語 *catvāro yonayaḥ*）は生き物の四種類—卵生（鳥類）、胎生（哺乳動物）、湿生（水生）、化生（神、餓鬼など急に生まれ変われたもの）。

(24)　三界は欲界、色界、無色界。

(25)　釈迦能仁は音訳と意訳を併用して書いた。梵語 śākyamuni はもともと śākya という族の聖人なのに、仁 muni の能 śākya を備えているという読み方もあった。雙林は釈迦牟尼が涅槃を完成した場所。

(26)　泥洹（*nirvāṇa*、涅槃と同じ）はここで覚悟の意味ではなくて、むしろ釈迦牟尼の身体的な絶滅（*parinirvāṇa*）を指す。

(27)　二聖は周公と孔子であろう。荘子によると、船を谷に置けば、てっきり安全だと思うが、実は夜中に力持ちが盗みに来るかもしれない。『荘子集釈』（北京、中華書局、一九七八年）巻六、二四三頁。

(28)　三千世界は三千の世界ではなくて、千の三乗で十億の世界になる。全宇宙である。

(29)　中国の駢文体はよくこの隔句対（ＡＢＡＢ）の韻律を使うことはあるが、憶良の出典の使い方はそれと比べても面白い。二鼠と四蛇は両方同じ出典である。『仏説譬喩経』の寓話によると、ある人は象から隠れようとして、木の根の下にあった乾いた井戸に入った。そとから白い鼠と黒い鼠が木を齧って、四匹の蛇が井戸を囲んで、下から毒竜も登っていた。鼠は時間の経過、蛇は物質世界の成分（土、水、火、風）を喩える。『大正大蔵経』第一一七、冊四、八〇一頁中。鳥と驢は中国の古典によく見られる無常の出典である。『文選』（上海、上海古籍出版社、一九八六年）巻二九、一三七九頁、『荘子集釈』巻二二、七四六頁を見よ。だから仏経と中国の古典を交えて同じ意味を表す。

(30)　『儀礼』によると、女は始めに父と兄に従う、結婚してから夫に従う、夫が亡くなってから息子に従う。三つ連続して三従になる。『儀礼注疏』、『十三経注疏』（一八一五再刊、台北、芸文印書館、一九六五年）、巻三〇、一五頁下。

(31)　妻の四徳は「婦徳、婦言、婦容、婦功」。『後漢書』（北京、中華書局、一九六五年）巻一〇上、三九七頁。

(32)　夏朝の舜がなくなったら、妃の涙が竹を染めた伝説による。

(33)　芳賀氏は、この句が挽歌によく使われていることを指摘する。『万葉集における中国文学の受容』四一二頁。

（34）　上の注のように、「愛河」と「苦海」もクリシェだが、仏経から引用している。

（35）　Paul Rouzerが指摘するように：“［Okura］begins by telling us that Buddhism and Confucianism have provided us with the rules for living and for salvation; and yet he soon lapses into a fatalistic darkness that（ideally at least）should not be part of either tradition.” Rouzer, “Early Buddhist Kanshi: Court, Country, and Kūkai,” *Monumenta Nipponica* 59.4（2004）: p. 445.

（36）　奈良時代の日本語の音韻は、Bjarke Frellesvig, *A History of the Japanese Language*（Cambridge: Cambridge University Press, 2010）により復元した。

（37）　松長有慶「空海にみる生と死」『インド学仏教学研究』四二（一九九三）一一頁。

（38）　“Ritual technology”についてRobert H. Sharf, *Coming to Terms with Chinese Buddhism: A Reading of the Treasure Store Treatise*（Honolulu: University of Hawai’i Press, 2002）, pp.263-278を見よ。

（39）　『弘法大師著作全集』（東京、山喜房仏書林）冊一、一六八頁、四〇〇頁、『定本弘法大師全集』（高野山、密教文化研究所）冊二、一七三頁、冊三、一四五頁。

（40）　牛頭は中国の神話英雄で農業の創造者の神農をさす。

（41）　斷菑は外国の越裳人を自分の国に五つの車で送ってあげた周公をさす。

（42）　山本真吾『平安鎌倉時代に於ける表白・願文の文体の研究』（東京、汲古書院、二〇〇六年）、一一三八頁。

（43）　後藤昭雄「菅原道真の願文」『菅原道真論集』（東京、勉誠出版、二〇〇三年）一九七頁。

（44）　『三教指歸・性霊集』（日本古典文学大系　東京、岩波書店、一九六五年）、『性霊集』、巻六—八。

（45）　『性霊集』巻八、三七四—三七七頁。

（46）　『大正大蔵経』第四五〇、冊一四、四〇五頁上—中。

（47）　『性霊集』巻八、三五〇—三五五頁。『定本弘法大師全集』冊八、一三八—一四一頁。

（48）　三有は三界と一緒。注（24）を見よ。六趣は再生の六種—地獄、餓鬼、獣、阿修羅、人間、天神。

（49）羅刹は *rākṣasa* 鬼で旃陀【羅】は *caṇḍāla* というインドの最下層の不可触賤民を指す。この段は人間が死を経験する感想を説明する。
（50）現象の世界の色々な変化は全部仏の力に（料理人のように）支配される。
（51）顔回という孔子の弟子と阿難という釈迦牟尼の弟子に似ている。
（52）凡人は死を恐れるが、涅槃に届いたら死と苦痛すべて悪夢で虎を見るみたいな空想であることが分かる。
（53）密教では悉曇の文字に大きな意味を寄せる。ここで一番目の文字 a（阿）と vamṃ（鑁）はそれぞれ胎蔵界と金剛界を象徴する。
（54）加持は空海にとってきわめて重要な動詞である。『秘蔵記』（『定本弘法大師全集』、冊五）一四九—一五〇頁を見よ。
（55）このマントラは *namaḥ samantabuddhānām asame trisame samaye svāhā* の音訳。『大日経』にある。
（56）三等真言と四法身（*dharmakāya*）は密教の特徴。三等真言（trichotomy mantra）は私と金剛と法界この三つのことは全部一緒であること。四法身というのは宇宙すべて法身であるが、四種類に分析できる。

# 近世東アジア外交と漢文
## ——林羅山の外交文書を中心に

武田祐樹

## 一　はじめに

林羅山（一五八三〜一六五七）の業績について、尾藤正英は簡潔に整理している[1]。すなわち、寺社行政・外交文書の解読と作成・法案の起草・古書の蒐集・出版・学問文芸の講釈である。これをうけ、永積洋子は、「周知のように室町時代以来、外交文書を担当したのは僧侶であったから、羅山も崇伝と同様坊主としてこれを担当したに過ぎなかった。外国人の記録に、羅山もただ無名の『坊主』として登場するだけである[2]」とする。とはいえ、これら先行研究は、必ずしも林羅山の業績を詳細に検討したわけではない。また、林羅山の当時における社会的な立場への配慮も、十分とは言い難いように見受けられる。そして、そのために林羅山の歴史的な位置づけに支障をきたしている。

よって、本稿では、林羅山の著述を林羅山本人の生涯や林羅山が生きた社会に即して読み解きたい。換言すれば、林羅山の手に成る外交文書を、徳川幕府の外交政策の中に位置づけたいのである。そのために、林羅山の著述が成立するに至った背景の説明に多くの紙数を割きたい。また、検討の材料としては、外交文書という表現を用いた時に想起せしめる、外国書、すなわち外国へ向けた書簡のみならず、耶蘇教徒との論争記録や邦人と外国人との間で起きた事件の報告書、あるいは和文で記された外交史なども俎上に載せたい。

これにより、一七世紀前半において徳川幕府が構築しようとした国際秩序と、徳川幕府による外交政策の一端を担った林羅山が思い描いた国際秩序との連動性を指摘し得るであろう。また、当時の日本人が望ましいと考える国際秩序が、如何なるものであったのかについても言及したい。また、戦後国史学の領域より提出された対外関係史の研究成果に配慮したい。

## 二　徳川幕府の外交政策

関ヶ原の戦いが起こる直前の慶長五年（一六〇〇）、豊後国の臼杵湾にオランダ船リーフデ号が漂着し、イギリス人ウィリアム・アダムス（一五六四～一六二〇）とオランダ人ヤン・ヨーステン（一五五六～一六二三）が日本に到来する。すでに、豊臣秀吉（一五三七～一五九八）は耶蘇教布教を侵略行為の一環であると認識していたが[3]、徳川家康が政権を掌握する頃になると、旧教国にとっては更に困難な状況となる。というのも、新教国が日本へ進出し、旧教国と新教国が入り乱れることになる。すると、各国関係者が他国の評価を損ねるため、徳川家康に種々「申上る」状況が現出したからである[4]。

結局、徳川家康は、豊臣秀吉が天正一五年（一五八七）に定めたキリシタン禁令を破棄しないままに、関東にマニラ・メキシコからの貿易船招致を目論む。しかし、慶長九年（一六〇四）にフィリピン総督ドン・ペデロ・アクーニャ（生年不詳～一六〇六）から布教と貿易の一致を説く書簡が来着すると、翌一〇年（一六〇五）にはキリシタン布教の禁止を明言する。徳川家康は、その理由を日本が神国であることに求める。それにもかかわらず、慶長一一年（一六〇六)、徳川家康はイエズス会士セルケイラ(一五五二〜一六一四)を司教の資格として引見する。[5]

ところが、慶長一七年(一六一二)、徳川家康は耶蘇教禁令を発する。この時点では、禁令は駿府に限ったものであったが、同年中には畿内・西国の幕府直轄領に及び、翌一八年には徳川秀忠(一五七九〜一六三二)の命により日本全国に及んだ。以心崇伝は、この禁令に至った理由を、耶蘇教徒が「域中の政号を改め己が有と作さんと欲す」るからであると、説明している。[6]やはり、耶蘇教布教に、侵略の意図ありと疑っていたのである。

この後、徳川幕府は西洋との外交ルートを絞ってゆき、最終的には、オランダのみが残る。布教を含まぬ、経済に限定した関係を容認した、オランダを残したのである。

このように、経済的な利益への期待と耶蘇教布教を足掛かりとした侵略への警戒との緊張関係の中で、徳川幕府の耶蘇教対策は矛盾を孕みつつも硬軟取り混ぜながら展開して行く。

その間、中国との関係についても、徳川幕府は琉球王国や中国の民間商船などを通じて修復を試みた。特に、琉球王国については、侵略するより以前の慶長一一年、琉球王国に訪れた明国冊封使に島津家久が手紙を送りつけて貿易を要求するなど、[7]強引な手段をとることもあった。

ところが、商人を介して浙江都督の書が来訪すると、徳川幕府はこれを無礼と断じて、受け取ることさえ拒絶する。それ以前には、様々な方法で連絡を取ろうとしていたにもかかわらず、いざ先方から返事が来ると、この待望の機会を擲つのである。

時はあたかも元和七年(一六二一)、明朝では万暦帝が崩じた後、英邁と評された泰昌帝が在位一ヶ月にして崩御、天啓帝の下で魏忠賢専横の時代となっていた。

その後、日本側が中国へ積極的に働きかけることもないまま、明清革命が起こり、日本には鄭芝龍から援軍要請が届く。しかし、徳川幕府は物資援助にとどめ、むしろ日本沿岸の警戒を強める。

このように、徳川幕府は明朝の皇帝に直接書を奉じることはせず、彼我の上下関係を曖昧にしたままに関係修復を目指す。そして、あるいは貿易あるいは物資援助と、限定的な関係に終始する。

他方、李氏朝鮮との関係については、正式な関係を結ぶに至る。しかし、その道程は、決して平坦なものではなかった。その原因は、豊臣秀吉の朝鮮出兵にあった。

最初に徳川家康が対馬宗氏に李氏朝鮮との関係修復を命じたのが、慶長四年のことである(8)。ところが、当然ではあるが、李氏朝鮮からの返事はなく、対馬宗氏からの使者も帰ってこない。『通航一覧』によれば、初めて使者が生還したのは翌五年、四度目の時であった(9)。ただし、この時も明朝の許可なく講和することは出来ないと拒絶される(10)。

ここから、段々と関係が回復して行くかと思われた慶長一一年、李氏朝鮮から国交回復の条件が提示される。それは、日本側から朝鮮国王へ国書を贈ることと、朝鮮出兵時に国王の陵墓を汚した犯人を引き渡すことであった(11)。

李氏朝鮮からの要求は、いわば当然のものであった。しかし、徳川幕府にとっては、これに応じれば和睦を乞うことになるため、容認できるはずもない。板挟みになった対馬藩は国書を偽造し、かつ藩内の罪人を王墓陵辱の犯人として送致し、李氏朝鮮側もこれを受理、返送された国書に更なる偽造を施し、徳川幕府に送り届けることとなる(12)。

その後、対馬藩の尽力もあって慶長一四年に己酉条約が結ばれ、元和元年の豊臣氏滅亡による李氏朝鮮側の態度軟化もあり、同三年に朝鮮通信使が来訪する。さらに、寛永三年以降は将軍の代替わりごとに朝鮮通信使が来ることとなる。

ところが、国交が修復されると、今度は国書に対する日本側の署名をどうするかが問題となり、またも対馬藩で偽造することになる。

このように、李氏朝鮮との関係は、日本側の事情がネックとなり、多事多端であった。事情とは、主には徳川幕府の面子であったが、それが全てではない。

徳川幕府にとって、唯一対等な立場で正式に国交を持った相手が李氏朝鮮であった。斯かる対象に向き合う時、決して国家元首ではなく、実力で体制を維持しているに過ぎぬ徳川幕府は、朝幕関係との兼ね合いの中で、外交という国事行為に如何なる対応をとるか、問われることになる。

つまり、外交という対外関係上の問題が、朝幕関係という国内の問題と鋭く対立して露出した点に、近世初期の日朝関係の特色があるわけである。

## 三　「排耶蘇」に見る林羅山の耶蘇教認識

慶長一一年、林羅山が松永貞徳（一五七一～一六五四）の紹介でイエズス会イルマンの不干斎ハビアン（一五六五～一六二一）と面会し、「排耶蘇」を著すのは、斯かる情勢においてであった。

すでに、林羅山は前年（慶長一〇年）に徳川家康に拝謁しており、翌一二年（一六〇七）からは幕府に仕えることも内定していた。

つまり、この時すでに林羅山は徳川家康に通じているのであるから、その行動も一個人としての自由意思に基づくものなどでは決してなく、徳川家康の意向に従うものと見なす方が妥当ではあろう。

「排耶蘇」は、林羅山と不干斎ハビアンの問答に関する林羅山の記録である。そして、この問答について、不干斎ハビアンによる記録は伝存しない。したがって、「排耶蘇」の記述は、その点を念頭に置いて読まれなければならなるまい。

例えば、「排耶蘇」の冒頭には次のような記述がある。以降、『羅山文集』[13]巻第五六から引用する。

春問以徒斯画像之事、使彼言之、対語鶻突。蓋恐浅近而不言之。

春問ふに徒斯（ていす）画像の事を以てし、彼を使て之を言はしむるも、対語鶻突。蓋し浅近を恐れて之を言はず。（三一丁裏）

詳細は知れぬものの、林羅山はデウス（イエスのことか）の絵について質問する。しかし、不干斎ハビアンは不明瞭な返答しか出来なかった。その理由は、不干斎ハビアンが自らの不勉強の露呈することを恐れたためであるという。

また、「排耶蘇」には、次のような記述もある。

春問曰、利瑪竇耶蘇会者、天地鬼神及人霊魂、有始無終。吾不信焉。有始則有終、無始無終、可也。有始無終、不可也。然又殊有可証者乎。干、不能答。

春問ひて曰く、利瑪竇（耶蘇会者）、天地鬼神及び人の霊魂、始め有り終り無しと。吾信ぜず。始め有れば則ち終り有り、始め無く終り無きは、可なり。始め有り終り無きは、不可なり。然れども又殊に証すべき者有るか。干、答ふること能わず。（三三丁）

林羅山はマテオ・リッチ（一五五二～一六一〇）の『天主実義』[14]首篇を引用[15]し、これを批判する。デウスには始めもなく、終わりもない。すなわち、デウスは万物を生み出すが、デウスを生み出すものはない。そして、天地・鬼神・人間の霊魂は不滅であり、デウスが生み出してよりのち、終わることはない。林羅山は、耶蘇教の生成に関する教説を批判しているのである。しかし、不干斎ハビアンは、この批判にも答えることは出来ない。

「排耶蘇」において、林羅山が耶蘇教への批判を意図する発言が豊富に記録されているに対して、不干斎ハビアンの発言は必ずしも多いとは言い難い。それは、次のような場合においても例外ではない。

見妙貞問答書。是干之所作也。使干読之。其書、設妙周幽貞両尼、互問答之、或論釋氏十宗之外、加一向、日蓮、至十二宗、或言儒道及神道。無一可観者。皆綴和語之卑俚、而漫叫騒罵詈。聞之如蚊虻之過前。豈介於懐乎。雖然侮聖人之罪、是可忍也、孰不可忍也。若又以是惑下愚庸庸者、則罪又愈大也。不如、火其書。若存、則遺後世千歳之笑。

妙貞問答書を見る。是れ干が作る所なり。干を使て之を読ましむ。其の書、妙周幽貞の両尼を設け、互ひに之を問答し、或いは釋氏を論じ（十宗の外、一向日蓮を加へて、十二宗に至る）、或いは儒道及び神道を言ふ。一として観るべき者無し。皆和語の卑俚を綴って、漫りに叫騒罵詈す。之を聞くに蚊虻の前に過ぐるが如し。豈に懐に介せんや。然りと雖も聖人を侮るの罪、是れをも忍ぶべくんば、孰れをか忍ぶべからざらん。若し又是れを以て下愚庸庸の者を惑はさば、則ち罪又愈々大なり。如かず、其の書を火（や）かんには。若し存せば、則ち後世千歳の笑を遺さん。（三二丁裏）

林羅山は不干斎ハビアンの著述である『妙貞問答』を読ませる。そして、「一として観るべき者無し」とするものの、『妙貞問答』の内容について、個別的具体的な言及はない。不干斎ハビアンも、自らの著述が無価値と断じられたにもかかわらず、さらに『妙貞問答』の議論を敷衍して、自らの立場を説明した様子はない。

とはいえ、そこには、記録者である林羅山による編集の痕を見出して然るべきであろう。よって、「排耶蘇」の記述は、不干斎ハビアンが問答の現場で何ら反論しなかった証拠とはなりえず、また不干斎ハビアンが耶蘇会者として真に「浅近」であった証拠とはなるまい。

ならば、なぜ林羅山は斯かる編集態度をとったのであろうか。それこそが、問われなければなるまい。また、もし林羅山の耶蘇教に対する印象が、まことに「一として観るべき者無し」といったものであって、不干斎ハビアンが林羅山の描いた通り言語能力に乏しい人物であったならば、林羅山は耶蘇教を脅威とも思わなかったに違いない。

しかし、林羅山がこの面会に先だって『天主実義』に触れ、万物の生成という、朱子学においても耶蘇教においても、重要な論点を選んで議論の俎上に載せたことを考慮に入れるならば、林羅山の耶蘇教への認識は彼自身の言に反して深刻なものだったのではあるまいか。(16)

仮にそうであるとすれば、「下愚庸庸の者を惑はさば、則ち罪又愈々大なり」とは何を意味するのであろうか。

見形如水晶有三角者。掩目。見物為五彩。蓋以有稜故為彩也。又見表凸裏平之眼鏡。以是見物、則一物分而為数物。蓋以面背不平故如此。凡如斯奇巧之器、眩惑庸人、不可勝計。王制曰、作奇技奇器、以疑衆殺。宜哉、斯語。

形の水晶の如くにして三角有る者を見る。目を掩ふ。物を見れば五彩を為す。蓋し稜有るを以ての故に彩を為す。又表凸（うつつ）かに裏平なるの眼鏡を見る。是れを以て物を見れば、則ち一物分かれて数物と為（な）る。蓋し面背平ならざるを以ての故に此くの如し。凡そ斯くの如き奇巧の器、庸人を眩惑すること、勝げて計ふべからず。王制に曰く、奇技奇器を作し、以て衆を疑はしむるをば殺す。宜なるかな、斯の語。

林羅山は様々な器物を目にして、その器物が齎す現象を「蓋し」と前置きした上で、自分なりの推測を披露する。しかし、林羅山は斯かる光学素子の性質よりも、光線の反射や屈折が人心に与える影響を危惧している。ここで、林羅山が『礼記』王制の中でも刑罰に関する記述を引用しているからといって、宗教論争に世俗原理を持ち出しているなどと批判することに、さしたる意味はあるまい。(17)

むしろ、林羅山が、耶蘇教布教を現実的脅威と認識していたことに注意すべきであろう。つまり、決して侮らずに警戒していたからこそ、林羅山は不干斎ハビアンとの面会に際して、はじめから耶蘇教に批判的な態度で臨み、当初の予定通りに不公平な態度で描いたのではないか。であるとすれば、この慶長一一年という時期に、幕府に仕えることが内定していた林羅山が、不干斎ハビアンと面会したことは、何ら不思議なことではないであろう。
また、このときは、イルマンとして林羅山と面会した不干斎ハビアンも、後に教会組織から抜け出して、耶蘇教批判を展開する(18)。その批判は、豊臣秀吉や以心崇伝、そして林羅山の批判と軌を一にする。彼らはみな、耶蘇教布教を西洋人による侵略の前段階と認識しているのである。

## 四 「長崎逸事」に見る林羅山の耶蘇教認識

斯かる情勢のなか、マカオにおいて、ポルトガル人による邦人殺傷事件が発生する。これに対して、キリシタン大名有馬晴信（一五六七～一六一二）が報復を試みる。というのも、マカオで殺害された邦人は、有馬晴信が出資した朱印船の乗組員だったからである(19)。

さらに、有馬晴信はこのポルトガル船撃沈を武功として、関ヶ原の戦い以前の旧領回復を望み、本多正純（一五六五～一六三七）家臣で耶蘇教徒の岡本大八（生年不詳～一六一二）に贈賄する。ところが、有馬晴信が、あろうことか岡本大八の主君本多正純に自らの運動の進捗について尋ねたため、事件が発覚する。当事者がいずれも耶蘇教徒であった上、この事件を機に譜代大名同士の対立に拍車がかかり、問題は複雑化する。結局、慶長一七年（一六一二）に岡本大八が火刑に処され、有馬晴信もはじめ甲斐に流刑、その後自殺と相成る。

以上が、いわゆる岡本大八事件の顚末である。

この間、林羅山は、有馬晴信がポルトガル船を撃沈するに至る経緯を「長崎逸事」としてまとめる。この「長崎逸事」は、林羅山の同母弟林永喜（一五八五～一六三八）が長崎で探索して持ち帰った情報に基づいて記され、『羅山文集』巻第二二に収録される。以降、「長崎逸事」を引用する際には、この『羅山文集』巻第二二から引用する。

有馬晴信の報復が慶長一四年一二月の出来事であり、林永喜が長崎から帰還したのが翌年正月、林羅山が「長崎逸事」を完成させたのが、さらに翌月のことである。

したがって、「長崎逸事」は徳川幕府にとって、事件の第一報とまでは言えぬものの、政治当局による現地調査の報告書に類する資料と見てよかろう。よって、この「長崎逸事」における事件の説明は、この一件に関する徳川幕府の公式見解と解し得るわけである。

この「長崎逸事」の中で林羅山は、事件の説明をマカオでの邦人殺傷事件から始める。当然ではあるが、林永喜の調査はマカオにまで赴いたものではない。よって、その説明は、わずか一文で終わる[20]。

続いて、有馬晴信の報復を、官旨を受けてのものとする[21]。しかし、ポルトガル船の乗組員はこれに抵抗し、四日間にわたる小競り合いの末に、自ら船に火を付けたとする[22]。

その後、林羅山の説明は、早々に事件の被害報告へ移る。まず、有馬晴信の手勢数十人が死亡[23]、船一隻が海没、船に乗っていた西洋人二百余人が溺死した。また白銀二十余万両、白糸二十余万斤、その他船に積載された器物など、その大半は海底で朽ち果てることとなった[24]。

上元之晩、澄弟帰来、且犒且話。於是知伝聞之為実矣。初船主防銅発・鉄炮・飛矢・長槍、以束糸為楯。及船沈、其糸数千把、浮於海浜。拾集而為堆。官有旨、賜馬修理。其蛮客器財在陸者、皆籍没納之官。官吏長谷川氏上言。択無罪之蛮人、載諸小船而遣之。庶幾阿姥港之不塞、而来歳之入、又依旧也。官聴其言矣。

上元の晩、澄弟帰り来る、且つ犒（ねぎら）ひ且つ話（ものがた）る。是に於て伝聞の実為ることを知る。初め船主銅発・鉄炮・飛矢・長槍を防ぐに、束糸を以て楯と為す。船の沈むに及んで、其の糸数千把、海浜に浮ぶ。拾ひ集めて堆を為す。官旨有って、馬修理に賜ふ。其の蛮客器財の陸に在る者（もの）、皆籍没の之を官に納る。官吏長谷川氏上言す。罪無きの蛮人を択び、諸を小船に載せて之を遣（や）らん。庶幾（こひねが）はくは阿姥港の塞がらずして、来歳の入、又旧に依らんことをと。官其の言を聴く。（「長崎逸事」『羅山文集』巻第一二、九丁表）

林羅山は、この一件で被害を受けた長崎の商人を憐れんではいる。しかし、当然ではあるが、何らかの補償が幕府から行われるべきである、といったような記述はない。

一方、有馬晴信が海没した糸を回収して、自らのものとしたとも記す。林羅山によれば、これは徳川幕府の許しを得ての行為、とのことである。また、幕府はポルトガル船の乗組員の貨財を没収したという。

さらに、有馬晴信と行動を共にした長谷川藤広は、マカオとの交易は続くように取り計らうべきであると考えており、その意見は採用されたようである。

其徒以事天為法、謂之耶蘇、号天主為陡斯。（中略）屢勧吾民俗。愚而好奇者、便於市利者、多奉其法、誠可憎哉。逐末者由之貨殖。頃年官置吏、以監察之。

其の徒天に事ふるを以て法と為し、之を耶蘇と謂ひ、天主と号して陡斯と為す。（中略）屢々吾が民俗を勧む。愚にして奇を好む者（もの）、市の利に便りする者（もの）、多く其の法を奉ず、誠に憎むべきかな。末を逐ふ者（もの）之に由って貨殖す。頃年官吏を置いて、以て之を監察す。（「長崎逸事」『羅山文集』巻第一二、七丁表〜七丁裏）

林羅山は、耶蘇教を天に仕えることを法とする教え、と定義とする。そして、本邦の民俗を耶蘇教の教えに誘い、交易の利益を求める者がその教えを奉じると分析し、憎むべしと言う。

しかし、その一方で「長崎逸事」は、キリシタン大名や長崎奉行そして彼らの行いを許容した徳川幕府上層部の関心が何処にあったのかを、明瞭に示す。南蛮貿易が齎す利益は、まことに莫大なものだったのであろう。そして、徳川幕府が布教抜きの経済的関係を模索していたにもかかわらず、日本側にも貿易による利益を得るために耶蘇教徒となる者が多くいたのである。

この一件により、当然ポルトガル側からは抗議があった。しかし、徳川幕府は全く譲歩せず、貿易の継続を通告するのみであった。慶長一六年、林羅山は四通の外国書を起草している。ここでは、『羅山文集』巻第一二から、その一部を引用する。

答南蛮舶主代正純○慶長十六年作

日本国執事上野介藤原正純、謹復書西域国海舶総兵官東適我丈人館下。今茲行人東魯訥、遠跨鯨海、重訳而来、親捧鯉素、執謁而見。茲審、当時黒舶燔沈之事、於今足下似訴其罪之有無。蓋域異路隔、而不得其情乎。殆牴牾乖戻、而不識其真乎。

南蛮舶主に答ふ（正純に代る○慶長十六年作）

日本国執事上野介藤原正純、謹んで書を西域国海舶総兵官東適我丈人館下に復す。今茲（ことし）行人東魯訥、遠く鯨海に跨がり、訳を重ねて来り、親（みづか）ら鯉素を捧げ、謁を執って見ゆ。茲に審らかにするに、当時黒舶燔沈の事、今に於て足下其の罪の有無を訴ふるに似たり。蓋し域異に路隔てて其の情を得ざるか。殆ど牴牾乖戻して、其の真を識らざるか。（五丁裏）

徳川幕府は、非がポルトガル側に存すると主張しており、林羅山の起草した文面は、それを代弁したものである。東適我とは、ドン・ディエゴ・ヴァスコンセロスのことであり、西域国海舶総兵官とは、インド艦隊司令官という、彼の立場を漢訳したものであろう。東魯訥とは、ドン・ヌーノ・ソトマヨールのことであり、ポルトガルのインド副王が遣わした使者である。

書簡には、マカオからポルトガル本国まで距離があるためか、情報が錯綜しているためか、真実を知り得ないのであろうか、とある。要するに、一連の事件について、日本側の非を認めぬ態度を表明しているのである。

この後、林羅山が起草した書簡は事件の経緯を徳川幕府の立場から説明し、次のように述べ、締めくくる。

今我　主君、不念旧悪、既往不咎。以商賈之往還通市、為　国家之給足余裕、而不厭諸舶之出入。然則来夏仍旧、黒舶来于長崎、則通市随意、而有大利焉。必無拘滞。所待在茲耳。

今我が主君、旧悪を念はず、既往は咎めず。商賈の往還通市を以て、国家の給足の余裕と為して、諸舶の出入を厭はず。然れば則ち来夏旧に仍りて黒舶長崎に来れば、則ち通市意に随って大利有らん。必ず拘（かか）はり滞（とど）むこと無かれ。待つ所茲に在るのみ。（七丁表）

引用に当たり、闕字は『羅山文集』の方針に従い残した。「旧悪を念はず」と「既往は咎めず」は、それぞれ『論語』の公冶長と八佾に拠る。

旧悪を恨み続けたり、復讐を望んだりしない者は伯夷と叔斉である。また、既往を咎めぬ者は孔丘である。林羅山は、徳川家康を伯夷・叔斉や孔丘になぞらえ、鷹揚な態度を装う。そして、ポルトガル側の責任で不幸な出来事が起きたにもかかわらず、交易を許すことで、ポルトガル側に利益を与えるという文面に作っている。確かに、貿易ルートが断絶せず、繋がり続けることは、ポルトガル側にとっても望むところであったに違いない。

しかし、この時、徳川幕府はすでに報復を完了しており、『論語』からの引用は状況と合致しない。また、貿易の継続は、徳川幕府にとっても望ましいことであったに違いない。

では、「意に随って大利有らん」とあるのはどういうことであろうか。この表現は、日本側の思う通り日本側が大きな利益を得るであろう、という意味ではない。むしろ、ポルトガル側の思う通りポルトガル側が大きな利益を得るであろう、という意味に解すべきである。しかし、それは欺瞞である。

つまり、この書簡は、全く徳川幕府の利益を代弁するものでありながら、それにもかかわらず、ポルトガル側の利益のために交易の継続を許すという体で書かれている。

結局、ポルトガル側は徳川幕府の主張を容れ、貿易は続いた。林羅山の息子林鵞峯は、徳川幕府の西洋人に対する扱いは奴隷に対するもののようであった、と記している。(25)

## 五　林羅山起草の中国・李氏朝鮮向け書簡

慶長一五年、「長崎逸事」を著した後、林羅山は外国への書簡を起草するようになる。斯かる職務は、かつては五山僧の掌るところであったが、林羅山は機会を得たのである。この時、林羅山は二通の中国宛て書簡を起草している。(26)

一通目は、慶長一五年に起草された、本多正純の代作である。二通目は、時期は不明であるものの、一通目とごく近い時期に起草されたものと推測され、長谷川藤広の代作である。

一通目と二通目は、差出人こそ異にするものの、主旨を同じくする。すなわち、応天府の周性如なる中国人の要請に応じて、書簡を送ったとし、かつ貿易を望む、というものである。(27)

つまり、あくまでも中国側の要請に応じる形で、貿易に限定した関係を要求しているのである。後に林鵞峯は、この二通の手紙に返事はなかったが、中国からの商船は到来するようになった、と述べた。(28)

それより以前、五山僧が外国書を如何なる体裁で記していたのかを調べたければ、『善隣国宝記』を参照せざるを得まい。『善隣国宝記』は、瑞渓周鳳（一三九二〜一四七三）の編著であり、日中・日韓の外交史であると共に、外国書の文例集でもある。いま、幸いに国立公文書館内閣文庫に林鵞峯旧蔵本『善隣国宝記』が伝わるため、これを利用したい。この林鵞峯旧蔵本は、文明一八年以降が手書きで補ってある。つまり、何者かが、本来『善隣国宝記』で扱わぬ永和三年（一三七七）より明暦元年（一六五五）にいたる二七八年間の外国書を調べ、一一丁にわたり手書きで補ったのであろう。実際に補足された外国書の件数は、わずか一四件であり、のこりは簡略な外交史的記述が挿入されているにすぎない。しかし、これは『善隣国宝記』の不足を補おうとする、補足した者の見識を示すものと考えたい。『善隣国宝記』に採録された外国書において、差出人は足利幕府の将軍であり、かつ日本国王号を用いる。また、姓名の上に細字で臣と記す。もちろん、臣とは、中国皇帝の臣という意味である。そして、元号は中国のものを用いる。

斯かる体裁を用いることは、当の五山僧にとって、如何に認識されていたのであろうか。その答えは、やはり『善隣国宝記』にある。応永九年（一四〇二）、足利義満（一三五八～一四〇八）が「日本国王臣源義満」として明国へ送った最初の外国書を掲出した後に、一段低書して、異見が記されている。これが、編者である瑞渓周鳳の見解であろう。ここには、後々まで続く五山僧による外国書の特徴と問題点、そして代案までもが示されている。よって、やや長い引用となるが、掲出しておきたい。

彼国以吾国将相為王。蓋推尊之義、不必厭之。今表中自称王、則此用彼国之封也。無乃不可乎。又用臣字、非也。不得已、則日本国之下如常当書官位。其下氏与諱之間、書朝臣二字可乎。蓋此方公卿恒例、則臣字属於吾皇而已。可以避臣於外国之嫌也。又近時遣大明表末、書彼国年号。或非乎。吾国年号、多載于唐書玉海等書。彼方博物君子、当知此国自中古別有年号。然則義当用此国年号。不然総不書年号。惟書甲子乎。此両国上古無年号時之例也。凡両国通好之義、非林下可得而議者。若国主通信則書当出於朝廷。代言之乎。近者大将軍為利国故密通書信。大抵以僧為使。其書亦出於僧中爾。大外記清三位業忠、近代博学之士也。与予従遊者、三十余年矣。以向所謂年号及朝臣二事告之。三位以為是。且記於此論異日預此事者云。

彼の国吾が国の将相を以て王と為す。蓋し推尊するの義、必ずしも之を厭はず。今表の中自ら王を称するときは、則ち此れ彼の国の封を用ゆ。無乃（むしろ）不可ならんか。又臣の字を用ゐるは、非なり。已むことを得ざるときは、則ち日本国の下如（も）しくは常に当に官位を書すべし。其の下氏と諱との間に、朝臣の二字を書して可ならんや。蓋し此の方公卿の恒例なるときんば、則ち臣の字吾が皇に属するのみ。以て外国に臣たるの嫌を避くべし。又近時大明に遣はす表末に彼の国の年号を書す。或いは非か。吾が国の年号、多く唐書・玉海等の書に載す。彼の方の博物の君子、当に此の国中古自り別に年号有ることを知るべし。然らば則ち義当に此の国の年号を用ゆべし。然らずんば総て年号を書せじ。惟だ甲子を書せんか。此れ両国上古年号無き時の例なり。凡そ両国通好の義、林下の得て議すべき者に非ず。国主信を通ずるが若きは則ち書当に朝廷より出づべし。代って之を言ふか。近者（このころ）大将軍国を利せんが為の故に密かに書信を通ず。大抵僧を以て使と為す。其の書も亦た僧中より出づるのみ。大外記清三位業忠近代博学の士なり。予と従ひ遊ぶ者（もの）、三十余年矣。向（さ）きに所謂年号及び朝臣の二事を以て之に告ぐ。三位以て是と為す。且つ此に記して異日此の事に預る者に諭すと云（しかい）ふ。（巻之中、四丁裏～五丁表）

「彼の国」と「吾が国」が、明国と日本であることは、言うまでもあるまい。日本国王号・臣字を付すか否か・元号の表記について、順番に瑞渓周鳳の見解を窺いたい。

まず、日本国王号の問題である。明国からの書簡において、足利義満が王と称せられるだけならば、言わば待遇表現として受けとめることも出来る。しかし、自ら王を称するならば、それは明国皇帝から封ぜられることとなる。よって、日本国王号を称するべきではないのである。

次に、臣字を付すか否かの問題であるが、当然臣字を付すのは過ちである。よって、臣字と日本国王号の王字を削り、空いた部分に日本での官位を記し、氏名の間に姓として朝臣と付し、日本国○位源朝臣某と記すのが望ましい。なぜならば、日本人が臣という時に、帰属する存在は天皇しかあり得ないからである。

最後が、元号の問題である。中国に書を遣わす時に、中国の元号を用いるのは、過ちである。日本の元号を用いるのが正しい。さもなければ、せめて干支で表記すべきである。

以上が瑞渓周鳳の異見である。ここでは、あわせて瑞渓周鳳が足利将軍家と明国との書簡のやり取りを、「国を利せんが為の故」とする点、また自身の見解の是非について、清原家に問い合わせている点をも指摘しておきたい。

いずれにせよ、外国書は、その体裁を慎重に吟味すべきものと認識されていたようである。そして、以心崇伝の頃には、李氏朝鮮宛てのものを除く多くの外国書は、瑞渓周鳳が指摘した問題点を踏まえたものとなっていた。逆に言えば、李氏朝鮮宛ての書簡については、以心崇伝も従来通りに日本の元号を用いずに、干支を用いていたのである。

さらに、李氏朝鮮との仲介担当であった対馬宗氏に、外交文書の改竄疑惑が起こる。これは、東アジアの外交慣例に沿った書式を要求する李氏朝鮮側と、天皇の存在を無視して外交慣例に従うことはできないとする日本側との調整を、対馬宗氏が行っていたがために起きた事件であった。

事件後、林羅山が起草した李氏朝鮮国王宛て書簡を『羅山文集』巻第一三から引用しよう。

復朝鮮国王奉台命撰之

日本国源御諱奉復

朝鮮国王　　殿下

（中略）
貴国早聞知而今改往自新至此誠可也
（中略）
寛永十三年十二月二十七日（一二丁裏～一三丁裏）

日本国王号を用いていない点、文書偽造事件の責任を李氏朝鮮側に押し付けている点、そして日本の元号を用いている点に注意されたい。

李氏朝鮮側の要求にもかかわらず、あくまでも日本側は慣例に従うことを拒絶したわけである。この後、李氏朝鮮からの日本宛て外交文書には、日本国大君号が用いられることとなった。日本国大君は、全く前例のない称号である。また、日本側では外交上の案件を林羅山が関与することとなる。

いったい、なぜ林羅山が斯様な形式の文書を作ったのかについては、すでに瑞渓周鳳が説明している。王を名乗れば、暗黙裡に中国の封を受けることを承認したこととなる。そして、天皇の存在を無視することになる。それは、対外関係をのみ考えるならば、よいことのようであっても、日本国内においては通用しない。なぜならば、征夷大将軍という職が、すでに天皇の存在を前提とするものだからである。したがって、これを無視すれば、徳川幕府は自分たちの存在を成立せしめている根拠を失うことになる。

しかし、林羅山は自身の起草した書簡において、斯かる日本側の都合に全く触れない。ただ、李氏朝鮮側に、今後も日本側の要求する体裁を遵守するよう注意するのみである。

その後、寛永一三年以降、朝鮮通信使来訪の折には、東照社（のちの東照宮）参詣を促される。朝幕関係に差障わりない形で、幕府の威光を示すため、通信使が利用されたわけである。(29)

## 六　明清革命への対応

寛永二年、林羅山に再び外交文書作成の命が下る。倭寇の活動を取り締まって欲しいという、中国側の要望への返答であった。これに対して、林羅山は日本側に何ら責任はなく、従って中国側で好きに対応するようにと主張している。

さらに、林羅山は、倭寇が出現するのは、中国の政治が乱れているからであると言う。そして、中国が乱れているのは、耶蘇教徒を放置しているからであると言う。以下、『羅山文集』巻第一一より「答大明福建都督」を引用する。

> 南蛮鴂舌之妖人、号耶蘇者、託商舶、来挟其邪術、扇惑愚俗。故世人貪市舶利、与鴂舌侏離、共雑共語、相為交易。由是於貴国、愈久契闊、不亦奇乎。方今闔国混一、易世改弊、更始一新、政令厳察。而復酷排蛮法、禁左道、拒耶蘇尤謹。故無有犯者。而況於海島剽刧掠奪者乎。
>
> 南蛮鴂舌の妖人、耶蘇と号する者、商舶に託し、来って其の邪術を挟み、愚俗を扇惑す。故に世人市舶の利を貪って、鴂舌侏離と、共に雑はり共に語り、交易相為す。是に由って貴国に於て、愈々久しく契闊す、亦た奇しからずや。方今闔国混一にして、世を易へ弊を改め、更（あらた）め始むること一新、政令厳察なり。而して復た酷（はなは）だ蛮法を排し、左道を禁じ、耶蘇を拒（ふせ）ぐこと尤も謹めり。故に犯す者有ること無し。而るを況んや海島剽刧掠奪する者に於てをや。（一一丁裏）

耶蘇教徒は、利益を以て中国人を惑わす。だからこそ、長きにわたり、明朝は苦労しているのだという。これに対して、日本では禁教を徹底しているから、上を犯す者はいない。

言うまでもなく、「契闊」は『詩経』邶風・撃鼓、「犯者」は『論語』学而を踏まえる。「契闊」を、朱熹は「隔遠之意也」とする。しかし、ここでは毛伝の「勤苦也」という理解を踏まえていよう。なお、「不亦奇乎」の「不亦〜乎」という句法も、『論語』学而に見える。

『詩経』邶風・撃鼓は暴君の命令で戦争に駆り出された兵隊の情を述べる。実際に、この後に李自成の乱が起き、明清革命が成るという、その後の歴史を知る者にとっては、林羅山の主張は意味深長に響く。すなわち、この書簡は、林羅山が明朝の様子を注視し、情勢を幾何か把握していたことの証拠ともとれる。

いずれにせよ、実際に上を「犯す者」が現れ、明朝が滅ぼされると、日本も含めた周辺諸国は新政権とこれに抗する旧政権の生き残りとの、孰れを支持するかという判断を迫られる。しかしながら、徳川幕府は、結局は明朝への軍事支援を断念し、物資援助に限定した対応を行う。

斯かる情勢において、林羅山は鄭芝龍の求めによる援軍派遣の密議に参加する。そして、徳川家光の命で、『日本大唐わうらいの事』を編纂する。

## 七　『日本大唐わうらいの事』について

『日本大唐わうらいの事』は、林鵞峯が編んだ林羅山の「編著書目」には「日本大唐往来」として名を連ねる。その内容は漢字ひらがな交じりのくずし字で記されており、神功皇后の時代から正保三年までを扱った日中外交史である。『日本大唐わうらいの事』の伝本は少なく、内閣文庫に三本伝わる他には、静嘉堂文庫に一本、島原図書館肥前島原松平文庫に一本、そしてハーバード大学燕京図書館に一本が伝わるのみである。また、これら伝本はすべて写本である。

なお、内閣文庫所蔵の三本の内、一本は明治以降に筆写されたものである。残りの二本の間には、大きな差異は見受けられない。ただし、漢字ひらがな交じりのくずし字で記された和文、という形式に起因する、表記のブレや若干の行格のズレは確認できる。しかし、それら以外に文字の異同などは存在しない。また、紙質や墨の色、文字の書きぶりなど、多くの要素が相似する。よって、残りの二本については、林羅山が徳川幕府に献上する際に作成した、主本と副本の関係にあるものと推測できるのである。

本稿では、林羅山が献上したものと思しき内閣文庫本二本の内の一本（請求記号・特〇三二―〇〇〇三）を用いたい。この伝本は表紙を除き、全二五丁。二本ある内の、この一本を用いる特別な理由は存在しない。強いて言えば、より保存状態のよい当該資料こそが主本であろうか、という推測があったためである。しかし、より使用感のある副本こそが徳川幕府の将軍の手元にあった一本に違いなく、検討の対象に相応しいという考え方も当然あり得よう。いずれにせよ、以降とくに断りなく『日本大唐わうらいの事』と記す場合、この主本と思しきテキストを指すものと了解されたい。

まず、神功皇后の時代に関する記述を見たい。神功皇后の時代、外交史の俎上に乗せられる案件と言えば、神功皇后の三韓征伐であろう。しかし、『日本大唐わうらいの事』には、この出来事は記されていない。むしろ、『日本大唐わうらいの事』に記されているのは、おおむね侵略を受けた事例である。

日本人皇十五代じんぐうくわうごうのとき呉国《ごこく》の王そんけん一万餘人のつわものをおこしふねにのせ日本をせめんとてうみにうかぶ日本ちかき海上にてえきれいのやまいにか丶り人おおくしにければむなしくかえる（二丁表）

神功皇后の時代、呉の孫権が日本侵略を目論んだが、日本近海で病のために兵を失い、断念したという。この逸話は、『三国志』呉書・孫権伝や、『資治通鑑』魏紀三を踏まえるか。

引用個所には、大陸からの侵略と、それを防ぐ地理的要因について記してある。

日本十六代おうじん天王のときえん王ぼようくわいという者北国の大名にてれうとうをうちとりそのついでに日本をせめんとて一万余人の軍勢をさしこすといえども路次とをふして来る事あたわずたゞし時代はるかなればくわしくしれず（二丁裏）

応神天皇の時代、炎王慕容廆が日本侵略を企てたが、距離が遠いため、叶わなかったという。しかし、その依拠するところは不明である。

炎王慕容廆とは、二世紀後半から三世紀前半にかけての人物であり、中国東北部の遊牧騎馬民族慕容鮮卑の長である。例えば、『晋書』帝紀・炎王には、慕容廆が遼東半島まで進出したという記述があるものの、日本侵略まで考えていたかについては、裏を取ることが出来ない。

いずれにせよ、またも日本は侵略の対象として描かれており、地理的な要因によって、大陸からの攻勢を未然の内に防いでいるのである。

次に、日本が海外の紛争に介入した例として、白村江の戦いに関する記述を検討したい。とくに、戦いの最終段階、倭と百済の連合軍が唐軍に大敗する場面を引用したい。

唐の大将二人はくがよりむかい一人はふなてよりむかう百七十そうはくそんこうという所までおしよする時日本のひゃうせんとゆきあうてふないくさあり日本人すこしひきしりぞくやがて日本の軍勢かさねて唐人のぢんへうってかかる唐の軍勢うみとくがと一つになりてひだりみぎよりはさんでうつ日本人ふせぎたたかう事たけしといえども大てきなればちからなくやぶれて水におぼれて死ぬるものもすくなからず（四丁裏〜五丁表）

軍を陸（くが）と海（ふなて）の二つに分ける唐軍に対して、倭と百済の連合軍は、これといって策を講じた様子はない。「ゆきあうてふないくさあり」とは、連合軍の場当たり的な対応を表現しており、「唐の軍うみとくがと一つになりてひだりみぎよりはさんでうつ」とは、唐軍に翻弄される様を描いている。

「日本人ふせぎたたかう事たけし」とは、『日本大唐わうらいの事』が武家に献上する書物である以上、日本人の勇猛さを強調せざるを得なかったという事情が反映された記述であろう。しかし、むしろ目を引くのは、「大てきなればちからなくやぶれて水におぼれて死ぬるものもすくなからず」という、彼我の戦力差と水死した兵卒の記述である。白村江の戦いに関する記述は、倭軍の勇猛さに触れながらも、唐軍の強大さと戦術の巧みさを描いたものである。また、『日本大唐わうらいの事』全体の中でも、当該個所は海外の紛争に関わって失敗した例として有効に機能しているように思われる。

さらに、安史の乱に関する記述を引用したい。中国国内で紛争が起きた場合の対応について、林羅山が如何に描くのかを窺いたいからである。

あんろくさんがひゃうらんのときなればしゅくそうより牛のつのを日本へもとめらるこれによりて諸国へふれてうしのつの七千八百本大唐へつかわさる唐のゆみをつくるにはすいぎゅうのつのを用るゆへなるべし　日本にてせんぎしけるはあんろくさんはむほんぎゃくしんのものなればしばらく世をみだるというとも本意をとぐべからずたたかいまけてのちもし日本ちかき海辺へきたりてらうぜきする事もあるべきかとてつくしのばん所へその用心すべしとふれつかわす

安史の乱が起こった時、日本でも援軍を出すか否かが問題となった。しかし、その時にも、結局は物資の支援のみが行われた。そして、海辺の守りを固め、紛争の飛び火を警戒したのである。

ならば、実際に革命が成り、異民族王朝が樹立して、日本に攻めてきた例は如何。元寇の例を見てみよう。まず文永の役に関する箇所を、次に弘安の役に関する箇所を、引用する。

十月に日本へおしよせかっせんすされども大元の軍法みだれてとゝのおらず又矢だねつきければつくしの海辺所々をらんぼうしてかえる日本文永十一年のときなり（一一丁裏～一二丁表）

このたび諸大将ならびに役人おの〳〵まち〳〵にてたがひに談合とゝのをらざるゆえにみなはいぐんす（中略）世に日本は神国なれは神風あらく吹て呉賊のふねをやぶりおぼらすと申ならわすも此事なり（一五丁裏～一六丁裏）

林羅山は、日本が元寇を退けた理由を、鎌倉武士の尽力ではなく、元軍の規律の乱れと将軍間の不仲によって説明し、その上で所謂神風について言及している。

以上、『日本大唐わうらいの事』の記述を検討してきたが、その内容は、徳川幕府の決定を追認・裏付けするものであった。その記述に、日本側が他国を侵略する記述は少ない。それは、朝鮮半島への影響力維持が大きな政治的課題であった古代史においても例外ではなかった。むしろ、他国からの侵略にさらされた時、歴代政権が如何に対処してきたのかを略述することに、『日本大唐わうらいの事』の眼目はある。

そして、『日本大唐わうらいの事』の斯かる性格に、明清革命に直面した際、徳川幕府首脳陣の関心が何処にあったのかが表れているのである。

## 八　おわりに

最後に、ここまで論じてきた問題を整理し、若干の考察を加える。

徳川幕府の外交政策は、国外からの侵略に対する警戒心を基調としていた。警戒の向く先は、主として耶蘇教布教を足がかりとした、西洋人による侵略であった。しかし、その一方で南蛮貿易が齎す利益は、幕府首脳陣にとっても魅力的なものであった。結局、徳川幕府は禁教へと舵を切り、諸外国との関係を整理して行く。その際、西洋については、経済的な結びつきに限定した関係を是認する、新教国就中オランダとの関係をのみ維持するのである。

徳川幕府にとって、経済的な性格に限定した関係が望ましいという点では、中国との関係も同様である。なぜならば、日中で正式な国交を結ぼうとすれば、どうしても冊封体制の中に入らざるを得ない。すると、天皇・将軍・皇帝の三者の関係を明確化する必要が生じる。そこで、徳川幕府はそういった厄介事を回避しながらも、経済的な性格に限定した関係を結ぼうとしたのである。

また、国外からの侵略への警戒心という点については、明清革命の飛び火が懸案事項であった。鄭芝龍からの援軍要請を受けながらも、徳川幕府による援助は限定的なものとなった。これは、明らかに外患誘致を恐れた態度決定である。

他方、李氏朝鮮や琉球王国との関係で目立つのは、外交慣例を無視した対応であった。そこには、中国との関係にも垣間見えた、朝幕関係上の問題が、対外関係においても反映されているという、国内事情があった。

こういった徳川幕府の政策に対応する形で、林羅山の外交文書も著されていた。西洋については、「排耶蘇」においては耶蘇教の布教に西洋人による侵略の脅威を見て、「長崎逸事」においては経済的な事情から耶蘇教徒となる者がいることを問題視した。朝鮮については、国書において日本側の事情により東アジアの外交慣例を無視した書簡を送り、文書偽造事件の責任を李氏朝鮮側に押し付けた。中国については、天啓帝期の明朝の様子を把握していたのか、徳川幕府の立場を代弁しつつ、経済的な関係に限定した付き合いを求める書面を作り、明清革命後には『日本大唐わうらいの事』を作り、大陸からの侵攻や紛争の飛び火を過去の日本人が恐れていたことを明かした。

先行研究が指摘する通り、林羅山の仕事は、なるほど彼を「外交顧問」と呼ぶに値する程のものとは見受けられない。しかしながら、斯かる後世の概説的なあるいは教科書的な言説を離れ、一次資料に基づき、その業績を歴史的に位置づけた結果明らかとなった林羅山という学者の仕事の価値は、「無名の『坊主』」という言葉で汲みとり切れるものであったろうか。

林羅山が著す外交文書は徳川幕府の外交政策と連動し、よく徳川幕府の立場を代弁するものであった。そこには、西洋諸国とは貿易に限った関係を構築し、李氏朝鮮とは一見対等なようでありながら自国の都合を相手に押し付けられる間柄を望み、中国とは過度に接近しないようにする、という徳川幕府の望むまた林羅山の構想する外交秩序が示されていた。

そこにこそ、林羅山という人物が当時にあって請け負っていた職務の、単なる「無名の『坊主』」という文字面が想起せしめるより以上の、規模が示されているのである。とはいえ、それは決して幕藩体制護持のイデオロギーなどというものではあるまい。『日本大唐わうらい』の伝本の少なさは、林羅山の業績を享受した者が如何に限られていたのかを、如実に語る。

あくまでも、林羅山は、自身が仕える徳川将軍家のために、自身の学識を鬻いでいたのである。

注

（1）「寺社行政、外交文書の解読と作成、法案の起草などがその主たるものであり、かねて古書の蒐集や出版、学問文芸の講釈などにも従事」（尾藤正英『日本封建思想史研究』二九頁、青木書店、一九六一）。

（2）永積洋子『近世初期の外交』（一八頁、創文社、一九九〇）。

（3）「奴ら伴天連らは、別のより高度な知識を根拠とし、異なった方法によって、日本の大身、貴族、名士を獲得しようとして活動している。彼ら相互の団結力は、一向宗のそれよりも鞏固である。このいとも狡猾な手段こそは、日本の諸国を占領し、全国を征服せんとするためであることは微塵だに疑惑の余地を残さぬ。なぜならば、同宗派の全信徒は、その宗門に徹底的に服従しているからであり、予はそれらすべての悪を成敗するであろう」（松田毅一・川崎桃太訳『完訳フロイス日本史』四、二一三頁〜二一四頁、中公文庫、二〇〇〇）。

（4）「惣而ほるとぎすかすてあんかたきにて候間、重而はおらんだも参候わん様にと申上る事も御座有へく候ほるとぎすかすてあん昔より商申候おらんだの事は始而参候其故に損御座候と申上事も可有之候それは偽にて候大千世界を次第〳〵に我儘に可罷成と存候所におらんだ参候而此次第を可申上かとほるとぎす推量仕重而は我儘に罷成ましきかと可存候」（『異国日記』上、五三丁、『影印本異国日記―金地院崇伝外交文書集成―』東京美術、一九八九）。

（5）高瀬弘一郎『キリシタンの世紀―ザビエル渡日から「鎖国」まで』（岩波書店、二〇一三）。

（6）「爰吉利支丹之徒党、適来於日本、非啻渡商船而通資財。叨欲弘邪法惑正宗、以改域中之政号作己有、是大禍之萌也。不可有不可有不制矣」（『異国日記』上、六三丁、『影印本異国日記―金地院崇伝外交文書集成―』東京美術、一九八九）。

（7）「同十一年丙午年、琉球國に渡来せし明朝冊封使の許に、島津少将家久書牘を贈りて、爾後領国の商船を渡来せしめんことを諭す」（「渡來扱方」『通航一覧』巻一九八、二二六頁、国書刊行会、一九一三）以下、『通航一覧』引用の際には、同国書刊行会本を用いた。

（8）「慶長四年己亥年、是より先、豊臣太閤朝鮮国を征伐し、一旦和議に及ひしか、事破れて再挙ありしより隣交中絶す。東照宮元よりこれを快とせられず。是年宗対馬義智に懇命ありて、好和再興を議せしめらる」（「修好始末」『通航一覧』巻二五、二九九頁）。

（9）「四度目之使者石田甚左衛門初て返簡を取帰る」（「修好始末」『通航一覧』巻二五、二九九頁）。

（10）「謀無軽重、事無大小、必皆先禀於皇朝、聴其所決」（「修好始末」『通航一覧』巻二五、三〇一頁）。

(11)「壬申之歳、秀吉無故動兵、辱及先陵。至痛在心、久猶未忘。在我固無先自通好之理。但聞、右府尽反秀吉所為云。今若先為致書、縛犯陵之賊、則我国亦無相報之道乎」（『修好始末』『通航一覧』巻二七、三二三頁）。

(12) この一件について、近藤重蔵『外蕃通書』巻第一（『近藤正斎全集』第一冊、一一頁～一五頁、国書刊行会、一九〇五）は、対馬藩と李氏朝鮮が共謀して行ったと罵倒する。逆に、『通航一覧』巻第二七（三二二頁）は事件自体をなかったことにして、徳川家康が喜んで李氏朝鮮の要求を呑んだと記したのちに、低書した上で様々な資料を引き、この国書偽造事件の存在を知らしめるという方法をとる。さらに、『外交志稿』巻第一（四八頁、外務省記録局、一八八四）では、朝鮮側の要求に言及した後に、前年冬の松雲来訪の記事を、時系列を無視して挿入し、その後は文書偽造に言及せず、国交修復達成の記事を掲示する。かつ、豊臣秀吉の朝鮮出兵の際に到来した明の援軍が、如何に朝鮮国内で横暴を働いたのかを叙述する。

(13) 以下、『羅山文集』については特に断りがない場合、本稿では内閣文庫所蔵寛文二年刊本を用いる。なお、『羅山文集』の添え仮名および返り点は、林羅山の第四子林読耕斎が第三子林鵞峯の監修の下に附したものである。よって、本稿では極力これを尊重した訓読を心掛けた。もとより、現今の訓読法に慣れ親しんだ者からすれば、違和感を覚える箇所もあろう。また、林読耕斎の読みと、林羅山の読みが完全に一致するかと言えば、私見では必ずしもそうではない。しかし、ここでは一先ずは了承されたい。

(14) 内閣文庫には、二種類の林家旧蔵本『天主実義』が伝わる。本稿では、より古い形態を残す請求記号三〇七―〇一一二のテキストを用いる。『天主実義』の早い段階での刊本については、王雯璐「『天主実義』の初期刊本とその改訂をめぐって」（『或問』第三一号、近代東西言語文化接触研究会、二〇一七）がある。しかしながら、林羅山が如何なる形態で『天主実義』を読んだのかについては、なお検討の必要がある。本稿においても、林羅山旧蔵本ではなく、林家旧蔵本を用いざるを得なかったが、王雯璐による論文の追検証を含め、今後の課題としたい。

(15)「中士曰、萬物既有所生之始、先生謂之天主。敢問此天主由誰生歟。西士曰、天主之稱謂者之原、如謂有所由生、則非天主也。物之有始有終者、鳥獸草木是也。有始無終者、天地鬼神、及人之靈魂、是也。天主則無始無終、而為萬物始焉、為萬物根柢焉。無天主則無物矣。物由天主生、天主無所由生也」（内閣文庫所蔵林家旧蔵本『天主実義』首篇論天主始制天地萬者而主宰安養之、六丁表～六丁裏）。

（16）この論点については、大島晃「『なる世界』と『つくれる世界』―不干斎ハビアンの朱子学批判をめぐって」（『ソフィア』三三―二、上智大学、一九八四）を参照されたい。

（17）「析言破律、亂名改作、執左道、以亂政殺。作淫聲、異服・奇技・奇器、以疑衆殺。行偽而堅、言偽而辯、學非而博、順非而澤、以疑衆殺。假於鬼神・時日・卜筮、以疑衆殺。此四誅者、不以聽」（『礼記』王制）。

（18）「提宇子時節を守《マホ》リ日本悉ク門徒《ト》トナシ仏法神道ヲ亡《ホロホ》ホサントス神道仏法アレハコソ王法モ盛《サカ》ナレ王法在マメコソ仏神ノ威モマスニ王法ヲ傾《カタム》ケ仏神ヲ亡《ホロボ》シ日本ノ風俗《フウソク》ヲノケ提宇子己《ヲノ》カ国ノ風俗《フウソク》ヲ移《ウツ》シ自ラ国ヲ奪《ウバヽ》ントノ謀《ハカリ》ヲ回《メク》ラスヨリ外《ホカ》別術《シユツ》ナシ呂宋《ソウ》ノウバイスバニヤナトノ禽獣《キンシユ》ニ近《チカツ》キ夷狄《イテキ》ノ国ヲハ兵《ツハモノ》ヲ遣メ奪《ウハウトモ》レ之《ヲ》吾朝ハサシモ勇猛《ユウミヤウ》他《タ》ニ越《コヘ》タル国ナルカ故ニ法ヲ弘《ヒロ》メテ千年ノ後ニモ奪《ウハヽント》レ之《ヲ》思フ志《コヽロサ》シ骨髄《コツズイ》ニ徹《テツ》メアリイブセイ哉《カナ》」（島原図書館肥前島原松平文庫本『破提宇子』、三七丁裏～三八丁裏）。

（19）前掲注（5）高瀬。

（20）「今茲、舶頭殺日本商人數十人于阿姥港、奪其貨財」（「長崎逸事」『羅山文集』巻第一二、八丁裏）。

（21）「事発覺。有馬修理者、受官旨、将取蛮舶」（「長崎逸事」『羅山文集』巻第一二、八丁裏）。

（22）「是月九日、発卒撃舶。舶主拒之、而去里許。風逆而不能帆。（中略）十二日、修理乞楼舩、而又与軽艦相進。及夜楼舩接舶閧尾。敢死者先登数十人。（中略）舶主遂自焚、而与舶共入海」（「長崎逸事」『羅山文集』巻第一二、八丁裏～九丁表）。

（23）前掲注（22）を参照されたい。

（24）「蛮人死者二百余、白銀二十余万両、白糸二十余万斤、金鏁環釧・繍羅・布帛等器財、不知其数。皆腐於水中」（「長崎逸事」『羅山文集』巻第一二、九丁表）。

（25）「此時武威嚴重、遇蛮夷如奴隷。故如藤広・光次等、微臣亦預焉」（『羅山文集』巻第一二、一一丁裏～一二丁表）。

（26）林羅山による外国書に先だって、すでに島津家久が琉球王国を通して、勘合貿易の再開を打診している。「琉球国に渡来せし明朝冊封使の許に、島津少将家久書牘を贈りて、爾後領国の商船を渡来せしめんことを諭す」（「渡来扱方」『通航一覧』巻

一九八、二二六頁）。

(27)「今茲、應天府周性如者、適來於五嶋、乃詣上国。因及此事、不亦幸乎。明歳、福建商船来我邦、期以長崎港、為港泊之処。隨彼商主之意、交易有無、開大閧市。豈非二国之利乎。所期在是耳。比其来也」（「遣大明国」『羅山文集』巻第一二、二丁裏〜三丁表）、「吏目周性如、到我邦。余因言於国主、以和平通好之事。則降賚卯書、彼亦約以来歳商舶及勘合符同来也」（「遣福建道陳子貞」『羅山文集』巻第一二、四丁裏〜五丁表）。

(28)「彼国狐疑猶豫、而無答書、勘合不成。然南京福建商舶、毎歳渡長崎者、自此逐年多多」（『羅山文集』巻第一二、四丁表〜四丁裏）。

(29)「寛永十三年朝鮮人来朝の節、御威光異国までもおよひ候は、全く権現様御余慶に候。朝鮮人も日光へ参拝仕候やうにと、酒井讃岐守江被仰付候」（「日光山詣拝並獻備物」『通航一覧』巻八八、二五頁）。

# 隠逸の多様なイメージ
## ——日本幕末維新期の漢詩人と陶淵明

マシュー・フレーリ

唐成立以前の中国文学史でもっとも著名な詩人は誰かと言えば、疑いもなく東晋の陶淵明であろう。今日、陶淵明といえば、まず隠逸の詩人としてのイメージが強く、自由闊達な気性を持ち、俗世間の束縛を超越した規制されない生き方を求めたために、官吏としての半生に終止符を打った人として想起されるであろう。六世紀の初めには、もうすでにこのような陶淵明像が成立していたようで、「詩品」において鍾嶸は、陶淵明のことを「古今隱逸詩人之宗」として評価した。しかし同時に私たちは陶淵明のことを、酒を思い存分に嗜んだ人、農耕生活の素朴な快楽を賛美した人、田園詩という文学ジャンルの開拓者の一人としても記憶に留めている。十三世紀に成立した梁楷の「東籬高士圖」のような、陶淵明を視覚的に捉えようとする絵画などには、この一連の連想が色濃く出ている。そこには、菊の花を右手に取って、遠くの方に目をやっている詩人の姿が描かれている。もちろん、この絵は、「采菊東籬下　悠然見南山」（「飲酒二十首　其五」）という陶淵明の詩句のなかでも、もっとも人口に膾炙している二句を典拠としているのは言うまでもない。

陶淵明が東の籬から採った菊の花は、後にアイコン化されて、陶淵明自身の代名詞として成立し、その人となりの象徴にもなった。東洋美術史の学者であるスーザン・ネルソン氏は、歴代の美術作品における陶淵明の描き方の変遷を論証する一連の論文の中で、陶淵明を連想させる菊の象徴性及び含意に言及している。[1]後代の画家が描く、直接陶淵明を画題・対象とする絵だけではなく、別の人物の肖像画でさえも菊が時々描かれている。これらの肖像画における小道具としての菊は、「肖像画の人物、もしくはその肖像画を書かせたパトロンには、陶淵明的性質がある」ということを示唆しようと、しばしば使われたと指摘している。羅聘による清の文人袁枚の肖像画には、まさに菊の花のこのような指標的な使用が見られる。

視覚的媒体を活用する肖像画家は、「飲酒二十首　其五」で登場する菊の花を「採って」（つまり描いて）対象つまり画中人物の陶淵明に対する親近感を表現したのに対して、言葉を媒体とする文学者は、その営みにふさわしい語彙的な「採集」のしかたを開発した。つまり、陶淵明の詩から、ある語彙を拾って、自分の空間を命名するのに転用して、その空間及び、その空間で活躍する主人に陶淵明的性質を与えた。たとえば、同じ「飲酒二十首　其五」を例にとると、清の詩人で外交官でもある黄遵憲（一八四八～一九〇五）は、一八七四年に建てた書斎に「人境廬」という名を付けたけれども、この名は陶淵明のこの詩の一句目に由来する。[2]もちろんこのような借用は、中国だけで見られる現象ではない。江戸時代の異色の画家伊東若冲（一七一六～一八〇〇）は、京都の住宅を「心遠館」と名づけたが、この字も同じ陶淵明の詩の四句目から採ったことがわかる。[3]

これらのさまざまな自己創出の仕方は、近世近代に至っても和漢を問わず陶淵明が重要な存在であり続けたということを物語る。しかも、ある人が陶淵明の詩を鑑賞しているということは、即ちその人の性格について何かを表していると思われていたということも確認できる。たとえば十八世紀末期に朱子学者尾藤二洲（一七四五～一八一四）が漢詩の作り方について書いた『静寄餘筆』という随筆を見る。そのなかで朱熹が特に陶淵明を好んだということを述べてから、著者二洲は、単刀直入に「靖節（つまり陶淵明）の詩を愛せざる者は、是れその人必ず俗物なり」と断定する。

しかし、自分を何らかの形で陶淵明と関連付けようとした中国及び日本の詩人は、無数あるけれども、各々が陶淵明の詩に何を見たかということは、必ずしも一様ではなく多様であり、新たな別の問題を提示させうるのである。近年英語圏で次々と出版されてきた陶淵明についての新しい研究書は、アプローチは異なりながらも互いに補完し合いながら論じている。二〇〇五年に田暁菲氏が発表した研究は、陶淵明にまつわる一連のイメージがどのようなプロセスを経て作られてきたかに照明を当てた。(4)特に当時のテキストがどのように流布していたかということを問題にして、伝写のために、多様な異本が数多くできる手抄本文化に着目している。もし私たち読者が、流布本の章句と違っている章句に、真剣に考察を加えるなら、陶淵明の伝統的な既成のイメージとまったく違うイメージが立ちあがるかもしれないと指摘している。田暁菲氏の研究は、校本・編集作業に固有する微妙なフィードバック・ループを明らかにすることによって、印刷されているテキストの表面の裏側に潜んでいる可能性を掘り起こすことに成功している。その上、異本の字句を採用するか否定するかという選択過程は、編集者の思い込み及び読者としての好みに左右されていることを暴露している。田氏の本が出版されて数年後にはウェンディ・スワルツ氏が、広範な中国文学史における陶淵明の受容史について詳しい著書を出版した。(5)陶淵明のイメージの脱構築を研究の目的の一つに定めているところは、田氏と共通しているが、スワルツ氏は、「陶淵明の『性格』」の流動性に着目し、「異なる時代には、異なる徳、異なる理想もその性格に体現されている」と論じて、陶淵明は、「その詩を味わう読者、その人について考える読者を写し出す貴重な鏡である」と表現している。そして、二〇一〇年に出たロバート・アッシュモア氏の研究書は、陶淵明の隠逸を、当時の哲学的文脈に照らし合わせて論じている。(6)陶淵明自身の詩における読書の場面に特に注意を払って、これらの読書の場面は、後代の読者の陶淵明の詩を読む場面と重なり合っていることを明らかにし、陶淵明に対して後代の読者が感じる独特な親近感がどうして起こるかという問題にヒントを与えている。

これらの三冊は、陶淵明に一種変幻自在な、流転するような多様性のある特質が備わっていると指摘しているところが共通している。(7) 陶淵明の詩、または彼自身にこのような特質が備わっているため、後代の読者は何世紀にもわたって、驚くほどさまざまな方法で陶淵明の詩とかかわることができたと言える。拙論のテーマは陶淵明の受容の仕方であるが、時間的な隔たりだけではなく、空間的な及び文化的な隔たりを超えて、陶淵明の作品とかかわった読者を採り上げたい。ここで明らかとなるように十九世紀の日本人読者は、それぞれが活気に満ちた熱心な態度で陶淵明の詩に接近した。

十九世紀日本に於ける陶淵明の受容の広範さを跡づける資料になる詩集は、枚挙に暇がないほどたくさん残っている。幕末から維新期に活躍した日本の漢詩人の詩集をひもとくと、陶淵明のある詩を明らかに念頭に置いている作品が数多く目に付く。また、当時の都市で盛んに行われていた詩社の定期的な集まりや詩人の月例会の参加者に宿題として与えられていた詩題を見ると、陶淵明関係の詩題がよく使われていたということが明らかである。江戸で活躍していた大沼枕山（一八一八～一八九一）のような著名な詩人は、決まって年初にその年の詩題を月ごとにリストアップしたビラ（一枚刷）を配っていたのだが、嘉永三年（一八五〇）のビラには、九月の宿題として、「淵明醉圖」と見える。(8) あるいは、嘉永六年に横山湖山（一八一四～一九一〇）が自分の詩文会を宣伝するために作ったビラによると、同じ九月に「歸去來辭集字」という課題を設けたということがわかる。(9)「集字」とあることからこのテーマで詩を詠むという任務が課されていただけではなく、自ら作る詩には、陶淵明「歸去來辭」文中の字しか使えないという更なる条件も加えられていたということがわかる。

これらの与えられた課題から察すれば、当時の日本漢詩人にとって陶淵明といえば、少なくとも飲酒と隠逸という二つの典型的な出発点があったようにみえる。しかし、近藤篤山（一七六六～一八四六）の場合はそれらとは異なる。篤山は、朱子学者で、「陶淵明の詩を好まない人は即ち俗物だ」という格言を提唱したあの尾藤二洲のもとで儒学を修めた人である。修学が終わった時点で、故郷の伊予（現在の愛媛県）に戻り、藩校で儒学を教えながら、おびただしい数の漢詩を詠んだ。二〇〇四年に出た篤山の詩を紹介する書物は、篤山のことをとりもなおさず「伊予の陶淵明」と位置づけている。[10] しかし著者の言おうとしているのは、篤山は四国の農村に牧歌的な喜びや楽しみを見出せたということである。美しい大自然に囲まれた篤山は、その美に魅せられて、しばしば周りの風景を詩作の糧にした。この書物の著者は、篤山の詩を「田園セラピー」という謳い文句で現代日本人読者に勧めている。

これらごく限られた例からでも、十九世紀日本漢詩人による陶淵明の豊富な鑑賞の仕方、及び多様な創作における引用の仕方の一端が垣間見える。本稿では、その時代の詩人二人、矢口謙斎（一八一七～一八七九）と成島柳北（一八三七～一八八四）に焦点を絞って、特に隠逸という問題を取り上げたいと思う。謙斎と柳北には、共通点が多くあった。徳川幕府に仕官していた二人は、同じ部署に勤めたこともあり、友人同士だった。詩的な交流によっても結ばれた二人は、漢詩文に造詣が深く、当時の武士に多く見られる切実な憂国意識にも燃えていた。しかも、幕府の瓦解によって、二人とも突然役職も身分も剥奪され、明治という新しい社会において何をなすべきかということについて

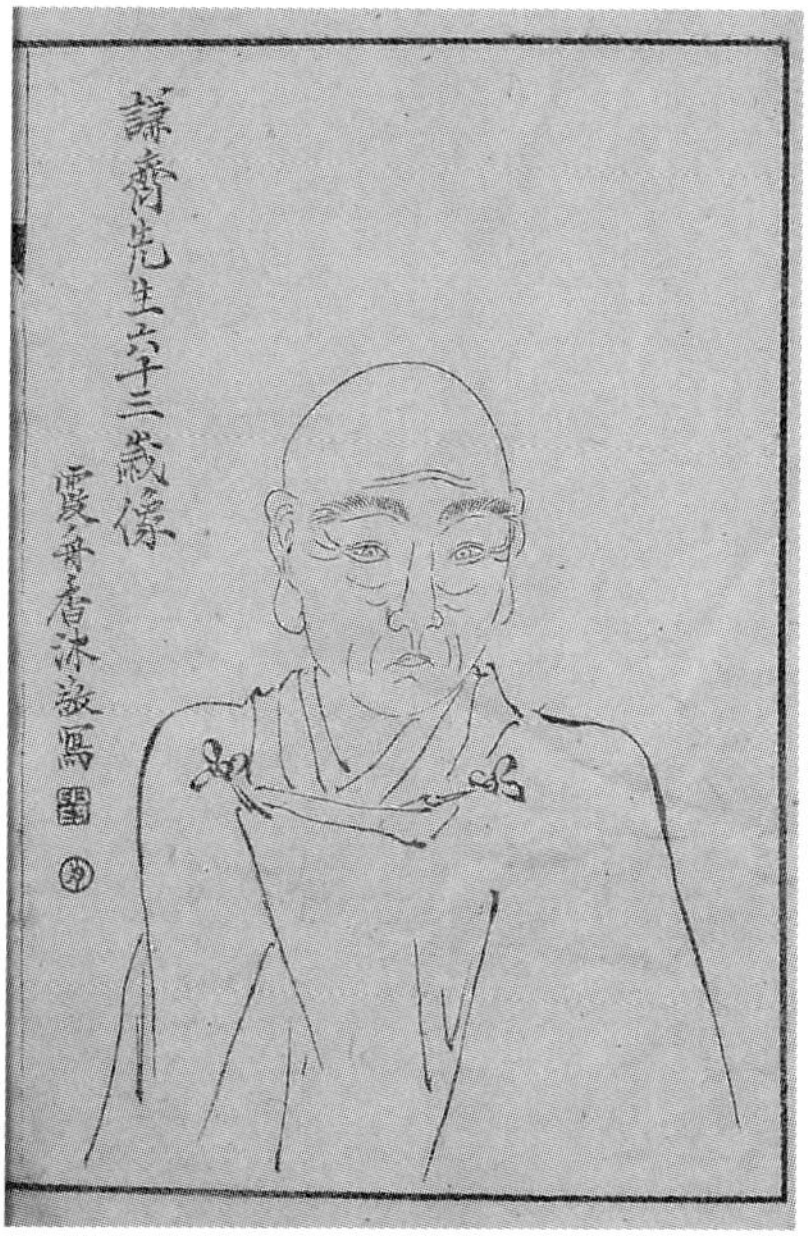

矢口謙斎の肖像画（稿者架蔵『謙斎遺稿』所収、明治13年擁万堂刊）

試行錯誤することを余儀なくされ、その時から歩み始めた道は、互いに著しく異なることとなった。二人の間にできてしまった溝が深くなって行くにもかかわらず、謙斎にとっても柳北にとっても隠者のペルソナ、特に陶淵明のイメージは、明治という新世界を歩む時、重要な基準点でありつづけたことは興味深い。これより、二人が隠逸という問題にどのようにして取り組んだか、陶淵明のような典型をどのように読んだか、陶淵明に触発されて、どのように自分の作品に転用したかについて考察する。

徳川幕府倒壊以前に二人はどのように接していたか知るために、まず柳北の漢文体の日記『硯北日録』の記述をみる。嘉永七年（一八五四）一月二十六日、儒者、書家、文人といった教養人のグループが、柳北の江戸の屋敷に集まって、一緒に漢詩詠作を楽しんでいた。[11] まさにその時、ペリー提督の率いる艦隊が、前年幕府に突きつけた開国要求の返答を得るため再び江戸近海に来ていた。成島家で定期的に行われていた詩会は、緊張した雰囲気を一時的に避けるくつろぎの場でもあったはずである。柳北の日記の前日の項にも見えるように、ペリー艦隊のしきりに発砲する大砲の音が江戸市内にも聞こえていた。[12] その日に集まった五人の客の筆頭に、柳北にとって特に親しい幕臣である矢口謙斎の名前が見えるが、この詩会が謙斎にとって最後の成島家詩会参加になった。わずか一ヵ月後に謙斎は幕府によって蝦夷及び樺太に探検隊の一員として派遣された。

謙斎が江戸を発って北方の辺地へ出発した際、柳北は別れの挨拶として、「送矢口直養蒙　台命如蝦夷」という題で、漢詩を詠んで謙斎を見送った。[13] この一首は、四十四句からなっているとても長い詩で、口調も大胆、スケールも大きく、謙斎に課された任務を国家の最重要課題の一つとして描こうとしている。そもそも樺太など北方辺地の主権はあいまいで、十八世紀の終わりから、幕府とロシアとの間でしばしば問題にされた。一八五四年に謙斎が蝦夷及び樺太に派遣された背景には、幕府がロシアからの闖入を意識して、北方領土に対する主権を主張する狙いがあった。

柳北は謙斎を送る詩の中に、この状況とよく似た紀元前二世紀の前漢統一の時に起きた事件を持ち込んでいる。前漢に「南越武王」として正式に認められていた趙佗が野心をいだき、自分の領土を拡大し、ついに自らを「南越国の武帝」と自称したとき、その越権行為を諫めるのに陸賈という使者が派遣された。中央主権の代表である陸賈と同じように、謙斎も、辺地を不当にも自分のものにしようとするものを諫めて、辺地における中央の正当な主権を主張するために派遣されたと捉えたのである。

大島阻海水滔滔　　大島　海を阻てて　水　滔滔たり
其人狡黠類羆猱　　其の人は狡黠にして　羆猱に類す
魯西亞國接其北　　魯西亜国　其の北に接して
地大兵強且貪饕　　地は大　兵は強にして　且つ貪饕たり
來正疆界請互市　　来りて疆界を正し　互市を請ふ
抗衡豈啻尉佗敖　　抗衡するは　豈に啻だに尉佗の敖のみならんや
廟堂選擇奇材士　　廟堂　奇材の士を選択し
此行何異陸生勞　　此の行　何ぞ異ならん　陸生の労と
矢口直養在員中　　矢口直養　員中に在り
之子元稱黌舍豪　　之の子　元と称す　黌舎の豪と
春風二月發東武　　春風　二月　東武を発すれば
杏雲梨雪映錦袍　　杏雲梨雪　錦袍に映ゆ
慷慨平生嗜麴蘗　　慷慨　平生　麴蘗を嗜み

吸盡百川真鯨鼇　　百川を吸ひ尽くす　真の鯨鼇
臨別吾驢以一語　　別るるに臨みて　吾　驢るに一語を以てす
壯士謬事因酕醄　　壮士　事を謬るは酕醄に因る
如今任責重且大　　如今　任責　重くして且つ大なり
請將苦茗換醇醪　　請ふ　苦茗を将て醇醪に換えよと

漢の使者を務めた陸賈のような歴史的人物を詩に登場させることによって、謙斎とその英雄的先人がオーバーラップされることは言うまでもない。しかも、古典に言及するアリュージョンや故事を取り込むこと自体によって、自分も謙斎も、このような古典的教養に基づく言い回しが、すぐ理解できる通貨のように流通させることのできる共有言説空間の一員だということを再確認してもいる。漢文で書かれたキャノンを修めたことを前提にしているこの詩は、当時の男性知識人にとって、漢詩が共通表現媒体として機能したということを示している。特に漢詩文の読み手として、あるいは書き手としての技能を一緒に修めた、あるいは磨いたもの同士にとっては親しみを表す手段でもあった。柳北は、謙斎よりも二十年も若いにもかかわらず、詩の中では、謙斎とゆったりと打ち解けた接し方をしている。酒が好きで、相当な酒量があった謙斎を軽くからかって、酒の代わりに茶を飲んだらいかがかと、すこしおどけている。

詩の後半では、詩人柳北は未来に目を向けて、自分のそばを離れて謙斎は、これからどのような経験をするだろうかと想像している。謙斎は、国によって派遣され、風土も風習も違う北方の辺地に向かってそこで異民族と出会うであろうから、柳北は、そのような経験をした歴史的英雄である前漢の蘇武を登場させて、また謙斎の遠征を「出師表」を書いた諸葛亮の北伐への遠征となぞらえている。

聞之一笑揮鞭去　　之を聞きて　一笑して鞭を揮ひて去る

威氣凜凜衝天高　　威気　凜凜として天を衝きて高し
棄軀報國宜努力　　軀を棄て国に報ひて　宜しく努力すべし
慕否雪窖齧節旄　　慕ふや否や　雪窖にて節旄を齧るのを
遠征想像武侯表　　遠征　想像す　武侯の表の
五月渡瀘入不毛　　五月　瀘を渡り　不毛に入るを
梅林連旬路險澁　　梅林　連旬　路　険渋たり
山氣滃欝海氣臊　　山気　滃欝として　海気　臊し
窮境卻覺詩料富　　窮境　卻て覚ゆ　詩料に富めるを
佳句好聯不停毫　　佳句　好聯　毫を停めず
更知一葦航海夜　　更に知る　一葦　航海の夜
月白蝦夷萬里濤　　月は白し　蝦夷　万里の濤
清嘯叩舷獨不寐　　清嘯し　舷を叩きて　独り寐れず
吟魂翻應憶吾曹　　吟魂　翻て　応に吾曹を憶ふべし
又知北山大雪曉　　又た知る　北山　大雪の暁
老羆怪鵂隔壁嘷　　老羆　怪鵂　壁を隔てて嘷ゆ
魘夢一斷青燈下　　魘夢　一たび　青灯の下に断えて
郷思如織心忉忉　　郷思　織るが如く　心忉忉たり
私情孰與君恩重　　私情と　君恩と　孰れか重からん

忠肝義膽天所褒　　忠肝　義膽　天の褒むるところ
男兒須要功名立　　男児　須らく功名を立てんことを要むべし
千載一時難再遭　　千載一時　再び遭ひ難し
既期他日凌雲勢　　既に期す　他日　凌雲の勢
健鷹一搏脱韝絛　　健鷹　一搏して　韝条を脱す
請子若遇羶腥輩　　子に請ふ　若し羶腥の輩に遇はば
勿遺缺腰間三尺日本刀　　遺缺する勿れ　腰間三尺の日本刀を

北方の遊牧民族である匈奴に対して派遣された偉大なる使者である蘇武と同じように、謙斎も自身を犠牲にする、孤独に耐えないといけない時もある。しかし結局、このような仕事を任じられたことは、謙斎にとって栄誉につながり国恩に報いることができるまたとない機会だという結論にいたる。

それでは、矢口謙斎はいったいどのような人生を送ったのか。管見によれば謙斎についての研究は、皆無にちかい。唯一見つけられたのは、大正時代に出版された短い漢文体の伝記である。これから述べる謙斎の略歴は、今まで得た断片的な情報をつなぎ合わせた結果である(14)。

謙斎は、武蔵国の森田という百姓の家に生まれたが、のちに矢口という武士の養子となった。柳北が詩のなかで謙斎のことを「黌舎豪」と記すように、謙斎は自ら学問を修めて儒者になり、天保十四年（一八四三）には昌平黌の学問吟味試験を通った。のちに昌平黌及び徽典館という公式教育機関で教鞭をとった。謙斎の行動力は大きく、彼の活躍の範囲は、幕府の教育機関に止まらずに、かなり幅広かった。蝦夷に派遣された時に、自ら進んで樺太を探検したいと申し出たようである(15)。あるいは、ペリー艦隊の到来が前代未聞の外交危機をもたらした時に、謙斎はどのような

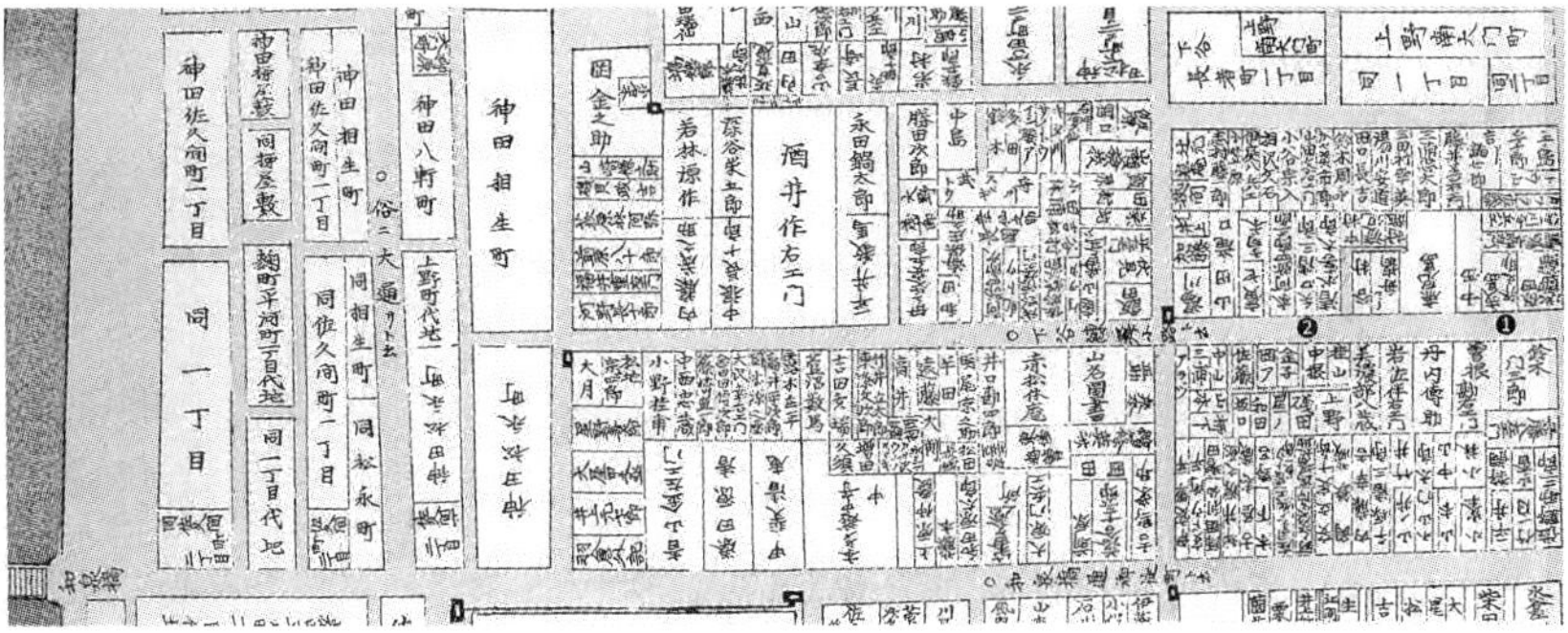


成島柳北と矢口謙斎の住宅の位置
（①成島家、②矢口家、『外神田下谷上野辺絵図』嘉永３年刊）

政策がよいかということを述べた長い建白書を幕府に提出した。[16] ロシアの度重なる闖入が幕府の北方辺地に対する注意を促した時、彼は函館に派遣された。そして徳川慶喜が大政奉還をし、江戸城の無血開城が済んで、いよいよ幕府の瓦解が否めなくなった時には、謙斎は榎本武揚と一緒に東北にわたり、蝦夷共和国を設立して新政府に最後まで抵抗する旧幕臣の一人だった。函館戦争の終結後、謙斎は捕らえられ、旧政権に忠誠を尽くしたため、明治三年の特赦が出るまで新政権の捕虜であった。

徳川時代には謙斎は、教育、政治、外交の時事問題に大いに関心があり、一貫して積極的に参加しようとしたにもかかわらず、維新後の謙斎は、ほとんど世間から忘れ去られてしまった。もし明治時代の人の回想やその他の文章や記憶にとどめられていたとしたら、それはいささか逆説的ながら、ほかでもなく彼が明治という世界から身を引いたからだと言える。しかも、その引退を記憶に留めた人は、おとなしい撤退と見なさずに、むしろ明治という新しい政権に対する鋭い否定として理解していた。

ところで、市民の日常生活において、中央政権が演じるもっとも重要且つ象徴的な役割の一つは、言うまでもなく時間・暦法の公式な管理である。逆に言えば、政権の公式な暦を認めないのは、その権力に対して抗議を表現する基本的な手段である。管見によれば、二十世紀以降出た日本漢詩のアンソロジーに載っている謙斎の詩は、ただ次の一首に過ぎない[17]。陽暦が採用されてから、初めて新正月を迎えた明治六年（一八七三）元旦頃に詠まれたと推定できる。

山村冬暮同鳳岳柳村　　山村の冬暮　鳳岳、柳村と同にす
俄然改暦春來早　　俄然　暦を改め春の来ること早し
强作新年尚未眞　　強いて新年と作せども尚ほ未だ真ならず
秋收未畢食無粟　　秋収未だ畢《おわ》らず食に粟《ぞく》無し
一月山村無醉人　　一月の山村に酔へる人無し[18]

明治のカレンダーを使用しようとしなかったと見えて、詩に年・日付を書きこむ場合、かならず干支で日付を記録したようである。

捕虜となった謙斎は、しばらく九州竹田の岡藩に身柄を預けられたが、特赦が発布されて自由となった。しかし、東京に戻らずに静岡に行くことにした。そこで、旧幕臣と一緒に生活することにし、書、詩、絵を追及しながら余生を送った。更に後には剃髪して僧侶となったが、生活のために漢学などを教えることを続けたようである。謙斎の深い学問の才能も官吏としての豊かな経験も、明治政府にとっては、決して隠されてはいなかった。新しくできた政府は公務の担い手を募集する時、当然彼を抜擢しようとした。ところが謙斎は、その招聘をきっぱりと断った。

幕府の瓦解後、一時的に江戸を後にした旧幕臣は多かった。徳川慶喜自身は、駿河の国の城下町である駿府（後の静岡）に移ったが、同じように静岡に向かった幕臣も多く、なかに謙斎と一緒に昌平黌のような公的教育機関に勤めた人も多くいた[19]。駿府への移住者急増は、「三、四日たつと沢庵漬はなくなり、四、五日たつとちり紙がなくなり、おれも実にろうばいしたよ」と勝海舟が回想したほどであった[20]。幕末における伝統的学問の総本山である昌平黌、ま

た同時代の洋学の最先端であった開成所や横浜仏語伝習所の教職員のなかには、維新後、静岡学問所や沼津兵学校に就職した旧幕臣が多かった。謙斎も一時的に静岡学問所で漢学を教えたこともあったようである。ところが、著名な旧幕臣のなかには、やがて頻繁となる明治政府の招待に応じ、東京に戻って公務員になったり、東京で教えるようになった者が数多かったが、彼らと違って、謙斎は、その招待に応じずに中央からは引退する姿勢を崩さなかった。

謙斎は、明治十三年に亡くなるまで、ほとんど静岡を拠点にしていたものの、明治八年頃に珍しく東京の旧幕臣林鶴梁を訪れた。鶴梁は緻密で詳細を極める日記をこまめにつけていたので、彼の幕末代官としての日常生活についてはたくさん教えられることがある。「よくもそこまでプライベートな事を書いたものだ」と感心するぐらいだが、残念ながら「鶴梁日記」の明治にあたる部分は現存していない。謙斎と会ったことを語る記録として残っているのは、「與矢口謙斎書」という鶴梁が謙斎と会ってから謙斎に送った漢文体の書簡のなかで、その面会に触れるところである。この鶴梁による書簡は、明治十四年に出版され人気を博した『鶴梁文鈔續編』に入っており、明治期における謙斎像を形成するのに最も重要な役割を果たした。

今日、林鶴梁はほとんど忘れ去られている人物であるが、当時は漢文の名手と非常に高く評価され、鶴梁の漢文作品はよくアンソロジーに収められて、その著作集もかなり流通していた。「余が文章に裨益せし書籍」という短い明治三十九年（一九〇六）のインタビューのなかで、夏目漱石（一八六七～一九一六）は、林鶴梁の漢文著作集を少年時代の愛読書として挙げている。[21]漱石より幾年か若い江戸文化の学者である三田村鳶魚（一八七〇～一九五二）も少年時代に鶴梁の文章が流行って、友人と共に暗誦までしたと追懐したほどである。[22]

鶴梁の記録によると、彼は謙斎を熱烈に歓迎して、逗留させようとした。しかし、謙斎は「山林隠士不欲久留趾於京華囂塵中（山林の隠士は久しく趾を京華の囂塵《ごうじん》の中に留めんと欲せず）」と答えたという。鶴梁と謙斎の対面は、都市部に住んでいる詩人が山に入って隠者を訪れるという古典的な設定とは逆である。しかし、唐詩に隠者を訪れても留守だったという詩が多いように、隠者が常に庵で来客の訪問を待っているわけでもないという伝統的な考え方を踏まえ、鶴梁があきらめて謙斎を見送ったことから、本当の隠者というものは、そう簡単には会えないものだと考え直したことが窺える。鶴梁が謙斎に与えた書簡で「嗚呼謙斎眞隠者也。又眞清者也（嗚呼、謙斎は真の隠者なり。又た真の清者なり）」と要領よくまとめて感嘆している通りである。

謙斎の相手を少しじらすような接近不可能性と、「京華の囂塵の中」から積極的に身を引いたことは、どちらも謙斎を隠者としての模範たらしめるのに寄与していたであろう。しかし、鶴梁の手紙で繰り広げられる隠逸のあり方は、もっとはっきりとした政治的な要素が見られる。手紙の後半では、明治というものを断固として否定するライフ・コースの体現者として、謙斎を手放しで褒めている。謙斎の毅然とした決心を裏付けるのに、鶴梁は、明治初年に新政府の招待に続々と応じた旧幕臣との対照を強調した。彼ら「巖穴の士」は、一旦隠遁したところから出て、「輦轂の下に官を覓」めたが、それに対して謙斎は、「志を守って」徳川家の旧主に忠節を尽くしたとある。

昔、徳川家に家臣として奉仕した者は、今になって皆退去していった。恩を忘れて、義理に背いている。自分を売り込む姿勢ははなはだしい。現在、あなたのような高潔で、自分の立場を甘んじて受けるものは、明け方の空に残る星がまばらなように、非常にわずかである。(23)

隠逸の伝統的な考え方の一つに、隠遁する士人の動機を、その時局に対する政治的或いは道徳的判断に起因すると見なすものがある。すなわち、現君主が不徳だったり、道が行われていなければ、士人は山に隠れるけれども、有徳な主君がまた世に現れたら一旦隠れたものもまた出現して仕官する、という考え方である。

誠実な士人にこの二つの選択肢が提供されているということは、さまざまなテキストに見られるが、特に有名なものは、『楚辞』にも『孟子』にも出てくる屈原の漁夫との対話であろう。そこで楚の国から追放されたにもかかわらず節操を固く守った屈原は、処世について次のように戒められる。

漁父　莞爾として笑つて、枻《えい》を鼓して去る。乃《すなは》ち歌ひて曰く、

「滄浪の水清《す》まば、以て我が纓《えい》を濯《あら》ふ可《べ》く、滄浪の水濁らば、以て我が足を濯《あら》ふ可《べ》し。」

もし世の中に道が行われているのであれば、清い滄浪の水で冠の纓を洗うことができるので、仕官するがよいけれども、もし道が行われていなければ、濁った滄浪の水で足を洗うこと、つまり退隠することもよいというものである。

陶淵明の「帰園田居五首　其五」に、これを典拠とする二句が見える。

山澗清且淺　　山澗清く且つ浅し

遇以濯吾足　　以て吾が足を濯ふ可し

奇しくも、謙斎が隠遁した静岡の農村は、足洗村という名前であった。地名の表記は「足洗村」であるが、謙斎や同時代の人たちのなかには、面白がってあたかも隠遁先としてふさわしい所だと表明したいかのように、『楚辞』にも陶淵明の詩にもある「濯」の字を利用して、「足濯村」と書いていた。いずれにしても、鶴梁は謙斎に与えた手紙で、この政治的文脈による隠逸の考え方を一応認めるが、それよりも謙斎の場合に見える、現政権の有徳・無徳を問わない種類の隠逸をたたえる。

鶴梁は手紙で、更に謙斎が二人の主君に奉仕するのを潔しとしないところを褒め、特に明治四年の廃藩置県以降に、明治政府の招待を拒否したことを絶賛している。

手紙の最後に、鶴梁は、いくつかのことを謙斎に頼んでいる。一見単なるリクエストのリストに見えるが、一つ一つの願いの含意を考えるなら、鶴梁がなぜ謙斎に親近感を持ったかがより明らかとなる。鶴梁は、まず自分の詩の作

品に対して、謙斎に和韻詩を作るように頼む。つまり鶴梁の原詩に答えるという形でその詩の韻字を再び利用した詩作の依頼である。この和韻詩の創作は、当時の日本の漢詩人にはやっていた行為だが、親近感、共同体意識、友情、その他の社会的あるいは精神的な絆を表現する手段でもあった。

注目すべきは、鶴梁が手紙のなかで特に自分が最近陶淵明の詩に対して和韻詩を二十首作ったことを述べ、のちにこれらの「和陶詩」を謙斎に送るつもりだと述べていることである。陶淵明は、隠者の典型だったことは言うまでもないが、ここで特に想起されるのは、ある種の陶淵明に対する見解であり、東晋に対する忠節を表現するために隠者になったという解釈である。この場合、陶淵明は、なによりも「遺民」として、つまり前朝が滅んだ後も、義を守り新朝に仕えない人として認識されている。陶淵明は鶴梁の語る謙斎と同じように「二君に事え」なかった。鶴梁の謙斎に対する次の依頼も、彼らの文学的及び芸術的作品を媒体に、二人の間の絆を更に深めようとしたものとわかる。「和韻詩」の要請、「和陶詩」の贈与の場合よりも更にはっきりと「遺民」として意識される中国歴史上の人物が引き合いに出されることは、鶴梁と謙斎をつなぐためとしての遺民の役割がいっそう明瞭になる。

僕は以前あなたが鄭所南に倣って書いた「無根蘭」という絵を所蔵していた。線が細く、墨が乾いているようだったが、一種世俗を超越したような雰囲気に満ちていた。ところが、とても惜しいことに最近誰かに盗まれてしまった。それでお願したいのだが、もう一枚を書いてくれないだろうか。そうしてくれれば幸いに思う。僕はその絵と向かい合って眺めたら、まるであなたと同じ場所で隣に座って、お互い膝が接しているような気持ちになるだろう。(24)

鄭所南（一二四一～一三一八）は、十三世紀に活躍した文人で、ここで言及されている「無根蘭」は、そのもっとも著名な作品である。この絵が描かれたのは、南宋の滅亡の後で、普通、寓意があるように解釈されている。つまりこの

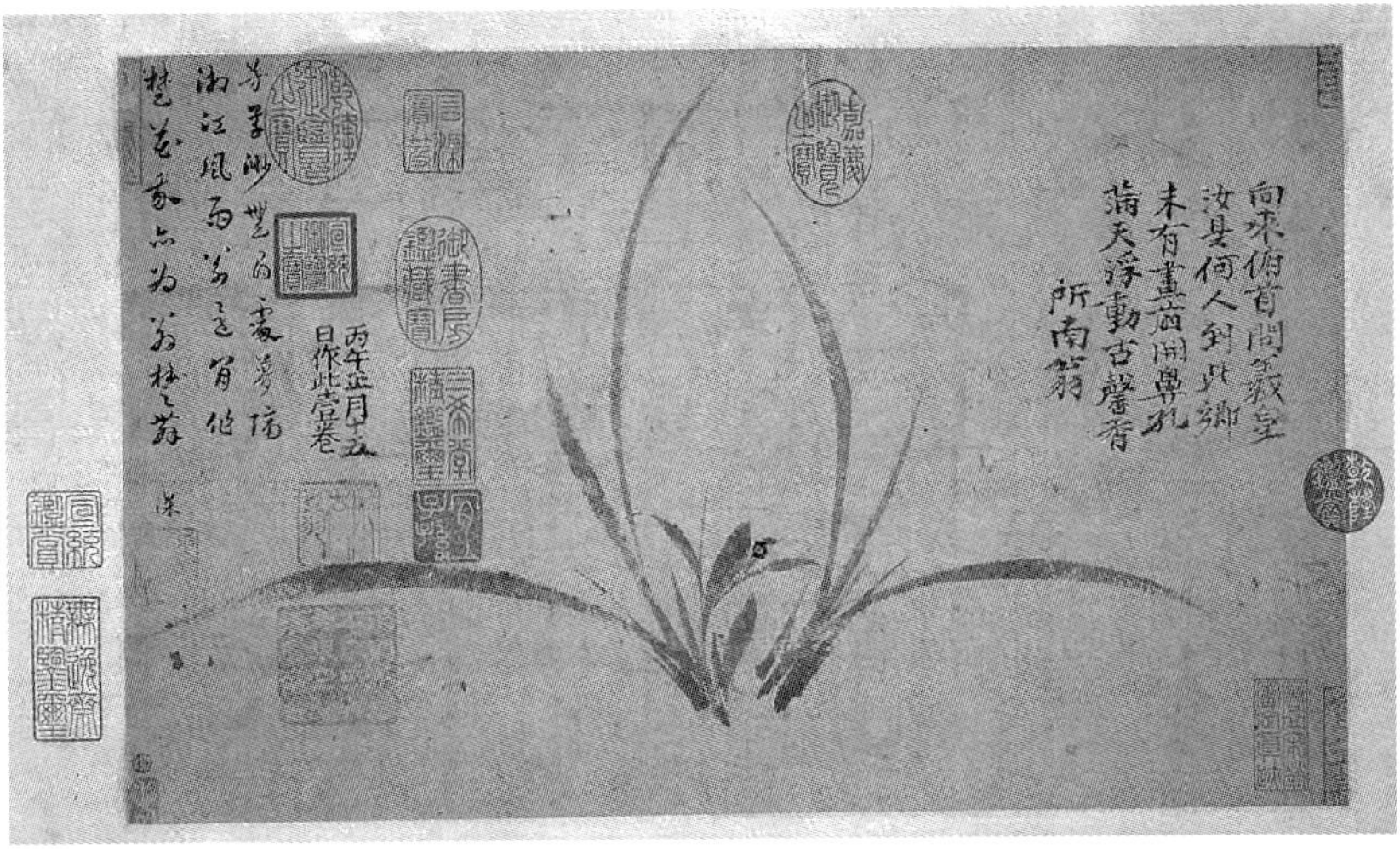


鄭思肖　蘭図一巻（所謂「無根蘭」）　大阪市立美術館所蔵

絵で鄭所南が蘭を書いて、地面を描いていないのは、南宋が滅んでその領土を異民族である元に取られたということを視覚的に表現していると言われている。つまり、南宋が滅亡した後、元に仕官しなかった鄭所南は、遺民の典型と言えるわけである。鶴梁がこのようにして謙斎を陶淵明及び鄭所南の延長線上に位置づけようとしていることは明らかで、この文脈においては、正真正銘の隠者の主たる動機は、滅んだ朝廷に対する忠節ということになる。

今まで見てきたように謙斎に代表されるような隠者は、主君に忠実に奉仕した後、主君の滅亡によって、更に徹底した忠節を尽くすために隠逸することを余儀なくさせられた者と言える。『謙斎遺稿』の編集に携わった旧幕臣である永井介堂は、その序文の初めに「翁幕府之遺老也（翁は幕府の遺老なり）」と断定している。またその跋文を寄せた芹澤潜も、「頗存陶彭澤韋蘇州之遺意（頗る陶彭澤、韋蘇州の遺意を存す）」と書いて、陶淵明の延長線上に謙斎を位置づけた。これらの文章によって立ち上がる謙斎像は、林鶴梁の手紙と基本的に一致している。また大正時代に出版された内田周平の『矢口謙齋傳』も、謙斎が鶴梁を訪れた場面を語るのに、謙斎に「亡國之臣」と自称させたり、謙斎を「宋之遺民謝皐羽」と比較したりして、いっそう強く「遺民」型隠者として位置づけている。

しかし、『謙斎遺稿』所収の謙斎の作品を実際にみると、実は、異なる隠逸についての考え方も窺える。政治色がほとんどない隠逸を謳う作品がある。つまり、謙斎は、廃藩置県以前から隠逸に関心があり、詩の中に政治的忠誠心と無縁の隠逸を様々に登場させていたものの、時が経つにつれて、周囲の者によって謙斎の詠じる隠逸がもっぱら「遺民」型隠逸として位置づけられるようになったとわかる。陶淵明が引き合いに出されると安易にそれはほかの「遺民」と一緒にされてしまいがちなのは否めないのである。

さて、次に、謙斎と対照的な例として、成島柳北の詩における陶淵明のイメージについて考えてみたい[25]。柳北は、詩、エッセイ、その他の作品においてよく陶淵明のペルソナを引き合いに出したり、陶淵明の詩文から引用したりしているので、柳北の陶淵明に対しての強い関心はよく知られている。この問題を考える上でほぼ定説になっているのは、柳北が陶淵明を何よりも「遺民」として共感を覚えたという前田愛の次の解説である。「柳北から見た陶淵明は、東晋の司馬氏に殉じて官を辞し、田園に隠れて楽しむべき所を楽しんだ靖節の士にほかならなかった。幕府の瓦解とともに職を離れ、『無用の人』として生きることをえらんだ柳北が、陶淵明を遺民の理想像に仰ぎ、その生き方に深い共感を寄せたのは、きわめて自然であるにちがいなかった[26]」。

確かに維新後、柳北が、自分の「遺民」としての境遇と陶淵明の立場を意図的に重ねているテキストもあるが、そのような見解は、柳北が陶淵明を引き合いに出す時に提示する数々の意味合いのなかの一つに過ぎない。時と場合によって、柳北が強調した陶淵明の側面は違っていたので、柳北は、陶淵明のペルソナをその表現の仕方次第で、公事に対する無関心としても、あるいは政治な忠誠心としても使うことができた。世俗に生きることをあきらめて引退する人のシンボルとしても、積極的に世間とかかわりを持とうとする人のシンボルとしても機能させた。

現存する柳北の最初期の作品のうち陶淵明のことを直接的に触れる詩の一つに、安政二年（一八五五）夏の詩会のために詠んだ「歸去來圖」という一首がある。題が示すように、この一首は、陶淵明のもっとも著名な「歸去來辭」を典拠としている。これは、陶淵明が四〇五年に八十日間しか務めていない役職を辞退した際に詠んだとされている。彭澤の地方職を辞退して家に帰って農耕に専念する意志を陳べる内容である。のちに東アジアの美術作品によく描かれる有名な場面になったが、柳北のこの一首も題画詩の形を取っている。

松菊三逕屋一窩　　松菊三逕　屋一窩
樽有濁醪田有禾　　樽に濁醪有り　田に禾有り
歸去來兮爲底事　　帰去来　底事をか為す
耘耔斟酌樂亦多　　耘耔　斟酌　楽しみもまた多し
醜妻痴兒怡然語　　醜妻　痴児　怡然として語り
援琴而歌把巻哦　　琴を援きて歌ひ巻を把りて哦ふ
踽々洋々我意適　　踽々洋々　我が意適ふ
療得折腰不寧痾　　療し得たり　折腰不寧の痾
君不見胡馬蹂躪中原草　　君見ずや　胡馬蹂躪す　中原の草
典午社稷一燭蛾　　典午の社稷　一燭蛾
茂弘安石何所爲　　茂弘　安石　何の為す所ぞ
建康風雲淝水波　　建康の風雲　淝水の波
銜功貪名無遠畧　　功を銜ひ名を貪り　遠畧無し

辛苦却成亡國囮　　辛苦して却って亡国の囮と成る
爭若先生手中一盃酒　　争でか若かん　先生手中一盃の酒の
傾來陶々滿顏酡　　傾け来たれば陶々として満顔酡きに
五株之柳東籬菊　　五株の柳　東籬の菊
寄奴風塵奈君何　　寄奴の風塵　君を奈何せん(27)

「松菊」が植わっている「三逕」（典型的な隠者の庭にあるとされる三本の小道）を描き、「樽に濁醪有り」といい、「耘耔」（畑仕事）したり、「琴を援きて歌ひ巻を把りて哦ふ」と、柳北の詩の最初の六句には、陶淵明「歸去來辭」の字句をそのまま使っているところが多く見られる。柳北は、「歸去來辭」のなかで謳われる田園生活の風景、そこで得られる長閑で素朴な楽しみを描いている。しかし、「帰りなんいざ」と、自分の気質に合う生き方がしたいという漠然とした欲望のほかに、陶淵明の「歸去來辭」の本文にも序にも直接述べられていない突然役職を辞めた理由が柳北の詩には述べられている。

柳北の詩の八句目「療し得たり折腰不寧の痾」では、史書に見える故事に触れることによって、その理由を読者に提供しているのである。史書所収の伝記によると、陶淵明は、郡から派遣された官吏の訪問を受けた時、「我、五斗米の為に腰を折ること能わず」と嘆き、つまり小人の田舎者のためにぺこぺこすることができないといって、辞退したとわかる。(28)

陶淵明の詩に出てこないこの字句は、陶淵明の隠逸の動機を自分の性質にかなう生き方への憧れというところにはっきりと位置づけている。陶淵明が隠者になった理由として、政治的な主義や朝廷に対する忠誠心を挙げる詩人がいるけれども（実は柳北も別の作品においてはそう説明するが）、この詩においては、そのような理由が、まったく見られない。

柳北の詩の前半ではのんびりとした理想的な個人的自由が描かれているのと対照的に、後半においては、口調ががらりと変わって、三世紀半ばに東晋がさらされた危機に触れる。謝安（三二〇〜三八五）と王導（二七六〜三三九）は、それぞれ陶淵明の父と祖父の世代の人であるが、どちらも東晋のために反乱を鎮圧したり、軍事的危機を防いだりした政治家として登場している。柳北は、詩の中で彼らの手柄をある程度認めるが、その焦点はむしろ、彼等が亡くなってから数十年後に東晋が滅亡したところにあって、東晋に忠誠をつくし仕えたにもかかわらず、彼らは、東晋の滅亡を結局防げなかったと指摘している。

暗い未来を予見するような一瞥を投げかけて、詩は結末に至る。柳北は、陶淵明を再び登場させて、謝安と王導といった先人が熱心に政治に関わろうとしたのとは対照的に、陶淵明は超然として、それに無関心であるとする。軍閥将軍である劉裕が跋扈して立ち上がろうとしている時に、陶淵明はそういう問題と無縁で、隠宅で安らかに菊の花を採っているというイメージを描いている。時間的設定が東晋滅亡の前であることから、陶淵明の隠遁する動機は、前の朝廷に対する忠節にあるわけではないと知れる。十四句目に謝安と王導は「亡國の囮」と表現されるが、彼らと対照的に位置づけられている陶淵明は、「遺民」としてよりも、むしろ政治的なことを完全に超越したところで理想的な田園風景を楽しんでいる人として描かれている。

しかも柳北がその後に詠んだ、陶淵明を動員する詩と違って、この一首には、ペルソナ及び境遇の近似性を示して自分を陶淵明になぞらえるというようなところが見当たらない。題画詩であることも原因の一つかもしれないが、ここで描かれる陶淵明の隠逸は、あくまでも抽象的なイメージであり、憧れの対象であり、当時の柳北にとっては実践不可能であった。詩人自身と詩の主人公との間に一定の距離が認められる。

田園に帰って農耕に携わるという種類の隠逸は、幕末動乱期の真っ只中にいた若き奥儒者柳北にとって、その世俗的な焦りを克服するための実際の選択肢としてはありえなかった。ところが、別なる超越の仕方がやがて彼の前に姿を現した。それは花柳界に逃避するという行為だった。安政四年（一八五七）から、柳北は頻繁に柳橋という、江戸一番の花街に次第に足しげく通うようになったことが日記から窺える。独特な柳橋の風俗の通となった柳北は、二年間の参与観察の後、諷刺を多分に含むガイドである『柳橋新誌』を書いた。

言い換えれば、隠者の生活は、当時の柳北にとっては、到底実現不可能だったが、その時に書いた作品から、彼は、隠逸の素朴な楽しみを日常生活のなかに見出そうとしたことがわかる。静寂に満ちた山林、あるいは長閑な田園風景が典型的な隠逸の場とされているが、市街に隠れるという「市隱」の伝統も中国と日本にはあったことを想起すべきであろう。隠逸と通じる要素を都市部の日常生活の中に求めようとする態度は、柳橋についての作品にも見えるが、当時の詩作にもっとも直接的に現れている。ちょうど『柳橋新誌』所編を書き終えようとしていた万延元年（一八六〇）に、柳北は、林家の詩会のために「山月彈琴圖　林氏席上」という一首を詠んだ。

城裏豈無山　　城裏　豈に　山無からんや
車馬厭喧豗　　車馬の喧豗なるを厭ふ
城裏豈無月　　城裏　豈に　月無からんや
清輝沒紅埃　　清輝　紅埃に沒む(29)

詩の主題は、最も隠者的な楽器で、陶淵明とも深い関連がある「琴」である。最初の四句では、都市のなかに隠者になることができる空間を見出したことを詠う。特に第二句においては、「市隱」型隠逸でみられるような、隠遁するけれども社会との縁を完全に断ち切らない願望が見え、「采菊東籬下　悠然見南山」で有名なあの「飲酒二十首其五」という陶淵明の詩からの字句を借りて、詩は続いてゆく。(30)

このように、柳北初期の漢詩における陶淵明像は、世俗を超越した理想化された自由闊達な生き方の体現者として登場しているといえる。この陶淵明像は柳北の詩において、早くから憧れの対象として述べられていたが、初めは全く遠い存在であった。しかし、柳橋に通うようになってから、都市に住んで仕官している自分の日常生活のなかに、隠逸の要素や隠者の行為を部分的に取り入れることによって、一時的に隠者として過ごそうとしていたことがわかる。このときの柳北の詩文は、隠逸を賛美する面もあるが、それを実際妨げる障害にも同時に触れて、結局限られた部分的な隠逸しか実践できないと表現しているようである。しかも、この時期柳北は、自分を陶淵明のペルソナに例えるような表現をほとんど試みることはなかった。

ところが、時が経つにつれて、柳北はだんだん自分を陶淵明にオーバーラップさせるようになった。特に明治維新は、率直に自分を陶淵明になぞらえる機会を柳北に与えた。徳川幕府が瓦解した時、柳北は役職をなくし、色々な意味で自己を再定義することを余儀なくされた。幕臣として長年住んでいた下谷の屋敷を出て、向島の須崎村に引っ越したが、それを契機に、新しい住まいを「松菊荘」と名づけた。その際に書いた「松菊荘記」という文章が明らかに示すように、柳北がこの名前を選んだのは、自分の境遇と陶淵明のそれとをなぞらえようとしたからである。

故ニ命ズルニ松菊ヲ以テス。蓋シ諸ヲ帰去来ノ辞ニ取ル也。昔、陶潜、司馬氏ノ亡ブヤ、官ヲ謝シ俸ヲ棄テ耕シテ終レリ矣。潜ハ君子人也。(31)

ここでは東晋の滅亡を幕府の瓦解に例えて、自分の境遇を陶淵明の境遇になぞらえることによって、柳北は従来描いてきた陶淵明像と違う陶淵明像を呼び起こしている。

ここでは、陶淵明の隠逸に特有な快楽、安らぎに重点があるのではなく、彼の東晋に対する忠誠心が強調されている。ほぼ同じ頃に柳北は、また陶淵明の詩文を意識して、「墨上隠士傳」という自伝を書いたが、そのタイトルや曖味な語り方から陶淵明の有名な「五柳先生傳」を模範としていることが察せられる。この文章のスタイルを陶淵明から借用し、自分の隠宅を「松菊荘」と命名し、柳北は、明らかに自分と陶淵明の近似性を主張し始めた。更に維新直後の作品においては、柳北は、陶淵明に対する親近感をそれまで強調していた世俗を超越した自由闊達な生き方を実践した面よりも、むしろ忠節を尽くした「遺臣」としての面を、隠逸した陶淵明像により強く感じていることがわかる。そして、これを理由に、柳北当時の作品は、彼の徳川家に対する不朽で熱烈な忠誠心、あくまでも明治政府とかかわりを持たない断固とした決心の確たる証拠と解釈されてもきた。

しかし、柳北の陶淵明の表出の仕方は、明治七年ジャーナリストの世界に飛び込んだことをきっかけに、さらにもう一つの大きな変化を見せた。明治九年頃に書いた手紙から、明治維新以降の彼自身の考え方の移り変わりを語る「物語」に変化が生じたことが確認できる。そこでは自分の過去を振り返って、「遺民」のペルソナを強く否定している。

又死にましたら徳川氏の遺民柳北の墓とでも書いて貰ひますと、昔の唐人には譽められませうが、マサカ其様なひがみ根性でも有りません。(32)

柳北は、確かに明治政府に仕官しなかった。しかし、それは時事問題に関心がなかったことを意味しているわけでもなく、奥儒者として深いところに根付いていた国を主導する士人としての使命や明治社会の将来について積極的に意見を述べる任務を放棄したわけでもない。『朝野新聞』紙上で発表した千件をはるかに上回る「雑録」のエッセイを読むと、柳北は江戸時代の遺物ではなく、過去の属性ではなく、現在社会との係わり合いで定義される人物となっていた。

しかもジャーナリストという仕事は、陶淵明をさらに色々な新しい方法で作品に登場させる機会を柳北に与えた。

最後に新聞で発表したエッセイの例を二つ挙げて終わりにしたいと思う。明治九年の冬に「看菊記」というエッセイを『朝野新聞』に発表して、陶淵明を「遺民」として位置付けはしたものの、ここでは自分と対照的な立場にいると強調している。

園主人、余ヲ揖シテ曰ク、客ハ濹上先生ニ非ズヤ。余曰ク、是ナリ。主人曰ク、聞ク先生ノ家ハ名ヅケテ松菊之荘ト云ヒ、自ラ以テ陶潜ニ比スト。先生何ゾ自家東籬ノ菊ヲ棄テ、去テ我ガ菊ヲ観ルヤ。余曰ク、主人誤レリ。昔陶潜ハ寄奴ノ風塵ヲ厭ヒ、独リ屏居シテ、我ガ私菊ヲ愛セリ。今ヤ聖明ノ時ニ際ス。我レ出デ、子ガ公菊ヲ観ル、亦妨ゲ無カラン……子ガ菊モ亦我ガ菊ナリ、子何ゾ我ガ来ルヲ怪ムト。主人曰ク、善シ。乃チ相共ニ談笑、歓ヲ尽シテ去ル(33)。

これによると、柳北は陶淵明が隠遁した動機を、東晋を倒して劉宋を建てた劉裕（寄奴）に対する嫌悪に求める。そういう意味で、この陶淵明の位置づけ方は、明治直後の位置づけと重なる。

ただ決定的に違うのは、柳北が陶淵明と同じ立場だと言わずに、自分を異なる立場に位置づけていることである。軍閥の将軍である劉裕が陶淵明を隠遁させたのに対して、柳北は、「今ヤ聖明ノ時ニ際ス」と明治政権を一応賛美する。もちろんこの文言には多分に嫌みがあるにちがいないが、どれほど明治政府を批判的に見たとしても、柳北はここで個人としての「私」はさておいて、新聞人もしくは社会の一構成員として「公」に関係しようとしている。陶淵明が「我ガ私菊ヲ愛セリ」と違って、「公菊ヲ観ル」ことにしている。

最後に取り上げたい例は、柳北が陶淵明を絶えず仰ぎ続けたことを示すと同時に、かなり大胆に陶淵明の属性を変えている。柳北は明治十七年に亡くなるが、その前年に、陶淵明とその菊のイメージをまた自分の作品のなかに登場させたものの、そのもたらした効果は、以前とは著しく異なっている。そのエッセイで、柳北は川崎市近くの市場村

（現在の横浜市）に住んでいる添田知義という豪農の家の庭園に植わっている色とりどりで形も様々な菊を観賞しに行く経験を語る。添田の品種改良や菊の雑種を作るプロセスを簡潔に説明した後、柳北は、それらの改新を積極的に促進すべきだという比喩に転じる。

　陳々腐々ノ陋説ヲ唱ヘテ、以テ日新ノ風潮ヲ制止セントスルハ、愚人ノミ、頑夫ノミ。若シ今日市場村添田氏ノ菊ハ彼ノ陶潜栗里ノ菊ニ同ジカラズ、且ツ及バズト評スル者有ランカ。漁史ハ将ニ之ニ答ヘテ言ハントス。若シ潜也ヲシテ今日ニ在ラシメバ、亦添田氏ト共ニ年々幾多ノ新種類ヲ養成シテ以テ愛玩センノミ。(34)

ちょうど柳北自身が文明開化時代の日本において、積極的な論者であったと同じように、ここに描かれる陶淵明は、俗世間の煩わしさに関わらないだけの超然とした隠者ではなく、積極的な改新の扇動者にもなっている。

日本漢詩人の中国文学の受容を、表面的あるいは一面的だと考える人も見受けられる。また日本漢詩人が作る漢詩文が不公正にも衒学的なシノワズリと言われることもある。しかし、本稿で明らかにしたように、矢口謙斎と成島柳北がそれぞれ長い時間にわたって、様々な効果を狙って使用した陶淵明のイメージ及び隠者のペルソナは、多様で豊かであった。言い換えるならば、この古典的な人物、陶淵明が、二人の詩人のその時その時の状況に応じて、どの典拠をどのように引用したり転用したりするかによって、幾様にも定義づけられるイメージの宝庫として機能したと言える。

注

（1）Susan E. Nelson, "What I Do Today is Right: Picturing Tao Yuanming's Return," *Journal of Sung-Yuan Studies* 28 (1998): 61-90; "Revisiting the Eastern Fence: Tao Qian's Chrysanthemums," *The Art Bulletin* 83:3 (2001): 437-60.

（2）「結廬在人境　而無車馬喧」（いをりを結びて人境に在り　而かも車馬の喧しき無し）。

（3）「問君何能爾　心遠地自偏」（君に問う　何ぞ能くしかるやと　心遠ければ地も自ずから偏なり）。

（4）Xiaofei Tian, *Tao Yuanming & Manuscript Culture: the Record of a Dusty Table* (Seattle: University of Washington Press, 2005). 中国語版は、田暁菲『尘几录—陶渊明与手抄本文化研究』北京：中華書局 二〇〇七年

（5）Wendy Swartz, *Reading Tao Yuanming: Shifting Paradigms of Historical Reception* (*427-1900*)（Cambridge, MA: Harvard University Asia Center, 2008).

（6）Robert Ashmore, *The Transport of Reading: Text and Understanding in the World of Tao Qian* (*365-427*)（Cambridge, MA: Harvard University Asia Center, 2010).

（7）釜谷武志氏の『陶淵明――「距離」の発見』（東京：岩波書店、二〇一二年）においても、似たような指摘が見られる。例えば『文選』を編纂した際、蕭統が陶淵明に対して抱いた理想像や先入観が作動し、陶淵明の閑情賦などを軽視、隠逸性が濃厚な作品を強調することにつながったとする。

（8）関雪江『雪江先生貼雑』（東京：国立公文書館内閣文庫、一九九七年）上巻二〇頁。

（9）関雪江『雪江先生貼雑』（東京：国立公文書館内閣文庫、一九九七年）上巻一一五頁。

（10）加藤国安　野田善弘『伊予の陶淵明　近藤篤山』東京：研文出版　二〇〇四年。

（11）日記に「廿六日丙寅陰寒狂風小詩發會矢口謙齋岩董齋舟潭關雪江岡野鼎來小飲」とある。

（12）日記に「廿五日乙丑淡霽遠浦砲声如雷…矢口謙斎至入夜繊雨聞砲声則蛮艦所放可驚」とある。

（13）「寒檠小稿」（国会図書館蔵）第一巻所収。

（14）詳しくは、次の拙論を参照されたい。Matthew Fraleigh, "Vassal of a Deposed Regime: Archetypes of Reclusion in the Poetry of Former Shogunal Official Yaguchi Kensai," *East Asian History* 38 (2013): 97-124.

（15）謙斎と一緒に樺太に渡った鈴木重尚の紀行文『唐太日記』（江戸：文苑閣　一八六〇年）の安政元年六月十八日の項に「此日矢口（清三郎）直養も余が如く此間道を踰て國界に到らんことを村柿使君は建白したり」とある。この版本の注釈をつけ

た松浦武四郎は、「余未だ直養に邂逅せず、然るに此所に読到りて其意気を感じ拍手し一笑す」とコメントしている。

(16)「湯蛮彙議」所収。

(17)原田憲雄編訳『日本漢詩選』（京都・人文書院、一九七四年）二一三頁、二七八頁。

(18)『謙斎遺稿』（益習艸堂、一八八〇年）所収。

(19)明治二年に同音の「不忠」を連想させる「府中」が「静岡」と改称された。

(20)「氷川清話」。

(21)「林鶴梁全集も面白く読んだ」とあるが、『鶴梁文鈔』と思われる。

(22)「私どもの少年の頃、誰も彼も「鶴梁文」をよみましたが、往々暗証する者もあった、散歩の途上などで、朗々と得意に読み立てゝもいました」とある。保田晴男『ある文人代官の幕末日記——林鶴梁の日常』（東京・吉川弘文館　二〇〇九年）に引用されている。

(23)昔時委質於徳川氏者今皆辭去忘恩反義自賣尤甚今求其高潔自甘若足下者寥寥如晨星耳。

(24)僕嘗藏足下傚鄭所南所畫无根蘭一幅瘦筆乾墨饒有逸致近日爲人奪去可惜也請足下更爲僕煩一揮灑見惠幸甚僕對之宛然與足下接膝同坐乎一堂之上也。

(25)詳しくは、拙著を参照されたい。Matthew Fraleigh, *Plucking Chrysanthemums: Narushima Ryūhoku and Sinitic Literary Traditions in Modern Japan* (Cambridge, MA: Harvard University Asia Center, 2016).

(26)前田愛『成島柳北』（朝日新聞社　一九七六年）一六八頁。

(27)「歸去來圖」『柳北詩鈔』所収。訓読は日野龍夫による。『成島柳北　大沼枕山』（岩波書店　一九九〇年）五〜九頁。

(28)『宋書』に「潛嘆曰「我不能為五斗米折腰向郷里小人」即日解印綬去職」とある。『晋書』に「吾不能為五斗米折腰、拳拳事郷里小人邪！」とある。

(29)『柳北詩鈔』（博文館、明治二十六年）第二巻十頁。

(30)結廬在人境　而無車馬喧。

（31）「松菊莊記」に「故命以松菊。蓋取諸歸去來辭也。昔陶潛。司馬氏之亡。謝官棄俸耕而終矣。潛者君子人也。」とある。『柳北全集』二百八十五頁。
（32）高安月郊『東西文藝評傳』東京・春陽堂　一九二九年　九一頁。
（33）「看菊記」『朝野新聞』明治九年十一月三十日『柳北遺稿』上三一～四頁。
（34）「看菊餘言」『朝野新聞』明治十六年十一月九日『柳北遺稿』下五十五～五十七頁。添田知義は、もともと市場村の名主だったが、やがて代議士になった。

# 漢詩と政治批評
## ――木下彪の「国分青厓と明治大正昭和の漢詩界」

町　泉寿郎

## はじめに

近代の「漢学」という研究テーマはかなりの広がりを持ち、多様なアプローチが可能である。これを総合的にまとめた研究はまだ十分ではないものの、従来、関連するさまざまな研究蓄積がある。グローバルな視点からのアプローチが不可欠な研究領域であるが、いま日本国内の状況に限っても、次のような研究蓄積が想起される。

漢学から支那学・中国学への学術研究の展開に関しては、『東方学』の「先学を語る」「学問の思い出」や『東洋学の系譜』（大修館書店）のような研究者に即した蓄積があり、筆者も倉石武四郎『本邦における支那学の発達』（二〇〇七年　汲古書院刊、中国訳『日本漢学之発展』二〇一三年　北京大学出版社）の整理公刊に参画したり、東京大学古典講習科の人々に関する論文（『三島中洲の学芸とその生涯』一九九九年　雄山閣出版）を発表したことがある。

日本学の分野では、日本語と漢字・漢文をめぐって、日本の近代化過程において漢文が西洋文明導入の土台となったことを、古くは中村正直（一八三二～一八九一）が漢学が人材育成と外国語習得に有効であることを論じているし（一八八二）、日本語学の森岡健二（一九一七～二〇〇八）は日本語における漢字の機能について優れた研究を残し、近代日本語の成立における漢文脈と欧文脈の接続の問題を追及した。また、明治期の前島密（一八三五〜一九一九）の漢字廃止論から山本正秀・佐藤喜代治らの研究まで、「国語国字問題」と言われる漢字制限とも関わる研究分野の蓄積がある。日本人が創作した漢文学については、岡田正之・柿村重松らの先駆的な研究に始まり、第二次大戦後、新たに日本漢文学の全国学会（和漢比較文学）が作られて研究成果を挙げている。倫理思想史・政治思想史などが合流して結成された日本思想史学会も活発な活動を継続している。

日中文化交流史に関しても、実藤恵秀や大庭脩らをはじめとする多くの研究蓄積があり、近年は日中韓の研究交流が活発化する中で東アジア文化交渉学という新しい学術分野が提唱されて定着しつつある。

漢文教育についても、全国漢文教育学会という学会組織や『新しい漢字漢文教育』という雑誌も備わる。

近年刊行された『明治時代史大辞典』四冊（吉川弘文館）では、筆者も編集協力者に名を連ねて『明治漢詩文集』（筑摩書房「明治文学全集」）に依拠して一三八人の漢学者・漢詩人を収録したし、編者として参加した『近代日中関係史人名辞典』（東京堂出版）には中国関係の活動を行った近代日本人一二〇〇人余を収録し、東洋学者・書画家・教育者・文学者などをかなり盛り込んでいる。これらも近代史における漢学者・漢詩人の存在が認知度を高めていることの証左であろう。

しかしながら、近代の漢学をめぐってなお十分に顕在化していない問題もあるように思われる。例えば、中国古典学に関して言えば、対外進出や漢文教育に距離をとった京都支那学の諸家の業績が高く評価されてきた一方で、東京帝国大学の井上哲次郎の東洋哲学史や服部宇之吉の儒教倫理は批判対象となり、それが取り上げられる機会ははるかに少なかった。

漢文教育に関しては井上毅「漢文意見」（一八九四年）に見られるように明治中期以降、第二次世界大戦以前における漢文教科は言語と道徳にわたる両義性を持ったが、国語教科に関する研究に比して道徳教育の研究は少なく、また漢文教育に関してその両面に配慮した研究は更に少ない。

近世・近代の日本漢詩文については、近年、国内外の日本文学研究者の間で関心が高まっているが、細部について見れば、その再評価には濃淡や傾向があるように思われる。西洋文学に親炙した富士川英郎・中村真一郎、或いはドナルド・キーンらが再評価した菅茶山・頼山陽・大沼枕山、あるいは江湖詩社系詩人などへの関心が高い一方で、幕末志士の詩や明治以降の新聞人・実業家(1)・軍人(2)・政治家等の詩はこれまであまり顧みられていない憾みがある。

要するに、国家主義や対外侵出への協力といったかつての「漢学」が持った負の側面について、抜け落ちている面があると考えられる。これは第二次世界大戦後の漢学アレルギーによる長年にわたる拒絶や隠蔽が行われてきた結果であり、その帰結として大戦前後に埋めがたい断絶を生み、それが現在の日本の中国学・日本学にもさまざまな影を落としている。

筆者は二松学舎大学における「近代日本の「知」の形成と漢学」プロジェクトの一環として、先に柿村重松『松南雑草』の影印出版を行ったほか、井上哲次郎講義『支那哲学史』等の整理作業などに取り組んでいる。柿村と井上はかなり違った存続であるが、漢文に関する教育と研究に携った点では共通点もある。

本稿に取り上げる木下彪、或いは木下が師事した国分青厓や鈴木虎雄のような、漢詩人であると同時に新聞記者である人物が明治・大正・昭和初期には数多く存在した。高い漢学的素養を持った言論人については、内藤湖南を取り上げた「シノロジーとポリティクス」と副題したジョシュア・フォーゲル氏の有名な著作や、山室信一氏（『思想課題としてのアジア』『アジアびとの風姿』『アジアの思想史脈』）や中野目徹氏（『政教社の研究』）等の注目すべき著作もあるが、明治以降の漢詩と漢詩人についてはなお語られていないことも少なくないように思う。

前掲『明治漢詩文集』の編集後記において神田喜一郎は、「明治の漢詩文を選ぶについて、その資料を蒐集することの困難」を記すとともに、「明治期の漢詩文について研究したものは極めて少ない」と述べ、その絶無に等しい中から三浦叶「明治の漢文」と大江孝之「明治詩壇評論」「明治詩家評論」と辻揆一「明治詩壇展望」を選んで収録し、併せて木下彪を「わたくしの知るところこの方面に余人の追随を許さぬ深い造詣をもっている」と評価し、この時点でなお連載中であった長編評論「国分青厓と明治大正昭和の漢詩界」が完結することを切望している。その後、明治漢詩に関する関心や研究状況は大幅に進歩し、三浦叶が雑誌『東洋文化』等に連載した文章は『明治の漢学』『明治漢文学史』『明治の碩学』（いずれも汲古書院刊）として刊行された。しかしながら、木下彪の「国分青厓と明治大正昭和の漢詩界」は、その連載されていた雑誌『師と友』が廃刊となったため、遂に完結することなく、広く知られていない。

木下彪には第二次世界大戦中に刊行されて、その後も復刊を重ねた『明治詩話』というよく知られた著作があり、先に紀田順一郎氏による解説があり（クレス出版『近代世相風俗誌集』二〇〇六年）、近年の岩波文庫版（二〇一五年）でも成瀬哲生氏による解説があるけれども、木下彪の事蹟については必ずしも正確な記述になっていない。そこで、まず木下彪の事蹟を紹介するところから本稿を始めたい。

## 木下彪の事蹟

木下彪（きのした ことら・ひょう　一九〇二～一九九九）は、山口県士族の父水木要輔[3]と母タツ夫婦の間の五人兄弟の三男として、一九〇二年（明治三五）二月七日に山口県吉敷郡下宇野令村（現山口市）の第五九七番邸に出生した。[4]長兄驥《キ》（明治四一年広島陸軍幼年学校入学）と次兄鵬《ボウ》（明治二九年一二月一二日生）はともに軍籍に身を置いた人物である。水木家の本籍は同県都濃郡徳山町三九七一番地（現在の山口県周南市）である。後に彪が周南と号したのは本籍地に因む。別に愚渓とも号した。要輔は山口高等中学校（一八八六年開学）が山口高等学校に改称（一八九四年）された頃から同校に書記として勤務し、山口高等学校野球部から『野球規則』（一八九九年刊）を刊行している。当時、同校には北條時敬（一八五八～一九二九）が教頭として赴任し（校長は岡田良平）、次いで校長（一八九六年四月～一八九八年二月）になっており、要輔は北條のことを生涯恩師として仰いでいる。

彪が生まれた年、広島に高等師範学校が開設され、初代校長には山口高等学校長から第四高等学校長に転じていた北條時敬が就任した。この時に要輔は山口高等学校から広島高等師範学校の書記（庶務課庶務係、官報報告主任）(5)に転じ、水木一家も下宇野令から広島県広島市大手町七丁目に移っている。後に彪が親交を持つようになる漢学者加藤虎之亮（一八七九～一九五八）は明治四一年に広島高師を卒業し同校附属中学校の教諭となっており、要輔とはこの時期からの旧知であったと考えられる。彪の弟龍（明治三七年一一月二日生）は広島で出生し、彪も広島市で初等教育を受け始めた。次いで一九一二年（明治四五）に要輔が仕事の関係で旅順に移ったため、彪は一九一五年（大正四）四月に旅順第二小学校尋常科を卒業した。母タツは遼東半島移住後まもなく健康を害し、別府での療養の甲斐なく亡くなった。

一九一七年（大正六）、一六歳となった彪は杉浦重剛が長年校長を務めている私立日本中学校に入学するために、単身初めて東京に出た（「記椿山荘」一九五五年）。当時の校舎は淀橋にあった。ある日、彪が江戸川を通りかかった時、目白台の方に樹林欝蒼たる一郭が見え、それが山県有朋公爵の椿山荘であると教えられた。この年山県は八十歳の誕生の宴を名残として藤田男爵に椿山荘を譲渡して小田原に隠棲している。またある日、父の友人であり辛亥革命後に北京から日本に亡命した清国人李東園[6]が彪を訪ねてきたことがあった。

一九二一年（大正一〇）四月、彪は二〇歳で日本中学校を卒業した。翌一九二二年（大正一一）二月九日の山県有朋の国葬を日比谷公園に見送って間もなく、彪は三月に奉天で日本人が経営する漢字新聞『盛京時報』の編集部に入った。以後、一九二四年に帰国するまで二一～二三歳の三年間を彪は満州で過ごした。盛京時報社は一九〇六年に日清貿易研究所や東亜同文会と関係の深かった中島真雄が創刊した新聞社であり、中島にとっては一九〇一年に北京で『順天時報』、一九〇五年に営口で『満洲日報』を創刊したのに続く新聞事業である。奉天の盛京時報社は京都帝国大学の教授となった内藤湖南が一九一二年に富岡謙蔵・羽田亨を伴って文溯閣「四庫全書」や宮殿内「満文老檔」を調査した際の活動拠点となったことや、内藤の仲介によって京都亡命中の王国維が寄稿したことでも有名であり、彪は先輩記者たちからしばしばこうした話を聞かされている。彪が入社した当時の『盛京時報』の主筆は菊池貞二であり、菊池は羽田亨と姻戚関係にあった。またこの時期彪は、東三省省立の文学専門学校に入り支那文学を修めている（廣常人世氏による）。一九二三年（大正一二）に彪は瀋陽を訪れ、五月六日に父の友人李東園に再会し、陶犀然（名は明濬、新亜日報社長）・沈怡園・張興周らと交流を深めた（「周南詩存」）。この時期、父要輔は旅順市吉野町に居住し、関東庁に所属し、南満州教育会教科書編輯部で編集員・事務員として勤務している（一九二三年九月一七日から一九二五年三月三一日まで[7]）。

一九二四年（大正一三）九月、彪は記者として盛京時報社に在職のまま京都に来り、新聞社からの資金援助を受けて狩野直喜（京都帝大教授）に親炙して中国文学を学んだ。彪は京都に出発する際に盛京時報社から内藤湖南と羽田亨に宛てた紹介状を持参した。内藤に会った際、「詩をやるならぜひ長尾雨山に会うように」と勧められ、長尾雨山宛ての紹介状を書いてもらい、長尾に面識を得ている。

一九二五年（大正一四）一〇月一七日には、鈴木虎雄（京都帝大教授）を訪問して詩を論じた。そして旧暦九月九日に当たる一〇月二六日には大原に「登高」に出かけた（『豹軒詩鈔』巻一〇）。それから間もなく、彪は鈴木虎雄宅で吉川幸次郎を紹介され、両者の生涯に亙る詩の交わりが始まっている。狩野や鈴木からは日本亡命中の王国維の話をたびたび聞き、鈴木から王国維の自筆稿本「頤和園詞」を借覧したこともあった。また、京都時代の彪は、大連の同文社で発行している漢詩雑誌『遼東詩壇』（父要輔も豁堂の号で同誌に漢詩を発表）に数多くの詩を投稿している。

父要輔は恐らく大正一四年で定年を迎え、これを期に旅順での生活を切り上げ、東京練馬に移り住んだ。彪もまた、一九二七年（昭和二）、盛京時報社の経営が中島真雄から南満州鉄道株式会社に移った時、中島からの勧めに従い、盛京時報社の記者を辞めて二三歳から二六歳までの二年六ヶ月の京都生活に区切りを付けて東京に移った。三月二七日の東京出発をひかえ、三月二四日に彪は鈴木虎雄と宇治・石清水八幡・淀を周遊し、また鈴木虎雄から「送水木生東行二首」を贈られている（『豹軒詩鈔』巻一〇）。

盛京時報社からの資金援助を失った上京後の彪は、一九二七年（昭和二）六月より一九三一年（昭和六）一一月までの期間は大倉喜七郎から資金援助を受け、一九三一年（昭和六）一一月から宮内省就職までの時期は服部金太郎から資金援助を受けている。

彪は上京後すぐに七一歳の国分青厓を訪問し、この後、青厓が歿するまで一七年に亙って親炙することになる。この夏には彪は訪中から帰国したばかりの新聞人鳥居素川を蘆屋の家に訪問し、鳥居から鳥居が列席した六月一八日の張作霖の大元帥就任式のことや、六月二日に昆明池に投身自殺した王国維のことを聞いている。

翌一九二八年（昭和三）には土屋竹雨（一八八七〜一九五八、名は久泰、字は子健、東京帝大法科卒、大東文化学院幹事）が創始した藝文社から発刊される漢詩雑誌『東華』に関与した。(8)

『東華』の入会案内に名を連ねているのは、次のような漢詩人・漢学者たちである。理事‥土屋久泰（竹雨）・仁賀保成人（香城）。顧問‥岩渓晋（裳川）・石田羊一郎（東陵）・岡崎壮太郎（春石）・勝島仙之介（仙坡）・田辺為三郎（碧堂）・舘森万平（袖海）・久保得二（天随）・安井小太郎（朴堂）・国分高胤（青厓）。併せて『東華』創刊の趣旨もここに転記しておこう。

晩近欧米物質文明の浸漸に伴ひ、人心動もすれば浮華に趨り、東洋思想の淵源たる経史文学の如き其の意義の大なるを忘れ今や棄て之を顧みず、殊に経史と不即不離の関係に立ちて古来人心を純化し風教を扶植し来れる詩文は之れが振興の策を講ぜざれば終に衰頽の虞なき能はず。因て小生等自ら揆らず茲に主として詩文及書画の研究に精進すべく決意仕り、先づ第一著手として来る八月より『東華』なる月刊雑誌を発行仕り、汎く天下同調の諸君子と結び、朝鮮台湾は勿論更に支那名家とも善く提撕の方を講じ、専ら斯道の研究発達と初学の輔導誘掖とに努め以て文籍復興の機運を醸成し、内は互に品性の陶冶を図り、外は広く風尚の向上に資し度希望に御座候。

東アジア諸国の文化人の連携の下、漢詩を振興しようとした『東華』の編集作業などを通して、彪は高名な漢詩人たちとその晩年の謦咳に接する機会を持った。「国分青厓と明治大正昭和の漢詩界（五十二）」では、次のような漢詩人たちから逸事逸話を聞いたと記している。(9) この経験が彪の明治漢詩文に関する「余人の追随を許さぬ深い造詣」の基礎となったのである。

杉山三郊　一八五五〜一九四五、名令吉、川田甕江女婿、官僚
岩渓裳川　一八五五〜一九四三、名晋、字士譲、森春濤門
阪本蘋園　一八五七〜一九三六、名敏樹、通称釤之助、永井久一郎弟、内務官僚
勝島仙坡　一八五八〜一九三一、名仙之助、獣医学者

井土霊山　一八五九～一九三五、名経重、字子常、新聞人
田辺碧堂　一八六四～一九三一、名華、字秋穀、通称為三郎、実業家
杉渓六橋　一八六五～一九四四、名言長、山科言縄三男、男爵
石田東陵　一八六五～一九三四、名羊一郎、字士剛、仙台の人、国分青厓門
上村売剣　一八六六～一九四六、名才六、盛岡日報創刊
落合東郭　一八六六～一九四二、名為誠、字士応、大正天皇侍従
桂　湖村　一八六八～一九三八、名五十郎、字子孝、新聞『日本』記者、早稲田大学教授
宮崎晴瀾　一八六八～一九四四、名宣政、森槐南門、新聞人
小見清潭　?～一九四二?、名万処、大沼枕山門、東洋大学講師
岡崎春石　一八七九～一九五七、名壮太郎、字臣士、大沼枕山・依田学海門

一九二九年（昭和四）四月二七日、要輔が師と仰いだ北條時敬が七一歳で病没し、要輔は北條の病床に一ヶ月半に亙って侍し、その最後の日々の克明な記録を残している。(10) また同年八月には、大尉に昇進し西北軍司令官馮玉祥に招かれて山西省に在った長兄驥が急病に罹り、九月二六日に北京・同仁医院に歿した。驥の死亡により、同県都濃郡徳山町三九七一番地の水木家は次兄鵬が戸主となった。

一九三〇年（昭和五）一〇月二一日、彪は木下善太郎の婿養子となり、木下善太郎・イシ夫婦の長女で四歳年長の医師富子（明治三一年五月三〇日生）と結婚した（一一月一日入籍）。木下家の本籍は広島県沼隈郡柳津村一六二六（現広島県福山市）で、当時は東京市向島区吾嬬町東二丁目四三番地に住居を構えており、彪と富子は実家近くの吾嬬町東三丁目四番地に新居を構えた。翌年（昭和六）三月一五日に長女琴子が誕生している。

次いで一九三三年（昭和八）、彪は初めての著作『詩春秋』を木下彪の名で刊行している。『詩春秋』には時事・世相を詠じた七言絶句一二六首と一九二三〜一九三一年の所作「周南詩存」八八首が収められている。時事・世相を詠じた一二六首はすべて無題であり、句中の三字を冠し、後に解説の短文を附している。句中の三字を標題とし評語を附した形式は、彪が師事した国分青厓が明治二一年から東京電報、後に新聞『日本』に発表した「評林」体に倣ったものであり、また頼山陽『日本楽府』に由来する。『詩春秋』という書題も、青厓の『詩董狐』を意識したものであり、彪の国分青厓への傾倒ぶりを示す。但しその満州事変・上海事変をうたった漢詩集の内容は、日本陸海軍の軍事行動を擁護称讃し日本外交を軟弱だと批判するものであり、今日から見て問題なしとしない[11]。

だが『詩春秋』の出来ばえは国分青厓の意に適ったらしい。青厓は彪を単なる詩人として遇せず、某有力者に推薦して、一九三四年（昭和九）六月、彪は宮内省大臣官房事務嘱託（手当一ヶ月八〇円）のポストを手に入れた（菊池貞二「感事篇序」）。これが彪が公職に就いた最初である。宮内省関係の漢学者のうち、武蔵高等学校教授で皇后宮御用掛を拝していた加藤虎之亮は父要輔の広島高師時代からの旧知であったから、彪の就職に当たっては加藤に照会があり、加藤からも推薦があった。この年、落合東郭が宮内省（大正天皇実録部御用掛）を退官したため、三三歳の彪は宮内省内で漢詩に関するほぼ唯一の専門家となった[12]。

一九三六年（昭和一一）四月には新たに赴任した駐日大使許世英（一八七三〜一九六四）を囲んで、外務省対支文化事業の主催により、大使館員たちや日本文人が芝・紅葉館に集い詩酒の宴が開かれ、彪も臨席した。中国側には汪栄宝・陳蝶野・銭痩鉄、日本側には国分青厓があった。以後、半年に亙り彪は陳蝶野・銭痩鉄としばしば詩酒の交わりを重ねた。

同年八月、彪は図書寮事務兼勤を嘱託され、大正天皇御製集の編纂事業のうち漢詩を主掌することを命じられ、先に落合東郭が取りまとめていた御集と関係資料を下付された。貞明皇太后の意向を反映して、大正天皇の遺稿全てを網羅することが基本方針となり、和歌を担当する北小路三郎編修官と同室において、侍従職の長崎素介の助力を得て編纂作業に着手した。確認しえた漢詩一三六七首を詩体ごとに分類編纂し、一年後の一九三七年（昭和一二）八月に第一回功程を終えた。

ついで一九三八年（昭和一三）四月には、昭和天皇・香淳皇后にご覧に入れるため厳選した御製詩集を編纂するようにとの皇太后の意向が伝えられ、彪は落合東郭を熊本に訪ねて協力を求め、翌一九三九年に皇太后の内閲に供する稿本を編成した。これが第二回功程である。皇太后の内閲が済んだものから順次下付され、たびたび皇太后からは質問や要望が伝えられた。一九三九年八月に皇太后の内閲が完了し、浄書本五部を作成して同一二月に図書頭、皇太后、天皇、皇后に献上された。これが第三回功程である。

皇太后の御製詩集編纂に関する要求はなおも続き、一九四〇年には作成年月の不明な作品について更に取調べるよう内意を受け、全集を意味する第一回功程に対して、今回は四年の歳月を費やして編年体による選集を作成し、一九四三年（昭和一八）に第四回功程を終えた。

大正天皇御製詩集の編纂に従事した時期、彪は併行してその他の編纂事業や執筆にも携わった。一九三六年夏、美術雑誌「アトリヱ」社社長北原義雄から委嘱されて、『漢詩大講座』一二巻を企画刊行した（一九三六〜三八、第一巻未刊）。国分青厓の監修のもと、分担執筆者として彪自身の他に土屋竹雨・前川三郎・佐賀保香城・吉田増蔵・加藤虎之亮・岩垂憲徳・佐久節・平野彦次郎・岡崎春石・小見清潭・館森袖海・尾上柴舟・寒川鼠骨・林古渓・小室翠雲・渡邊緑村・佐藤春夫・北原白秋・国府犀東が加わっており、彪の編集者としての力量が窺える。また、一九四一年（昭和一六）五月から政教社発行の雑誌『日本及日本人』に漢詩評論「明治詩話」を連載し、一九四三年（昭和一八）

九月に文中堂から単行本として刊行された。宮内省奉職の傍ら、戦時下の困難な状況下でも、彪の執筆意欲が極めて旺盛であったことが分かる。

御製集の方は、その後、一九四四年（昭和一九）三月、宮内省において御製和歌集・漢詩集を刊行するための編集作業に入ることに決し、同四月二〇日に図書頭金田才平・宮内事務官藤井宇多治郎とともに彪が編纂員を拝命した。他に、彪が師事した京都の狩野直喜と鈴木虎雄、ならびに宮内省御用掛の加藤虎之亮が参与を命じられて、狩野と鈴木は漢詩集の審議に参与し、加藤は漢詩集の編纂に参与することとなった。狩野直喜は加藤虎之亮に対して実際に字句の修訂意見を述べており、(13)細部の修訂が続けられたことが分かる。最終的に精選した二五一首を彪が編年体に再編して上下二巻に分かち、一九四五年（昭和二〇）七月に編纂作業を終えたが、便利堂からの刊行は終戦直後の混乱のため、一九四六年（昭和二一）一〇月にずれ込んだ。更に彪は宮内省の命を受けて、大正天皇御製漢詩に対する解説を作成した。後年、一九六〇年（昭和三五）に明徳出版社から刊行された『大正天皇御製詩集謹解』のもとになったものである。また東宮職から委嘱されて、彪は御製中の佳作一二首を選び、小金井の仮御所で皇太子（平成上皇）に進講したこともあった。

戦争末期、彪はいくつかの不幸に遭っている。一九四四年（昭和一九）三月五日には彪が親炙して最も影響を受けた漢詩人であり新聞人である国分青厓が八八歳で亡くなった。九月一〇日には一粒胤の琴子が一四歳で亡くなった（法号宝樹院妙慧琴心童女）。また戦火にも見舞われたらしく、家も墨田区吾嬬町東二丁目から杉並区天沼に転居している。また、妻富子もこうした不幸や戦禍のなかで、東京を離れて埼玉県児玉郡渡良瀬の医療機関に勤務したことがあった。

更に第二次世界大戦後は宮内省の相次ぐ規模縮小により、彪の身分は不安定になった。一九四六年（昭和二一）一二月には宮内省御用掛となったが、一九四七年（昭和二二）五月には官制改正によって宮内府御用掛、一九四八年（昭和二三）四月には宮内府調査員となり、一九四九年（昭和二四）五月三一日に辞表を提出して受理され、特に天皇から拝謁を賜った。六月には総理府事務官・宮内府長官官房兼書陵部勤務となり、一九五〇年（昭和二五）一月に一時、外務省研修所講師となったが、四月三〇日に新制の岡山大学法文学部の講師を拝して岡山に赴任した。時に彪四九歳である。

妻富子は本籍地の沼隈郡柳津村からほど近く、母方藤阪家の実家がある福山市神辺東中条（安那郡中條村字東中條）に家を構えて自宅で開業し、地域医療に従事した。彪は岡山市津島の大学一般教養部の官舎に仮住まいして、東中条の自宅には週末ごとに帰る生活であった。

官立学校の学歴がなく、教員経験もない彪の岡山大学の教官就任は、鈴木虎雄および吉川幸次郎、阿藤伯海の推薦によるものであった。赴任に当たって鈴木虎雄や吉川幸次郎と詩の応酬があった。岡山大学法文学部漢文学科は、第六高等学校教授から横滑りした林秀一教授（一九〇一～一九八〇、東京帝大支那哲学出身）の下に講師・助手各一名の体制で開設され、林秀一は彪より一歳年長の同学年であったから、彪の法文学部での昇格は望めなかったが、一九五五年に岡山大学に法経短期大学部が増設された際にその教授となった（法文学部教授兼務）。一九六五年に教養部教授に配置換えとなり、一九六七年三月三一日を以て定年退官（満年齢六五歳）した。

戦後の彪に関して特記すべきことは、対中（台湾）関係と明治漢詩研究である。一九五〇～五一年（昭和二五～二六）にかけて、彪は戦後の激変する時事を詠じた七言律詩の連作「感事篇」を作っている。一九五〇年五月の一二首から始まり、一九五一年一月には二五首、七月には五〇首、同年末までには六〇首に増加し、鈴木虎雄と菊池貞二の序文を附して、一九五二年（昭和二七）に小冊子として刊行した。彪にとって「感事篇」は、一五年間宮内省に奉職（一九三四～一九四九）した立場からの「宮詞」であり、現代日本の時世を諷喩した「詠史」として作られたものであった。

彪は「感事篇」を台湾の知人に伝え、これに唱和する漢詩が台湾から寄せられている。この時に彪が交流した人物は必ずしも明らかでないが、中国文学者の成惕軒(14)や香港で民主評論社を経営していた徐仏観(15)（陸軍士官学校出身）はその一人であったと思われる。彪は中国共産党の動向、特にその伝統文化の破壊に危機感を持っており、外務省研修所時代に知り合った元南京大使館参事官清水董三を岡山に招いて「時局講演」を開催しているから(16)、台湾の知識人との交流も中国国民党政権に近い人物との意見交換と見るべきであろう。

岡山大学奉職時、大学紀要に発表した論考としては「儒林外史鈔注」（一九五四年）や「支那中国弁」（一九五五年）があるが、より重要なものは一九五八年から一九六〇年にかけて発表している「王国維と頤和園詞」(17)であろう。前述のように、王国維「頤和園詞」は彪にとって京都時代に鈴木虎雄から与えられた課題であり、彪はこれを亡命中に清朝滅亡に際会した遺臣王国維による清朝への弔詞であるとし、中国歴代の「宮詞」と「詠史」について言及し、王国維「頤和園詞」こそが清朝最後の、つまり伝統中国の最後の「宮詞」として珍重すべきものであることが論じられている。

一九六〇年末から一九六一年頭に、彪は中華民国開国五〇年を記念した招聘をうけて台湾を訪問した（一九六〇年一二月二三日～一九六一年一月二〇日）。第二次大戦後初めての中国訪問となったが、この招聘に尽力したのは沈雲竜（国民大会代表）・呉相湘（台湾大学教授）らである。彪が所属長である内藤雋輔教授（岡山大学法経短期大学主事）に宛てた七通の書簡の形式をとって大学紀要に発表した「訪華消息」(18)から台湾滞在中の主要日程を拾えば、次の通りである。

一二月二六日、中央研究院に胡適を訪問、また政治大学において「近代史の上より観たる日華国交の過去」を講演、その後の宴会で曾約農（曽国藩子孫）や王国華（王国維弟）を紹介される。

同二七日、連合国同志会に会長朱家驊を訪問、また何応欽将軍と面会。

同二八日、政治家・軍人で文化人としても著名な于右任を訪問。

同二九日、かつての駐日公使許世英と再会し、久闊を叙す。

同三〇日、中日合作策進会に会長谷正綱を訪問、羅家倫・陶希聖らに会う。

一九六一年一月二日、政治大学教授陳固亭の招宴に赴く。

同三日、黄啓瑞台北市長主催の歓迎詩会に招かれ市立図書館に赴く。

同四日、高雄に遊ぶ。

同六日、孔子廟に詣り台中に移動、私立東海大学に徐仏観教授を訪問。

同七日、故宮博物院訪問。

同八日、毘盧寺に彭醇士・徐道鄰らと遊ぶ。

同九日、省政府教育庁を訪問し教育状況の説明を受け、同夜、二五年以前の旧知陳蝶野を訪問。

同一〇日、陽明山の国防研究院を参観、張其昀主任らと懇談。

同一二日、松山空港より金門島に向かい、一三日台北に還る。

同一四日、劉季洪政治大学校長・張其昀国防研究院主任に伴われて、総督府において蔣介石と面会(19)。

同一五日、于右任主催の詩会に臨席。


上記のように中華民国政府による連日の歓待は特筆すべきものであり、この訪問が彪の台湾との密接な交流を決定づけたと思われる。

訪台から六年後の一九六七年（昭和四二）、岡山大学を定年退官した彪は、張其昀からの招聘を受けて、陽明山に開設された中華学術院（現在の中国文化大学の前身）日本研究所の教授となり、日中国交正常化（一九七二年九月）を挟んだこの時期、八年間に亙って台湾で教育に従事した（一九七四年〈昭和四九〉秋まで）。一九六六〜一九六八年（昭和四一〜四三）には、『外交時報』に「孫中山伝記」を一七回に亙って連載し、一九六八年（民国五七年）には蔣介石の著『民生主義の補述（民生主義育樂兩篇補述）』を日本語訳して台湾・中正書局から刊行している。国民党の反共主義に呼応した活動を展開していることが、はっきりとわかる。

台湾時代の彪の動向についてては今後の調査に俟つが、中華学術院日本研究所において、明治期の日本人の詩文や外交文書を用いた演習を行ったと彪自身が語っている。

その間我外務省に請うて『日本外交文書』既刊四十冊を中華学術院に寄贈され、中国側からは種々多数の中国書籍を以て之に返礼したことがある。『日本外交文書』に抄録された副島の『適清概略』や井上、田辺起草の照会文、其他竹添の『桟雲峡雨』、岡千仞（号鹿門）の『観光紀遊』、曽根俊虎（号嘯雲）の『法越交兵記』等、皆日本人が漢文で著はし、日本人も中国人も夙に忘れて了つた此等の名著を、私は常に研究所で講読に用ゐた。近代史家沈雲竜氏は私の提供した諸書の中、『法越交兵記』と『観光紀遊』を取り、影印して其の主宰する『近代中国史料叢刊』に編入した。（「国分青厓と明治大正昭和の漢詩界」四十二）

こうした資料の選択が彪自身の志向によるものか、研究所側の要請によるものであったかはともかくとして、明治期日本人の漢文体の紀行を外交的視点で捉えようとしていることは注目される。

また、一九六九年（昭和四四）の夏には、青厓の令孫国分正胤から国分家に遺された遺稿類を整理刊行したい旨の依頼を受け、彪は五年を費やして約二万首に上る青厓詩から三千餘首を選び、二〇巻上下二冊を編纂した。

台湾・中華学術院日本研究所における講学と、国分家からの青厓詩の編集依頼が、その後の「国分青厓と明治大正昭和の漢詩界」で展開された近代日本漢詩への評価の助走をなしたのである。

一九六九年九月に台湾の中日文化訪問団が訪日した際には、彪は日本側の参加者として東方文化座談会等に出席し、南懐瑾（一九一八～二〇一二）らと交流して「感事篇」を贈り、南懐瑾はこれを翌一九七〇年、自序を附し、程滄波の題字を冠して台湾で刊行している。更に一九八七年には「感事篇」は『日本戦後的史詩』と改題されて、南懐瑾の「致答日本朋友的一封公開信」などを附して台湾で再刊されている。

一九七四年（昭和四九）秋、彪が七三歳で中国文化学院での教員生活を終えて日本に帰国する際には、詩の交流が深かった呉萬谷らと送別の宴を開いて詩を応酬し、また画家欧豪年からは「去舟図」が贈られている（木下家所蔵）。

帰国後の彪の文筆活動はめざましいものがあった。編纂を終えた全編白文の『青厓詩存』は、日本国内の出版社では引き受け手が無いため、台湾の中国文化学院出版部に印刷を依頼し、一九七五年（昭和五〇）一二月に一千部の印刷が完成した（奥付は同年一〇月三〇日）。販売は安岡正篤の師友会機関紙『師と友』を発行している明徳出版社に委託し、翌一九七六年三月五日の青厓三十三回忌法要に『青厓詩存』を供えることができた。この『青厓詩存』刊行が契機となって、青厓と相識であった安岡正篤は『師と友』の紙面を彪の連載に割いてくれることになった。

かくて、一九七六年（昭和五一）七月より一九八三年（昭和五八年）一〇月まで、八年に及ぶ長期連載「国分青厓と明治大正昭和の漢詩界」が始まった。連載のために彪は毎月東上して養子夫婦の東京の住まいを拠点に国会図書館等に通って資料収集し、徹夜して原稿を執筆することが常であったという。

八〇歳代以降の彪の活動としては、一九八三年八月には連載中の「国分青厓と明治大正昭和の漢詩界」から摘録して筑摩書房『明治文学全集六二　明治漢詩文集』の月報に「森槐南と国分青厓―明治の二大漢詩人―」を発表した。更に、一九八五年（昭和六〇）には岩波書店『文学』五三巻九号に「「佳人之奇遇」と其の詩の作者」と題して、「国分青厓と明治大正昭和の漢詩界」の「三十二」に言及した東海散士の『佳人之奇遇』中の漢詩が国分青厓の代作であることを論じた。

また、現在も続いている宮内庁職員の文化祭に彪は詩書を出品しており、そうした機会を通して皇室や宮内庁との関係を継続していた。親交のあった安岡正篤が歿し（一九八三年一二月一三日）、昭和の終焉が近づいた一九八五年には「終戦詔書の起草者と関与者　川田瑞穂翁と安岡正篤翁」を発表し、一九八九年（平成元）七月には監修者として『昭和天皇大喪の礼』[20]の刊行に関わっている。

妻木下富子は一九八八年（昭和六三）九月一三日に九一歳で亡くなり（法号潤徳院法雨慈貞大姉）、彪は一九九九年（平成一一）一一月一日、九八歳の高齢を以て歿した。法号「文樸院信華周南居士」。ともに福山市神辺東中条の自宅近くの墓域に埋葬されている。

## 木下彪「国分青厓と明治大正昭和の漢詩界」について

「国分青厓と明治大正昭和の漢詩界」は安岡正篤（一八九八〜一九八三）を会長とする全国師友協会の機関紙『師と友』に、彪が七五歳の一九七六年（昭和五一）七月から八二歳の一九八三年（昭和五八）一〇月にかけて八年間に六八回に亙って連載された。主催者である安岡の死去にともなって師友会が解散となり雑誌が廃刊となったため終に完結することはなかったが、著者木下彪の著述のうちの最長篇である。それだけでなく、先に刊行して好評を博した『明治詩話』があくまで文明開化時代の世態人情を描写した明治漢詩のうちの閏位に位置するものであるのに対して、国分青厓の評林詩に代表される漢詩は「我国千餘年の伝統を負ふ、つまり正統の漢詩」であり、「明治の詩は、此の正と閏の二つがあり、詩境の大きく開けたこと、前古未曽有のものがあつた。そのいづれをも無視することは出来ない」（五十二）との確信と、今やそれを書き残すことができるものは自分を措いていないとの自負のもとに進められた著作であった。その内容は、現在の研究水準から見てもなお明治時代の漢詩文・漢学を知るうえで有用であり、現在の問題意識とも交差する視点が少なくないように思われる。以下、各章の概要を拾いながら順を追ってその構成を紹介しよう。

「一」は全体の序章をなし、最初に明治時代に漢詩が盛行した理由として次の三つを挙げており、明治漢詩について解説するための視点が明示される。

①江戸時代以来の漢学漢詩の伝統と旧来の詩社、私塾の存続。
②台閣諸公（官吏・政治家）が詩を能くし、文運を鼓吹したこと。
③文明開化が清新な詩材を提供し、新聞雑誌の新しい媒体が発達したこと。

また、全くその詩風を異にする森槐南と国分青厓を軸として明治漢詩全体を展望すると言い、明確な構成方針の下に起稿している。

「二」から「五」は序章の意味を含んだ国分青厓の事蹟の紹介に当たる。「二」は『青厓詩存』出版の経緯、「三」は仙台出身の青厓の出自、「四」は青厓の人脈を知るうえで極めて重要な司法省法学校時代のこと、「五」は新聞『日本』入社以前の事蹟である。

なお、彪の連載中に刊行された色川大吉編『三多摩自由民権資料集』上巻（一九七九年）には千葉卓三郎『王道論』が仙台進取社の国分豁（青厓の通称）の『制法論』に学んだものであるとあるように、司法省法学校退学以後の青厓は仙台日日新聞や仙台進取社の記者として宮城県下の民権運動に関与し、『制法論』には中国古代の思想家だけでなく英仏独の学者の説も引用されている。木下彪は仙台時代の青厓と民権運動との関係を記さないが、明治期言論人としての青厓の全貌は更に追及すべき余地がある（この段落の記述、二松学舎大学学生千葉有斐君の口頭発表に負う）。

「六」から「八」は江戸末期以来の漢学塾や漢詩結社の伝統に言及し、国分青厓・小見清潭・岡崎春石等からかつて直接聞いた話をもとに、大槻磐渓・大沼枕山・森春濤・小野湖山・成島柳北のことが紹介される。

「九」で台閣諸公の能詩と文運鼓吹に話題を転じ、「十」から「十二」にかけて台閣諸公と距離が近い森春濤一派の『新文詩』と、政府批判の立場にある成島柳北の『花月新誌』を対比して説き、「十三」ではその春濤と柳北のあり方を継承する後継者として森槐南と国分青厓を説明する。

「十四」から「十六」にかけて、福地桜痴・福澤諭吉の次世代の言論人として陸羯南・徳富蘇峰・朝比奈碌堂等を紹介し、新聞の漢詩欄においては森槐南が関与した『東京日日新聞』や『国民新聞』と対比させて、政治家・官僚を鋭く批判した国分青厓の「評林」詩が陸羯南の社説を補完した新聞『日本』の明治二〇〜三〇年代における盛況を詳説する。青厓「評林」の特色として、「詩は志なり」「詩は史なり」「詩は刺なり」という青厓『詩董狐』の言を引き、人物月旦を中心に当代の時世を批評する点にあったとする。

「十七」からは、槐南・青厓と台閣諸公との関係を説明した具体例を紹介する。「十七」から「十九」にかけて、青厓の詩名が挙がる契機となった青厓の「華厳瀑」詩とそれに対する副島蒼海の次韻詩のこと、三条実美の日光別荘の雅宴でのできごと、伊藤博文の槐南に対する態度等を紹介している。「二十」から「二十二」にかけて、槐南を盟主とする漢詩結社「星社」（明治二三年九月二三日結成）の動向の説明を挟み、「二十三」において三条実美が亡くなった時の槐南と青厓の追悼詩を比較し、明治元勲遺跡の荒廃に及び、「二十四」では山県有朋の椿山荘を詠じた「椿山荘歌」を槐南の傑作として紹介する。

「二十五」「二十六」ではやや話題を転じて、キリスト教徒らによる廃娼論の偽善、重野成斎ら史官による修史事業停頓への批判を例に挙げ、陸羯南の文と国分青厓の詩の他にも、新聞『日本』の盛時を支えた同志に桂湖村・福本日南・落合直文・萩野由之・池辺義象・正岡子規等があったことに言及するとともに、桂泰蔵（湖村の子）の「新興明治歌壇史の考証」に触れ、従来の明治文学史がこれらへの配慮に欠く憾みがあることを指摘する。

「二十七」「二十八」では政府の欧化政策や官民癒着への批判を黒田清隆・井上馨・伊藤博文に対する羯南・青厓による激越な人物評を中心に紹介する一方、続く「二十九」では伊藤博文と山県有朋の詩歌について言及して幕末書生の漢詩文愛好を述べ、新時代の風俗を活写した槐南の詩を紹介する。

「三十」「三十一」では幕末明治初期の上野・下谷辺の風俗詩を拾う観点から文人・学者・華族・言論人など多様な人物による詩を取り上げる。

それを承けて「三十二」「三十三」において、あらためて明治漢詩が明治文学史の一ジャンルであることを主張し、明治漢詩史を前期（一八六八～一八九〇）・中期（一八九〇～一九〇五）・後期（一九〇五～）の三期に分けて考えることが可能であり、そのうち中期を全盛とし、全盛期を代表する詩人として詩風の相異なる森槐南と国分青厓があること、また明治漢詩に正詩と狂詩があることをいわば「なかじきり」として述べて後半の叙述に移る。

「三十四」「三十五」では、漢詩全盛期の状況を知るための資料として『早稲田文学』（明治二四年一〇月二〇日～）所収「漢詩のおとづれ」から引用して、星社の詩風が盛行しているがそれ以外に向山黄村の晩翠吟社や咸宜園系の流れも見落としてはいけないという論旨を早稲田系の若い文学者たちの漢詩改良意見として紹介する。

「三十六」から「四十」にかけては、向山黄村・田辺蓮舟・河田貫堂・杉浦梅潭・吉田竹里等のような旧幕府遺老たちの漢詩を紹介し、特に向山黄村の詩風が青厓と似通うことを指摘し、向山黄村・田辺蓮舟等の外交官として外国渡航の経験をもつ人物の漢詩を取りあげる一方で、福澤諭吉「瘠我慢之説」の勝海舟・榎本武揚批判にも言及する。「四十一」では、前章を承けて日本人が中国で作った漢詩という話題を設定し、長三洲・副島蒼海を挙げつつ、より実践的な外交の場（台湾出兵をめぐる日中交渉）で井上毅の漢文能力がいかに外交交渉に有利に働いたかを狩野直喜からの直話を交えて称揚する。また「四十二」では日中交渉に関わった人物の漢詩・紀行という視点から、竹添井井・山根立庵・岡鹿門・曽根俊虎を挙例する。

「四十三」からは明治二四年から日清戦争までの漢詩を取り上げると述べて、「四十四」にかけて新聞『日本』の漢詩欄に掲載された漢詩人月旦を紹介して漢詩盛時のさまを述べる。

「四十五」では野口寧斎の旧唐津藩小笠原長生を送る詩を取り上げて、唐津の領振山の伝説を詠んだ詩歌の比較に言及する。

「四十六」では新聞の漢詩欄に加えて明治期に盛行した漢詩雑誌類を紹介する。

「四十七」では新聞『日本』の記者の多士済々や桂泰蔵「新興明治歌壇史の考証」を再説し、新聞『日本』掲載の現代漢詩人月旦表（明治二五年一一月七日）を紹介し、埋没している明治漢詩文の重要性をドナルド・キーンの著書を紹介しつつ力説し、そこに紹介されている旧著『明治詩話』だけでは明治漢詩の全貌を知るに足りないと附言する。

「四十八」から「五十一」では、明治漢詩界において尊崇を受けた副島蒼海の特異な詩風について青厓・長尾雨山・鈴木虎雄からの直話を交えて詳説し、併せて青厓が副島蒼海を尊敬しつつも自由に論評したことを述べる。また、「四十八」の附記として、亡くなった吉川幸次郎（一九八〇年四月八日歿）との思い出を初めて記した。吉川幸次郎、及びその師である狩野直喜・鈴木虎雄との思い出は、「明治大正昭和の漢詩界」と題しながら明治中期中心の記述になっている連載の、いわば「大正昭和の詩界」の記述を補うものとしてこの後、「五十」「五十九」「六十二」「七十」

「七十二」に合計六回に亙って記されている。

「五十二」では、「四十七」の論旨を更に展開し、ドナルド・キーンと大岡信の対談を引用して、旧著『明治詩話』は明治漢詩の閏位にあるものであり、青厓の「評林」詩に代表される漢詩こそが正統の詩であると述べる。これより論旨は正統的な詩とは何であるのかという議論に向かい、明治初期の大沼枕山『東京詞』も明治中期の青厓「評林」詩も、時世に対する諷刺であると述べる。

「五十三」では、親炙した京都支那学の狩野直喜・鈴木虎雄・吉川幸次郎・神田喜一郎等の、日本漢詩に無関心な人々による日本漢詩に関する誤解に、敢えて言及している。

「五十四」以下「六十七」までは、新聞『日本』の政治批評が最も光彩を放った時期の「評林」詩を取り上げて詳説する。「五十四」では第一回帝国議会開院式（明治二三年一一月二九日）を詠じた漢詩、「五十五」では新聞『日本』の一年間を回顧する社説を取り上げ、発行停止三回・罰金三回・禁錮一回に処せられるほどの人物月旦を中心とした政治批判が読者の好評を博したと述べる一方で、中江兆民『自由新聞』が「評林」詩の人物月旦を個人的な隠微な事実への論及は不必要であると批判したことから論戦に発展したことを紹介している。光妙寺三郎や河島醇とそれを擁護する中江兆民への批判は「六十三」でも再説されている。

「五十六」では後に『評林第一集　詩董狐』（明治三〇年三月刊）に纏められた青厓の「評林」詩の特徴を、人物批評によって時世・政事を論じた点にあるとし、従来の明治思想史・文化史において言論人青厓が見落とされていることを述べる。

「五十七」では政治家の人物月旦として芳川顕正・榎本武揚・山県有朋に言及し、山県の和歌の才能に言及する。

「五十八」から「六十三」にかけては、「評林」欄に掲載された第一次松方正義内閣（明治二五年五～八月）閣僚の人物月旦である「詠史雑句」一二首や第二次伊藤博文内閣（明治二五年八月〜二九年九月）閣僚の人物月旦である和歌「雑詠」一二首を取り上げて、松方正義・品川弥二郎・後藤象二郎・陸奥宗光・西郷従道・大山巖・芳川顕正・榎本武揚・山県有朋・井上毅・板垣退助等に言及しながら、当時議論の焦点は権力が集中しつつあった伊藤博文への批判に向かったことを説き、新聞『日本』創刊より明治三〇年の新聞紙条例改正までの八年間に発行停止三〇回、二三〇日に及ぶ言論弾圧は伊藤内閣時代に最も激しく、「評林」詩の筆鋒は最も伊藤博文に向けられたと解説する。

「六十四」では人物評価の難しさを述べ、「評林」詩は史識と詩才を兼備した青厓にして初めて敢行し得た難事であると評価する。また時事評は漢詩に向き和歌・俳句には向かないとしながらも、正岡子規の手になる時事評俳句（明治二六年三月）を紹介している。

「六十五」から「六十七」では、明治二五年二月一一日の新聞『日本』掲載「歴代名臣録」の歴代大臣三二人の人物評や、明治二七年一月二七日の「評林」欄に掲載された伊藤博文批判の詩を取り上げ、伊藤博文が一日青厓を召見した逸話を記し、伊藤博文からの処遇を軸に槐南と青厓が対比的に語られる。また明治天皇・伊藤博文の名コンビが明治時代をリードしたと論評している。羯南の社説、青厓の「評林」詩、本田種竹の「文苑」欄、福本日南、正岡子規、中村不折らを擁する新聞『日本』が創刊間もなく大新聞に列せられ、翌年に創刊された徳富蘇峰『国民新聞』は新聞『日本』を常に意識していたことが語られる。

「六十八」では槐南と青厓の吉野山を詠じた詩に話題を転じ、槐南の「芳山懐古」を陸奥宗光が南北朝の正閏など無用な議論であるという観点から称賛したこと、青厓の「芳野懐古」は絶唱と称すべきものであると説く。「六十九」では幕末の芳山三絶（頼杏坪・藤井竹外・河野鉄兜）に比べて、明治期の山根立庵の「芳山懐古」が優れていると説き、併せて槐南歿後の門人編集にかかる『槐南集』は佳作ばかりでないと論評している。「七十」では青厓が第一会心作としていた「芳野懐古」に言及し、一部に一介の文士の作としては僭越との批判もあったことを紹介し、再び歴史観と詩才の問題を取り上げる。

「七十一」では南北朝正閏問題に言及して松平天行と副島蒼海の南朝詠を引用し、「七十二」では江戸期の懐古調の吉野詠に比べて明治期の忠臣義士を主眼とした吉野詠が優ると述べ、一例として本田種竹の「芳山詩」を挙げて種竹が歴史に詳しく懐古田舎と号したことに言及し、源義経・静御前の故事古跡を詠じた詩を紹介する。

「七十三」では以上の例を承けて、中国詩の伝統として「詠史」「楽府」など歴史を題材として重視してきたこと、また過去の歴史ばかりでなく、現代の時事を史観に拠って論じたものも「詠史」であり、青厓の「評林」詩はまさにそれであると説く。ついで、頼山陽『日本外史』『日本政記』、大沼枕山『日本詩史百律』『歴代詩史百律』など詠史諸作に言及し、大作蘭城・杉渓六橋・那珂梧楼・長三洲等の「詠史」を取り上げ、「七十四」から「七十九」では英雄源義経や『平家物語』の故事を詠じた諸作を取り上げる。

「八十」では、志士たちの文学が歴史知識と不可分であったことに起筆して、明治期の修史事業が重野成斎らの無責任によって頓挫したことを批判し、日本において官撰の歴史が十分に発達しなかったことに論及する。「八十一」では明治期の詠史諸作を列記し、「八十二」では槐南が二〇歳代の修史館奉職時代に詠史の大作を作っていることを記す。「八十三」では明治期の修史事業の頓挫を再論して、重野成斎は漢文学の大家ではあるが考証家に過ぎず真の歴史家とは呼べないと批判し、修史事業は帝国大学に移管されたために滅び、歴史学は単なる史料学に成り下がったとして、「八十四」「八十五」においても重野批判とともに、重野以上に大学当局の責任を厳しく問うている。

「(解説は次号)」の言葉を最後に文字通り中絶してしまった末尾二章「八十六」「八十七」の内容からは、著者がその後どのように論旨を展開するつもりであったか必ずしも明瞭ではないが、「八十六」は青木周蔵のことをそのドイツ人夫人の口吻を以て詠じた青厓の詩を取り上げ、「八十七」は高松保郎を詠じた槐南の詩を引用している。

上記のなかから比較的長い章とその概要を拾えば、「十三」や「十七」における森春濤と成島柳北、森槐南と国分青厓の対比、「十七」や「二十三」の副島蒼海と三条梨堂にみる槐南・青厓との関係、「二十九」「三十」の伊藤春畝の槐南・青厓との関係、「四十一」「四十二」の外交交渉など渡航中に中国で作られた日本人の漢詩、「五十」の副島蒼海の人物と漢詩、「五十八」や「六十二」の明治期政治家の人物月旦、「七十三」や「七十五」の詩と史の問題、「八十三」の近代史学批判、これらの内容に著者の主張の力点があったと見てよいであろう。これらの内容は、現在の研究水準から見てもなお明治時代の漢詩文・漢学を知るうえで有用であり、現在の問題意識（例えば人文学と社会学の越境など）とも交差する視点が少なくないように思われる。

## まとめ

以上、木下彪が長編の評論を通して明らかにしようとした事柄は、端的に言えば国分青厓という明治期の新聞人が漢詩と言う伝統的な表現手段を用いて、同時代の政治批評であると同時に文芸としても優れた作品を発表していたこと、かつそれが新聞という新しい媒体によって広く人々に享受されていたという事実である。国分青厓のみならず上述の多くの作者を輩出した明治期の漢詩は、漢字文化伝播以来の長い日本漢文学史の中でも稀有な高度の達成を示すものであると同時に、孤立したものではなく社会的に広く享受されたものであった。この主張は、そういう時代はもう二度と訪れることはないという愛惜の響きを帯びるともに、今やそれを書き残すことができるものは自分を措いていないとの著者の確信や自負ものぞかせている。

また、国分青厓の「評林」詩の史識・史観に基づいて時世を諷刺するという特色が、中国詩における「詠史」の伝統を受け継ぐものであるという指摘も重要である。この「詩」と「史」の交差の問題は、先に刊行して好評を博した『明治詩話』では扱われなかった主題であり、著者が文明開化時代の世態人情を描写した前著をあくまで明治漢詩のうちの閏位に置き、国分青厓の「評林詩」に代表される漢詩を「我国千餘年の伝統を負ふ、つまり正統の漢詩」と位置付ける理由はここにある。詩に対するこのような価値観から、青厓だけでなく、青厓と系統的に親和性の高い副島蒼海、向山黄村、田辺蓮舟等の詩にも高い評価が与えられている。しかしながら、青厓と対比して説かれる森槐南に低い評価が下されているかというと決してそうではなく、槐南門人による『槐南集』の編纂の杜撰さを指摘しつつも槐南の傑作を数多く取り上げており、「明治の詩は、此の正と閏の二つがあり、詩境の大きく開けたこと、前古未曽有のものがあつた。そのいづれをも無視することは出来ない」（五十二）という言葉のとおり、詩風の異なる両者が相俟って明治漢詩全盛期が成立したことがよく感じられる構成になっている。

一方で、全体を通して意識せざるを得ないことは、「国分青厓と明治大正昭和の漢詩界」と題して八年の長きに亙って行文されたにも拘らず、木下彪が取り上げ論及した時代は日清戦争以前が中心であったという事実である。もちろんこの連載はできるだけ時系列に従ってなされているから、いずれこれ以降の時期も執筆する予定であったかもしれない。その場合にはどのような叙述になったであろうか。青厓には戦前期の漢文教科書にしばしば採録された日露戦争時の日本海海戦（明治三八年五月二七〜二八日）を詠じた「此一戦」のような有名な作品もあり、彪は『青厓詩存』に採録しないが（もちろん彪から言わせれば、詩として優れていないから採らなかったに違いない）、こうした漢詩が同時代から昭和期に至るまでの対外侵出・戦意高揚に資する面があったことも否定できない。日本の国家主義が強まった時代において、青厓の漢詩による時事評が国家体制に取り込まれてしまった面がなかったかどうか、既刊分に見る限り、彪はこうした問題に十分に切り込んでいるとは言えない。

しかし、そのことを以て青厓や彪を批判するよりも、彪が執筆しなかった時代における青厓等のあり方を検証することは、今後の我々の課題とすべきであろう。一八九〇年前後の日本の議会政治初期における青厓の言論活動は、幕末明治初期の漢学書生流の教養を土台に、司法省法学校に学んで西洋法学にも通じ、民権運動にも関与した著者自身にとって間違いなく最も輝かしいものであり、また今日閑却されているが同時代の言論としても看過すべからざるものである。現代とは違った露骨な言論弾圧が行われた時代において、漢詩による時事評論という形式は、一定の合理性と有効性を持つものであったに違いない。彪は、日々の新聞に連載されたまま、長く忘れ去られていた青厓の「評林」詩を、それが最も輝いた時期を中心に活写したのである。まず我々はその点を確認し評価するべきである。

また、再三述べたように彪の行論は先人たちの直話に裏打ちされており、そのことが記述を貴重なものにし、また論旨を確かで深みのあるものにしている。岡崎春石・小見清潭・田辺碧堂等からの直話を通して、大沼枕山・小野湖山・森春濤・森槐南をはじめとする過去の漢詩人の人物と作品が手ごたえのあるものとして提示される。また、狩野直喜からの直話によって、台湾出兵をめぐる日清交渉で井上毅の漢文能力が有利に働いたことを称揚するのも貴重な証言である。

このように見て来ると、「国分青厓と明治大正昭和の漢詩界」が近代漢詩とその時代の優れた評論たりえている理由を考える時、彪自身が漢詩作者としてまた京都支那学諸家との交流を通して中国古典詩を読解する高い能力を身に着けていたことに加えて、かつて新聞記者として満洲で活動し、また戦後も台湾との深い関係を有したような現代社会への高い関心や、国家と歴史に関する強固な視点がこれを成り立たしめたと思われる。

　さて、この連載が未完のままに三五年が経過した現在の状況を、我々はどのように見るべきであろうか。木下彪は漢詩文の軌跡について、明治二〇〜三〇年代を全盛期、大正期を惰性・余波、昭和期を沈みゆく夕日の返照と評した（「三十三」）。第二次世界大戦後、漢詩文創作の凋落は決定的となり、かつて倉石武四郎はこのような状況下の日本漢文学を「断子絶系」（「日本漢文学史の諸問題」一九五七）と敢えて突き放した。しかしながら、前近代と言わず第二次世界大戦前の日本を知ろうと思えば、漢語・漢文と候文・崩し字の読解能力が必須なのは自明のことであり、欧米など非漢字文化圏の日本研究者の間でも漢文や崩し字の修得意欲は高く、明治漢詩文の認知度もはるかに向上した。グローカル（グローバルとローカル）な視点が重要性を増す現在、日本を東アジア漢字文化圏に置いて見ることの必要度が増し、日本漢学・日本漢文学への関心はなおも高いと予想される。

　現在の問題は、日本人の漢文の素養が決定的に低下したため、その研究がいかに有意義であるとしても現代日本人の研究対象にはなりにくくなっており、中国・台湾などの留学生や研究者に期待するしかなくなっている現状である。それを嘆く向きもあるが、別に国や人種は関係ない、興味を持ち、能力がある人が必ず取り組むに違いない。

　上述したように、木下彪自身の詩文も、戦時下の詩や冷戦期の国民党要人との交流など、議論の余地はあるにせよ近代日中関係史から見ても興味深いものである。陸羯南の女婿で中国文学研究者の鈴木虎雄（倉石武四郎・吉川幸次郎や彪の師でもある）も、台湾における新聞記者の経験をもつ人物であったが、厖大な漢詩の創作を残している。日常の起居の中から生み出されたその詩は、花鳥風月や読書生活だけでなく、時事問題に対する率直な意見も少なくない。近代の「漢学」というテーマは、木下彪が「国分青厓と明治大正昭和の漢詩界」で描いた以降の時代の詩文や日中交流について、書き継ぐべき課題がまだまだ残されていると思うのである。

（謝辞　本稿は『近代日本漢学資料叢書』3（研文出版、二〇一九年）所収の木下彪「国分青厓と明治大正昭和の漢詩界」に附した解題をもとに改題改稿したものです。本稿をまとめるにあたり、木下彪の受業生にあたる廣常人世先生（岡山大学名誉教授）にはインタビューに応じていただき、ご自身の作成にかかる略年譜をご提供いただきました。また、木下家の継承者である木下和人氏ご夫妻、および福山市児島書店の佐藤氏、明徳出版社の佐久間氏からは貴重な情報をいただくことが出来ました。特に記して謝意を表します。）

注

（1）漢詩に堪能な実業家の数は相当数に上り、庄司乙吉・田辺碧堂・手島海鶴・小倉簡斎・永田磐舟・白岩龍平などがある。

（2）漢文教科書にしばしばその詩が収録された乃木希典の他、軍人で漢詩を能くした者は少なくない。日露戦争で戦死した広瀬武夫の漢詩は夏目漱石に批判されたが、ロシア駐在武官時代にプーシキンの詩の漢訳を試みており、後年、島田謹二が比較文学の観点から『広瀬武夫全集』を編纂している。

（3）水木要輔は一九二六年（大正一五）三月三一日まで関東庁に勤務していたことから、この年度に六〇歳定年を迎えたと推定されるので、その生年は一八六五年（元治二・慶応元）か一八六六年（慶応二）であろう。

（4）宮内庁に保管されている『大臣官房秘書課　進退録　六　昭和九年　自六月至八月　判任官同待遇職員ノ部』に、昭和九年宮内省入省時に彪が提出した彪の戸籍謄本や書簡が収録されており、彪の親族のことや彪の出生から宮内省入省までの事蹟はこれによって知られる。

（5）『広島高等師範学校一覧』明治三六～三八年、同三八～四一年、同四一～四三年、四三～四五年による。

（6）清末の武術家李存義の門下に李東園という人物があり、この人物である可能性がある。

（7）「南満洲教育会教科書編輯部一覧」による。

（8）北京留学中の吉川幸次郎に、『東華』への入会を依頼している（二松学舎大学所蔵、吉川幸次郎宛水木彪書簡）。

（9）このほかに、「周南詩存」（『詩春秋』所収）によれば、聴松（大倉喜七郎）・滄浪（森茂）・素川（鳥居赫雄）・銀台（黒原和友）・羽化（渋江保）・方岳居士・蔗庵（上山満之進）・二峰（山本悌二郎）らとの交流があったことがわかる。

（10）『尚志』一〇九号附録「北條時敬先生」、尚志同窓会、一九二九年。

（11）『詩春秋』所収詩の内容については、彪が宮内省大臣官房秘書課に就職する際にも多少問題視されたらしく、履歴書提出時に秘書課長酒巻芳男に宛てた書簡に次のような弁明の辞が見える。「愚著詩春秋、別便を以て御手許に相届け候。少時支那新聞に在り時事に感じ居候為め其影響より此の作を成し候次第、激調御咎め相蒙り深く惶懼罷在候。当初固より印刷之意なかりしに、印刷費を出して勧めし人有之、遂に上梓仕候訳に有之候。」

（12）漢学者としては、皇后宮職御用掛の加藤虎之亮、内閣嘱託の川田瑞穂、安岡正篤などはあったが、いずれも漢詩の専門家とは言えない。

（13）加藤虎之亮宛　狩野直喜書簡　昭和一九年一〇月一三日付（二松学舎大学所蔵）。展示図録『新収資料展―近代漢学の諸相―』（二〇一八年三月）所収。

（14）木下彪「訪華消息」（岡山大学短期大学部『文学論集』）に、一九六〇年末の訪台時に成惕軒と「近十年来しばしば詩文」の交流をしてきたことを記している。成惕軒には『楚望楼詩』（一九五九年刊）や張仁青『歴代駢文選』（一九六三年刊）の校訂などの業績がある。

（15）木下彪「訪華消息」（岡山大学短期大学部『文学論集』）に、「拙作詩文を在台人士に介紹せしは徐氏にて候」と見える。

（16）山田準宛　木下彪書簡　一九五一年二月一二日付（二松学舎大学所蔵）。

（17）岡山大学法経短期大学部『文学論集』一号（一九五八年一〇月）、同二号（一九六〇年三月）所収。

（18）岡山大学法経短期大学部『文学論集』四号（一九六三年一二月）所収。

（19）一九七五年四月に蔣介石が歿した際にも、台湾にあった彪は依頼されて『華学月刊』に寄稿している。

（20）日本民主同志会刊。

# 【著者紹介】

王小林（おう　しょうりん）
一九六三年生。博士（文学・京都大学）。香港城市大学アジア・国際研究学科准教授。主な研究分野は日本漢文学、日中比較思想史。著書に『従漢才到和魂――日本国学思想的形成與発展』（台湾聯経出版公司）、『日中比較思想序論――「名」と「言」』（汲古書院）、『古事記と東アジアの神秘思想』（汲古書院）など。ほか論文多数。

牧角悦子（まきすみ　えつこ）
九州大学大学院文学研究科中国文学専攻修了。博士（文学・京都大学）。二松学舎大学文学部教授。専門は中国古典文学。主に詩経・楚辞を中心とした古代歌謡と、六朝期における「文」概念の成立について、また近代学術、特に聞一多の古典学を研究対象とする。著書に『中国古代の祭祀と文学』（創文社）、『詩経・楚辞』（角川ソフィア文庫）、『経国と文章―漢魏六朝文学論』（汲古書院）など。

市來津由彦（いちき　つゆひこ）
東北大学文学部卒。広島大学大学院文学研究科教授等を経て、二松学舎大学文学部特別招聘教授。博士（文学）。中国近世思想史、江戸儒学思想。『朱熹門人集団形成の研究』（単著。創文社、二〇〇二）、『江戸儒学の中庸注釈』（共編著。汲古書院、東アジア海域叢書、二〇一四）、『「訓読」論―東アジア漢文世界と日本語―』（共編著。勉誠出版、二〇〇八）など。

青山大介（あおやま　だいすけ）
湖南大学岳麓書院哲学系特聘副教授。二〇〇一年三月に広島大学大学院文学研究科中国哲学専攻にて課程博士（文学）修了、二〇〇七年八月から二〇一七年七月まで台湾の南栄科技大学応用日語系助理教授・副教授、二〇一七年八月より現職。専門は、先秦諸子（『呂氏春秋』、出土文献）、中国古代観念史（聖人、聡明性）、日本経学思想史（安井息軒）など。二〇一六年日本中国学会賞（哲学・思想部門）受賞。

江藤茂博（えとう　しげひろ）
二松学舎大学文学部教授。立教大学大学院文学研究科博士課程修了、博士（文学・二松学舎大学）。学校法人二松学舎理事、学校法人興譲館高校理事。専攻領域、日本の文学・文化、映像・メディア論。主な著書・編著に、『「時をかける少女」たち』

（彩流社）、『オタク文化と蔓延するニセモノビジネス』（戎光祥出版）、『20世紀メディア年表』（双文社出版）、『「論語の学校」時習編』（研文社）、『フードビジネスと地域』（ナカニシヤ書店）など。

川邉雄大（かわべ　ゆうたい）

一九七五年生まれ。二松学舎大学大学院文学研究科博士後期課程中国学専攻修了、博士（文学）、二松学舎大学非常勤講師・同大学SRF研究支援者。専門は、近代日中文化交流史・日本漢学。主な編著に、『近代日中関係史人名辞典』（共編、東京堂出版、二〇一〇）、『東本願寺中国布教の研究』（単著、研文出版、二〇一三）、『浄土真宗と近代日本—東アジア・布教・漢学—』（主編、勉誠出版、二〇一八）など。

佐藤将之（さとう　まさゆき）

一九六五年神奈川県川崎市生まれ。青山学院大学卒（国際政治）、台湾大学、ソウル大学修士（ともに政治学）、オランダ・ライデン大学博士（中国哲学）。ライデン大学講師等を経て、現在、国立台湾大学哲学系教授。主な研究テーマは中国古代思想、特に荀子。著書は、*The Confucian Quest for Order: The Origin and Formation of the Political Thought of Xun Zi*（Leiden: Brill Academic Publishers, 2003)、『中國古代的「忠」論研究』（台北：国立台湾大学出版中心、二〇一〇）、『荀子禮治思想的源淵與戰國諸子之研究』（同、二〇一三）、『荀學與荀子思想研究：評析・前景・構想』（台北：萬巻樓図書公司、二〇一五）など。

呉震（ご　しん）

京都大学文学博士。復旦大学哲学学院教授、復旦大学上海儒学院執行副院長、中華日本哲学学会副会長、中国哲学史学会副会長、国際儒学連合会理事、日本井上円了国際学会理事。主な研究領域は中国哲学・宋明理学・陽明学・東アジア儒学。主な著書に、『陽明後学研究』、『明代知識界講学活動系年——一五二二—一六〇二』、『泰州学派研究』、『明末清初勧善運動思想研究』、『儒学思想十論——呉震学術論集』、『東亜儒学問題新探』『朱子思想再読』、『中華伝統文化百部経典・伝習録』、『孔教運動的観念想像——中国政教問題再思』など。

キリ・パラモア　Kiri Paramore

東京大学博士、ライデン大学教授。主な研究分野は日本思想史。著書 *Japanese Confucianism: A Cultural History*（Cambridge University Press, 2016）, は CHOICE Outstanding Academic Title Award 受賞。ほかに *Ideology and Christianity in Japan*

(Routledge, 2009), and *Religion and Orientalism in Asian Studies* (Bloomsbury, 2016) など。*Modern Intellectual History, the Journal of Asian Studies, the Journal of Early Modern History, Comparative Studies in Society and History, the Journal of Japanese Studies,* and *the Proceedings of the British Academy* などの学術誌に多くの論文を発表している。*Cambridge History of Confucianism,* 編集者及び *New Cambridge History of Japan* の執筆者。

ニコラス・モロー・ウィリアムズ　Nicholas Morrow Williams

香港大学中文学院助教授。ハーバード大学にて数学学士号を取得。大学在学中に交換留学生として訪れた中国に魅了され、シアトルに移り、ワシントン大学大学院で中国文学の博士号を取得。現在は中国古典文学、主に詩歌の文化背景を研究している。新たに日中比較文学の研究にも取り組んでいる。著書・訳書に、*Imitations of the Self: Jiang Yan and Chinese Poetics* (Brill, 2014), *The Residue of Dreams: Selected poems of Jao Tsung-i*（Cornell University Press, 2016）など。ほかに *Journal of the American Oriental Society, Chinese Literature: Essays, Articles, Reviews* などの学術誌に多くの論文を発表している。

武田　祐樹（たけだ　ゆうき）

一九八六年生まれ。立教大学文学部日本文学科卒、二松学舎大学大学院文学研究科中国学専攻博士後期課程修了、博士（日本漢学）。専門は日本漢学。ＳＲＦ研究員を経て、現在はエジプト・ミスル大学専任講師。著書『林羅山の学問形成と特質―古典注釈書と編纂事業』（研文出版、二〇一九）。主要論文に「藤原惺窩と林羅山の交渉再考―『知新日録』受容を考慮に入れて」（『日本中国学会報』第七〇集、二〇一八）。

マシュー・フレーリ　Matthew Fraleigh

ブランダイス大学ドイツ・ロシア・アジア文学科准教授。専門は日本近世近代文学（特に漢詩文）。著書に *Plucking Chrysanthemums: Narushima Ryūhoku and Sinitic Literary Traditions in Modern Japan*（菊を採る―成島柳北および近代日本漢詩文の諸流　Cambridge: Harvard University Asia Center, 2016）、注釈付き翻訳書に *New Chronicles of Yanagibashi & Diary of a Journey to the West: Narushima Ryūhoku Reports From Home and Abroad*（『柳橋新誌』・『航西日乗』―成島柳北による国内外のルポルタージュ　Ithaca: Cornell University East Asia Series, 2010　日米友好基金日本文学翻訳賞受賞）、論文に「柳北の登場―『春聲樓詩抄』について」『國語國文』八六巻六号（二〇一七）、「成島柳北の洋行

―「航西日乗」の諸コンテクスト」『國語國文』七一巻一一号（二〇〇二）がある。

町泉寿郎（まち せんじゅろう）

一九六九年石川県生まれ。二松学舎大学文学研究科博士後期課程国文学専攻修了、博士（文学）。北里研究所研究員を経て、二松学舎大学文学部教授。専門は一六～一九世紀の日本漢学、日本医学史。編著書：近代日本漢学資料叢書二『（柿村重松遺稿）松南雑草』研文出版、二〇一七）、『渋沢栄一は漢学とどう関わったか』（ミネルヴァ書房、二〇一七）、『曲直瀬道三と近世日本医療社会』（武田科学振興財団杏雨書屋、二〇一五）、『大学聴塵　翻印之部（清原宣賢漢籍抄翻印叢刊）』（汲古書院、二〇一一）、『近代日中関係史人名辞典』（東京堂出版、二〇一〇）等。

## 【翻訳者紹介】

深川真樹（ふかがわ まき）

中山大学哲学系特聘副研究員、輔仁大学哲学博士。主要研究領域は中国哲学・先秦両漢哲学・董仲舒哲学。著書に『影響中国命運的答巻：董仲舒《賢良対策》与儒学的興盛』（台北、万巻楼、二〇一八）、論文に「董仲舒「賢良対策」の信頼性について」（『東洋学報』第九五巻第一号、二〇一三）、「論董仲舒〈賢良対策〉之思想系統：董仲舒思想之基礎性研究」（『掲諦』第三二期、二〇一七）などがある。

胡穎芝（こ えいし）

香港城市大学哲学修士、お茶の水女子大学博士後期課程在学中。専門は和漢比較文学、特に夏目漱石と漢文学。論文に、「漱石文学における「縹緲」―『虞美人草』の「縹緲のあなた」あるいは仙境としての『草枕』について」『人間文化創成科学論叢』第二一巻（近刊）がある。

# 編集後記

　このささやかな一冊に漕ぎつけるまでには、多くの方々のご協力を頂きました。ここに国際ワークショップ「日本漢文学の射程——その方法、達成と可能性」に対して支援を与えて頂いた国際交流基金（JAPAN FOUNDATION）と在香港日本総領事館をはじめ、中文・英文論文を翻訳し、または資料調査の協力をしてくれた深川真樹氏（中山大学）、胡穎芝氏（お茶の水女子大）、山村奨氏（日文研）と、ワークショップの準備段階から編集作業に至るまで多くの事務をこなしてきた助手陶子晴さん（香港城市大）に心から謝意を表したい。また、論文集という比較的繁瑣な作業が伴うことをあえて厭わず、本書の出版を心快く受け入れてくれた汲古書院の三井久人社長と、校正など具体的な業務でお世話になった編集部の大江英夫氏に、執筆者一同を代表して深く感謝を申し上げる。

編　者　識

日本漢文学の射程
――その方法、達成と可能性

二〇一九年七月二五日　発行

編　者　王　小林
　　　　町　泉寿郎
発行者　三　井　久　人
整版印刷　富士リプロ㈱

発行所　汲　古　書　院
〒102-0072 東京都千代田区飯田橋二-五-四
電　話　〇三（三二六五）九七六四
ＦＡＸ　〇三（三二二二）一八四五

ISBN978 - 4 - 7629 - 3643 - 2　C3090